THE ORIGINAL HORROR MOVIE

What happened is true.

THE TEXAS CHAINSAW MASSACRE

THE TEXAS CHAIN SAW MASSACRE · A Film By TOBE HOOPER
Starring MARILYN BURNS and GUNNAR HANSEN as "Leatherface"
Story & Screenplay by KIM HENKEL and TOBE HOOPER
Produced and Directed by TOBE HOOPER · COLOR
AN ASTRAL FILMS RE-RELEASE

ADMITTANCE RESTRICTED TO PERSONS YEARS OF AGE OR OVER

Título original: The Texas Chain Saw Massacre Companion

Diretor Editorial
Christiano Menezes

Diretor Comercial
Chico de Assis

Editora Assistente
Maria Clara Carneiro

Produção Editorial
Bruno Dorigatti

Design e Projeto Gráfico
Ilustração de Capa
Retina 78

Design Assistente
Guilherme Costa
Juliane Pimenta

Textos Adicionais
Antônio Tibau
Maria Clara Carneiro

Reprodução de Imagens
Leandro Pagliaro

Revisão
Retina Conteúdo
Nova Leitura

Impressão e acabamento
Pancrom

DADOS INTERNACIONAIS DE CATALOGAÇÃO NA PUBLICAÇÃO (CIP)
Angélica Ilacqua CRB-8/7057

Jaworzyn, Stefan
O Massacre da Serra Elétrica [Arquivos Sangrentos] / Stefan Jaworzyn; tradução de Antônio Tibau, Dalton Caldas – Rio de Janeiro : DarkSide Books, 2013.
320 p. : il. 16 x 23cm (Coleção Dissecando)

ISBN: 978-85-66636-03-1
Tradução de: The Texas Chain Saw Massacre Companion
ISBN 978-18-4023-660-6

1. Cinema 2. Filme - O massacre da serra elétrica – produção 3. Filmes de terror I. Título II. Tibau, Antônio III. Caldas, Dalton IV. Série

13-0190 CDD 791.43675

Índices para catálogo sistemático:

1. Filmes de terror

DarkSide® *Entretenimento LTDA.*
Rua do Russel, 450/501 - 22210-010
Glória - Rio de Janeiro - RJ - Brasil
www.darksidebooks.com

74/282

THE TEXAS CHAINSAW MASSACRE

STEFAN JAWORZYN

O MASSACRE DA SERRA ELÉTRICA

[ARQUIVOS SANGRENTOS]

TRADUZIDO POR

ANTÔNIO TIBAU
DALTON CALDAS

DARKSIDE

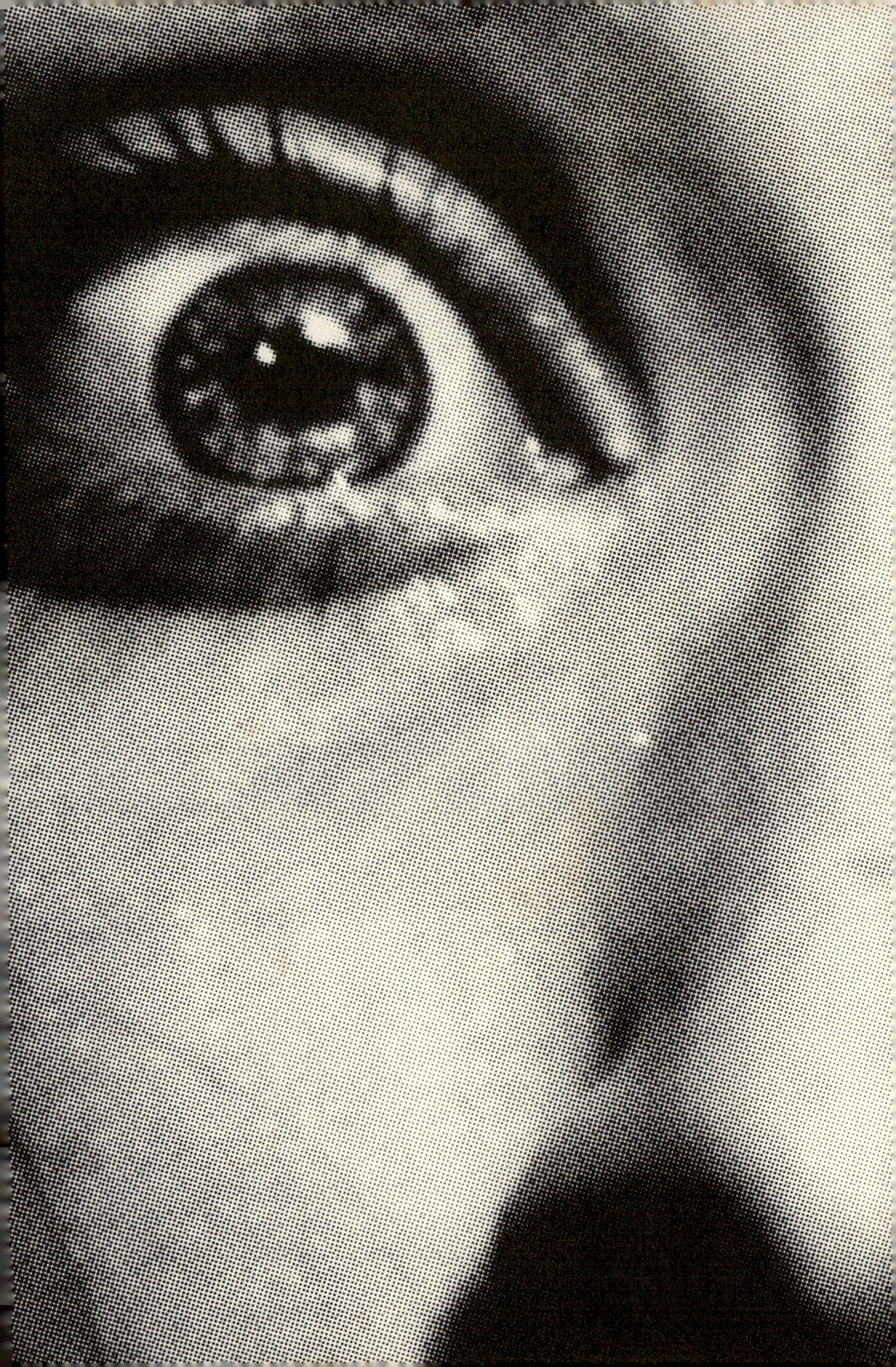

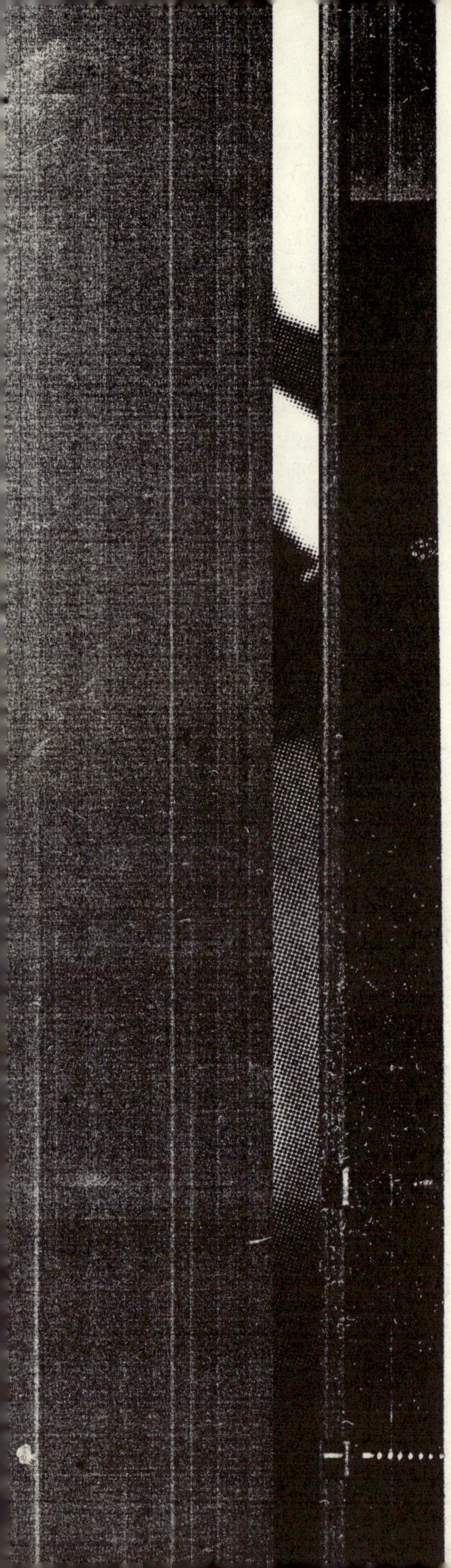

AGRADECIMENTOS

Em primeiro lugar, a todo o elenco e aos membros da equipe dos filmes que contribuíram com este livro; muitos deles interromperam seus afazeres para ajudar com a pesquisa, com os contatos e com as entrevistas. Sem eles este projeto não seria possível. Este livro é dedicado a: Wayne Bell, Joe Bob Briggs, Marilyn Burns, Robert A. Burns, Allen Danzinger, Duane Graves, Ed Guinn, Gunnar Hansen, Kim Henkel, Brian Huberman, Levie Isaacks, Bill Johnson, Richard Kidd, Richard Kooris, Robert Kuhn, Eric Lasher, Jim Moran, Bill Moseley, Paul Partain, Lou Perryman, Sallye Richardson, David J. Schow, Brad Shellady, Jim Siedow, Mike Sullivan/Michael O'Sullivan.

Steve Pittis, sem seu encorajamento e suas fontes eu provavelmente não teria começado este projeto.

Pessoas que ofereceram ajuda, materiais de pesquisa e/ou entusiasmo:

Chuck Grigson, Jay Grossman/MTI Video, David Hyman, Alan Jones (créditos adicionais: sarcasmo e desprezo – sem os quais eu não conseguiria viver), Stephen Jones, Craig Lapper, Edwin Pouncey, John Scoleri.

Outros que providenciaram materiais de pesquisa ou ajudaram de alguma maneira:

Ryan Adams, *The Austin Chronicle*/Marc Svalov, Steve Beeho, Blue Dolphin Films, o Conselho Britânico de Classificação de Filmes, revista *Cinefantastique*, CineSchlock-o-rama/G. Noel Gross, revista *Fangoria*, *Film Comment*, Royce Freeman, Tim Harden, *Harper's Magazine*, Associação de Cinematografia Internacional/ Bob Fisher, David Kerekes, Living-Dead.com/Ryan Rotten, New Line Cinema, Kim Newman, Phil Nutman, The Onion a.v. club, Spencer Perskin, *Variety*, *Video Watchdog*/Tim Lucas.

E obrigado, é claro, à equipe da Titan Books (David Barraclough, Adam Newell, Katy Wild) por me relembrarem da verdadeira natureza do terror.

(À revelia: Tobe Hooper.)

SUMÁRIO

—

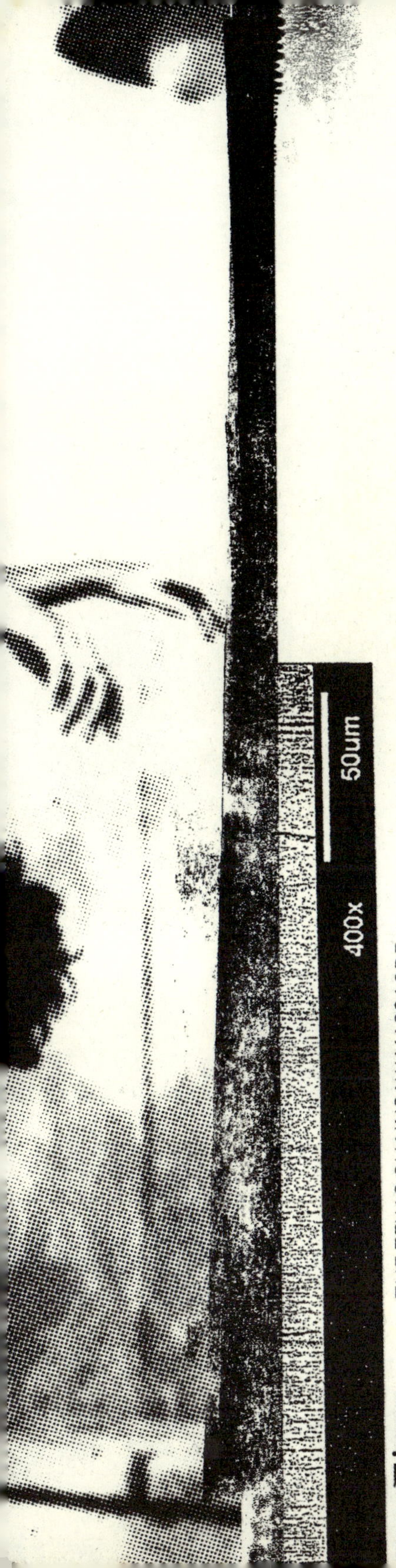

—

—

NOTA DA EDIÇÃO
Todas as citações do texto foram tiradas de entrevistas conduzidas pelo autor, com exceção das devidamente mencionadas. Para informações detalhadas sobre "quem é quem", por favor consulte a seção O Elenco, que começa na página 291

R RESTRICTED
UNDER 17 REQUIRES ACCOMPANYING PARENT OR ADULT GUARDIAN
PERVASIVE STRONG HORROR VIOLENCE AND GORE, LANGUAGE AND SEXUALITY

THE TEXAS CHAINSAW MASSACRE

"EU CONFIAVA 100% NO GUNNAR, MAS NÃO NO GUNNAR CHAPADO DE BROWNIE COM MACONHA, COM UMA SERRA ELÉTRICA NAS MÃOS..." **MARILYN BURNS**

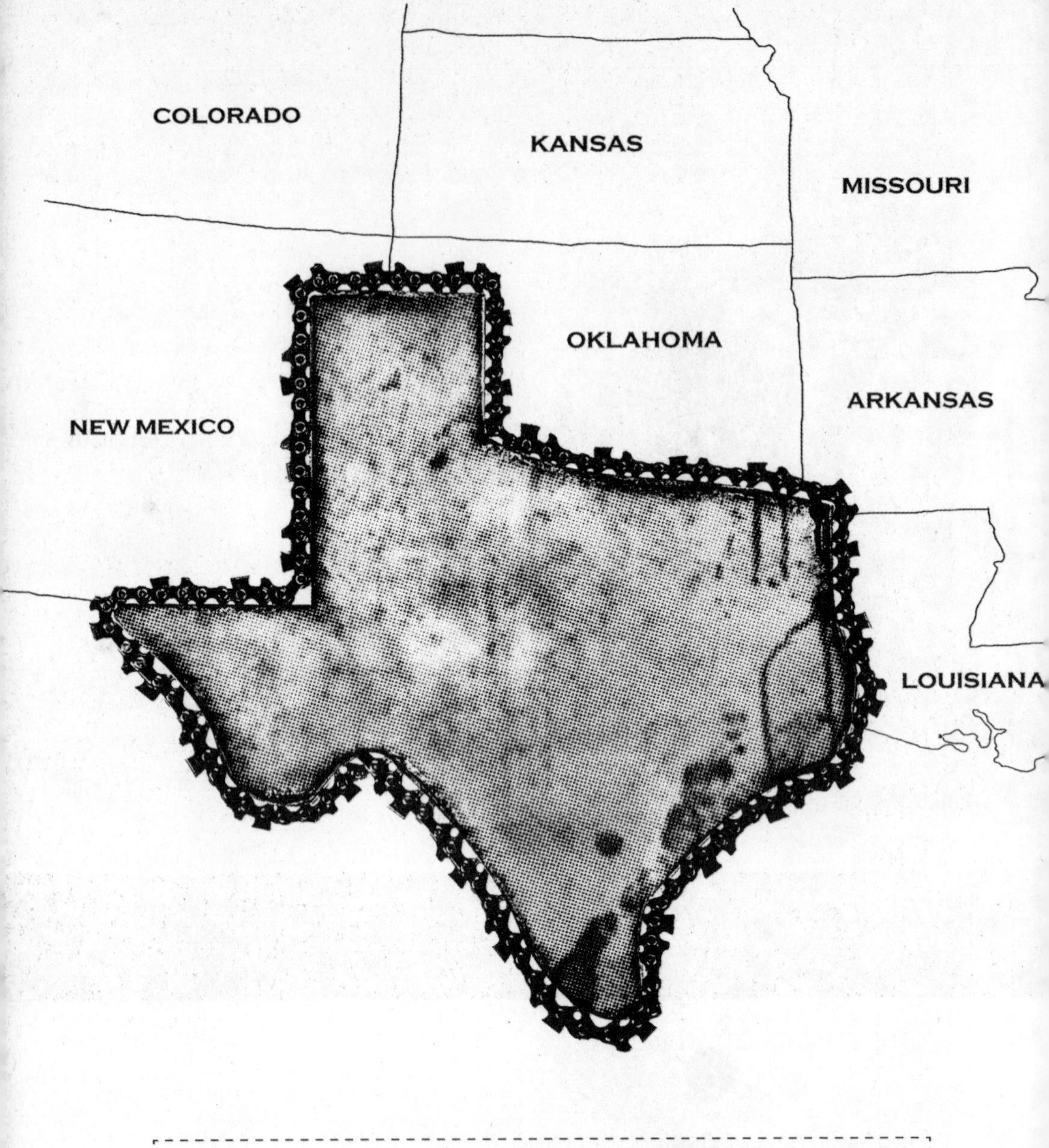

★ *O Texas é um dos 50 estados dos Estados Unidos, localizado na região sudoeste do país. Possui como limites o estado de Oklahoma ao norte, Novo México ao oeste, Arkansas ao nordeste, Louisiana ao leste e o México ao sul. O apelido do Texas é Lone Star State, por causa da estrela solitária na bandeira. A palavra Texas deriva de Tejas, uma palavra indígena que significa "amigos".*

O ASSASSINO ERA O TEXAS

DISSECANDO O CLÁSSICO

Há duas coisas que se perderam na versão brasileira de *The Texas Chainsaw Massacre.* A primeira, segundo os puritanos, é o erro de ferramenta para o tal massacre: seria uma motosserra, já que uma "serra elétrica" precisaria estar ligada a uma tomada.

A segunda "perda" seria o próprio Texas. O cenário do massacre não poderia ter sido outro: a aridez, o clima faroeste, o deserto, já faziam parte do imaginário norte-americano como lugar "perfeito" para se perder, e perder a vida também.

O Massacre da Serra Elétrica encena esse Texas abandonado, ensolarado – e a fotografia do filme conseguiu absorver perfeitamente essa ideia. A história começa num papo meio astrologia. Talvez fosse o sol entrando na casa da Família Leatherface que detonaria toda a história. Pode parecer estranho, mas "pesquisas apontam" que muitos psicóticos – até Van Gogh! – alegaram ver no amarelo solar uma cor fatal, a iluminação que os levaria a um gesto de loucura, desculpa muito comum em casos de automutilação e rituais primitivos de corte e costura de pedacinhos de gente. Talvez, aquela luz em excesso, aquele calor insuportável, seriam os grandes detonadores de todas as atrocidades no filme de 1974 e nos que se seguiram.

As agruras sofridas por atores e equipe durante as primeiras filmagens, e toda a maldição que seguiu as versões seguintes, são em geral explicadas por esse grande culpado: o clima e a vegetação texanos. E nós agradecemos por essa obra-prima. Continuamos a usar a serra elétrica – a palavra – ao longo de todo o livro.

O presente livro foi composto por entrevistas realizadas por Stefan Jaworzyn, que compilou ainda notícias e outras entrevistas e também relata como o filme foi recebido tanto na América quanto na Inglaterra. Quando Jaworzyn o redigiu, pairava no ar a desconfiança sobre o então novo remake do Massacre, *em 2003. Mal sabia ele que ainda surgiriam mais dois filmes nesses dez anos. E esta edição brasileira, revisada e atualizada, traz ainda dois capítulos extras com comentários sobre* O Massacre da Serra Elétrica – O Início, *de 2006, e* O Massacre 3D, *de 2013. No Brasil, o filme original não chegou logo: vivíamos a ditadura militar e teríamos que esperar alguns anos para assistir à obra.*

GUNNAR HANSEN no papel de Leatherface, um ícone do cinema de terror moderno

INESPERADO

PREFÁCIO POR GUNNAR HANSEN

Recentemente, num dia de primavera, Marilyn Burns e eu caminhávamos pela Regent Street, em Londres. Descobrimos um *pub* pequeno, e entramos para almoçar. Enquanto sentávamos à mesa, contemplando nosso prato de salsichas com purê, Marilyn começou a rir. "Jamais pensei", ela disse, "que após quarenta anos eu e você estaríamos tomando cerveja num *pub* em Londres. E tudo isso graças ao filme". O filme era *O Massacre da Serra Elétrica*, e Marilyn interpretara Sally, a única vítima que conseguiu escapar com vida daquele infortúnio. Eu interpretei Leatherface (rosto ou cara de couro, em tradução literal), o assassino brutal que, no final, dançou e balançou sua serra elétrica, frustrado com a fuga dela. Estávamos em Londres por poucos dias para promover o lançamento no Reino Unido de um DVD celebrando o trigésimo aniversário do filme.

Marilyn estava certa: dado o que sabíamos na época, nenhum de nós jamais imaginaria algo parecido. Na real, a maioria do que aconteceu nestes quarenta anos desde o lançamento do filme foi completamente imprevisível. Enquanto fazíamos *O Massacre*, não tínhamos lá muitas expectativas. Claro que queríamos que fosse um bom filme. É claro que torcíamos para que o público gostasse.

Tratava-se, na melhor das hipóteses, de um filme de terror de baixo orçamento. Se tivéssemos sorte, ele renderia dinheiro o suficiente para deixar os investidores felizes, e uns poucos fãs leais de filmes de terror se lembrariam dele por um tempo. Depois disso, ele cairia na obscuridade. Nós ainda brincamos no set que esse era, pelo menos, um filme que jamais seria exibido na televisão.

Acreditava que o ponto alto do filme seria nossa pré-estreia fajuta num pequeno cinema de Austin, Texas, um pouco antes do Dia das Bruxas em 1974. O gerente me deixou entrar de graça assim que o convenci de que eu estava no filme. Depois, uns poucos amigos se reuniram no estacionamento, onde eles me deram uma serra elétrica emperrada, e nós autografamos um certificado com tinta vermelha para o "Fã Clube Gunnar Hansen". Nós nos divertimos muito naquela noite. E tudo acabaria por ali mesmo – foi o que eu imaginei.

Só que eu estava errado.

Quase imediatamente as críticas começaram a chegar, e nós percebemos que tínhamos algo valioso. Um jornal da Filadélfia publicou artigos sobre o quão furiosos e revoltados os espectadores se sentiam com a violência explícita do filme. Eles saíam das salas de cinemas passando mal fisicamente, garantia o colunista, e exigiam seu dinheiro de volta. É claro que nada do que eles reclamavam estava no filme. Toda a sua suposta violência era muito inocente se comparada a dos filmes de ação *mainstream*, como *Os Caçadores da Arca*

Perdida. Quase toda sua violência é implícita, ainda que ele seja, de acordo com alguns críticos, o *splatter movie*[1] original.

Essas reclamações foram repetidas por certo apresentador de talk show, que ficou martelando à sua audiência, numa noite em rede nacional, que filmes como *O Massacre da Serra Elétrica* deveriam ser censurados para menores de idade – em vez de serem restritos a menores de 17 anos desacompanhados, que foi a categoria etária que recebemos. Minha crítica furiosa favorita saiu na *Harper's Magazine*, que chamou *O Massacre da Serra Elétrica* de "um pedacinho vil de excremento, sem nada digno de nota". Claro que tantas acusações só fizeram aumentar o interesse pelo filme.

Então o crítico de Nova York, Rex Reed, entrou no meio da discussão. Ele louvou *O Massacre*. Disse que era o filme mais assustador que ele assistira. Ou algo do tipo.

De repente, o filme cresceu de tamanho. As pessoas lotavam os cinemas para assisti-lo. As pessoas conversavam sobre ele. Todo mundo, e não apenas os fanáticos por filmes de terror, tinha ouvido falar de *O Massacre da Serra Elétrica* (e, apesar de nossa piada anterior, eu até o assisti na TV, uma noite em meu hotel em Paris. Dublado em francês). Enquanto ouvíamos o burburinho, percebemos que esse filme seria muito mais do que esperávamos. Esse seria um filme famoso. E ganharíamos muito dinheiro com ele.

Bem, só que estávamos errados, de novo. Vez ou outra, alguns cheques de direitos de imagem pingavam em nossas contas, mas nós nunca recebemos uma grana de verdade. Ninguém sabe quanto dinheiro esse filme fez. Alguns estimaram que ele rendeu 50 milhões de dólares. Outros falam em 100 milhões de dólares. Mas nós nunca saberemos. Processos legais pipocaram por alguns anos – alguns

1 Numa tradução livre, filme sanguinolento. *Splatter movie* ou *gore movie* é um subgênero de terror explícito, no qual o sangue jorra de forma exagerada. [Todas as notas foram feitas para a edição brasileira.]

membros da equipe processaram outros para conseguir algum dinheiro –, mas não deu em nada, ninguém jamais recebeu grande coisa. Depois de todo esse tempo, a única coisa que sei sobre finanças é que eu não vi nenhum desses milhões que imaginamos.

Não que isso tenha feito diferença. Teria sido ótimo ganhar bem, mas não foi por dinheiro que trabalhei no filme. Como eu disse, só queria fazer algo interessante para passar o verão. E fiz. Eu fiz um filme. Trabalhei com pessoas que eram muito boas no que faziam e que deram o melhor de si. É algo que eu sempre carrego comigo – desde então, eu também tento ser bom no que faço e dar o máximo de mim. Eu ainda aprendi como um filme é feito, algo que poucas pessoas têm a oportunidade de aprender.

Nesses quarenta anos desde o lançamento de *O Massacre da Serra Elétrica*, eu continuo perplexo com a maneira como ele se transformou em algo muito maior do que nós esperávamos. Cineastas querem copiar o filme. Os fãs ainda querem assisti-lo. E todo mundo – e não apenas os fãs – têm uma opinião sobre ele.

Algumas pessoas ainda têm raiva depois de tantos anos. Eles exigem uma resposta: como eu ousei fazer aquilo? O filme representa o que há de errado com o cinema. Eu fui responsável, acusou uma mulher, pela morte de uma dúzia de pessoas que foram assassinadas recentemente em Nova York.

Mas a maioria é positiva.

Algumas vezes por ano, encontro fãs em convenções de terror (quem diria?). E não apenas as pessoas lembram e amam *O Massacre*, mas cada geração o redescobre. Encontro rapazes e garotas – de treze ou quatorze anos – que acabaram de assistir ao filme pela primeira vez, e estão fascinados. Encontro pessoas com cinquenta ou sessenta anos que o assistiram em 1974, e ainda têm algo para falar sobre o filme. Encontro pessoas convencidas de que a história era real: “Eu me lembro de quando aconteceu”, diz alguém. “Saiu nos jornais. Foi medonho”. “Eu conheci o Leatherface original”, outra pessoa garante. “Eu era carcereiro na Prisão Estadual do Texas, e o Leatherface cumpria pena lá. Ele trabalhava na cozinha.”

Tudo isso graças a esse pequeno filme de terror que nós fizemos num verão, há quase quarenta anos.

Então, apesar de nossas expectativas, *O Massacre da Serra Elétrica* ainda está aí. E está vicejando. Ele faz parte da nossa cultura – é quase impossível segurar uma serra hoje em dia e não parecer ameaçador. As pessoas ainda me contam piadas de serras elétricas (elas não têm graça). Até pessoas que não conhecem filmes de terror sabem quem é Leatherface. Uma cópia de *O Massacre* faz parte da coleção do Museu de Arte Moderna de Nova York (MoMA). Recentemente, comprei uma lancheira de *O Massacre da Serra Elétrica*. Existem bonecos do Leatherface. Uns oito modelos diferentes, incluindo um Leatherface cabeça-de-mola. Quem diria?

O filme provou ser muito mais do que nós poderíamos imaginar na época. E a prova disso estava na gargalhada de Marilyn naquele *pub* londrino tantos anos depois.

Gunnar Hansen

GUNNAR HANSEN
Northeast Harbor | Abril de 2003

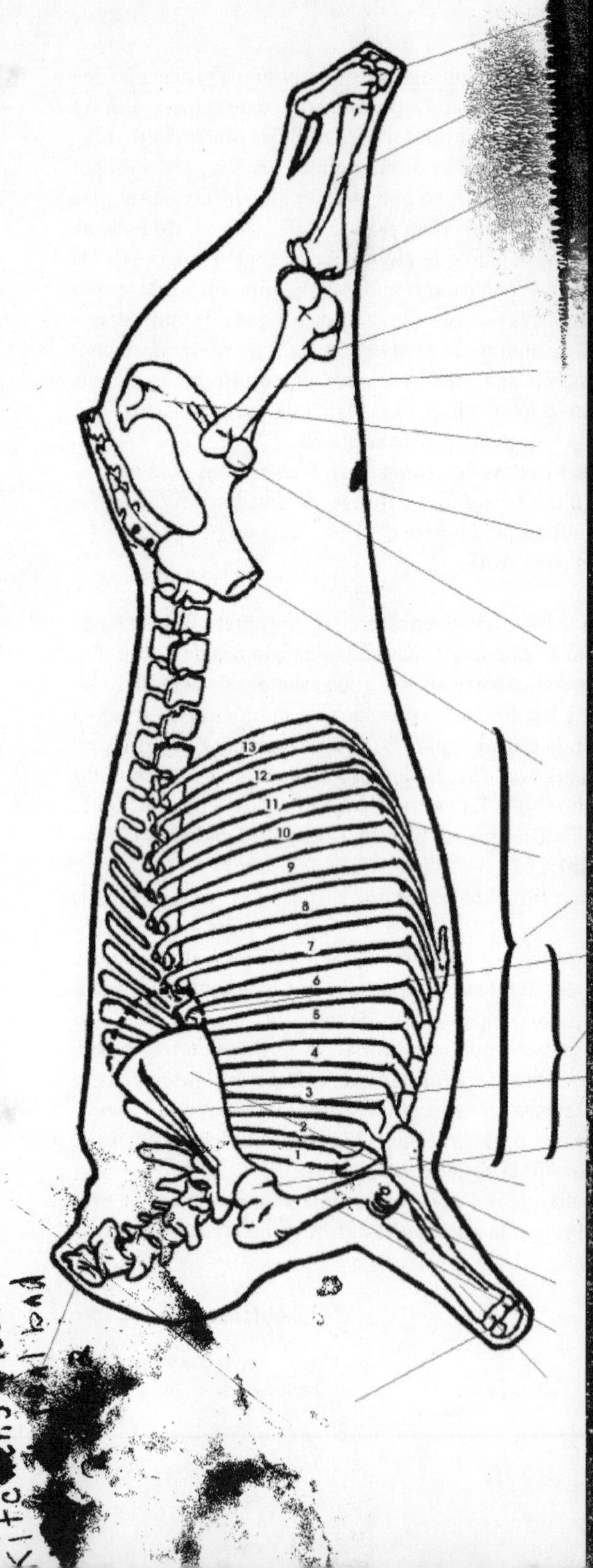

EGGSHELLS
DEPOIMENTOS

TOBE HOOPER
DIRETOR/FOTOGRAFIA/COEDITOR
ALGUMA TRILHA
SALLYE RICHARDSON
DIRETORA-ASSISTENTE
LOU PERRYMAN
DIRETOR-ASSISTENTE
RICHARD KIDD
PROPRIETÁRIO DA
MOTION PICTURE PRODUCTIONS
RICHARD KOORIS
ROBERT A. BURNS
FRED MILLER PRODUTOR DE
PETER, PAUL AND MARY
ERIC LASHER FOTÓGRAFO DE STILLS
ALLEN DANZIGER ATOR
SPENCER PERSKIN MÚSICA
WAYNE BELL
LEVIE ISAACKS
KIM HENKEL ATOR/IDEIAS DE SCRIPT
JIM SIEDOW

O MASSACRE DA SERRA ELÉTRICA
DEPOIMENTOS

TOBE HOOPER
DIRETOR/COAUTOR/COTRILHA
FOTOGRAFIA ADICIONAL
KIM HENKEL
COAUTOR/PRODUTOR ASSOCIADO
ROBERT A. BURNS
DIRETOR DE ARTE
RICHARD KIDD
JERRY HALL
SECRETÁRIO DE IMPRENSA DO
GOVERNADOR PRESTON SMITH
ROBERT KUHN
FINANCIADOR/COISAS JURÍDICAS
MARILYN BURNS ATRIZ
GUNNAR HANSEN ATOR
PAUL PARTAIN ATOR
ALLEN DANZIGER ATOR
RICHARD KOORIS
DIRETOR DE FOTOGRAFIA
O MASSACRE DA SERRA ELÉTRICA 2
DANIEL PEARL
DIRETOR DE FOTOGRAFIA
LOU PERRYMAN
ASSISTENTE DE CÂMERA
JIM SIEDOW ATOR
JOHN DUGAN ATOR
WAYNE BELL
OPERADOR DE BOOM
PÓS-PRODUÇÃO DE SOM/CO-TRILHA
ED NEAL ATOR

LEVIE ISAACKS
DIRETOR DE FOTOGRAFIA:
O MASSACRE DA SERRA
ELÉTRICA – O RETORNO
BRIAN HUBERMAN
DIRETOR: RETURN OF THE TEXAS
CHAINSAW MASSACRE:
THE DOCUMENTARY
BRAD SHELLADY
DIRETOR: THE TEXAS CHAIN
MASSACRE: A FAMILY PORTRAIT
BILL JOHNSON ATOR TCM 2
BILL MOSELEY ATOR TCM 2

O MASSACRE DA SERRA ELÉTRICA 2
DEPOIMENTOS

SCOTT HOLTON
PUBLICIDADE
WAYNE BELL SOM
LOU PERRYMAN ATOR
BILL MOSELEY ATOR
BILL JOHNSON ATOR
CAROLINE WILLIAMS ATRIZ
MIKE SULLIVAN
ADERECISTA
RICHARD KOORIS
DIRETOR DE FOTOGRAFIA
ERIC LASHER
FOTÓGRAFO DE STILLS
KIM HENKEL
COAUTOR/
PRODUTOR ASSOCIADO: TCM
L.M. KIT CARSON
ROTEIRO
TOM SAVINI
EFEITOS ESPECIAIS
DE MAQUIAGEM
JIM SIEDOW ATOR

LEATHERFACE: O MASSACRE DA SERRA ELÉTRICA III
DEPOIMENTOS

ROBERT ENGELMAN
PRODUTOR
MIKE DELUCA
PRODUTOR ASSOCIADO
R.A. MIHAILOFF ATOR
MICK STRAWN
DESENHO DE PRODUÇÃO
JAMES L. CARTER
DIRETOR DE FOTOGRAFIA
JEFF BURR
DIRETOR
DAVID J. SCHOW
ROTEIRO

O MASSACRE DA SERRA ELÉTRICA: O RETORNO
DEPOIMENTOS

PAUL PARTAIN ATOR
ROBERT KUHN
PRODUTOR EXECUTIVO
COPRODUTOR
BRIAN HUBERMAN
DIRETOR: RETURN OF THE TEXAS
CHAINSAW MASSACRE:
THE DOCUMENTARY
LEVIE ISAACKS
DIRETOR DE FOTOGRAFIA
KIM HENKEL
DIRETOR/AUTOR/COPRODUTOR
LISA NEWMEYER ATRIZ
ROBERT JACKS ATOR
LOU PERRYMAN
ASSIST. DE CÂMERA: TCM
TONIE PERENSKI ATRIZ
MARILYN BURNS ATRIZ
WAYNE BELL MÚSICA

O MASSACRE DA SERRA ELÉTRICA 2003
DEPOIMENTOS

ROBERT A. BURNS
DIRETOR DE ARTE: TCM
KIM HENKEL
COAUTOR
PRODUTOR ASSOCIADO: TCM
BILL MOSELEY ATOR: TCM 2
GUNNAR HANSEN ATOR: TCM
LOU PERRYMAN
ASSISTENTE DE CÂMERA: TCM
DANIEL PEARL
DIRETOR DE FOTOGRAFIA
MARCUS NISPEL DIRETOR
TOBY EMMERICH
PRESIDENTE DE PRODUÇÃO,
NEW LINE CINEMA
MARK ORDESKY
PRESIDENTE,
FINE LINE FEATURES
ANDREW BRYNIARSKI ATOR
JESSICA BIEL ATRIZ
ERIC BALFOUR ATOR
R. LEE ERMEY ATOR

O MASSACRE DA SERRA ELÉTRICA: O INÍCIO
DEPOIMENTOS

JONATHAN LIEBESMAN
DIRETOR
SHELDON TURNER
ARGUMENTO
SHELDON TURNER E DAVID J. SCHOW
HISTÓRIA
JORDANA BREWSTER ATRIZ
TAYLOR HANDLEY ATOR
DIORA BAIRD ATRIZ
MATTHEW BOMER ATOR
R. LEE ERMEY ATOR
ANDREW BRYNIARSKI ATOR

MASSACRE DA SERRA ELÉTRICA 3D
DEPOIMENTOS

TOBE HOOPER
DIRETOR/COAUTOR/COTRILHA/
FOTOGRAFIA ADICIONAL: TCM
JOHN LUESSENHOP DIRETOR
GUNNAR HANSEN ATOR: TCM
MARILYN BURNS ATRIZ
TCM E TCM – O RETORNO
DAN YEAGER ATOR
WILLIAN GLOSS
ALEXANDRA DADDARIO
ATRIZ
JIMMYO
SCOTT WEINBERG
STEVE ROSE

EGGSHELLS

TIME AND SPACED FILM FANTASY

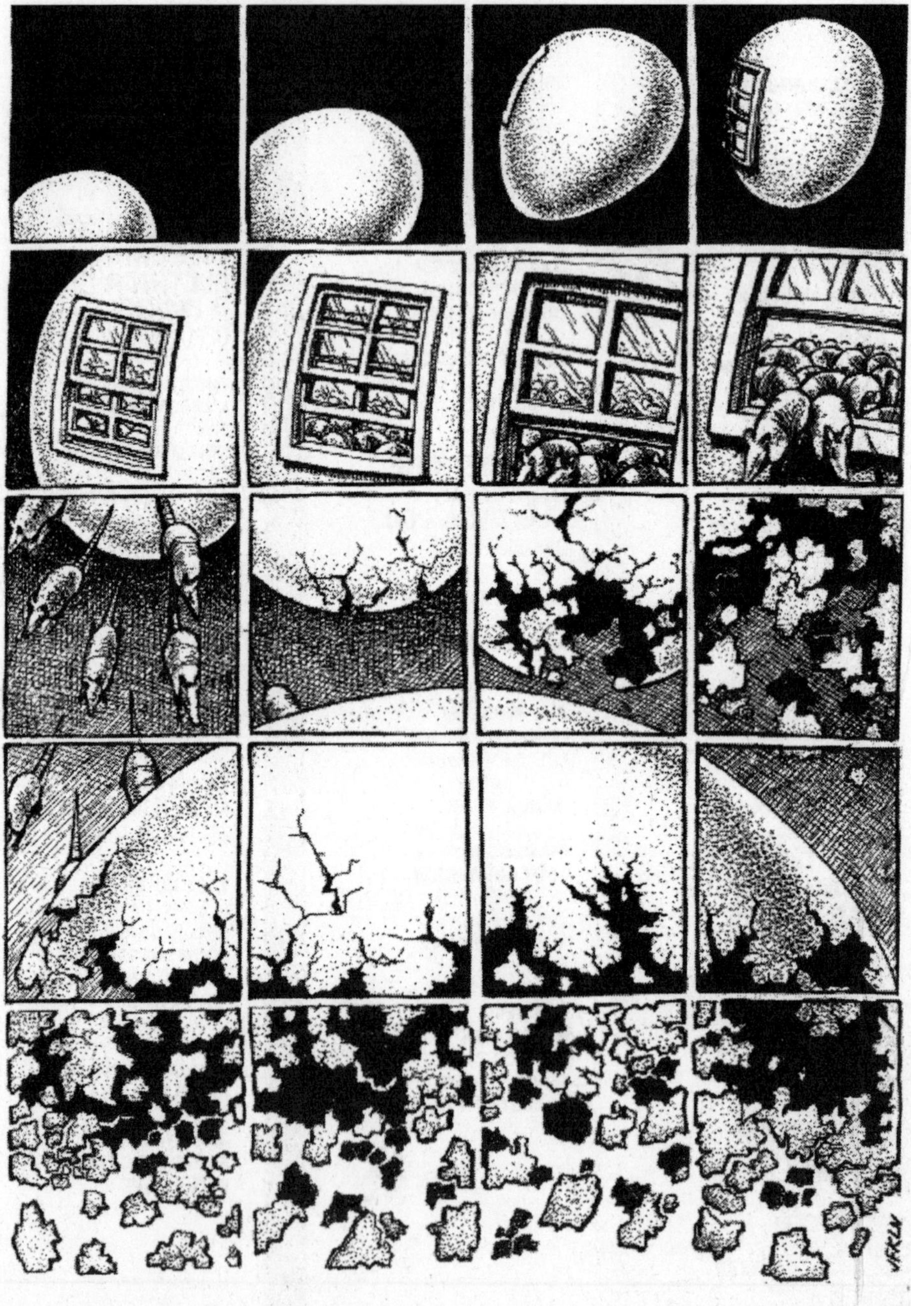

Pôster de Eggshells,
com arte de JIM FRANKLIN

"PORCARIA PSICODÉLICA!"

PRELÚDIO: EGGSHELLS

Primeiro filme da dupla
Tobe Hooper e Kim Henkel, de 1969

SALLYE RICHARDSON Em primeiro lugar, você acha que tudo isso gira em torno de Tobe Hooper e aí você pensa, bem, talvez não. Em parte, ele é o ponto central, mas de quem é esta história? É uma história sobre Tobe e seus filmes, ou é uma história sobre várias pessoas numa determinada época?

GUNNAR HANSEN O que você provavelmente vai descobrir é que todos nós temos nossa própria interpretação do que é *O Massacre da Serra Elétrica*, é como *Rashomon*,[1] em que cada um conta a história... Então, entre nós cinco, nós teremos cinco histórias diferentes...

SALLYE RICHARDSON A coisa toda é essa, eu ouvi várias histórias diferentes - para mim, é interessante porque eu sei a verdade - o que quer que digam, está ok, mas o fato é que eu *sei* a verdade... E é interessante que as pessoas tenham suas próprias perspectivas sobre o que houve, todo mundo vê as coisas de modos diferentes, algumas esticam a verdade, e gostariam que ela se parecesse com algo diferente do que ela é. Então, é um fenômeno interessante - como se o que você fosse escrever fosse uma compilação das suas experiências, através de um filtro pessoal...

1 Filme de 1950 escrito e dirigido pelo célebre cineasta japonês Akira Kurosawa. No filme, a narrativa é construída a partir de pontos de vista conflitantes. No inglês, a palavra tomou o significado da impossibilidade de se verificar a verdade sobre um fato, quando há muitas versões da mesma história.

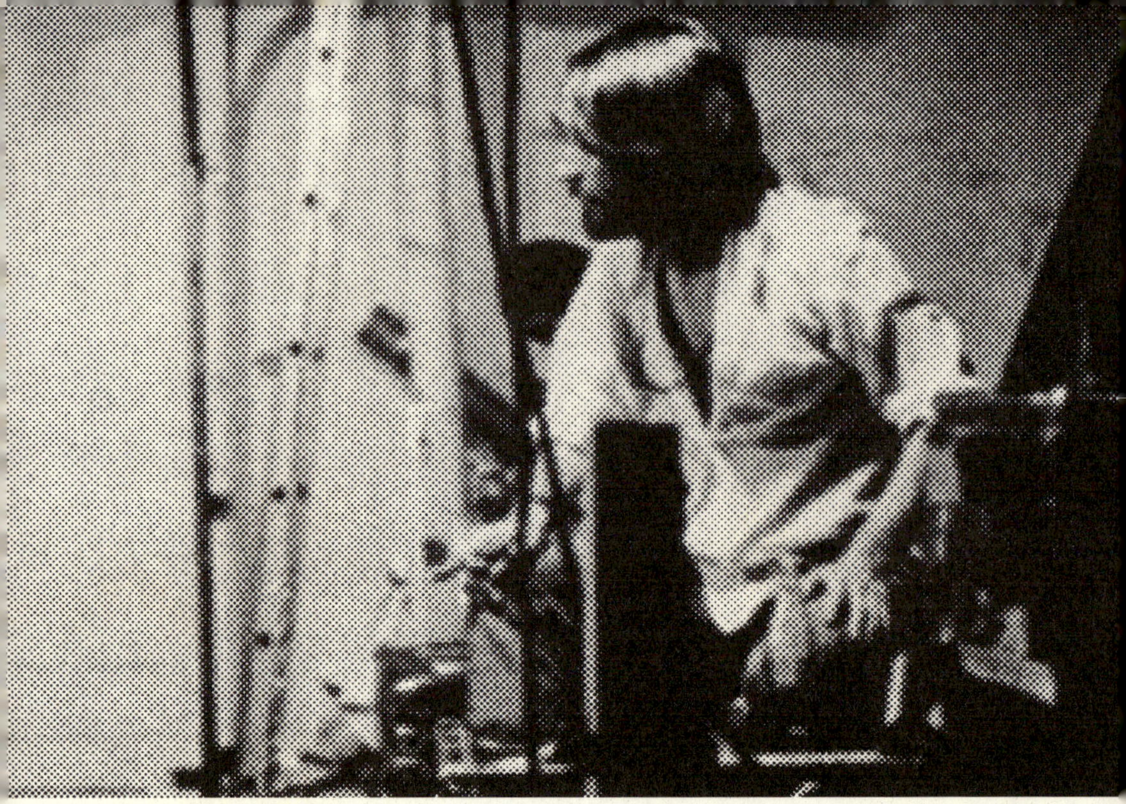

[1] TOBE HOOPER trabalhando

[2] DAVID FORD (esquerda) e TOBE HOOPER (direita) recebem a medalha de ouro no Atlanta International Film Festival

Depois de passar a maior parte dos anos 1960 produzindo uma grande quantidade de curta-metragens, documentários e comerciais, o primeiro longa de Tobe Hooper foi *Eggshells* (*Casca de Ovos*, em tradução literal), filmado entre 1969 e 1970. Sua essência hippie tardia – visuais psicodélicos, narrativa fragmentada, semi-improvisada–, aliada a uma pretensão artística incompreensível, limitou a exibição do filme, de pouco apelo comercial, a festivais (ele ganhou uma medalha de ouro no Festival Internacional de Cinema de Atlanta) e a um punhado de campi universitários, antes de ser vendido para dedução de impostos e nunca mais ser visto.[2]

LOU PERRYMAN Meu irmão, Ron, e Tobe eram camaradas, parceiros, os dois cineastas mais fodões da cidade - tinham aspirações, eles conversavam sobre diretores e roteiristas, conheciam a parada toda. Quando me mudei para Austin, lembro-me de ver Tobe montando um filme para o meu irmão numa moviola de cola quente - na qual você cortava, raspava e "soldava" os pedaços de filme, enquanto que na moviola de guilhotina você trabalhava com fita adesiva - e eu percebi que ele tinha esse talento visual. Então, ele montava esses filmes e conversava sobre eles - na maior parte das vezes eu saía para comprar charutos ou Coca-Cola.

RICHARD KIDD Fui trabalhar com a KTVC, uma estação de TV local aqui de Austin, que pertencia a Lyndon Johnson,[3] enquanto eu terminava meus últimos anos na Universidade do Texas (UT). Conheci um cameraman que também trabalhava no departamento de jornalismo, Gary Pickle. Então, Gary e eu decidimos deixar a estação de TV e começar uma produtora de cinema, simples assim - não pensamos muito a respeito, apenas achamos que poderíamos conseguir sozinhos. Isso deve ter sido por volta de 1966. Havia outro sujeito que recrutamos da estação de TV, Mike Bosler, que já faleceu. Acho que permanecemos nisso por um ano, e foi aí que nos juntamos a Tobe e Ron. Ambos se enquadravam na categoria de tipos realmente criativos. Eles estavam tentando fazer filmes, comerciais, entrar no *business*, mas não tinham um escritório, estavam meio que trabalhando em casa. Nós havíamos alugado um pequeno prédio comercial próximo do congresso estadual, nós éramos uma empresa legítima!

SALLYE RICHARDSON Eu me formei na Escola de Cinema da UT - o departamento era ainda muito recente. Depois da formatura, fiz um documentário para uma instituição de saúde mental para crianças, e então conheci Lou Perryman e nós fizemos um segundo filme para esse mesmo cliente. Eu levei o filme para a produtora do Richard Kidd, Motion Pictures Production (MPP), que me deixou usar seus equipamentos em troca de levar o trabalho para lá. Então eu usei seus equipamentos de pós-produção, e foi assim que eu entrei na produtora. Foi onde conheci Tobe. Aprendi muitas coisas sobre iluminação com Tobe e Ron Perryman. Ron era um ótimo fotógrafo, especialista em planos longos em câmera lenta, ele montava o equipamento e esperava o pôr-do-sol, ou apontava uma teleobjetiva para alguém correndo à distância, faria uma panorâmica, e o resultado seria tão delicado, tão incrivelmente brilhante. Ron e Tobe se

2 O texto de Stefan Jaworzyn, autor do livro, aparece sempre com este padrão de recuo e tipografia.

3 36º presidente dos Estados Unidos, assumiu após a morte de John F. Kennedy.

completavam tão bem porque Tobe era rápido e ágil e Ron tinha uma calma meticulosa, takes lindos, ele fez tantos trabalhos lindos. Ron também filmava comerciais, e todos eles tinham essa qualidade estética, meticulosamente produzidos. Eles gostavam de trabalhar juntos porque um adicionava algo ao trabalho do outro, e muitas coisas que fizeram juntos eram ótimas de verdade. Sempre me entristeceu que Ron não tenha sido capaz de seguir adiante com sua carreira...

LOU PERRYMAN Tobe havia feito outro filme, um curta, tempos antes, *The Heisters* (*Os Assaltantes*, em tradução livre), acho que foi filmado em 35mm. Eu me lembro de estar no set de filmagens, deve ter sido por volta de 1962.

SALLYE RICHARDSON Acredito que foi seu primeiro filme, acho que ele fez tudo sozinho, provavelmente é a única pessoa com uma cópia do filme – era uma comédia, do tipo pastelão. Ele fez aquela torta gigante e eles acertam esse sujeito no rosto com uma torta do tamanho de uma porta...

LOU PERRYMAN Tobe e Ron foram convidados a fazer parte da MPP por Richard Kidd. De certa forma, foi ele quem teve o sonho de montar uma produtora de cinema – Ron e Tobe eram os artistas, e eles queriam fazer "arte", mas Richard agarrava uma câmera, corria até um banco, fazia um bando de takes e montava um comercial com eles. Os rapazes ficavam horrorizados – isto não é arte! Mas Richard mantinha a produtora, ele pagava as contas...

SALLYE RICHARDSON Richard Kidd era um cineasta fenomenal, ainda que fosse um cineasta comercial, e não um artista. Ele foi capaz de reunir aquele grupo de artistas de algum jeito e ainda manter a produtora, e foi graças à sua astúcia que ela tomou rumo. Às vezes me pergunto como ele conseguiu! Ele sabe como conquistar o que quer – e esqueça a arte! A MPP se transformou na Film House porque Ron e Tobe, junto com aquele cara, Gary Pickle, tentaram ser "menos Richard" – eles sentiram que precisavam de um novo nome, mas ainda eram basicamente "Richard Kidd Produções". Todos o deixaram, mas ele sobreviveu – mudou-se para Dallas e se tornou ainda mais bem-sucedido!

RICHARD KIDD A MPP mudou seu nome para Film House, talvez em 1969 ou 1970. Quando Gary e eu começamos, nós não sabíamos como nos chamaríamos, e acabamos sendo a Motion Pictures Productions (Filmes Produções, em tradução literal). Que nome mais estúpido! Então, quando chamamos Ron e Tobe, eles disseram: "Precisamos achar um nome melhor do que MPP". Foi daí que surgiu a Film House (Casa do Filme), e esse foi o nome operacional até meados dos anos 1970, quando todos se separaram e a RKP nasceu.

SALLYE RICHARDSON Se tínhamos um comercial de banco para filmar em Austin, Richard diria: "Tobe, você faz esse aí". Ele lhe entregaria o roteiro que a agência providenciara, Tobe olharia para ele e nós iríamos até o local onde havia, digamos, umas dez pessoas que deveríamos entrevistar. Mas Tobe dava umas voltas com a câmera na mão – era assim que ele era. Se precisasse armar um plano, ele levaria Ron. Ele trazia o material, deixava conosco e sumia até que tudo estivesse pronto. Então se sentava à frente da moviola Steenbeck e realizava seu milagre. Ele tinha películas enroladas em seu pescoço, adesivadas no seu paletó – e antes que você pudesse perceber, ele estava com um material criativo que era simplesmente incrível. Talvez não exatamente do jeito que o Banco Nacional de Austin ou que a agência normalmente aprovasse, mas era tão mágico que, diabos, quem poderia dizer não? Ele era um grande cameraman e sempre foi um excelente montador.

RICHARD KOORIS Eu conhecia os rapazes da MPP, fiz uns bicos para eles certa vez, mas no começo dos anos 1970 eu abri uma produtora chamada Shootout ("tiroteio", em um trocadilho com "filmar", ambos oriundos do verbo "*to shoot*") com alguns estudantes, um deles era Danny Pearl, e nos transformamos em concorrentes da MPP. Tínhamos um pequeno escritório, no andar em cima do consultório de um quiroprático. Inicialmente, não possuíamos nenhum equipamento, então adquirimos uma Steenbeck de seis chapas – uma moviola de filmes 16mm – e nós alugávamos as câmeras, pegávamos qualquer trabalho que conseguíssemos. Os outros caras eram Lerry Carroll, Ted Nicolaou e Courtney Goodin...

ELES GOSTAVAM DE TRABALHAR JUNTOS PORQUE UM ADICIONAVA ALGO AO TRABALHO DO OUTRO, E MUITAS COISAS QUE FIZERAM JUNTOS ERAM ÓTIMAS DE VERDADE

Eu conhecia Richard Kidd há anos. E Tobe também, é claro; ele começou a fazer filmes quando era muito novo, e foi na MPP que ele se educou. E um cara chamado Ron Perryman, que era uma espécie de cientista louco. Ele é o irmão mais velho do Lou – não o vejo há anos, ele é do tipo recluso, também não creio que sua saúde vá muito bem. Ele era um fotógrafo maravilhoso, não menos que brilhante, mas era um indivíduo muito estranho... Tinha um olhar magnífico, construía câmeras, gruas e todos os tipos de aparelhos.

RICHARD KIDD Ron era basicamente um recluso, mesmo para os padrões do começo dos anos 1970. Um talento nato, mas ele queria fazer tudo do seu jeito, e não queria que ninguém se intrometesse. Não se podia mandar Ron fazer um trabalho corporativo sem ajudantes, empresários e produtores ao seu lado, alguém para lidar com os problemas!

ROBERT A. BURNS Eu cresci em Austin, assim como Tobe – Tobe e eu nos conhecemos em 1965, numa festa improvisada após uma pequeno trabalho de produção em Austin. Decidimos que a festa seria no meu trailer, mas ele quebrou antes que começássemos, quando o dono esquisitão do camping pensou que eu estava abrindo um puteiro (quem dera!) e me expulsou de lá.

Eu trabalhei com Tobe em alguns de seus projetos. Ele fez um curta-metragem bem legal, chamado *Down Friday Street* (*Rua Sexta-Feira Abaixo*, em tradução livre), não exatamente um documentário, apenas um breve comentário do tipo "que pena que eles estão demolindo todas aquelas casas antigas e construindo estacionamentos". Deve ter

that's just as real.

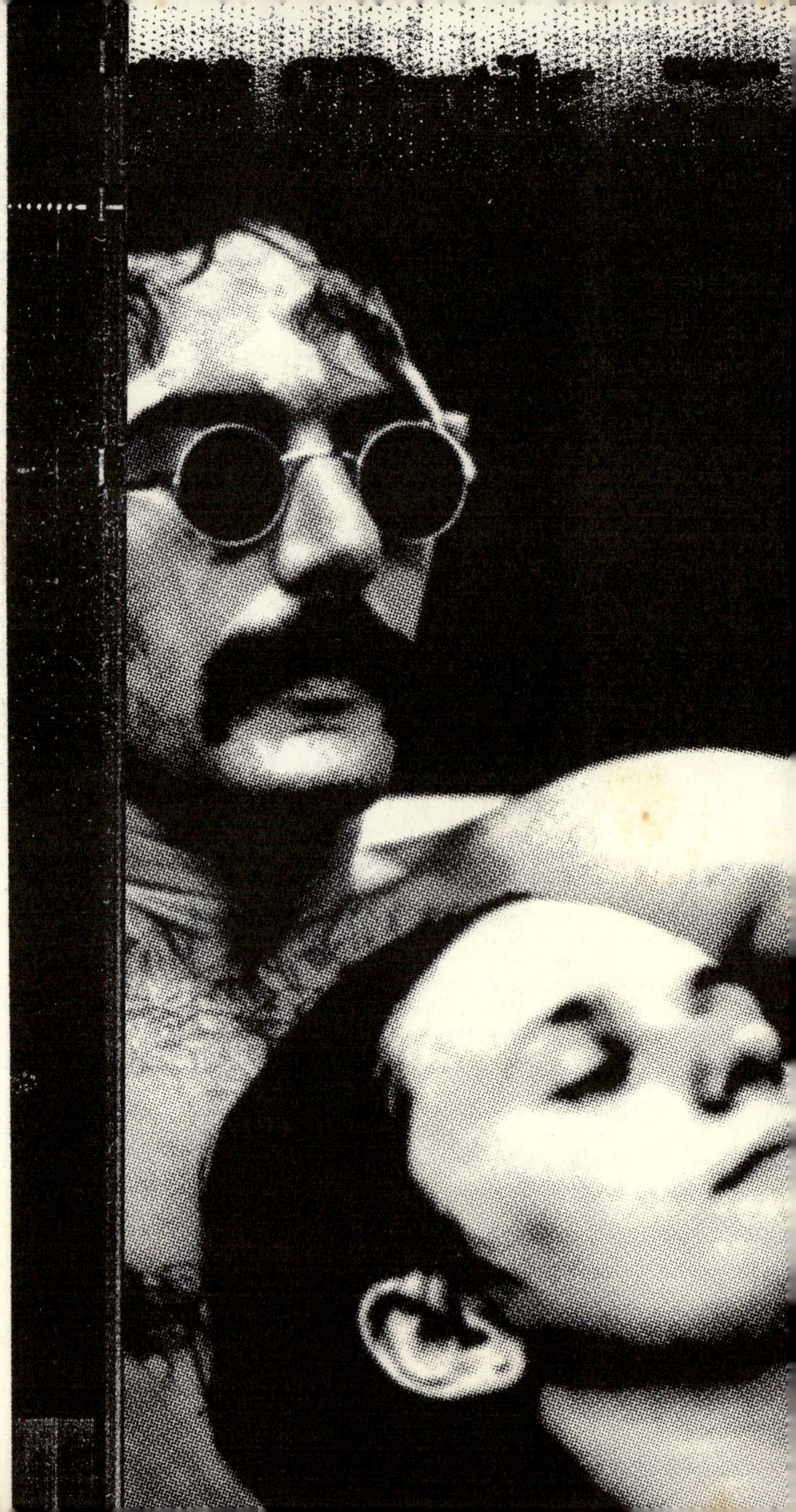

O misterioso "Boris Schnurr" (também conhecido como KIM HENKEL) e MAHLON FORMAN relaxam sido por volta de 1965, pouco depois que o conheci, e a coisa toda era basicamente ele e eu. Fizemos quase tudo em Austin, um pouco em Dallas, na maioria das vezes ele filmava e eu o ajudava. Ele montou o filme e o curta ganhou alguns prêmios.

RICHARD KIDD Nos anos 1960, Ron era como um guru do Tobe. Tobe era um grande fotógrafo, tinha um olhar apurado, mas ele adorava colaborações, do tipo que Ron providenciava – eram capazes de conversar sobre planos por horas, imaginavam maneiras malucas de sustentar as câmeras, armar as luzes, o que fosse. Eles foram às ruas e filmaram *Down Friday Street*, acho que sequer tinham um patrocinador. Foi quando eu assisti ao curta que percebi que queria colar neles. Eu achei genial, esse era o tipo de gente com quem nós precisávamos trabalhar.

SALLYE RICHARDSON Primeiro, rolou *Peter, Paul and Mary* (um documentário sobre os cantores folk), que era quase um filme, e depois veio *Eggshells*, que também era quase um filme...

FRED MILLER *Peter, Paul and Mary* foi dirigido por Tobe Hooper e fotografado principalmente por Tobe e por Ron Perryman. Seus heróis eram D.A. Pennebaker e os irmãos Maysleys.[4] Fomos atrás de um empreendimento orçado em quinhentos dólares... Só havia uma produtora filmando em Austin na época, a Motion Pictures Productions do Texas, propriedade de Richard Kidd. Tobe, Ron e Gary Pickle eram sócios da empresa e eles se tornaram a própria equipe de filmagem. Nós começamos naquela noite em San Antonio... Por seis meses, saímos juntos na turnê e filmamos umas 100 horas em 16mm. Tobe e Ron montaram e esculpiram o show. Eu tinha uma vaga ideia de como ficaria quando estivesse pronto. Eles sabiam como filmar à maneira do *cinéma-vérité*.[5] Eles me ensinaram [*The Austin Chronicle*, dez. 1999].

RICHARD KIDD Eu estava muito envolvido naquele projeto. Nós usamos três câmeras nele, eu operei uma delas; Tobe, a segunda e Ron a outra. O filme se transformou mesmo em um documentário, maravilhoso, tinha uma hora de duração, um clássico do tipo "siga-os através do país", pago por um louco com seu cartão de crédito: era um pastor assistente da Igreja Batista em Austin. Fred e eu sabíamos pouco um sobre o outro, ele foi ao escritório – não tinha dinheiro, mas tinha cartões de crédito –, então eu me aproximei com um contrato e disse: "Ok, desde que você possa cobrir todas as despesas, nós participaremos", e foi assim que fizemos o trabalho... Nós devemos ter filmado meia dúzia de concertos pelo país, entrevistas, o troço todo... Tínhamos cenas de show e de entrevistas com os três cantores, tanto nos bastidores quanto em casa. O material provavelmente ainda existe nos cofres da PBS (Public Broadcasting Service, a rede de TV pública norte-americana). Foi ótimo.

ERIC LASHER Tobe aparece um pouco no filme, pois são duas câmeras e ele está no palco. Ouve-se um ruído durante o ensaio e perguntam se é o responsável: "Ah, não, eu não!"

4 Cineastas documentaristas de grande influência nos anos 1960.

5 Cinema verdade, movimento francês dos anos 1960. Entre suas características estão o uso da câmera na mão e a montagem das imagens após a captação do áudio de entrevistas e conversas.

ROBERT A. BURNS E então Tobe fez esse filme estranho, chamado *Eggshells*. Começou meio como um documentário sobre uma galera vivendo na "hippielândia" – e é claro que isso foi depois que a cultura hippie tinha acabado e as pessoas não eram exatamente hippies, apenas viviam na mesma casa... Depois que eles filmaram uma tonelada de coisas, decidiram incluir uma história e ela foi sendo criada à medida que eles filmavam. Não era bem uma coisa nem outra, mas eles decidiram tentar lançá-lo como um longa de ficção.

Eu estava fazendo muitas coisas de publicidade e ele veio até mim e acabei montando um release. *Eggshells* foi exibido em dois lugares... era apenas essa esquisitice um pouco estranha. Hoje, talvez tenha um apelo de cápsula do tempo. Algumas partes se tornaram cafonas, mas era basicamente estranho. Tem seus momentos criativos, mas que não diziam nada. Deve ter mais valor nostálgico em Austin do que em qualquer outro canto, pois mostra lugares que já não existem mais.

LOU PERRYMAN E então Tobe trouxe *Eggshells* para cá. Eu era um faz-tudo. Eles me arrumaram uma Kombi cheia de cerveja, e todos os dias eu ia para a filmagem: "O que vocês estão fazendo agora?" Eu carregava os rolos de filme, ajeitava a câmera, carregava as baterias. Basicamente, éramos apenas ele e eu, e outras pessoas foram chamadas à medida que o filme foi acontecendo. Acho que Ron filmou um pouco, ele ajudou com outras coisas.

TOBE HOOPER É uma história real sobre 1969. Um pouco de *vérité*, mas com algo a mais. Tipo o roteiro no guardanapo, improvisações misturadas com magia. Era sobre o começo do fim de uma subcultura. A maior parte das cenas acontece numa comuna. Mas o que eles não sabiam é que no porão existe uma entidade hiperelétrica criptoembriônica que exerce influência em toda a casa e nas pessoas que vivem nela. As influências na minha vida eram todas político-socialmente inseridas. [Entrevista a Marjorie Baumgarten, *The Austin Chronicle*, 27 out. 2000]

TOBE HOOPER ... uma forma de entidade entra na casa, aloja-se nas paredes do porão e cresce dentro de um bulbo, meio eletrônico, meio orgânico. Quase como um olho, mas como uma grande lâmpada, que sai da parede e manipula a casa, dá vida às paredes. Mais ou menos isso. Eu acho que o filme é, na verdade, uma mistura. Às vezes, parece algo tipo Paul Morrissey[6] como *Trash*, e outras vezes se parece com *Fantasia*.[7] [Entrevista a Donald G. Jackson, fanzine *The Late Show*, 1975]

RICHARD KIDD Na real, eu tentava manter o negócio funcionando, trazendo dinheiro para dentro de casa e pagando os salários. Então eu ia às agências de publicidade que pagavam pelos comerciais, patrocinadores que pagariam por um documentário. Claro que o que Tobe queria era produzir coisas cinematográficas, então havia esse conflito constante, sabe: "Claro, Tobe, mas quem vai pagar as contas?" Ele nunca trazia

6 Diretor norte americano, trabalhou com Andy Warhol em filmes como *Flesh*, *Trash* e *Heat*.

7 Longa de animação dos estúdios Disney, de 1940.

[1] MAHLON FORMAN em Eggshells

[2] BEN SKABARSAK (Ron Barnhart) atua com discrição

ninguém com dinheiro! O conceito de arrecadar dinheiro não existia para ele. Ele queria todas as câmeras, equipamentos e iluminação que o mercado oferecia, mas ele não queria saber de sair e filmar aquele comercial nojento. Por anos, nos alternávamos entre pessoas que tentavam vender ideias para filmes ou para programas de TV e, ao mesmo tempo, que faziam propagandas de bancos locais para pagar nossas contas.

Até que Tobe conheceu alguém em Houston com um pouco de dinheiro. Quem sabe? Provavelmente um cara do ramo petrolífero, e ele concordou em bancar apenas o custo de revelação dos rolos de filme. Nós fornecemos o equipamento, a montagem e parte da equipe. Eu participei de algumas filmagens, mas nunca ficava empolgado, era muito estranho: a história de uma casal de jovens, recrutados na universidade por Tobe, que passa por essa estranha experiência "transcendental" e por toda essa bobagem psicodélica. Era a típica história "viajandona" do final dos anos 1960/início dos 1970 [*risos*]. Foi filmado em 16mm, mas eu não creio que tenha sido exibido uma única vez.

ALLEN DANZIGER Acho que umas vinte pessoas assistiram a *Eggshells*.... Se você não viu, não está perdendo nada... Meu envolvimento se deu via o casal David e Amy, em quem o filme estava originalmente centrado. Aí, Kim Henkel se envolveu no processo, e mais um outro casal. Eu conheci David e Amy quando estava fazendo trabalhos sociais aqui em Austin. Estávamos envolvidos em programas de direitos civis para os pobres, de assistência social. Sallye Richardson e seu namorado, Jim Schulman, moraram no andar de baixo por um tempo, e Sallye conhecia Tobe. Foi Jim quem me apresentou a Tobe. Estávamos conversando e, quando eles descobriram que David e Amy estavam envolvidos com meus programas, perguntaram se os dois podiam filmá-los. Acho que você poderia chamar de *cinéma-vérité*, sem diálogos prontos, eles apenas disseram: "Esta é a cena, o casal chega e conversa com você", e ligaram as câmeras. E foi assim que tudo começou. Depois disso, eles me perguntaram se eu faria outra coisa – eles filmaram algumas cenas comigo numa grande manifestação anti-Vietnã que estava rolando. E há também um casamento, eles se casam no parque (acho que estou nessa cena, também). Meu filho, que tinha uns oito meses, aparece no filme, com uma cartola de Tio Sam que minha esposa, Sharon, fez para ele. Eu tenho uma foto dele, naquele carro, com a bolha no teto... Foi um filme bizarro.

SALLYE RICHARDSON Allen e sua esposa, Sharon, viviam embaixo de nós – tínhamos um duplex, eu e meu marido vivíamos no andar de cima. Foi assim que Allen se envolveu com *Eggshells*, ele conheceu Tobe através de nós. Tobe gostou de sua aparência e ele trabalhou quase de graça [*risos*]...

TOBE HOOPER Era um filme de baixo orçamento, talvez 40 ou 60 mil dólares. Filmei em 16mm e ampliamos para 35mm. Lembro-me de carregar os rolos de filme no porta-malas do meu velho MG, achando aquilo muito importante... Trata-se de um filme sobre a deterioração do movimento pela paz, perto do fim da guerra do Vietnã. [*Fangoria* 12, 1981]

SALLYE RICHARDSON Acho que custou 40 mil dólares. Mas eu não acredito que tenha sido distribuído – teve um distribuidor, mas não foi exibido... Acredito que foi em

Eggshells que filmamos uma cena no necrotério. Fomos para Houston e alugamos um lugar onde levam os mortos para retirar-lhes o sangue e essas coisas, porque nós não achamos um lugar desse tipo em Austin. E nós chamamos esse cara, um sujeito no meio da rua, que concordou em ser nosso morto e ficar deitado na mesa do necrotério, já que ninguém queria esse papel. Acho que Tobe pagou cem dólares a ele... Eu me lembro de filmar lá, não foi nada divertido... Mas eu não acho que nós montamos essa cena. Deveria estar no início do filme.

LOU PERRYMAN Num necrotério? É, eu estava lá... Foi uma opção que não usamos, não fez parte do filme. Tobe estava pescando entre todo aquele material à sua frente, tentando montar um filme. Teve um cara, não me lembro do seu nome ou de como apareceu por lá, que fazia um papel meio hippie. E Tobe decidiu que ele morreria num acidente de moto, ou algo do tipo, e lá estávamos nós numa funerária nos subúrbios de Houston. Então nós filmamos uma cena falsa de embalsamento, em que se pode ver a artéria carótida sendo aberta, o sangue escorrendo e o fluido do embalsamento entrando no corpo – foi bem medonho...

Houve uma cena interessante, na qual filmamos os dois atores trepando de verdade – mas não filmamos de maneira explícita. O set era pequeno, apenas eu, Tobe e os dois atores. Fiquei segurando um rebatedor de poliéster metalizado, Tobe apontou a câmera para o poliéster e eu lhe dei um reflexo distorcido do casal...

SPENCER PERSKIN Não me lembro de quando eu comecei a frequentar o escritório de Tobe, onde ele montava o filme – na esquina da Oitava com a Nueces, creio eu. Ele basicamente fazia curtas-metragens nessa época, mas também tinha planos para longas. Quando finalmente estava pronto para fazer *Eggshells*, ele me deu a oportunidade de compor a música. Acabei fazendo metade da trilha sonora, algumas coisas na cí-

E NÓS CHAMAMOS ESSE CARA, UM SUJEITO NO MEIO DA RUA, QUE CONCORDOU EM SER NOSSO MORTO E FICAR DEITADO NA MESA DO NECROTÉRIO, JÁ QUE NINGUÉM QUERIA ESSE PAPEL.

tara, com Jim Franklin batucando tablas, outras com Shawns Siegel... Nós aparecemos no filme no papel da banda Shiva's, tocando num casamento que aconteceu de verdade no coreto do Parque Wooldrige, perto do tribunal. De qualquer maneira, você não vai escutar a banda naquela cena, nós fomos ao estúdio do Robinhood Brian, em Tyler, para gravarmos. Tobe me disse que usaríamos a cítara, então eu trouxe Jim comigo porque ele tinha uma tablas e sabia tocar um pouco. Gravamos a cítara e eu acho que um solo de qualquer outra coisa. Então, de repente, Tobe pergunta: "Cadê a banda?", e eu respondo: você nunca disse pra trazer a banda. Mas Tobe queria um pouco de rock'n'roll, então eu liguei para Shawn, em Austin, e disse: "Em quanto tempo você consegue chegar aqui?", e ele disse: "Rapidinho", porque Tobe tinha grana. Então, quando Shawn apareceu, depois de umas boas seis horas dirigindo de Austin até Tyler, levamos um som para aquecer e caímos direto no trabalho. Tobe precisava de

[1] EGGSHELLS, primeiro filme de Tobe Hooper

[2] O CASAMENTO no parque

um rock rouco e raivoso e éramos só nós dois, então Shawn tocou o piano e o órgão, e eu gravei a bateria, o baixo, as guitarras e, se lembro bem, um pouco de rabeca. Fizemos nossa peça instrumental, "Qualquer coisa em Ré Maior", que serve de trilha para a explosão de um Fusca no filme. Demais! ["Stars we are", no site da Spencer Perskin's Shiva's Head Band].

WAYNE BELL Tobe e eu éramos amigos. Eu era universitário e trabalhei em *Eggshells*. Eu o conheci antes disso, quando fui trabalhar, logo após terminar a escola, para a produtora MPP, que depois virou a Film House, aqui em Austin, da qual Tobe era sócio. Dois dos caras de lá – Tobe Hooper e Ron Perryman – eram muito talentosos e eu gravitava naturalmente ao redor deles. E foi assim que Lou entrou no mundo do cinema, recrutado por seu irmão. Lou chegou e aprendeu a operar as câmeras. Deve ter sido no verão de 1969 – ainda que a filmagem de *Eggshells* tenha começado no outono de 1969, minha primeira participação foi no verão de 1970.

LEVIE ISAACKS Quando eu estava na Universidade do Texas, nós angariamos 25 mil alunos contra a guerra do Vietnã – ninguém imaginaria que conseguiríamos tantos numa cidade que sempre foi considerada muito conservadora.

WAYNE BELL Os protestos contra a guerra do Vietnã alcançaram outros níveis naquela época. Houve uma enorme marcha pela paz em Austin, e a estação de TV na qual eu trabalhava na época da faculdade me mandou cobrir a manifestação, e acabei esbarrando em Tobe. Eles filmavam isso – hippies, basicamente [*risos*]. Eu cheguei junto e os ajudei, nós filmamos o dia inteiro. Então acabei passando o verão inteiro trabalhando em *Eggshells*. Meu palpite é que muitas das cenas com pedestres foram filmadas na primavera anterior, pessoas curtindo, você sabe. Muitas coisas eram basicamente improvisadas, eu escutava várias vezes o áudio, o som sincronizado, não tínhamos roteiro, tínhamos comandos do tipo: "Montamos o equipamento aqui, veja se você consegue chegar até lá". E certamente tínhamos alguns não-atores. Kim tinha uma namorada chamada Mahlon e ambos aparecem no filme. Eles tinham um carro bacana, pintado, com uma bolha no teto. Uma das primeiras filmagens foi uma cena no campo, quando eles explodem o carro. O carro "evapora", estava numa plataforma sobre um buraco e quando a fumaça some, a plataforma abre e o carro desaparece. Essa era a ideia.

Rapaz, e que figura era o responsável pelos explosivos, Henry Holly [*risos*], meu Deus! Como eu era o caçula do grupo, me colocaram no carro de Henry e de sua esposa esganiçada, rebocando um trailer cheio de explosivos. Eles estavam discutindo, e o carro guinava para frente e para trás. Uma hora nós fizemos uma pausa para o xixi e para a gasolina; e eu saí do carro e fui até Tobe e os outros, entrei na van deles e disse: "Eu vou com vocês". E ninguém disse nada. Conheciam a fama de Henry... A volta foi ótima, passamos a nos conhecer melhor.

Pouco tempo depois, começamos a realizar umas jam sessions. Eu venho de uma família musical, e ainda que Tobe e Ron não fossem músicos, eram muito criativos. Então nós tocávamos juntos, experimentando todos os tipos de instrumentos: xilofones, instrumentos de percussão, brinquedos, umas parafernálias elétricas – ainda não existiam

sintetizadores de verdade. Algumas dessas coisas viraram músicas do filme. Há outras músicas feitas por compositores e por outros instrumentistas também, ou seja, é uma trilha bem eclética. Em algumas partes, a trilha fica bem estranha... eu não sei se as sessões que toquei estão em *Eggshells*, Tobe e Ron devem ter feito outras jam sessions quando eu não estava lá. E elas foram as precursoras da música de *O Massacre da Serra Elétrica*.

Por vários motivos, *Eggshells* já estava datado no momento em que foi lançado, estava tão atrelado a uma época específica, não apenas às coisas que aconteciam na tela, mas também à forma de pensar, e parece risível e antiquado porque representa muito a sua época...

LOU PERRYMAN Acho que Tobe me deu crédito de assistente de direção em *Eggshells*. Deveria ser um filme sobre dois adoráveis universitários descolados que o produtor Dave Ford conhecia, mas Tobe aloprou: "Hmmm, só vão assistir a uns cinco minutos se for um filme sobre pessoas sentadas em círculo comendo germe de trigo, porra", e aí ele começou a adicionar uns personagens fantásticos. Foi quando conheceu Kim... Era um filme hippie sobre pessoas que eram descoladas, fumavam baseado, viviam um estilo de vida alternativo e tinham várias crises... Eu acho que foi vendido para dedução de impostos, e praticamente nunca mais foi exibido.

No auge do filme, Kim sai em seu velho carro, com uma bolha sobre o teto, todo pintado como a bandeira norte-americana. Ele chega ao meio de um campo, põe fogo no carro, tira as roupas e foge dali pelado, e aí o carro explode.

Eu lembro que nesse take, em cima da hora, alguém me entrega um gravador

Naga e diz: "Vai lá captar o som", e eu fui para trás de uns arbustos e estava pronto para ligar o gravador, ainda que alguém tinha me dito para não ligar nenhum motor elétrico, "não tem motor elétrico no gravador, tem?" Mas, meu Deus, eu precisava captar o som, sem poder ligar o motor... Finalmente, decidi captar o som, liguei o gravador e, na mesma hora que eu o liguei, o carro explodiu. Achei que tinha sido eu! O carro estava sobre um fosso no qual seria jogado, então aconteceria a explosão e a fumaça estaria alinhada com a câmera, para parecer que o carro havia explodido. A plataforma que eles construíram não tinha a largura exata dos pneus, então era bem mambembe, difícil de manobrar o carro sobre ela. E a dinamite, umas vinte e cinco bananas, já estavam no fosso e acho que tinha mais umas setenta e cinco com gasolina. Para colocar o carro sobre a plataforma, tivemos que puxá-lo com uma corda, e alguém tinha que manobrá-lo. Então acabei entrando no carro, ou me debruçando para dentro dele para girar o volante enquanto subíamos a rampa, debruçado sobre um fosso de dinamite...

Sallye Richardson participou de certa forma – era difícil dizer qual a função específica de cada um no filme. Sabe, fomos colocados ali desse jeito... Eu lembro que Sallye estava lá quando explodimos o carro, foi fantástico...

SALLYE RICHARDSON Eu tirei todas as fotos, inclusive aquela que está no pôster, o garoto e a garota dentro da bolha. Parece-me que tirei aquela quando estávamos explodindo o carro. Foi a primeira vez que eu explodi qualquer coisa, foi muito excitante. Acho que Ron também estava nessa. Nós tínhamos três câmeras, talvez quatro, era muito divertido.

RICHARD KIDD Eu me lembro de ver algo montado. Nós prendemos a respiração juntos diante da péssima atuação dos dois jovens, eles eram horrorosos, do nosso ponto de vista. Mas havia a gigantesca explosão de um carro. Os dois jovens hippies dirigiam seu carro pintado pelo campo, em direção ao bosque, e então eles se mandam dali e, enquanto se mandam, ele explode e desaparece num passe de mágica. Tobe teve essa grande ideia, e Ron o ajudou a montá-la. Eles cavaram um buraco de cerca de três metros e meio de profundidade, juntaram duas tábuas e levaram o carro sobre o buraco, cheio com quase duzentos litros de gasolina e explosivos. Na hora "H", eu filmava com uma das câmeras, nós levamos umas três ou quatro. Como Tobe deixou claro: "Diabos, só conseguiremos filmar uma vez!" Então eles apertaram o gatilho e o carro desapareceu numa nuvem em forma de cogumelo. Foi um efeito visual espetacular, mas, você sabe, nós provavelmente tivemos muita sorte, já que ninguém explodiu! [*Risos*]

Em 1971, Tobe Hooper e Jim Siedow atuaram em *The Windsplitter* (*O Para-brisa*, em tradução literal), um filme apelativo de baixo orçamento, também produzido por David Ford. Bobby Joe Smith, um garoto do interior que virou um astro de cinema, volta para sua cidade natal com cabelos compridos e uma motocicleta para encontrar violência e preconceito, ao estilo de *Sem Destino* (*Easy Rider*, filme de Dennis Hopper, de 1969). Tobe Hooper representa um dos irmãos Wilson, capangas locais que não vão com a cara de Bobby Joe. Mahlon Forman, parceiro de Kim Henkel na época e veterano de *Eggshells*, também aparece no filme.

The Steve Allen Theater and Hollywood MobMov
in association with Watchmaker Films

present

EGGSHELLS

a FILM BY
TOBE HOOPER
AN AMERICAN FREAK
ILLUMINATION. TIME
AND SPACED FANTASY

Drive-In Movie Screening*
Fridays at Midnight from December 4th. $8 per person.
Tickets & Info: www.steveallentheater.com
*may screen indoors in the event of bad weather

KIM HENKEL Eu trabalhei como maquinista em *The Windsplitter*, e foi aí que conheci Ron Bozman, que depois se tornou o produtor-executivo no *Massacre*. Ele dividiu comigo as responsabilidades de maquinista algumas vezes, na maior parte do tempo ele foi assistente de cameraman. Se houve um lançamento, além de uns poucos cinemas que David Ford agendou pessoalmente, eu não sei. Acho que David Ford nunca foi muito bom em avaliar o que tinha nas mãos [*risos*]... Você sabe, é bom lembrar que eu levei o roteiro do *Massacre* para ele e lhe ofereci uma oportunidade de participar, e ele rejeitou...

SALLYE RICHARDON Eu fui assistente de direção em *The Windsplitter*, também fiz a foto do pôster. O filme foi financiado por Dave Ford, o diretor foi J.D. Feigelson e contou com um fotógrafo e uma equipe de eletricistas de Los Angeles. Nós filmamos em uma cidade pequena nos arredores de Houston, mas acho que o filme jamais teve uma distribuição decente. Jim Siedow interpretou o pai da garota, e Tobe estava nessa: havia esses três patetas que traziam problemas para todo mundo. Acho que Tobe sempre quis ser um ator, também; ele estava muito entusiasmado. Ele e J.D. eram meio que amigos na época, em parte porque Dave Ford era o cara da grana por trás de ambos os filmes deles. *The Windsplitter* tinha panos de fundo locais, com moradores do lugar, – há uma cena no bar da cidade, só que é mais um lugarzinho onde os coroas vão jogar dominó. É uma pequena cidade histórica.

ACHO QUE DAVID FORD NUNCA FOI MUITO BOM EM AVALIAR O QUE TINHA NAS MÃOS [RISOS]... VOCÊ SABE, É BOM LEMBRAR QUE EU LEVEI O ROTEIRO DO MASSACRE PARA ELE...

JIM SIEDOW Eu não conhecia Tobe naquela época. *The Windsplitter* foi filmado em Columbus, cerca de cinquenta quilômetros de Houston. Quando fizemos *O Massacre*, – os sindicatos tinham um tipo de acordo em que só se permitia fazer um filme se houvesse no elenco um membro e um técnico da Associação dos Atores de Cinema e TV (Screen Actors Guild, ou SAG no original). Então eu era o ator da SAG que Tobe teve que contratar, eu era o único ator profissional.

TOBE HOOPER Kim foi um dos atores em *Eggshells*. Foi assim que nos conhecemos e, à medida que trabalhávamos juntos, Kim me ajudava no desenvolvimento do filme. Acabamos sendo colaboradores no roteiro. Após *Eggshells*, trabalhamos juntos por um ano e tal, e ajustamos as descrições de diversos projetos; por fim, chegamos a *O Massacre da Serra Elétrica*. [*Fangoria* 23, 1982]

KIM HENKEL Eu atuei em *Eggshells*, digamos assim, e foi quando esbarrei em Tobe. Eu havia escrito algumas coisas para o filme. Tudo basicamente centrado em dois amigos meus – e foi por conhecê-los que eu acabei fazendo parte daquilo tudo. Depois disso, Tobe e eu conversamos vez ou outra, por muitos anos, e aí nós finalmente acertamos o projeto do *Massacre*. Daí, nós levamos de seis a oito semanas de uma primavera no batente.

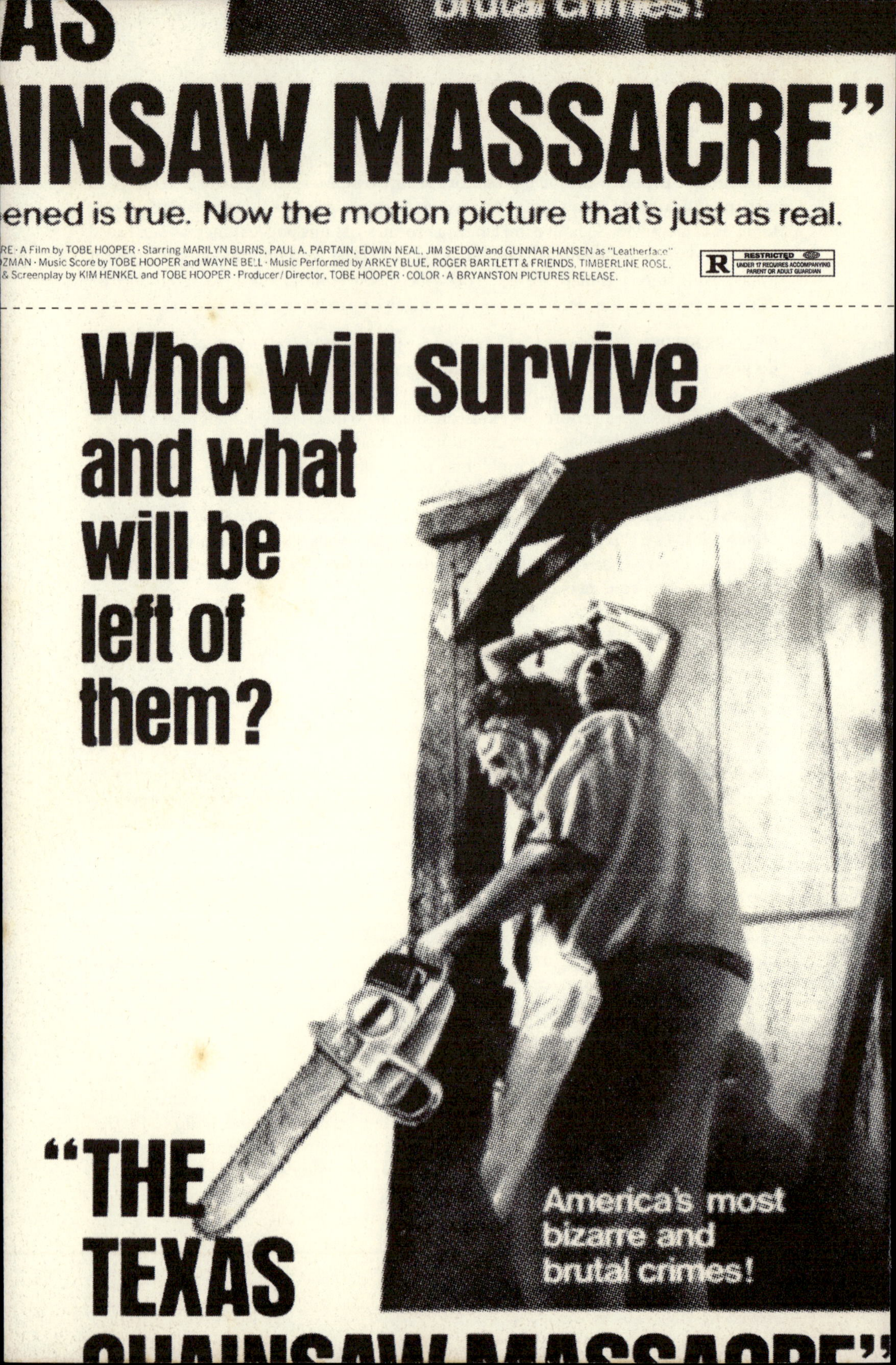
AS
INSAW MASSACRE"
ened is true. Now the motion picture that's just as real.
RE · A Film by TOBE HOOPER · Starring MARILYN BURNS, PAUL A. PARTAIN, EDWIN NEAL, JIM SIEDOW and GUNNAR HANSEN as "Leatherface"
ZMAN · Music Score by TOBE HOOPER and WAYNE BELL · Music Performed by ARKEY BLUE, ROGER BARTLETT & FRIENDS, TIMBERLINE ROSE,
& Screenplay by KIM HENKEL and TOBE HOOPER · Producer/Director, TOBE HOOPER · COLOR · A BRYANSTON PICTURES RELEASE.
R RESTRICTED
UNDER 17 REQUIRES ACCOMPANYING PARENT OR ADULT GUARDIAN
Who will survive
and what
will be
left of
them?
America's most
bizarre and
brutal crimes!
"THE
TEXAS

PÔSTER de O Massacre da Serra Elétrica

"NÓS SÓ QUEREMOS GANHAR UMA GRANA"

O MASSACRE DA SERRA ELÉTRICA

TOBE HOOPER O verdadeiro monstro é a morte. Todos os filmes clássicos de terror – *Drácula* (1931), *Frankenstein* (1931), *Psicose* (1960) – têm isso em comum. Eles têm um jeito único de entrar em sua mente, usando um símbolo que representa a morte: cemitério, ossos, flores. Se você colocá-los na ordem correta, você cria a atmosfera mais arrepiante de todas. [*The Texas Monthly Reporter*, mar. 1974]

TOBE HOOPER É um filme sobre carne, sobre pessoas que ultrapassaram os limites com carne de animais, ratos, e cachorros e gatos. Loucos, retardados que ultrapassaram a linha entre os animais e os humanos. [Release da produtora Bryanston]

De acordo com Tobe Hooper, a gênese da lenda de *O Massacre da Serra Elétrica* aconteceu assim: num Natal, no departamento de ferramentas de uma grande filial da loja Montgomery Ward, meditando sobre o projeto de um filme e amaldiçoando as multidões de fim de ano, ele foi atraído pelas serras elétricas e passou por sua cabeça que elas seriam ferramentas muito úteis para sair dali rapidamente. Depois de escapar da multidão e da loja, o conceito do *Massacre* se manifestou por inteiro a Tobe Hooper, em trinta segundos!

TOBE HOOPER As peças do quebra-cabeça estrutural, o jeito como ele se dobra continuamente para dentro de si mesmo, e não importa aonde você vai, é sempre o caminho errado. Isso foi influência dos meus pensamentos sobre os comportamentos reflexivos de erupções e manchas solares. É por essa razão que o filme começa com o sol. É impressionante como tudo fez sentido tão rapidamente em minha cabeça. [*The Austin Chronicle*, 27 out. 2000].

LOU PERRYMAN Eu acho que Tobe começou a ter ideias sobre serras elétricas quando eu vivia como um ermitão com um camarada, no meio do mato. Nós tínhamos uma serra elétrica, muitos tocos de árvores e um forno à lenha, que era nossa única maneira de nos manter aquecidos. Então tinha essa serra elétrica e ele morria de medo dela: "Meu Deus, cuidado com essa serra elétrica, *cuidado* com essa serra elétrica!" Só sei que eu me mudei para o Colorado e que ele e Kim escreveram um roteiro, então chamado *Headcheese*.[1]

TOBE HOOPER Os velhos gibis da EC Comics eram coleções de contos de terror... Eles eram totalmente apavorantes, incrivelmente horríveis, recheados com os mais indescritíveis monstros e demônios, muitos deles especializados em mutilações... Comecei a ler esses gibis quando eu tinha uns sete anos. Eu os amava. Eles não estavam baseados em raciocínios lógicos. Para curtir os gibis, você precisava aceitar que havia um Bicho-Papão lá fora... E por eu ter começado a ler esses gibis quando era muito novo e impressionável, sua atmosfera permaneceu comigo. Eu diria que eles foram a influência mais importante de *O Massacre da Serra Elétrica*. Muito do clima das revistas foi parar no filme, junto com alguns métodos de Hitchcock para manipular audiências. [Entrevista de 1977 a Glenn Lovell e Bill Kelley, *Cinefantastique* out. 1986]

A combinação da multidão de Natal na loja Montgomery Ward com serras elétricas, quadrinhos de terror, a ressaca hippie de *Eggshells* e a lenda de Ed Gein, o Exumador de Winsconsin (leia mais na página 279), em combustão com o que quer que estivesse passando dentro da cabeça de Tobe Hooper, acabou resultando num ponto de partida. Naquela que acabou provando ser uma das maiores contribuições do cinema de terror, Hooper se uniu a Kim Henkel, e os dois começaram a conspirar uma trama...

KIM HENKEL A ideia inicial foi de ambos, ainda que eu talvez dissesse ser um pouco mais do Tobe do que minha, se nos prendêssemos a detalhes insignificantes... Mas o que nós fizemos foi sentar e conversar durante o roteiro, trabalhando cena por cena em termos de ação, o que deveria acontecer entre uma cena e outra, então eu ia para casa e escrevia a cena.

1 O título faz referência a um embutido à base de carne suína como partes da cabeça, pele, língua e miúdos. No Brasil, é conhecido como "queijo de porco" ou ainda Sülze.

Bob Burns conhecia Gunnar Hansen. Eu conheci Ron Bozman em *The Windsplitter* e tinha muita confiança nele, eu sabia que precisaríamos de alguém que soubesse organizar as coisas de verdade, porque nós estávamos lidando com muitas pessoas que não eram exatamente boas nesse assunto. Então, eu o convenci a chegar junto e participar. Ele fez o melhor possível, se considerarmos aquela zona toda...

ROBERT A. BURNS As pessoas envolvidas no *Massacre* eram moradores do lugar, exceto por uns poucos amigos do Tobe (Jim Siedow e um casal da equipe). Ed Neal era o único que eu já conhecia – nos cruzamos no departamento de Dramaturgia da Universidade do Texas, anos antes –, não o conhecia pra valer, mas era o único do elenco com quem havia me encontrado anteriormente... A equipe era toda de ex-alunos do departamento de Cinema da UT – todos queriam ganhar créditos e experiência, como todo mundo faz quando está começando, e é incrível a quantidade de membros da equipe que acabaram traçando carreiras bem-sucedidas no cinema.

Quando chegou a hora de fazer *O Massacre*, eu já conhecia Tobe há oito anos. Fui o escolhido para fazer a direção de arte porque Tobe sabia o que eu fazia, e eu tinha a reputação de ser capaz de realizar coisas sem recursos. Juntei e reparti coisas a minha vida inteira. Eu tinha um grande escritório antigo, onde fazia artes gráficas e publicidade e o filme não tinha um escritório de produção, então fizemos a seleção de elenco no meu escritório porque ele era bem espaçoso.

Tobe e Kim vieram aqui, trouxeram o roteiro e disseram: "Vamos nessa". Eu conhecia Tobe o suficiente para saber que ele estava se atirando num projeto que se transformaria na coisa mais importante de sua vida. Então mantive a cautela, mas ele disse: "Não se preocupe, nós só queremos ganhar uma grana". Mas, no final das contas, ele realmente se atirou de cabeça e o projeto virou algo aterrador...

RICHARD KIDD Tobe e Ron eram uma dupla muito criativa e cheia de energia, ninguém queria perdê-los. Eles trabalharam na Film House até Tobe juntar a grana para fazer *O Massacre*. Fiz um acordo para fornecer o equipamento que eles alugariam, acho que foi um acordo do tipo metade em dinheiro, metade em crédito. Naquela altura, Tobe estava pedindo ajuda a todo mundo que ele conhecia. Nós possuíamos três Eclairs, e elas eram as câmeras favoritas de Tobe, logo ele não conseguia ficar muito longe do nosso atrativo esconderijo! Entretanto, não tínhamos um laboratório para revelar película colorida, e o filme teve que ser levado à Dallas. Nós conseguíamos mixar o áudio e montar o filme, e é claro que tínhamos câmeras e luzes, mas não tínhamos como revelar o filme. Se lembro bem, nós fechamos uns dois ou três acordos diferentes – ele queria coisas que não tínhamos, como *dollies*.[2] E nós não podíamos ceder todo nosso equipamento o tempo todo, pois estávamos tentando fazer outras coisas, então havia uma outra locadora em Dallas que fornecia para eles. Só que Tobe era mesmo péssimo para fazer negócios, ele era um sujeito de incríveis ideias criativas, mas no que dizia respeito aos negócios...

2 *Dolly*, carrinho montado sobre trilhos com suporte para câmera e o operador.

[1] TOBE HOOPER prepara o set para o clímax de *O Massacre*

[2] KIM HENKEL na locação

Warren Skaaren era um jovem promissor de vinte e cinco anos, com diplomas em Arte e Escultura em Rice, e que foi trabalhar para o governador Preston Smith após a formatura. Impressionado com os milhões que o Novo México havia gerado com sua recém-fundada comissão de cinema (New Mexico Film Commission), o secretário de imprensa do governador, Jerry Hall e um certo Bill Parsley, que trabalhara para a Câmara Legislativa do Texas, persuadiram Skaaren para que ele enviasse um memorando a Smith propondo a formação de uma Comissão de Cinema do Texas. Smith topou a ideia e a comissão foi criada em maio de 1971.

JERRY HALL Warren estava ávido em se candidatar à posição de diretor executivo. Eu lhe perguntei se ele sabia alguma coisa sobre cinema, ele respondeu: "Não muito". E aí eu lhe dei o emprego.

Warren sabia intuitivamente o que fazer. Quando eu estava crescendo, meus pais foram donos de uma sala de cinema mudo, em Stanton. Eu acabei vendo filmes a minha vida inteira – eu adorava filmes –, mas era só isso o que eu sabia sobre eles. Warren entendeu imediatamente, e nos ensinou tudo: que cinema era, na verdade, um negócio – um negócio rude e árduo – e que a ideia principal não era ser parcial ou se envolver nas políticas da produção de um filme. Warren encontrava locações para eles e não se metia mais no assunto. Ele nos fez entender que aquelas pessoas levavam seus trabalhos muito a sério. [Entrevista a Marc Savlov, *The Austin Chronicle*, jun. 2001]

KIM HENKEL Fui responsável por conseguir nosso principal patrocinador. Warren Skaaren e Ron Bozman foram colegas na Universidade de Rice, então através de minha amizade com Ron eu acabei conhecendo Skaaren. Eu levei o roteiro assim que terminei e perguntei se ele teria alguma sugestão ou comentário. Ele nos abriu algumas portas e nos apresentou a Bill Parsley (seu nome é Bill J. Parsley, daí o apelido Jay Parsley), que trabalhou na Universidade de Tecnologia do Texas como vice-presidente para assuntos estudantis. Na verdade, isso significava que ele era o lobista da universidade – ele frequentava Austin e dava seu melhor para que a Câmara Legislativa doasse dinheiro para a universidade.

EU LHE PERGUNTEI SE ELE SABIA ALGUMA COISA SOBRE CINEMA, ELE RESPONDEU: "NÃO MUITO". E AÍ EU LHE DEI O EMPREGO

ROBERT KUHN Eu estava envolvido com o financiamento de *O Massacre* – o que aconteceu foi que a Comissão de Cinema do Texas (Texas Film Commission) estava começando e quem articulou sua criação foi um cara chamado Warren Skaaren, que se tornou o primeiro diretor-executivo da recém-formada comissão. Eu conheci Warren antes disso. Parsley, Hooper e Henkel chegaram até ele, que os trouxe até mim porque eles queriam o apoio de algumas poucas corporações (Vortex e MAB). Então eu conheci Ron Bozman durante as filmagens. Eu tinha um velho trailer que eles usavam como vestiário, camarim e sala de descanso dos atores – tudo num só lugar. Eu levava o trailer até

uma locação, ligava o motor e ele ficava lá, até a bateria descarregar... Essa foi minha principal contribuição, mas eu também fui um investidor. Eles tinham um orçamento inicial de 60 mil dólares, eu investi 9 mil. A razão de ter sido 9 e não 10 mil dólares foi porque havia outras cotas – Parsley deu uma cota a Marilyn Burns e a irmã de Kim Henkel comprou uma cota bem pequena. Eu sabia que estava jogando 9 mil dólares fora, mas esse foi, sem sombra de dúvidas, o melhor investimento que fiz na minha vida. Fui sovina na hora de pagar o investimento, mas o retorno foi muito melhor do que qualquer outro que já tive.

MARILYN BURNS Trabalhei com Warren Skaaren na Comissão de Cinema do Texas. Foi ele que veio com o título: *O Massacre da Serra Elétrica* (*The Texas Chain Massacre*, no original)... Originalmente, eu estava trabalhando num lar para crianças, e algumas coisas estavam acontecendo por lá. Pretendia escrever sobre isso, e uns políticos que eu conhecia disseram assim: "Não escreva nada, tem um trabalho para você na Comissão de Cinema do Texas".

GUNNAR HANSEN Era na Austin State School, para os profundamente retardados e os mentalmente perturbados. Eu trabalhei lá por um tempo, também, mas nunca conseguia me fixar num emprego.

MARILYN BURNS E então eu conversei com os tais políticos sobre fazer um filme como uma forma de abono fiscal e eles gostaram da ideia – e Tobe e Kim estavam na área. Tobe criara uma reputação pelos seus comerciais, e ele já tinha feito *Eggshells*. E, assim, esse pequeno grupo se encontrou. Acho que foi Ron Bozman que disse a Tobe que ele conhecia uma garota...

SALLYE RICHARDSON A maior parte do dinheiro para as filmagens veio de Bill Parsley, que queria comprar um carro para Marilyn. Eu me pergunto com frequência sobre o personagem dela se chamar Sally, se Tobe não tinha um propósito ao escolher este nome...

MARILYN BURNS Warren Skaaren conhecia os produtores, mas eu não imaginava o artista brilhante e criativo que ele era. Ele também fez a escultura do começo do filme. Ele tinha a mentalidade para fazer política e mexia suas peças para ser eleito o chefe da Comissão de Cinema... Então eu me lembro de dizer aos políticos, quando eles começaram, que seria uma ótima ideia se eles investissem uma grana deles como abono fiscal. Naqueles tempos você podia colocar muito dinheiro num filme e, se ele se tornasse um fracasso total e não fosse a lugar nenhum, eu juro por Deus, você recebia seus impostos de volta. Então sugeri que seria uma grande ideia investir num filme – ele jamais seria produzido, eles não teriam que se preocupar com nada, nenhum dos seus amigos saberiam que eles investiram num filme *trash* de baixo orçamento! Bem, advinha só... E eles disseram: "Marilyn, você disse que o filme não ia a lugar nenhum!" Eu disse: "Bem, nunca se sabe..." E ficaram furiosos porque eles seriam associados ao filme – acho que o título na época era *Scum of the Earth* (*Escória da Terra*, em tradução livre) – e seus amigos políticos saberiam que eles investiram na *Escória da Terra*! Mas Jay Parsley ficou muito orgulhoso com o passar dos anos...

KIM HENKEL *Scum of the Earth* não era um título que sequer Tobe ou eu chegamos a considerar. Pode ter vindo de outros envolvidos no filme, mas eu não tomei conhecimento.

ROBERT A. BURNS Sobre os títulos, o primeiro (até onde sei) foi *Saturn in Retrograde* (*O Retorno de Saturno*, um exemplo da "hippielândia" a todo vapor). O roteiro do filme continha o título *Headcheese*. Durante o longo período de montagem, um número de títulos foi considerado. *Leatherface* foi rejeitado porque poderia ser confundido com o apelido dos *Marines*, "*leatherneck*".[3] Do jeito que eu me lembro, o título final surgiu como uma piada durante um jogo de pôquer – eu não sei quem eram os participantes. Como você deve saber, *Scum of the Earth* era o título bem conhecido do famoso filme de Herschell Gordon Lewis,[4] feito poucos anos antes, então ele não seria considerado uma opção para *O Massacre*.

> *Scum of the Earth* era ainda o nome de um filme de S.F. Brownrigg, também cineasta trabalhando em filmes B, que produziu tal filme em 1973 e renomeado *Poor White Trash II* (*Pobres Caipiras II*, em tradução literal) à época do lançamento. Foi uma das primeiras produções desenvolvidas pela Comissão de Cinema do Texas...

KIM HENKEL Skaaren fez a escultura que está sobre o túmulo no início do filme, e pensou no título. Mas o que ele fez em nosso caso foi meio inusitado: ele nos providenciou contatos, mas a maior parte do seu trabalho deveria ser (até onde eu sei) o de convencer produtoras cinematográficas a filmar no estado do Texas.

3 O apelido dos *Marines*, fuzileiros navais norte-americanos, significa "nuca de couro".
4 Diretor americano, conhecido como o "Poderoso Chefão do *Gore*", autor de *Banquete de Sangue* (*Blood Feast*, 1963).

ROBERT A. BURNS Warren Skaaren foi o primeiro chefe da Comissão de Cinema do Texas – outros estados tinham as suas. O Novo México tinha uma, um bando de filmes de baixo orçamento eram filmados por lá, e ele disse: "Ei, o Texas precisa entrar nessa". Ele estava no comando, então largou a comissão na época em que fizemos *O Massacre*. Ele mantinha negócios com o principal investidor, um cara chamado Bill Parsley, e ambos tinham uma empresa em Dallas. Originalmente, Warren apresentou Tobe a Bill Parsley, o que fez dele o cara da grana – e ele acabou tendo uma grande parte dos direitos do filme... Skaaren era um carinha típico de Hollywood, se envolve, depois paga sua bebida, descobre um jeito de se agarrar ao projeto e ganha muitos créditos por isso... Uma vez que *O Massacre* estava pronto, ele foi contratado para revender o filme por aí.

MARILYN BURNS Tobe e Kim tinham acabado de escrever um roteiro estranho e incrível, cuja ideia foi inspirada em Ed Gein, de Wisconsin. Ele é o cara que serviu de referência para *Psicose*, *O Silêncio dos Inocentes* (respectivamente, *Psycho* (1960), de Alfred Hitchcock, e *The Silence of the Lambs* (1991), de Jonathan Demme) e *O Massacre*; o homem inspirou esses três grandes filmes de terror... Quando o encontraram, e a sua mobília, a sua comida e tudo o mais... bem, a família Leatherface foi baseada nisso. A vida dele gerou três filmes completamente diferentes – nós apenas juntamos uma serra elétrica e a palavra "Texas".

GUNNAR HANSEN Eu tinha acabado de ouvir sobre esses caras que estavam fazendo um filme na cidade – eu era um formando – e era uma pena, eles tinham contratado alguém para fazer o Leatherface, mas ele estava na pior, bêbado num motel, e não conseguiu comparecer; eu queria muito uma chance e eles estavam desesperados. Então pensei: "Bem, é apenas um bico para o verão, eu poderei contar a meus netos sobre o filme" – e isso era tudo o que pensei que seria.

PAUL PARTAIN Como eu me envolvi nessa? Era uma noite negra de tempestade... espere, isso é do meu romance. Eu fiz um teste de elenco. A esposa de Kim Henkel era uma professora na Martin Jr. High School, escola onde a senhorita Nan Elkins dava aulas de dramaturgia. A professora Nan e sua família tinham um restaurante/teatro que eu costumava frequentar, interpretando qualquer papel que pintasse. Um dia, a professora Nan aparece no teatro com a novidade: um filme esquisito que o marido da sua amiga estava fazendo e, adivinha só, eles precisavam de atores. Estavam procurando para todas as vagas, menos para os papéis de Franklin, Sally e Jerry. Esses papéis estavam praticamente fora de cogitação na hora em que apareci. O que eles queriam mesmo era alguém esquisitão para o "Carona". Eu consigo ser esquisito, então fui lá. Fiz a leitura do esquisitão e acabei lendo as partes do Franklin para dar as deixas para outros caras que faziam o teste do "Carona". Pensei que eu fazia parte do teste também e nem me liguei que estava apenas guardando o lugar para alguém que Kim e Tobe tinham em mente. Pensando bem, acho que quanto mais eu lia o texto do Franklin, mais gostava do personagem e mais me apropriava do papel.

Acho que duas coisas foram decisivas: primeiro, de como as coisas aconteceram na última audição, como uma parcial da filmagem. Eu disse ao Kim e ao Tobe que realmente acreditava ser capaz de trazer uma profundidade ao Franklin que eles não sabiam que estava lá, e que eu queria aquele papel. Segundo, e provavelmente o mais importante: houve uma conversa (fiquei sabendo) entre Kim e Tobe na qual eles estavam tentando decidir entre sua primeira escolha e eu. Eu tinha, uns dois meses antes, terminado de fazer um papel coadjuvante de importância considerável no meu primeiro longa, *Lovin' Molly* (*Amando Molly*, em tradução livre), que foi dirigido por Sidney Lumet (vulgo Diretor Fodão). Ouvi que eles teriam dito: "Se ele é bom o suficiente para Sidney Lumet, ele é bom o suficiente para nós". Marilyn trabalhou em *Lovin' Molly* como *stand-in*[5] de Blythe Danner, e eu conhecia Ed Neal, que chegou a atuar no teatro/restaurante da senhorita Elkin, no papel romântico da peça *Sortilégio do Amor* (*Bell, Book and Candle*, de John Van Druten).

ALLEN DANZIGER Por causa do meu papel em *Eggshells*, eu achava que, quando *O Massacre* começou a ser feito, Tobe e Kim chegariam correndo e diriam: "Temos um papel que queremos que você interprete". Eu sequer apareci nos testes.

GUNNAR HANSEN Eles fizeram três perguntas antes de me contratar: "Você é uma pessoa violenta? Você é louco?" Quando eu respondi: "Não, não passo de um cara normal", eles finalmente perguntaram: "Você acha que consegue?". "Claro, é moleza", eu disse. Eles adoraram o fato de eu ocupar todo o vão da porta. [*Fangoria* 70, 1988]

RICHARD KOORIS Tobe me perguntou se eu estaria disponível para uma filmagem, ele não me disse do que se tratava, e quando eu lhe disse que já estava agendado para fazer um filme B, ele conversou com um bando de pessoas e acabou chamando o Daniel.

DANIEL PEARL Eu tinha esbarrado em Tobe uma vez, num laboratório em Austin... Ele me chamou uns cinco ou seis meses depois e disse: "Daniel, vou fazer esse filme. É muito importante que eu tenha um texano atrás das câmeras. Eu vi alguns dos seus programas de TV. Quero que você seja o diretor de fotografia do meu filme". Houve um atraso no começo das filmagens... Eu perguntei a Tobe quando nós começaríamos e ele disse: "Daniel, nós vamos fazer esse filme com 80 mil dólares, e já temos 70 mil. Assim que conseguirmos os outros 10 mil dólares, nós começamos a produção". Aí eu chamei um amigo que vinha de uma família de grana e falei da oportunidade de investir num filme. Eu levei o roteiro para ele e cinco horas depois ele me chamou e disse que topava. Eu ganhei cinco por cento dos direitos por ter achado um investidor e cedi pequenas porcentagens à minha equipe. O resto da minha equipe eram meus colegas e associados da escola de cinema. Ted Nicolaou foi o técnico de som e Larry Carrol foi um dos montadores. [Entrevista a Bob Fisher, *International Cinematographer's Guild*]

> O amigo da "família de grana" era o misterioso Richard Saenz, produtor associado de *O Massacre*, acusado de traficar maconha e de ser fugitivo da Justiça, cujo exato paradeiro permanece desconhecido.

5 *Stand in*, espécie de dublê que substitui o ator na marcação de luz, antes da filmagem.

that's just as real.

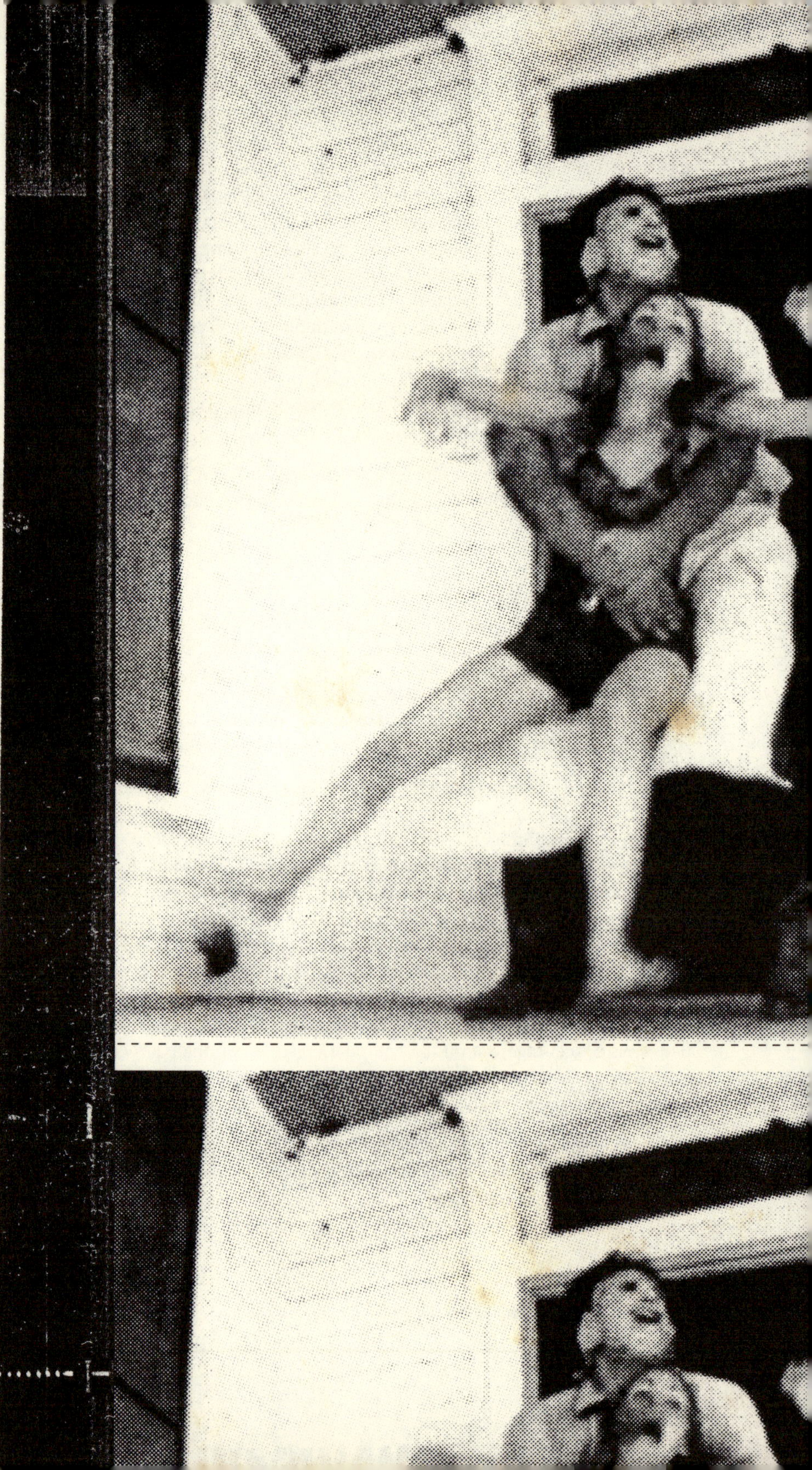

LEATHERFACE
se ocupa
de PAM

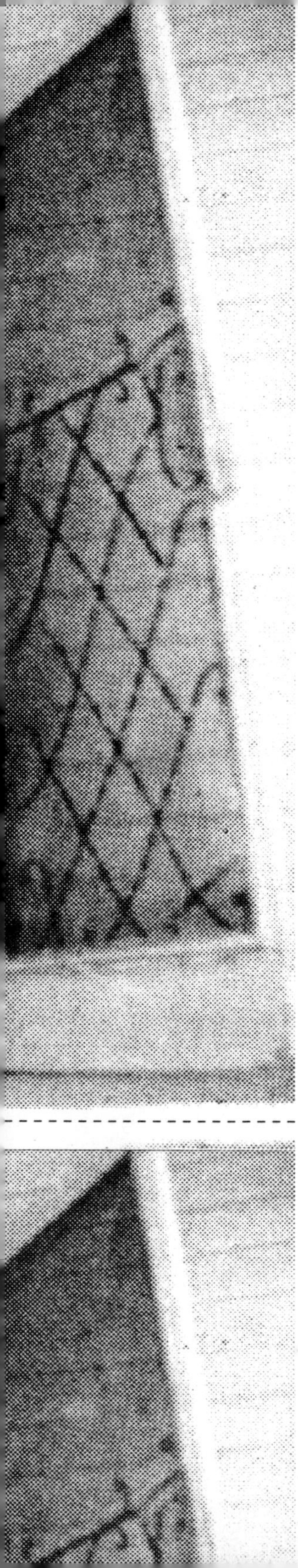

LOU PERRYMAN Eu acabei em Boulder, trabalhando num jornal com Sallye Richardson, que era fotógrafa ou assistente de fotógrafo. Eu era tipógrafo. Eu me lembro dela voltar do Texas e me contar sobre esse filme... Não lembro se eu chamei Tobe ou se ele me chamou. Mas ele acabou me colocando entre Daniel Pearl, o diretor de fotografia, e seu assistente, um cara chamado Mike McClary. Eu acho que era porque Tobe não confiava nele e estava preocupado, senão paranoico, em conseguir rodar o filme. Eu tinha trabalhado com ele por anos, nós viajávamos por todo lado... Tobe e eu tínhamos trabalhado o suficiente para que ele dissesse: "Ponha a câmera aqui", e eu arranjava um jeito de chegar lá. Ele queria alguém que levasse a câmera até lá, operasse o foco, tivesse certeza que não velaria o filme e carregasse o equipamento pesado. Eu fui lá e eles estavam ainda selecionando o elenco, ainda que você pudesse dizer que a Marilyn Burns já estava no time... Eu achei um lugarzinho pra ficar, com um amigo meu, Tyson McLeod, que era o terceiro ator no primeiro curta-metragem de Eagle Pennell, *Hell of a Note* (*Um Bilhete dos Infernos*, em tradução livre) – o único filme em que ele atuou na vida...

O debate a respeito da influência da história de Ed Gein sobre o roteiro de Hooper e Henkel continuou ao longo dos anos. Alguns dizem que *O Massacre* é diretamente baseado em Gein...

KIM HENKEL Nós estávamos cientes da história de Ed Gein, claro. É óbvio que Ed Gein era o sujeito que fez coisas usando pele e ossos humanos e essa foi a inspiração daquele aspecto da história. Mas, na verdade, houve um outro caso de assassinato em Houston, na mesma época. Eu acho que eles foram chamados de "Assassinatos do Confeiteiro" (no original, *The Candyman Murders*). O foco de toda a mídia estava em Elmer Wayne Henley, que estaria envolvido com um homem mais velho, Dean Corll. O seu papel era atrair as vítimas até o covil do coroa que, por sua vez abusava sexualmente delas, e Elmer Wayne e um outro rapaz participavam. Até que, numa das vezes, o terceiro rapaz se tornou uma vítima, Elmer Wayne ficou apavorado e matou o velho, e foi assim que a história veio à tona. O que me impressionou nisso tudo foi uma cena que vi na TV, em que Elmer Wayne Heley estava sendo levado para mostrar onde alguns dos corpos foram descartados. Ele era um caipira magricelo de peito estufado, como um personagem de uma história de Erskine Caldwell,[6] empertigou-se todo e disse que cumpriria sua pena como um homem. O que me chamou a atenção foi que ele agia de acordo com um certo código de valores, aceitando sua punição e, ao mesmo tempo, viveu feliz em companhia de uns assassinos bizarros e sexualmente pervertidos. Então nos referíamos àquilo como "esquizofrenia moral" enquanto escrevíamos o roteiro. E brincamos com isso em nossos personagens. O exemplo mais notável é quando o Cozinheiro traz Marilyn Burns de volta à casa e para ao ver a porta serrada, e isso o enfurece porque demonstrava falta de orgulho pelo próprio lar. Esse tipo de sensibilidade, esse tipo de percepção de "valores" coexistia com a carnificina dos assassinatos que estavam acontecendo.

GUNNAR HANSEN Eu não sabia nada sobre Ed Gein na época, mas eu sei que o filme está conectado a Ed Gein porque eu era muito curioso em aprender tudo o que podia – eu nunca havia estado num set de filmagem, então aproveitava todas as chances que tinha para conversar com Kim e Tobe. Uma noite eles estavam sentados na van, esperando o set estar pronto – por alguns dias, nós tivemos um trailer – e eu perguntei de onde eles tiraram a ideia do filme. Eles me contaram sobre esse cara em Wisconsin, Ed Gein; foi aí que soube que *Psicose* era baseado nele, e eles disseram: "Ele foi a inspiração, nós decidimos ter uma família de Ed Geins", assim como toda a família compartilhava as mesmas características de Gein. Acredito que eles jamais tiveram a intenção de fazer um filme sobre Ed Gein, mas ele foi a semente da ideia. A Vovó, os móveis, os abajures de pele humana, tudo isso era Ed Gein. Eu não acho que essa era uma coisa muito importante, que Kim e Tobe pensassem em contar para todo mundo.

ROBERT A. BURNS Eu não ouvi nada sobre Ed Gein, e Tobe não o mencionava muito, para ser sincero. Eu certamente não fiz nenhuma pesquisa sobre ele para fazer o filme. Acho que um pequeno grãozinho da história foi sugerido por Ed Gein...

ALLEN DANZIGER Veio à tona – não lembro se durante ou após a filmagem – que ele era o cara que inspirou *Psicose*...

JIM SIEDOW Tinha esse cara no estado do... esqueci... que fez o mesmo tipo de coisas, mas apenas com duas pessoas. Ed Gein ou alguém parecido. Foi daí que eles tiraram a ideia.

PAUL PARTAIN A única menção aconteceu porque, na abertura do filme, havia uma declaração daquela ser uma "história real". Quando eu perguntei, Kim me disse que havia um germe de verdade, sobre um cara que Tobe havia lido a respeito quando era garoto. O resto veio de mentes férteis de caras que cresceram com os pés firmemente plantados nessa terra encantadora conhecida como Texas.

A história mais repetida é que Tobe Hooper tinha parentes em Wisconsin que o apavoravam, na infância, com lendas de Ed Gein, roupas feitas de pele e canibalismo...

6 Romancista norte-americano, autor de *Chão Trágico* (*Tragic Ground*, 1951).

1 A FAMÍLIA posa para a foto de divulgação

2 PAM se debate no gancho de açougue

Fig. 01

ROBERT A. BURNS [*Risos*] Tobe cria sua realidade pessoal e, dessa forma, pode contar histórias aos outros, que acreditam porque ele não está mentindo! Tobe conta essas histórias sobre ouvir contos apavorantes quando era uma criança pequena, mas isso aconteceu quando Tobe estava com quatorze anos! No entanto, Tobe se convenceu de que era verdade! Como do jeito que ele contou aos outros que estava fazendo *O Massacre* com apenas 60 mil dólares, ele convencera a si mesmo...

GUNNAR HANSEN No último dia de filmagem eu ouvi Tobe conversando com Bill Parsley, e ele disse: "Nós vamos terminar por 60 mil dólares, mas se eu soubesse no começo tudo o que sei agora, nós poderíamos ter filmado pela metade do preço!"

Por incrível que pareça, havia a noção de que *O Massacre* receberia a qualificação de censura livre, com supervisão paterna.

ROBERT A. BURNS Esse era o plano original, mas, uma vez que a filmagem começou, ela ganhou vida própria sem ninguém se preocupar com a censura.

KIM HENKEL Eu não sei de onde veio isso. A coisa toda é a seguinte: adolescentes não querem ver filmes de censura livre, eles querem filmes restritos para menores de 17 anos! Então nós queríamos um filme restrito para menores de 17 anos, mas tínhamos receio de ter problemas em conseguir apenas essa restrição...

TOBE HOOPER Eu me dediquei bastante nos telefonemas que dei à MPAA (Motion Picture Association of America, Associação de Cinema da América) pedindo conselhos em como conseguir uma restrição a menores de 17 anos. O que eu disse de verdade foi: "Como eu consigo censura livre e penduro alguém num gancho de açougue?" [*Texas Chain Saw Massacre: The Shocking Truth,* documentário dos anos 2000 sobre o longa]

JOHN DUGAN Eu me lembro deles reunidos uma noite, tentando escrever uma cena para rasgar a blusa da Marilyn... mas, acredite se quiser, Tobe estava preocupado com a classificação etária, ele queria que o filme passasse na TV! [*The Texas Chain Saw Massacre: A Family Portrait*, outro documentário de 1988]

A estrutura da "Família Sinistra" é um tanto confusa: quem são esses caras e qual o parentesco deles?

KIM HENKEL Bem, eu acho que prefiro deixar isso como um mistério!

ROBERT A. BURNS A primeira coisa que eu pensei foi: "Cadê as mulheres dessa família?" Você tem três gerações de homens nessa casa, onde estão as mulheres? Eles diziam: "Oh, ah, isso é meio que o mistério da coisa toda". Eu disse: "Vocês têm que colocar alguma coisa que implique que existiram mulheres por aí, uns túmulos do lado de fora. Vocês têm o Vovô sentado no sótão, coloquem a Vovó também, sacaram?" E a Vovó foi minha contribuição ao roteiro. Eu disse: "Pelo menos coloquem uma vovó *morta*, para indicar que em algum ponto houve mulheres nessa família, que eles não rejuvenescem espontaneamente".

GUNNAR HANSEN Nunca me ocorreu que a família não tinha membros femininos. Se você pensa a respeito, faz sentido, porque o Leatherface aparece dizendo: "Bem, nós precisamos de uma mulher aqui em casa agora", porque ele obviamente tomou para si o papel de dona de casa. Ele está na cozinha, preparando o jantar, ele assumiu o papel de mãe.

Depois de matar Jerry, Leatherface fica muito perturbado e acaba sentando com a mão na cabeça – ele está tendo um dia ruim, como se a máquina de lavar tivesse quebrado ou algum outro desastre doméstico tivesse acontecido...

GUNNAR HANSEN O jantar não quer morrer... Nunca chega a ficar explícito, mas há certa confusão: nós sempre pensamos na família como três irmãos: o Cozinheiro é o irmão mais velho – a maioria pensa nele como sendo o pai, mas nossa intenção era que ele fosse o mais velho dos três irmãos.

JIM SIEDOW Bem – eles nunca deixam claro no filme –, mas éramos três irmãos no roteiro. Ninguém sequer mencionou o pai ou a mãe, apenas o avô e a avó no andar de cima. Eu era mais ou menos o chefe dos irmãos, mas nós éramos definitivamente três irmãos.

Outra calorosa discussão diz respeito ao roteiro. Ele era apenas uma orientação ou anotações rascunhadas? Ele foi escrito em doses diárias, à medida que as filmagens prosseguiam?

SALLYE RICHARDSON Nem me lembro do roteiro! Eu sei que eles trabalharam num roteiro e que havia uns pedaços de papel com os diálogos escritos. Algumas ideias serviam como orientação, iguais a de qualquer outro grande filme. Elas simplesmente mudavam na filmagem: se não serviam para o ator, se soassem estúpidas, eram consertadas, não era como se você tivesse que dizer daquele jeito. Então, na montagem, você consertava de novo. Se não soasse bem, mas estivesse no filme, você tentava dar um jeito.

Um PERTURBADO
Leatherface

74/282

THE TEXAS CHAINSAW MASSACRE

LEATHERFACE

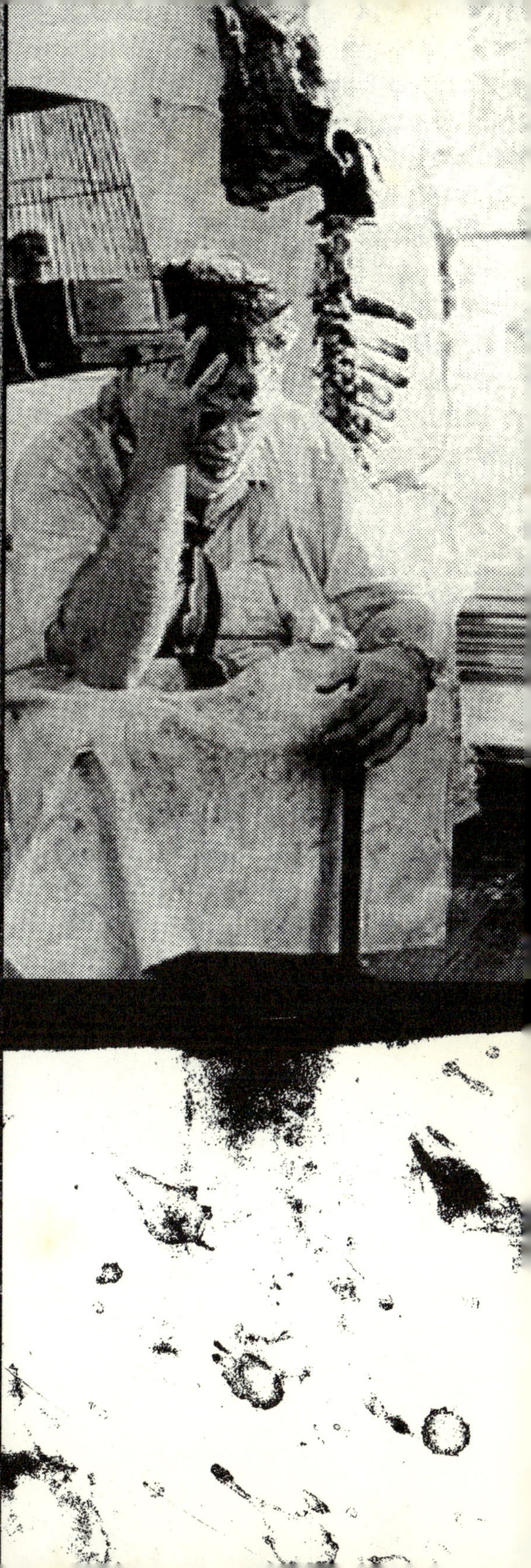

E foi na montagem que se fez o filme. Muitas vezes você está tentando salvar alguma coisa, não é como se você estivesse trabalhando com um roteiro de Robert Towne,[7] que está pronto, você filma e vai para casa...

ALLEN DANZIGER A maioria das minhas falas era improvisada. Eu dizia: "Não posso falar essas frases!", e eles respondiam: "Allen, apenas invente, faça do seu jeito". Então algumas das minhas falas eram coisas como: "Ei, ele vai te pegar, ele sabe até o seu CEP". Eu acho, sinceramente, que eles procuraram um pouco de alívio cômico – penso que cortaram um pouco disso quando perceberam: "Ei, acho que temos um filme de verdade aqui". Acredito que algumas partes seriam paródias, havia referências de canibalismo com uma salsicha. Eles cortaram um pouco do humor e montaram um pouco mais certinho, ainda que haja risos à beça quando você olha algumas das coisas que estão acontecendo: "Veja o que seu irmão fez com essa porta", a cena na qual eles a levam até a churrasqueira e ele fica falando sobre aumento de impostos – é bem louco...

ROBERT A. BURNS O roteiro foi encurtado consideravelmente. O original tinha muitas páginas dos garotos dirigindo por aí, com muito humor pós-hippie. Muito foi reescrito diariamente, durante as filmagens. A sequência da casa abandonada foi adicionada depois que eles encontraram a locação do outro lado da rua da casa principal.

KIM HENKEL Nós mudamos muitas coisas, mas não fizemos mudanças estruturais pra valer – a maioria foram mudanças internas. Eu escrevia os diálogos em guardanapos...

GUNNAR HANSEN Houve muitas mudanças, no entanto não acho que fosse nada fora do comum, eles estavam trazendo muito material novo, mas eu me surpreendo em ouvir as pessoas dizerem que o roteiro estava sendo criado à medida que as filmagens rolavam. Minha sensação era: é algo dinâmico, as coisas estão sempre mudando enquanto você segue adiante. Por exemplo, originalmente, Leatherface tinha falas, e as falas no roteiro tinham significado. Eu escrevi o que essas falas supostamente queriam dizer e nós sentamos e as passamos. Nós fizemos a cena, e Tobe disse: "Não funciona, há muita inteligência nesse personagem". Então eu as refiz. Leatherface sabe o que quer dizer, mas não consegue que sua boca faça os sons corretos. Ele tem a ideia do discurso, mas não consegue expressá-lo, apenas faz sons aleatórios, imaginando que eles querem dizer alguma coisa.

> Alguns exemplos das "falas" de Leatherface no roteiro, com as traduções de Gunnar:
> Cum ai ê ant tesa (Como vai você, bem-vindo, o jantar está na mesa)
> Iui bo í no pech ês (Fui um bom menino e eu os peguei)
> Ut ê coven jê (Tudo bem com você hoje)
> Bás zás é lá (Vá atrás dela)
> Vô sim guevô, matea (Você consegue, Vovô, mata ela)
> Aô simos péla péla (Agora sim, mostra pra ela, pega ela)

7 Roteirista norte-americano, escreveu *Chinatown* (1974), de Roman Polanski.

[1] ROBERT BURNS relaxa com algumas de suas memorabilias de osso | Photo © Mary Church, courtesy Robert A. Burns

[2] BURNS trabalha em seu ateliê
Photo © Mary Church, courtesy Robert A. Burns

KIM HENKEL Leatherface é um daqueles personagens que é o que veste, sua personalidade muda de acordo com o rosto que ele coloca...

GUNNAR HANSEN O que eu encarei como sendo uma grande desvantagem para mim – que meu personagem não teria voz nem rosto e tudo o que eu tinha era o meu corpo para interpretá-lo – foi na verdade uma grande vantagem: forçou-me a perder um tempo tentando imaginar o personagem fisicamente. Então eu tinha uma ideia muito forte da sua personalidade... Dei duro de verdade tentando imaginar como representaria aquele personagem fisicamente. Não sei muito sobre a arte de representar – e eu sabia muito menos naquela época –, mas se eu tivesse usado minha voz e meu rosto, nunca me passaria pela cabeça o quanto era importante desenvolver uma postura corporal, criar uma presença em que eu pudesse me transformar. Então, o que parecia ser um fardo pesadíssimo desse personagem tornou-se o fator que me possibilitou criar um personagem real.

A ideia geral [de Leatherface] era que a máscara refletia quem ele era agora. Minha sensação era que debaixo da máscara não havia nada, se você tirar a máscara, não há rosto nenhum – foi assim que eu tentei representá-lo e acho que é por isso que ele é um personagem tão horripilante. Então a máscara definia quem ele era, andrógino, de todos os modos. Em *O Massacre da Serra Elétrica – O Retorno* (1994), ele é representado de um jeito muito afeminado, mas ele não é assim, é apenas andrógino. As três máscaras eram a máscara de matar, a de velha e a de linda mulher – e era de linda mulher que se vestia lá porque nós tínhamos companhia e ele estava se vestindo para o jantar, então ele coloca o rosto bonito. Mas essa era a ideia: as máscaras expressam o que se passa na sua mente, naquele cérebro de amendoim...

Uma tradição entre os "pensadores críticos" é destacar o aspecto dos "mundos em colisão", presente no roteiro: a "boa família" de jovens sadios dizimados pela "família do mal", de desleixados caipiras vivendo na penúria...

KIM HENKEL Eu acho que é mais ambivalente do que isso, mas eu não me sinto confortável com essas questões. *O Massacre* não é muito diferente da maioria das lendas urbanas, o que todas têm em comum é um certo tipo de transgressão e, então, há uma resposta a essa transgressão, esses personagens, que são supostamente os mocinhos, transgridem: eles ultrapassam certos limites e encaram as consequências. Todas essas lendas urbanas envolvem um estereótipo, geralmente de adolescentes norte-americanos, e, na verdade, quando Tobe e eu trabalhávamos no roteiro, nos referíamos aos adolescentes em termos quase genéricos: antes de definirmos seus nomes nos referíamos a eles como Ken e Barbie, porque eram nitidamente manequins recortados de papelão e não foram pensados como personagens tanto quanto arquétipos. As pessoas mais interessantes no filme são, com certeza, os vilões, o que acontece com frequência.

Nós curtimos um pouco, especialmente com Marilyn Burns e Paul Partain. Você enfia um cara numa cadeira de rodas e, instantaneamente, vai atrair um pouco de simpatia, mas aí você muda o rumo das coisas e o transforma num chorão feioso e irritante, cuja irmã precisa enfrentá-lo e aguentar todas as coisas desagradáveis que ele faz. Penso que faz muita gente se sentir em casa [*risos*], pessoas que têm irmãos ou irmãs que são um pouco difíceis – relações fraternais muitas vezes são complicadas.

Enquanto o roteiro era desenvolvido, a pré-produção ficou nas mãos de Robert Burns. Desde criar esculturas de ossos até preparar as máscaras de Leatherface e revestir os quartos com peças de arte cadavéricas, Burns desenvolveu a decoração e os efeitos de um set inteiro de filmagens a preço de banana.

ROBERT A. BURNS Sendo o roteirista/diretor, Tobe tinha suas ideias originais sobre como as coisas deveriam ser, mas ele sabia o que eu conseguiria fazer com o roteiro. Tive liberdade total para levá-lo aonde nós sabíamos que ele deveria ir. O orçamento inicial era, supostamente, de 60 mil dólares, e poderia ter sido feito por isso. Mas acabou custando cerca de 125 mil dólares. Incluindo o meu salário, a verba do departamento de arte foi de apenas 3 mil dólares. Eu tive que implorar, tomar emprestado e furtar (coisas pelas quais sou conhecido).

SALLYE RICHARDSON Tobe sempre foi bom em arranjar pessoas que tirassem leite de pedra – tentando arrumar um bando de pessoas que realmente amam o que fazem e conseguir que fizessem de graça –, e foi assim que aconteceu com *O Massacre*. Muitas pessoas que realmente queriam trabalhar e que, no final, acabaram ganhando um pouquinho pelo tanto que fizeram.

WAYNE BELL Pelo final do filme, descobri que tinha aprendido muito. Esta é a maneira que um filme como esse deve ser feito: sem dinheiro o suficiente para pagar as pessoas o que elas merecem e, quando elas mostram potencial, você as ajuda a crescer junto com o filme.

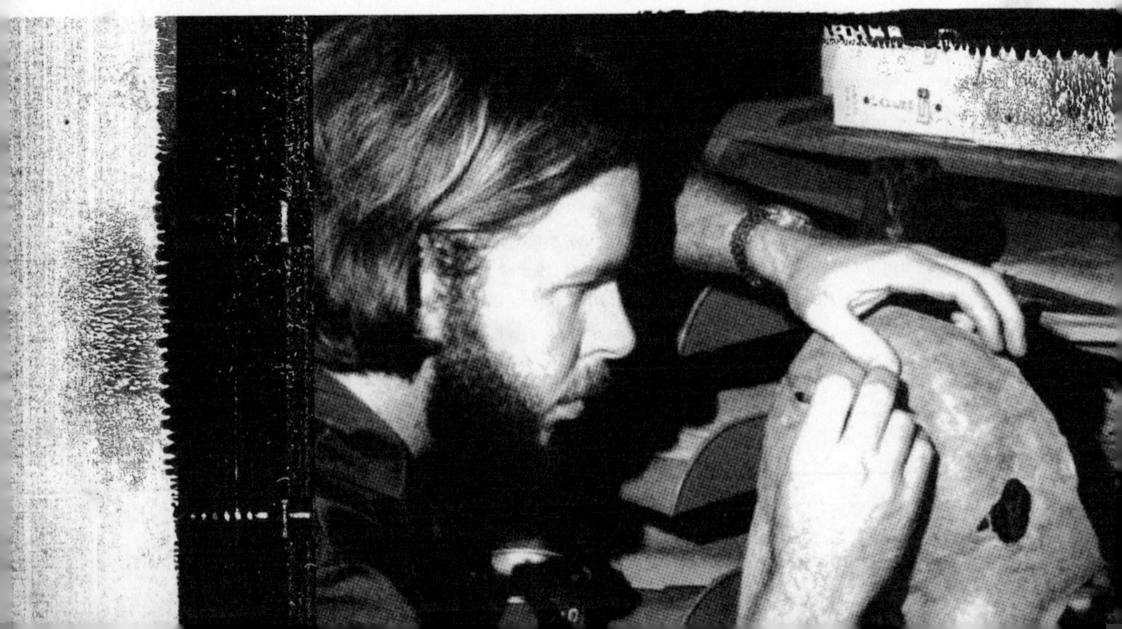

ROBERT A. BURNS Eu gastei muito tempo atrás dos efeitos especiais. Dottie Pearl [maquiadora e mulher de Daniel Pearl, diretor de fotografia] trabalhou com um veterinário que tinha um terreno fora da cidade onde ele deixava os animais mortos para serem reciclados pela natureza, uma verdadeira arca do tesouro. A família da Mary Church [diretora de arte assistente e dublê], com quem eu vivia na época, tinha uma fazenda onde nós colhemos muitas ossadas de vacas. Uma vez que começamos, muitos amigos trouxeram coisas nojentas para adicionar à coleção. Eu tinha um amigo em Los Angeles cuja namorada trabalhava em algum tipo de escola de odontologia e ele disse: "Ei, você quer alguns dentes?". Eu disse: "Claro", então ele me mandou um pequeno balde de plástico, cheio de dentes...

Todos me viam como um sujeito ligeiramente excêntrico e me davam coisas que achavam no mato! Mary e eu estávamos juntando uns troços e, dirigindo, encontramos um tatu recém-atropelado. Eu disse: "Diabos, eu preciso aprender taxidermia", então eu saí e arrumei um livro sobre taxidermia e empalhei o tatu! Cerca de uma semana depois, chego ao escritório e encontro um esquilo morto amarrado com barbante na minha fechadura!

O pessoal da companhia de seguro que ficava ao lado do meu escritório entrava lá e aquelas velhinhas diziam: "Ah, não é uma gracinha?", a respeito daquelas coisas que deveriam ser asquerosas!

Eu também fiz os efeitos e coordenei os dublês, ambas tarefas secundárias. Eu cheguei a preparar as janelas de vidro falso de açúcar porque não tínhamos como pagar as que vendiam em lojas. Todas essas paradas levaram bastante tempo – eu comecei os trabalhos em abril, e tinha a ideia de que deveria me envolver por uns três meses, mas acabaram sendo uns quatro.

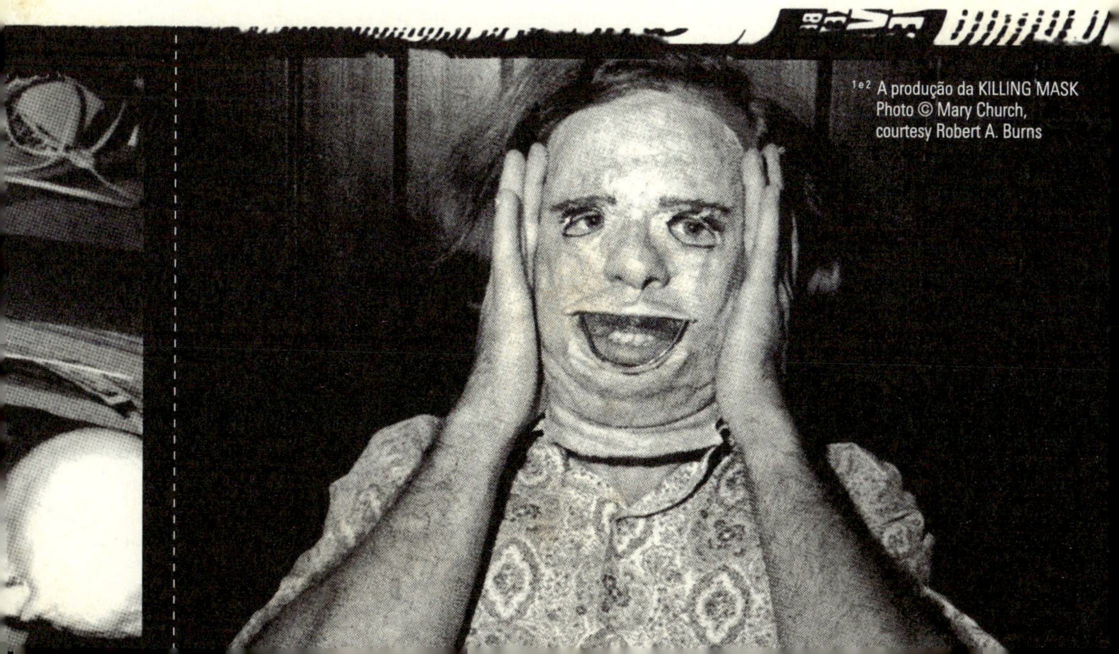

1 e 2 A produção da KILLING MASK
Photo © Mary Church,
courtesy Robert A. Burns

A respeito das máscaras, experimentei bastante até encontrar os materiais adequados para criar o couro fino translúcido com aparência de pergaminho. Acabei ficando com uma mistura de uma camada extremamente fina de isolante de fibra de vidro coberta por látex, que envelhecia naturalmente até chegar à cor exata. Expondo à luz, a fibra de vidro escurecia, então não levava muito tempo, e o látex líquido tem cor de elástico. A pele humana é fina, e eu estava tentando achar algo que "desse o tom", tinha que ser necessariamente translúcido, eu não queria ter que pintar porque a tinta é opaca.

SALLYE RICHARDSON Eu estava morando na casa de Tobe – eu o havia apresentado à Paulette, minha melhor amiga do colégio, e eles estavam vivendo juntos. Eu fiquei com o pequeno quarto nos fundos, era como viver em família... Kim aparecia à noite e ele e Tobe trabalhavam no filme. Eu estava lá e falava com eles sobre o que nós faríamos na manhã seguinte, e aí dirigíamos até o set. Tobe rodava pelo lugar pensando em ângulos de câmeras e eu botava as pessoas para trabalhar porque sabia o que estávamos fazendo e como devíamos fazer. Eu me certificava de que todos estavam preparados para as tarefas do dia e ainda tirava umas fotos de *still*[8] por onde eu circulava. Então eu basicamente trabalhava atrás dele, deixando prontas as coisas que ele não tinha tempo de fazer. Ele ajeitava as luzes porque ninguém mais saberia como. Danny Pearl sabia iluminar, mas ainda era muito jovem – ele aprendeu muito nesse filme, muito... Muitos de nós trabalhamos em publicidade por algum tempo – qualquer coisa com que conseguíssemos manter a produtora – e Danny acabara de sair da escola, ele não tinha nenhuma experiência comercial.

DANIEL PEARL Definitivamente, Tobe sabia o estilo de filmagem que queria. Ele queria filmar com a câmera na mão. Ele tinha operado a câmera em documentários, *cinéma-vérité,* antes de começar a dirigir. Ele sabia que eu tinha filmado muitos filmes com a câmera na mão e queria aquele tipo de movimento fluido e de tensão. Não tínhamos câmeras manuais de 35 mm disponíveis, então nós tivemos que filmar em 16mm e ampliar para 35mm. [Entrevista a Bob Fisher, *International Cinematographer's Guild*]

SALLYE RICHARDSON Nós éramos muito influenciados pelo *vérité*. Quando estava no último ano da faculdade, já era algo que eu estudava... Eles tinham um núcleo de pessoas com quem trabalhavam, era diferente de Hollywood. O cinema independente norte-americano era influenciado pra valer pelo francês, talvez não intencionalmente, mas aconteceu assim. Você pega um bando de pessoas que se conhecem, que podem trabalhar juntos e que podem contar umas com as outras. Talvez tivesse algo a ver com o fato de elas serem pessoas que queriam desesperadamente fazer muito com tão pouco...

> A casa onde morava a "família" Leatherface ficava em Quick Hill, Austin, e foi construída nos anos 1890.

ROBERT A. BURNS Alguns amigos meus estavam alugando o lugar e eles tinham muito orgulho do seu estado de conservação. Então havia essas pessoas vivendo na casa

8 Registro fotográfico da produção.

– uma bela construção vitoriana, uns "ripongas", curtiam a natureza e aquela casa, e estavam preocupados com a bagunça que nós poderíamos fazer. Nós dissemos: "A gente não vai bagunçar a sua casa!", e é claro que nós chegamos lá fazendo a maior zona. Tentamos ser bem cuidadosos ao fazer com que a casa parecesse detonada sem ter que detoná-la muito de verdade – uma viagem delirante no mundo das produções cinematográficas. Ficamos lá mais tempo do que deveríamos... Não contribuiu em nada com a camaradagem da produção. Foi uma filmagem bem tensa...

Quando fizemos o contrato, nós pagaríamos o mês de aluguel da casa e dissemos que eles não precisariam mudar, nós usaríamos apenas três cômodos – o que foi verdade – e que filmaríamos apenas por cinco dias. É claro que, uma vez que começamos a filmagem, não havia jeito de eles continuarem morando ali, eles *tinham* que se mudar, e acabamos filmando por cerca de três semanas. Um deles me disse: "Você disse que ficaria só uma semana, não podemos ficar aqui. Não acha que nos deve um pouco mais em compensação?" Aí eu fui até Tobe e Kim e eles disseram: "O quê? Ninguém está a fim de cooperar? Eles querem arruinar nosso filme? O que você está dizendo?" Esse tipo de atitude impregnou a coisa toda...

ALLEN DANZIGER Alguns anos atrás, a casa onde fizemos o filme estava em estado de calamidade. Alguém a comprou e a levou para um lugar chamado Kingsland, e agora funciona como um restaurante de carnes – The Kingsland Old Town Grill –, eles restauraram a casa e ela está linda; desmontaram-na e a mudaram de lugar, o que é maneiro. Eles não dão ênfase ao lance da serra elétrica...

ROBERT A. BURNS A casa onde eles param, onde o avô da Sally supostamente vivia, a ruína, nós a incluímos no roteiro porque ela ficava em frente à casa onde estávamos

Burns na SALA DE OSSOS (antes...) Photo © Mary Church, courtesy Robert A. Burns

filmando. A casa abandonada estava cercada de árvores de algaroba,[9] e tudo aquilo era propriedade de uma companhia de pedra calcária – era um ótimo lugar para filmar as cenas de perseguição. As cenas ficaram prontas em um curto período de tempo. Nós iluminamos e corremos de um lado, e depois corremos de volta para o outro lado, que é como se faz quando você está fazendo um filme de baixo orçamento...

O posto de gasolina/churrascaria ficava cerca de 50 a 70 quilômetros de distância... Não sei como eles encontraram o lugar, se foi descoberto por alguém que estava dirigindo por lá, ou através da Comissão de Cinema do Texas – uma das coisas que eles tradicionalmente faziam de melhor era ajudar a encontrar locações. Era apenas um posto de gasolina, eu construí a churrasqueira na parte de trás. Foi feita de compensado texturizado, não havia fogo, nem nada, eram apenas efeitos de luz. Eu não estava lá quando aconteceu, mas na primeira vez que filmaram a Marilyn chegando e se jogando dentro do prédio, ele balançou: "Ei, não faz isso, não!", ela não havia percebido que era tudo um cenário.

Quando a escolha do elenco, a pré-produção e a escolha de locações terminaram, a primavera se transformou em verão e o tempo estava esquentando...

ROBERT A. BURNS Nós começamos a filmar – ou tentamos – em junho, mas tivemos que parar porque eles ainda não estavam preparados para a filmagem. Quando Bill Parsley trouxe a grana, ele deixou acertado que nós deveríamos começar a filmagem no dia "x" – que não é o jeito de se fazer essas coisas –, porque acho que ele estava com medo de pegarem o dinheiro e gastarem tudo antes mesmo do começo da filmagem. Mas a pré-produção não custa nada, na realidade os custos começam quando você inicia as filmagens. Então Tobe concordou em começar a filmar antes, quando ainda estávamos totalmente despreparados. Acho que nós filmamos cerca de uma semana e aí tivemos que parar, guardar as coisas por uma semana para, aí sim, nos organizar.

LOU PERRYMAN Eles tiveram que refilmar. Eles tinham uma semana de filmagem e nada prestava, não podiam usar o material. As câmeras eram péssimas, ou nós não sabíamos como usá-las bem o suficiente; não importa, tudo estava desfocado. Mas Tobe foi muito bom e conseguiu o que queria no *Massacre*. Ele tinha um talento visual muito bom, captava tanto ao filmar, ao olhar uma história e entender que um filme hippie não seria um acontecimento e fez algo que iria chocar o sistema. De uma maneira geral, ele cobrava muito dos outros. Era muito mais "entra na fila, vamos fazer esse take" do que havia sido nas filmagens de *Eggshells*. Ron Bozman também trouxe muito desse profissionalismo, particularmente depois que a primeira semana de filmagem não deu certo. Ele teve que botar o pau na mesa e dizer: "Vamos ser profissionais e parar de fazer merda!"

SALLYE RICHARDSON Eu me lembro de muitas reclamações sobre o Danny Pearl na época, fosse problema dele ou não... Acho que ele filmou fora de foco – devem ter sido as

9 Leguminosa comum à região árida do México e do sudoeste dos EUA.

luzes que estavam fodidas também. Aquilo deu muito pano pra manga na época, porque nos custou muito dinheiro.

KIM HENKEL Acho que nós chegamos a ter um problema com o foco. Não lembro se foi culpa do Daniel Pearl, particularmente. O mais provável é que uma das lentes não estava calibrada corretamente – talvez essa fosse uma responsabilidade dele, mas o maior problema era a falta de organização, e isso era resultado direto da falta de tempo de preparação, apressaram a filmagem para fazer as coisas com pouca grana.

Na verdade, não sei muito sobre a indústria do cinema. Tobe era quem detinha mais conhecimento, era o mais experiente em filmagens. Então eu o levei ao pé da letra, mas a verdade é que Tobe quer a posição e o poder, mas na real ele não quer a responsabilidade do dia a dia que deve vir com esse tipo de posição. Daí, ou alguém reconhece o problema e arregaça as mangas, ou então as coisas vão de mal a pior. Ron Bozman foi o verdadeiro responsável por organizar as coisas e fazer com que elas acontecessem.

DANIEL PEARL Nós estávamos filmando há uma semana e estávamos meio que indo com a maré. O produtor-executivo ouviu alguém dizer que nós precisávamos de uma lista com a decupagem dos planos. Ele achou que isso nos deixaria mais produtivos. Aí, eles pararam as filmagens por quatro ou cinco dias, e Tobe foi obrigado a escrever a lista. Quando nós começamos a filmar de novo, Tobe me disse que ele escreveu a lista só para o sujeito parar de encher o saco. De qualquer maneira, nós estávamos numa externa, filmando a sequência em que Leatherface acaba de levar sua primeira vítima para dentro de casa. Nós cortamos para Pam, que estava sentada lá fora, num balanço um tanto bizarro, feito de trilhos de trem. Ela levantou e andou em direção a casa. Nós tínhamos 15 metros de trilhos de *dolly* com uma plataforma lisa. Percebi que se eu deitasse na *dolly*, segurando a câmera na beirada, conseguiria passar por debaixo do balanço, ficar atrás dela, usar o balanço como uma moldura com a casa quase como um ponto na parte de baixo, mantendo os trilhos fora de quadro, e seguir a garota enquanto ela entrava na casa. Desse jeito, a casa cresceria e cresceria, indo de algo aparentemente muito pequeno até dominar a tela. É assustador para o público porque eles sabem o que a espera. Eu contei minha ideia pro Tobe e ele disse: "Daniel, é incrível". Foi mais ou menos quando o produtor percebeu que não estávamos seguindo a lista. Ele disse a Tobe que tínhamos que ir para a próxima cena. Tobe tentou explicar minha ideia, mas o produtor insistiu que ele não se afastasse da lista. Tobe se arriscou de verdade, mas a história provou que ele agiu certo. Esse é o enquadramento que entrou para a história. [Entrevista a Bob Fisher, *International Cinematographer's Guild*]

> As filmagens finalmente começaram em 15 de julho de 1973, e levou algo entre trinta e dois dias a oito semanas. Uma medida de quão traumáticas foram as filmagens é que a maioria se engana, citando períodos maiores. Certamente, alguns membros da equipe acharam que o tempo voou, enquanto eles relaxavam e aproveitam aquele que era, para a maioria, seu primeiro longa-metragem...

LOU PERRYMAN Foi uma filmagem difícil e praticamente feita na sequência – não voltávamos a uma locação mais do que uma vez, se lembro bem. É claro que as roupas vão

that's just as real.

se degradando, e era mais barato e mais fácil manter a continuidade, então se rolava uma mancha de sangue, ela ficaria ali pelo resto do filme.

GUNNAR HANSEN Muitas pessoas perguntam se foi divertido – divertido é a palavra que nunca me vem à mente. Nós filmávamos de doze a dezesseis horas por dia... Não tínhamos um trailer, não tínhamos onde sentar para fugir do calor – tudo era muito limitado – por isso as condições eram muito ruins. Não podíamos fazer muitos takes...

ED NEAL O que nos ajudou bastante foi o calor de 46 graus no Texas. Já que não lavaram nossas roupas por seis semanas, ficou cada vez mais fácil, nos apropriamos do ambiente da família e *viramos* a família... [*The Texas Chain Saw Massacre: A Family Portrait*]

PAUL PARTAIN Andar na cadeira de rodas foi uma dureza. Eu me esforcei muito e me senti culpado pela forma precária com que conseguia me mover com ela. Veja bem, meu avô, um cara muito forte, teve um derrame que o colocou numa cadeira de rodas e ele não conseguia usar seu braço direito nem sua perna direita e ele se locomovia bem. E lá estava eu, com dois braços funcionando, esforçando-me feito um burro, e não conseguia mandar bem. Quando eu achava que não conseguiria, pensava no meu avô e em tudo o que ele era capaz de fazer. Muitas vezes, tentei mover a cadeira usando apenas um braço e, vou te dizer, é difícil pra cacete. Reze para que você tenha sempre saúde e nunca precise usar aquele troço.

WAYNE BELL O jeito que gravamos o som foi assim: tem uma mesa de som lá atrás, junto com o gravador, e tem o operador de *boom*,[10] que fica dançando com o microfone. Em filmes mais complexos há mais de um microfone e, portanto, há cabos chegando aos

10 Microfone direcional que capta o som dos atores em cena.

microfones, então a mixagem acontece de verdade. Na cena dentro da van, Ted está mixando – ele plantou uns microfones nas pessoas, ou dentro da van, e está agachado atrás da bagagem no fundo do veículo, sem ver nada da encenação. Essa foi uma das poucas vezes que realmente tivemos que mixar. Nas outras vezes, só havia um *boom*: "Cadê aquele *boom*, tá apontado pra onde?" Era quando a dança acontecia e eu pensava: "É aí que mora a verdadeira criatividade". Microfonar com o *boom* é mais próximo do balé porque seu parceiro de dança é o ator; os atores e a cena que eles estão criando bem na sua frente: ela se move para cá, para lá, fica meio alta aqui, calminha ali e muda a cada performance. Você sai com a sensação de ser a pessoa mais íntima do filme que está acontecendo na sua frente – chega primeiro aos seus ouvidos. Você precisa responder às nuances da performance – você e o operador da câmera, é claro, que precisa ajustar o foco se o ator se aproxima das lentes, ele também precisa estar atento, vocês estão lá no momento exato.

Nós tínhamos um minibugue que Ted improvisou como um carrinho de som e, na maior parte do tempo, ele gravava direto no gravador Nagra, sem usar a mesa de som, então o momento critico era "Cadê o microfone?". De longe, eu preferia ficar onde o Ted estava. Eu adorava. Para um cara que estava começando a fazer cinema, yeah, eu estava no lugar certo!

LOU PERRYMAN Minha contribuição no *Massacre* foi a seguinte: eu era íntimo das serras elétricas. Você faz um take, põe Leatherface para correr até a serra e, na hora de ligar, ela não funciona! Cara, isso fodia com tudo. Eu virei o técnico das serras elétricas, sem créditos. Eu ligava a serra, afogava o motor e a desligava para que o carburador ficasse cheio de gasolina, aí eu ligava de novo, e a deixava lá, pronta para a ação. Dê uma batidinha e ela desliga. Eu fui o cara que percebeu isso, fui um colaborador dessa

1 DANIEL PEARL prepara o set

2 TOBE HOOPER filma a cena da van, com PAUL PARTAIN e MARILYN BURNS

3 A família prepara SALLY para a carnificina

maneira... Um dos melhores efeitos foi ideia minha: Tobe e Bob estavam discutindo, eles brigavam o tempo todo, e Tobe falava: "Eu quero mais, eu quero mais, eu quero que seja extravagante", e Bob não concordava... Tobe dizia: "Me arrume um prego, um prego grande pra caralho, e pregue esse relógio numa árvore, pregue a porra desse relógio numa árvore". Então Bob pega um prego de meio centímetro, não era um prego grande, e Tobe começou a ter um ataque. Eu fui até minha caixa, peguei um velho pino de estrada de ferro, fui até lá e martelei a porra daquele relógio na árvore... O outro foi o seguinte, nós estávamos na estrada depois de pegarmos o Carona, ele estava se preparando para cortar seu braço e sangrar. Bob tinha uma bombinha daquelas que fazem um sapo de plástico pular, juntou duas bolsinhas de sangue. Tobe estava tendo um ataque: "Puta que o pariu, é muito pouco sangue!", Bob ficou puto e voltou pra cidade! E lá estávamos nós, na beira da estrada sem os efeitos. Eu disse: "Que porra está acontecendo?" Eles me disseram o que estava pegando e eu disse: "Me dá isso aqui!" Peguei uma seringa de lavagem de ouvido, que eu usava para tirar o pó do obturador e das lentes, enchi-a de sangue, prendi-a com um tubo improvisado na lâmina da faca e disse: "Que tal?", e corri a faca das minhas costelas até meu sovaco e saiu sangue à beça, e o Tobe disse: "Isso aí, é isso!"

SALLYE RICHARDSON Bob Burns, Deus do céu, ele e Tobe discutiam muito. Tobe dizia: "Eu quero isso" e ele respondia: "Nah, nah..." Tobe dizia novamente "Sim, é isso o que eu quero, vá lá fora e consiga pra mim!", Bob retrucava: "Não, você não pode fazer isso", e ele aparecia com alguma coisa que Tobe não queria... Tobe dizia: "Me arrume um tatu, eu quero um tatu, vá até a estrada e me arrume um tatu, tem muitos tatus por lá". "Eu não vou arrumar tatu nenhum, eu não consigo arrumar um tatu", e mais tarde Bob aparecia com um tatu...

ALLEN DANZIGER Eu acho que, na maior parte do tempo, Tobe não me deixava fazer as coisas do meu jeito. Ele talvez tenha me puxado para o canto algumas vezes, tentado me dirigir. Na cena de abertura na van, eu não sabia nada sobre astrologia, aquilo era grego pra mim, e eu me lembro dele me dando instruções com aquelas frases.

SALLYE RICHARDSON Tobe conhece a cena, ele sabe o que está fazendo, mas, ao mesmo tempo, Kim o estimula com ideias. Tobe deve pensar: "Eu preciso de um diálogo para chegar onde quero", então ele pedia a Kim para escrever alguma coisa. E aí, se tudo desse certo, quando ele voltasse à sala de montagem, conseguiria montar os pequenos trechos e fazer uma história coerente com as sequências.

Uma dessas cenas típicas foi a da van – Danny não a filmou, ele deve ter feito alguns takes externos, mas Tobe fez a interna. Ele se sentou na van e registrou coisas que eles estavam dizendo. Tobe tinha ideia do assunto que ele queria que eles falassem – astrologia – e sabia que precisaria que eles seguissem uma linha de raciocínio para que o diálogo chegasse ao ponto certo... Então Tobe provavelmente diria a Kim: "O que você quer que eles digam aqui?", e Kim escreveu uns diálogos. Eu acho que Tobe vê o roteiro mais como um guia – ainda que eu duvide que os roteiristas pensem assim! Ele não é um diretor de atores, ele é um cineasta...

ALLEN DANZIGER Tobe era uma presença sombria, ele fumava seu charuto, como algum Erich von Stroheim,[II] se escondendo lá atrás de todos... Mas sempre foi muito bacana comigo, e como eu era o menos envolvido no filme – não queria ser ator, eu era um assistente social –, era mais divertido para mim, eu levei na boa. Alguns daqueles caras, como Eagle Pennell e Tobe, eram realmente brilhantes, mas tinham seus demônios pessoais...

A melhor cena para ilustrar isso é quando nós estamos no posto, quase sem gasolina, e um homenzinho carrancudo se aproxima e joga água e sabão no para-brisas, bem, essa cena levou o dia inteiro, e devíamos filmá-la em uma hora. Levou o dia inteiro porque em um desses takes, enquanto converso com Jim Siedow, o homenzinho estava jogando a água com sabão, eu, sem querer, ligo os limpadores de para-brisas e eles jogam a água em cima do Jim, então ele está falando comigo com todo esse sabão pingando do seu rosto. Bem, por mim bastava, era o fim: eu não *conseguia* dizer as falas, nós caímos no chão, não conseguíamos. Tobe ficou tão perturbado que ele saiu do set e Kim terminou a cena. Tobe perdeu a cabeça...

DANIEL PEARL Nós propositalmente olhamos para o lado oposto do quadro no qual Leatherface faria sua entrada. Quando você percebia que ele estava em quadro, já estava fazendo algo assustador de verdade. Lembra a cena em que Leatherface pula e agarra Franklin? Um pouco antes disso, Franklin estava andando e segurava uma lanterna. A iluminação era bem superficial numa noite tão escura. Ele está movendo sua lanterna de um lado pro outro, então seus olhos acompanham a única coisa que você consegue enxergar com mais clareza. Você põe uma coisa brilhante em quadro e é nisso que seus

TOBE ERA UMA PRESENÇA SOMBRIA, ELE FUMAVA SEU CHARUTO, COMO ALGUM ERICH VON STROHEIM, SE ESCONDENDO LÁ ATRÁS DE TODOS...

olhos vão prestar atenção. Então você cria uma pequena distração, porque você sabe como as pessoas vão reagir. Tínhamos essa lanterna se mexendo, e a plateia acompanha a luz. Leatherface entra em cena e a música sinistra surge ao mesmo tempo. Franklin balança o facho de luz em cima do Leatherface. Ele estava parcialmente iluminado antes disso. Agora você o vê, e a serra elétrica surge fazendo barulho no meio da tela. Você ainda escuta o *rrrrrrrr*. As pessoas saltam de suas poltronas. Foi bastante assustador e surpreendente. [Entrevista a Bob Fisher, *International Cinematographer's Guild*]

PAUL PARTAIN ... do meio da escuridão vem o som daquela serra enorme sendo ligada, e aí surge a visão mais assustadora que você poderia ter nesse mundo de Deus, quatro metros e meio de altura, usando um avental de couro, o rosto de alguém como uma máscara e uma serra elétrica fumegante vindo na sua direção. Eu sou um ator, assim como a senhorita Burns, mas não tivemos que atuar muito até aquele ponto. Marilyn

II Ator e cineasta austríaco, atuou em *Crepúsculo dos Deuses* (1950), de Billy Wilder.

buscou a dor em lugares desconhecidos e eu gritei alto para caralho. Aquela cena era a primeira vez que víamos Leatherface, foi o mais real que nós poderíamos fazer. Agora, quando o close se fecha na morte do velho Franklin, isso foi bem engraçado. A câmera estava sobre o meu ombro esquerdo. A maior parte das luzes vinha de uma lanterna na minha mão. O combinado era que Leatherface iria até a luz com a serra e golpearia Franklin repetidamente. Dottie Pearl, nossa maquiadora, estava agachada fora de quadro, à minha esquerda, e Tobe estava na mesma posição, à minha direita. Nós três estávamos com a boca cheia de Karo avermelhado e toda vez que Leatherface entrasse em cena, nós deveríamos cuspir. O resultado foi que a cada passagem, o avental e a serra ficavam mais e mais ensanguentados. Se você olhar bem de perto, você pode ver as gotas de sangue no ar. Muito eficaz. No final, Tobe tinha uma taça cheia de sangue, e ele atirou todo o conteúdo. Ele disse que seria daquele jeito quando a serra acertasse o coração... Se lembro bem, a cena foi muito divertida, e todos estavam rindo quando ela ficou pronta. [Entrevista a Ryan Adams, *Living-Dead.com*]

JIM SIEDOW Quando começamos aquela cena na churrascaria quando estou surrando a Marilyn – aquilo foi uma dureza – eu não conseguia ir a diante. Eles me diziam para deixar o mais real possível: "Bate nela!", porque eles não podiam usar nada que parecesse falso, aí eu começava e eles: "Não, você tem que bater mais forte, bater um pouco mais!" Marilyn disse: "Me bate, não se preocupe". E cada vez que nós tentávamos ela ganhava uns machucados novos. Finalmente, eu entrei na cena e comecei a me divertir, a golpeá-la de verdade e nós fomos em frente. Fizemos oito takes e, quando eles finalmente disseram "Essa foi a boa", ela desmaiou – a pobre garota levou uma bela surra. [*The Texas Chain Saw Massacre: A Family Portrait*]

MARILYN BURNS Eles se divertiram jogando aquele martelo na minha cabeça! Era uma marreta, eles tiraram a parte de metal, mas o punho era feito de carvalho, então cada vez que aquilo acertava minha cabeça, era de matar. E o martelo fazia barulho quando caía no balde, aquilo me deixava com a cabeça ensanguentada e cheia de galos, mas todo mundo estava tão surtado pela cena que eles diziam: "Vamos matar essa...", e estavam curtindo.

GUNNAR HANSEN Na boa, naquela vez eu esqueci que estava num filme... Durante a cena, quando Marilyn se liberta e foge em direção à porta, o Carona diz algo como "Mate essa piranha". Eu me lembro de pensar: "Mate...essa...piranha", e me virei para matá-la – e o ato corporal de me virar me fez lembrar quem eu era.

MARILYN BURNS Na cena em que a Sally salta através da janela, ela está pulando do térreo para a rua, é uma grande janela cenográfica. Tobe diz: "Ei, Marilyn, nós queremos que sua dublê [Mary Church] faça esta cena", e eu disse: "Por que, Tobe? Eu só vou pular através de um vidro de açúcar até o chão, e eu quero que se pareça comigo". E ele respondeu: "Não, não, nós não podemos nos arriscar". Então Mary pula através do vidro de açúcar, usando uma peruca loura, e cai num colchão. Na minha vez, na manhã seguinte, eram tipo 5h30 e a manhã estava tranquila e úmida, o açúcar do vidro havia se cristalizado e se transformado em pedaços duros, não estando mais quebradiço. Tobe tinha um andaime preparado a uns dois metros, dois metros e meio. Eu perguntei: "Pra que isso aí?" e Tobe diz: "Ah, você vai pular dele para fora da janela. Você vai subir nele, pulará e, quando cair no chão, nós vamos jogar os cacos de açúcar no seu cabelo". Foi por isso que eu manquei pelo resto do filme.

GUNNAR HANSEN O pior foi a cena em que Leatherface persegue Sally nas escadas. Mary Church foi a dublê na cena do mergulho pela janela: ela saltou do segundo andar, mas nós colocamos um colchão e mãos francesas no ornamento do parapeito, então, quando Mary mergulha, ela cai cerca de dois metros para frente e meio metro para baixo. Eles queriam proteger Marilyn, mas aí fizeram o take em que ela cai no chão, no portão de trás, em que subiram com Marilyn no telhado e a jogaram de lá! E aquela era uma casa antiga do Texas, com o portão bem alto e eles a largaram de três metros! Isso não pareceu os incomodar de forma alguma.

MARILYN BURNS Eles conseguiram o realismo que buscavam. Eu acho que foi um jeito de contornar a falta de grana – eles foram lá e fizeram pra valer. Um pouco de realismo nunca prejudica um filme – ainda que tenha me prejudicado bastante. Eles gastaram uma semana só com os meus olhos; tiraram fotos dos meus olhos e diziam: "Fique parada, Marilyn, agora, chore". Bem, é muito difícil fazer com os olhos exatamente o que o diretor quer que eles façam...

Tinha gente que dizia: "Uau, parece tão real, tem muita qualidade". E nós explicávamos: "Filmamos em 16mm para ter esse ar granulado dos documentários", e as pessoas respondiam: "Uau, que ótima ideia!" Bem, nós não tínhamos dinheiro para filmar em 35mm, fizemos desse jeito porque era mais barato.

> EU PODIA OUVIR MEU CRÂNIO RACHANDO! AÍ EU GRITO: "AAAARGH!", E HOOPER DIZ: "ÓTIMO, ÓTIMO, ESSA FOI ÓTIMA. CONTINUE ASSIM"

ED NEAL A cena na qual Siedow me persegue na frente do caminhão com luzes "artísticas" por detrás e toda aquela fumaça – nem é fumaça, é poeira! – funcionou de verdade porque são apenas elementos naturais – estou rastejando na poeira! O motivo pelo qual estou rastejando e tentando ficar abaixado na poeira é que o graveto com que o Siedow está me acertando era feito de carvalho! E ele está me surrando! Eu podia ouvir meu crânio rachando! Aí eu grito: "Aaarrgh!", e Hooper diz: "Ótimo, ótimo, essa foi ótima, quero que você continue assim!" [*The Texas Chain Saw Massacre: A Family Portrait*]

ALLAN DANZIGER Quando esmagaram o meu cérebro? Ainda hoje eu tenho dores de cabeça! Acredito que foi um bastão de borracha. Senti numa cena em particular que fiz em que me afastei de todo mundo, fechei meus olhos e fiz com que eles parassem toda a cena por minha causa. Isso porque eu usava o método Stanislavski – você sabe, eu fui para dentro de mim (não gostei do que vi) e me preparei para a cena. Mas o resultado foi que, quando fizeram o primeiro take, disseram: "Allen, seu grito foi incrível, mas não tinha ninguém em cena com você" – Leatherface sequer havia entrado no quarto!

that's just as real.

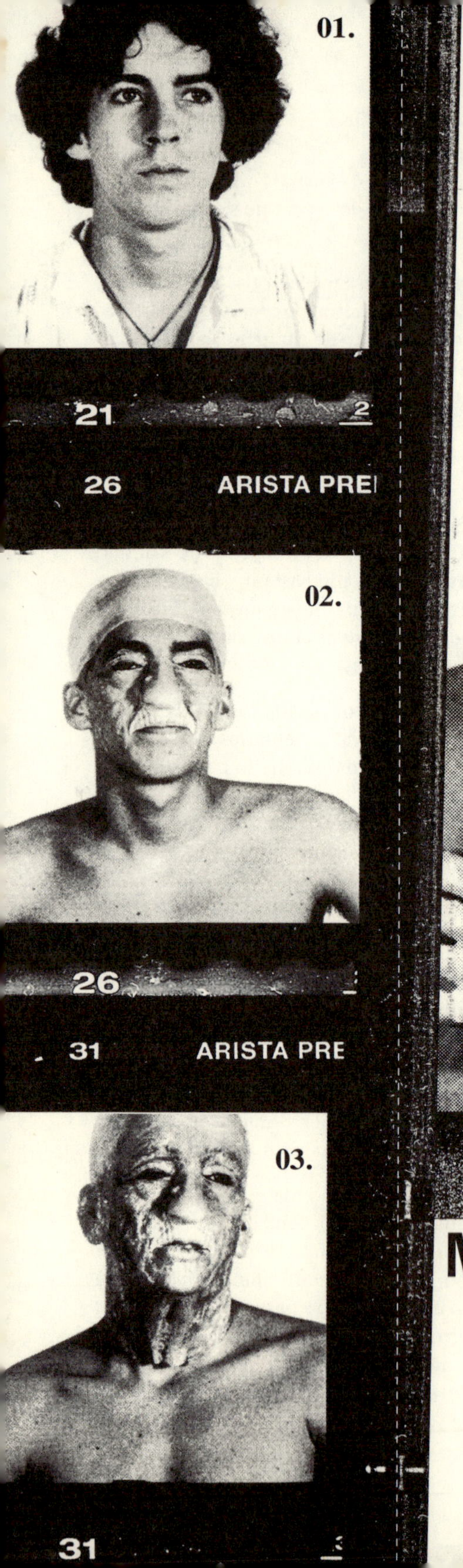

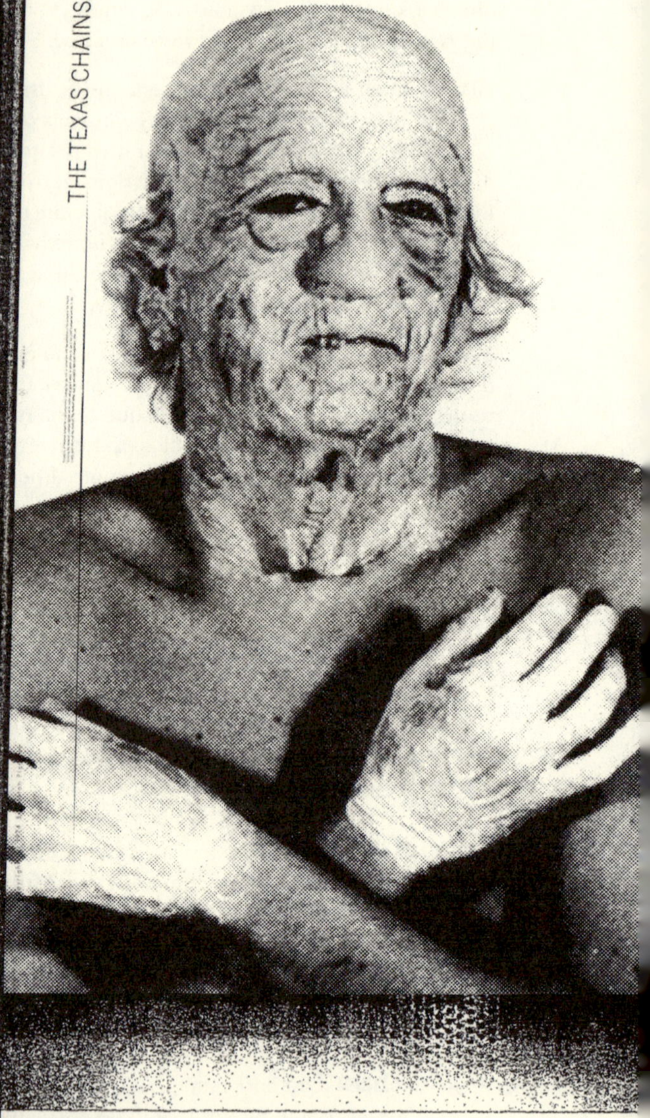

MAKE UP ***Fig.04***

As quatro etapas da maquiagem do Vovô, interpretado por JOHN DUGAN

PAUL PARTAIN Estava quente – o Texas no verão é quente –, o mundo ainda não estava refrigerado em 1973, mas nós sobrevivemos. Alguns de nós sobrevivemos até hoje. Tem um bom verso de uma música do cantor texano de country Johnny Rodriguez: "É quente aqui no Texas, yeah, esse aqui é o meu lar. Se eu não for feliz aqui, não serei feliz em nenhum lugar..." Tem também um adesivo de para-choque que diz: "Se você não suporta o calor... caia fora do Texas".

ALLEN DANZIGER Eu não poderia comparar as cenas da van com o que devem ter sido as cenas dentro da casa, com o fedor dos ossos apodrecendo, as penas, as pessoas vomitando... Fazia calor dentro da van, mas era o Texas, fazia 35 graus e nós estávamos com as câmeras lá dentro. As cenas terminavam e todo mundo se apressava para ir ao trailer se arrumar, exceto quando chegava a minha vez: "Allen, não há nada que podemos fazer por você, não podemos ajudá-lo". Não perdiam muito tempo "afofando" meu penteado, eu usava um black power no filme, bocas de sino... E eu faço questão de dizer que ainda estou puto pela minha camisa! Eu a emprestei para Ron Bozman porque eles estavam fazendo uma cena muito longa e não precisavam de mim, eles pegaram minha camisa emprestada e nunca me devolveram! Ainda estou puto com isso! Minha camisa favorita!

KIM HENKEL John Dugan, que interpretou o Vovô, era meu cunhado. Ele era ator por mérito próprio, frequentou uma conhecida escola de teatro em Chicago. Agora ele vive em Indiana.

GUNNAR HANSEN Tivemos que filmar naquele dia por causa do Vovô. Como só tínhamos três rostos para ele, precisávamos filmar tudo com ele em apenas três sessões e ponto final. E então fizemos a cena do jantar naquele dia. [*The Texas Chain Saw Massacre: A Family Portrait*]

MARILYN BURNS Havia esse parente do Kim que queria fazer parte do filme, e o único papel que havia sobrado era o do Vovô, então levamos 23 horas para fazer a maquiagem. Tipo, como se tivéssemos uma verba tão grande que nem pensamos: "Ei, nós devíamos chamar um coroa para interpretar o Vovô". Não, vamos chamar um cirurgião plástico e um garoto de dezoito anos e deixar o elenco esperando enquanto o cirurgião plástico coloca camadas de látex sobre o garoto para que elas possam derreter sob a luz...

GUNNAR HANSEN Eles tinham três rostos, mas levou tanto tempo para colocar o primeiro rosto que ele disse: "Não, é isso aí, chega!"

JIM SIEDOW Eles chamaram esse garoto para fazer o avô e chamaram alguém para fazer a maquiagem, e isso levava horas. Marilyn e eu dissemos que lá em Austin havia muitos velhinhos que adorariam fazer o trabalho, eles nem sequer precisariam falar muito!

JOHN DUGAN O cara que fez a maquiagem, Dr. Barnes, um cirurgião plástico, tinha feito duas máscaras com látex líquido. A primeira vez que eles colocaram, levou sete horas, aí nós devemos ter filmado por umas doze horas. Na segunda vez, eles só tinham uma máscara para mim, que cortaram em partes e colaram com *spirit gum.*[12] Na segunda vez eles quiseram me filmar com Jim Siedow, porque não tinham como pagar mais um cachê para ele e não tinham uma terceira máscara que eu pudesse usar. Então eu estava me maquiando há vinte e seis horas, eu acho, e isso foi em julho, no Texas, era desconfortável de verdade. [*The Texas Chainsaw Massacre: A Family Portrait*]

SALLY RICHARDSON Meu Deus, nós estávamos prontos para tacar fogo na casa depois daquela filmagem de vinte e seis horas. Não sei o que eles fizeram com a casa, mas eu tenho certeza de que ela precisou ser defumada. Estava uma zona, uma coisa horrível... Aquelas coisas todas em cima da mesa eram de verdade, não estavam empalhadas...

Tivemos que filmar logo, em parte porque tudo aquilo estava apodrecendo, em parte por causa de nossas limitações de tempo. Nós só tínhamos John Dugan disponível por um certo número de dias, ele era um ator profissional na época e nós tínhamos que o pagar por dia. Aquilo atravessou a noite e foi até a manhã seguinte, e estava muito quente. E os gritos da Marilyn, ela estava gritando de verdade...

MARILYN BURNS Foi exaustivo. Era o cúmulo do baixo orçamento. O que você viu foi real, aquilo foi uma tortura real, 43 graus na sombra. Foi um filme muito difícil de fazer. Você não pode ficar trancado por vinte e seis horas para fazer a sequência do jantar, com galinhas derretendo e embutido de porco que ficou fora da geladeira por horas, pegando calor, sem ficar doente.

JIM SIEDOW É difícil de esquecer! A principal razão de ter demorado tanto é que eles tinham um orçamento baixíssimo. E eu tinha que sair no dia seguinte, meu contrato era de apenas uma semana, depois da qual eu deveria fazer uma peça. Então eles precisavam fechar essa cena e não paravam... A culpa foi minha [*risos*]. Aquele também foi o verão mais quente do Texas. Eles tinham comida em cima da mesa que estava apodrecendo, e só o cheiro já deixaria alguém doente. Eles fizeram um abajur de esqueleto... bem, você acendia a luz naqueles ossos, eles começavam a queimar e o cheiro de queimado junto com o da comida podre era péssimo. Não havia ar-condicionado e é claro que Gunnar e eu usamos a mesma roupa o tempo todo, ela nunca foi lavada. Então o fedor era igualmente péssimo. Mas, tudo bem, aquilo foi uma experiência!

WAYNE BELL O problema não era só ficar preso ao microfone, lá pra cima, onde o calor aumenta, assim como boa parte dos odores. Então eu estava sofrendo o diabo. Era quente demais... Eu me lembro de ter que abaixar o equipamento e ir lá fora respirar ar puro... Mas eu estava curtindo – para um jovem, era um barato estar no meio daquilo tudo...

LOU PERRYMAN Ah, sim, eu estava lá. Eles amarraram Sally no canto da mesa e Leatherface está chegando grunhindo e se aproximando da câmera. Ele fedia tanto que eu tive que ajeitar o foco e, assim que cheguei na marca, inclinei minha cabeça para fora da janela para que eu pudesse respirar ar puro. Eles não o deixariam lavar seus trajes nem

12 Adesivo à base de álcool e resina, usado na aplicação de próteses e máscaras.

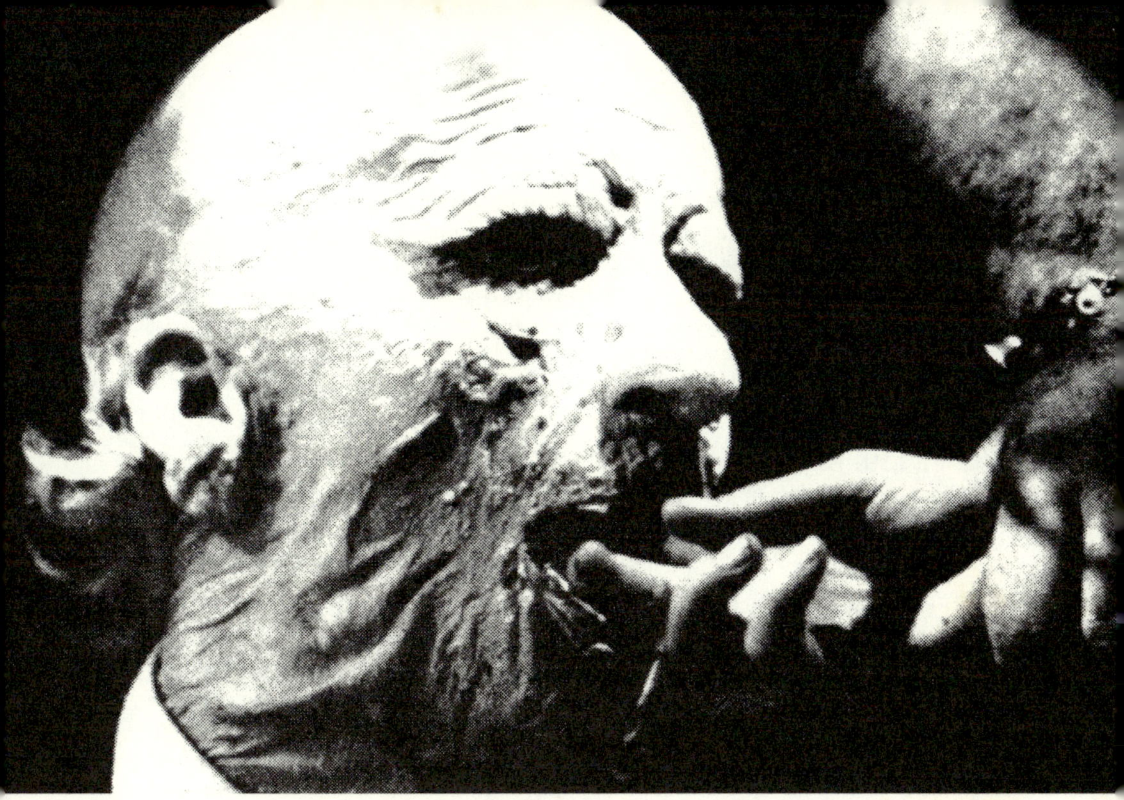

[1] O VOVÔ se familiariza com Sally

[2] Da esquerda para a direita: ROBERT A. BURNS, uma galinha, TED NICOLAOU e TOBE HOOPER

entrar no trailer – eles tinham uma espécie de motor-home no qual nos alimentavam –, e estavam levando comida para Leatherface do lado de fora, porque ele fedia. Nós sentávamos e conversávamos sobre arte, literatura e quadros, admirando um belo pôr-do-sol, esse tipo de coisas, e lá estava ele naqueles trajes, às vezes com a máscara! Mas ele fedia... Isso é um filme de baixo orçamento – hoje você tem seis camisas detonadas exatamente iguais –, não importava o quanto *ele* lavasse, as *roupas* continuavam fedendo. Claro que ainda tinham os ossos, o embutido de porco e havia um cheiro podre pela casa inteira...

GUNNAR HANSEN Eu era a peça mais fedorenta de todo o set... O problema era que eles só tinham um traje para mim e não ousavam limpá-lo por medo de que se perdesse ou que mudasse de cor... Então eu usei as mesmas roupas por doze ou dezesseis horas por dia, durante um mês. [*The Texas Chainsaw Massacre: The Shocking Truth*]

ROBERT A. BURNS A sequência do jantar foi a coisa mais fedorenta de todas – filmar por cerca de trinta horas no meio do verão do Texas foi um suadouro, e o lado desagradável da filmagem adicionou estresse ao resultado que foi às telas de cinema. Era uma cena noturna, então eles precisaram vedar as janelas. Aquilo se transformou numa sala completamente sem ventilação, com todas aquelas luzes potentes e uma grande quantidade de suor, tudo o que havia lá começou a feder – e o pobre Gunnar, eles tinham receio de desconfigurar ou destruir suas roupas se elas fossem lavadas. Foi assim que aconteceu, ninguém lavava roupa, e aquilo trouxe os piores odores possíveis de tudo e de todos que estavam lá. Uma inhaca só! O fedor principal vinha de uma coisa com uma cabeça e pés de galinha que eu havia montado bem no meio da mesa – mas não fedia tão mal como todo mundo disse.

Mas havia uma razão para isso... Tudo se estendeu demais, não houve preparação. Tobe não acreditava nisso, foi a espontaneidade que fez assim: "Nós somos artistas, não somos cientistas", e todo esse tipo de coisas meio que foi além. Eles gastaram toda a grana e saíram por aí pedindo adiantamentos – para começo de conversa, as pessoas já estavam trabalhando quase de graça! – e eu pensei, que beleza, isso sim vai ajudar muito...

ED NEAL Lá estava aquela mesa, e toda a ação rolava ao redor. Levamos cerca de trinta e poucas horas para filmar o mesmo grupo de pessoas. Lá estava aquela mesa, com a salsicha que havia estado naquele prato por duas semanas e meia – por motivos de continuidade ela não podia sair dali – e as luzes a 4.000 graus, brilhando... tudo isso se decompondo na frente dos seus olhos e a dez centímetros do seu nariz. Burns teve a ideia de pregar a cabeça e os pés de uma galinha numa tábua e aquela porra estava bem na sua frente. Eles botaram umas paradas na janela para não deixar a luz entrar... e estávamos sem ar... sem qualquer tipo de ventilação. Todos estavam vomitando, mijando e reclamando... Muita gente não conseguia ver a luz no fim do túnel – eles não conseguiam sequer se lembrar de como embarcaram na porra dessa viagem! [*The Texas Chain Saw Massacre: A Family Portrait*]

KIM HENKEL Pode crer, eu estive lá a porra do tempo todo... Foi desagradável...

LOU PERRYMAN Tinha um bode no terreno – tinha um celeiro atrás da casa no qual havia um bode. Era um celeiro pequeno, mas, ainda assim, um celeiro. Um dia aquela porra toda desmoronou e uma viga do telhado empalou o bode por trás da cabeça e matou aquele filho da puta. Nós saímos e lá estava o bode morto e pensamos: "Cacete, mas antes ele do que a gente!" Parecia ser parte do carma pelo que estávamos fazendo, que alguma coisa assim fosse acontecer.

GUNNAR HANSEN O pessoal do catering era o mesmo que preparava os lanches, geralmente são duas coisas separadas.[13] Até aí, tudo bem, só que eles fizeram um prato gigante de brownies de maconha e não contaram pra gente. Então, num certo momento, nós estávamos chapadões, e bastante famintos, sem saber que o motivo de estarmos com fome eram os brownies, e nós chegávamos lá e comíamos mais um! Estou convencido de que esse foi o motivo da infame sequência de vinte e seis horas de filmagem... Em um dos planos, a Marilyn sobe os degraus antes de mergulhar para fora da janela e eu estou atrás dela, era um plano de três ou quatro segundos e Tobe e o diretor de fotografia discutiram a luz desse plano por horas...

"TODOS ESTAVAM VOMITANDO. MUITA GENTE NÃO CONSEGUIA VER A LUZ NO FIM DO TÚNEL – ELES NÃO PODIAM SEQUER SE LEMBRAR DE COMO EMBARCARAM NA PORRA DESSA VIAGEM"

MARILYN BURNS Eu não estava comendo os brownies, mas o Gunnar estava e aí descobri do que eram feitos e que ele tinha comido uns três. Na cena, ele tinha que me perseguir escada acima com uma serra elétrica, e ele disse: "Uau, eu estou zoado. Cara, tem algo errado comigo". Quando eu soube dos brownies, pensei: "Xi, estamos ferrados". Quer dizer, eu confiava 100% no Gunnar, mas não no Gunnar chapado de brownie com maconha, com uma serra elétrica, correndo os degraus de madeira, no take número quarenta e quatro, ah, não!

GUNNAR HANSEN Na cena em que Leatherface chuta a porta, eu sei que estava chapado naquela hora e estava também muito preocupado porque só tínhamos uma porta e eu não queria arruinar a cena, então tive que trabalhar. Eu pensava: "Eu tenho que me lembrar de chutar a porta e não parar". E se você olha aquela cena, eu chuto a porta e aí faço aquele gesto [*mexe bruscamente com a cabeça*], o motivo foi que o cameraman estava tão chapado que, quando eu chutei a porta (a câmera estava no chão), ele pulou e saiu da sala! Então me virei e o vi correndo da sala, aí lembrei: "Ei, as escadas", e me virei...

13 No modelo norte-americano, *catering* é o serviço de refeições quentes, enquanto o *craft service* oferece lanches rápidos à equipe de produção.

O Massacre é virtualmente desprovido de cenas explícitas de violência, apesar de sua reputação como um dos filmes mais violentos de todos os tempos ainda permanecer. Havia uma decisão de evitar o derramamento de sangue, foi por motivos orçamentários ou uma tentativa consciente de criar a ilusão de um terror explícito, ainda que muito pouco fosse mostrado?

ROBERT A. BURNS Eu sempre insisti que efeitos explícitos, não importa o quão realistas sejam, criam uma distância entre a plateia e a história, porque, subliminarmente, o público sabe que eles são manufaturados. Isso amortece o impacto da plateia – "é apenas um filme".

Originalmente, Tobe queria que eu fizesse um apêndice do gancho de açougue saindo através do peito da Teri, esguichando sangue. Eu o convenci a desistir da ideia. Ela ainda é uma das cenas angustiantes mais memoráveis da indústria do cinema, sem mostrar uma única gota de sangue.

LEVIE ISAACKS Ele não foi banido na Europa por ser o filme mais sanguinolento de todos os tempos, ou coisa parecida? Quando você olha com atenção, toda violência é implícita, e não há tanto sangue assim. Mas aquela porta de metal batendo com força – que imagem forte – faz sua mente passar por todos os tipos de possibilidades que você jamais poderia criar na mente de alguém se mostrasse o que acontece. Essas imagens são demais... Agora eu trabalho numa série de TV, *Malcolm*,[14] e aprendi muito sobre comédia, tem muito a ver com deixar as coisas implícitas, em vez de ser literal. E esse é o lado engraçado de ver as pessoas se ferrando, tem mais a ver com o pensamento "isso poderia acontecer comigo" do que com o que está acontecendo com eles... É isso que assusta, porque você se imagina na cena, sua imaginação assume o controle, transforma-se em algo realmente horrível do ponto de vista do que sua mente pode lhe dizer.

SALLYE RICHERDSON Nunca pensei que tivesse sido horrível, eu penso que foi engraçado, sempre achei engraçado.

14 *Malcolm in the Middle*, série norte-americana da Fox, produzida entre 2000 e 2006.

KIM HENKEL De algum modo, Tobe e eu sempre achamos *O Massacre* uma comédia...

SALLYE RICHARDSON A única vez em que me assustei foi quando estava montando o filme em Los Angeles. Tobe estava no hotel, dormindo - de manhã nós faríamos a última, a derradeira mixagem - e foi nessa noite que o filme realmente nasceu. Eu tive medo, realmente tive medo, porque ele se transformou em algo diferente, foi para outra dimensão, como se baixasse um espírito, ele se transformou nessa entidade a que as pessoas assistem agora. Um espírito incorporou *naquilo*, não esteve sempre ali, mas, depois disso, ficou para sempre... Foi uma coisa mágica, não era mais um pedaço de filme - e aí eu tive medo. Então eles fizeram a mixagem final e ele começou a viver. Mas ainda não acho muito terrível, porque eu o vi em planos, em pedaços de celuloide.

Vários truques e "efeitos especiais" (incluindo uma chave inglesa de madeira de balsa[15] que o caminhoneiro vivido por Ed Guinn atira em Leatherface na última sequência) foram usados para alcançar a violência surpreendentemente real que aparece nas telas. A empalação de Pam num gancho de açougue acabou sendo o efeito mais difícil, já que ela só vestia um top sem mangas e um short.

GUNNAR HANSEN Eles armaram um revestimento em volta da cintura e das pernas dela, feito de meia-calça de náilon. A equipe fez um pequeno laço atrás, que eu encaixei no gancho de açougue, virado para o lado oposto das costas dela. [*Fangoria 70*, 1988]

A dor causada pelo ato de balançar num gancho de açougue e por ter seu peso sustentado apenas por uma meia-calça fez a atriz Teri McMinn sentir como se estivesse sendo cortada ao meio. Como em muitas cenas de *O Massacre*, o realismo era alcançado através de dores genuínas, impostas ao elenco e à equipe.

FOI NESSA NOITE QUE O FILME REALMENTE NASCEU. EU TIVE MEDO, REALMENTE TIVE MEDO, PORQUE ELE FOI PARA OUTRA DIMENSÃO, COMO SE BAIXASSE UM ESPÍRITO

ROBERT A. BURNS O efeito mais explícito de violência no filme é o da serra elétrica caindo sobre a perna de Leatherface. Para filmá-la, nós pegamos uma chapa de metal, enrolamos na perna dele para protegê-lo (a serra foi aparada), colocamos um filé sobre a placa e prendemos com *silver tape* uma sacola de sangue em cima de toda aquela porra. Mesmo com a chapa de metal, Gunnar ficou levemente queimado com a fricção da lâmina aquecendo o metal. Eu deveria ter imaginado isso e colocado um pedaço de couro debaixo do metal.

Na hora de atropelar o Carona, eu fiz um boneco articulado de PVC e estofamento e pendurei na rua com um arame que eu mesmo segurei (subindo no alto de uma escada) enquanto era atingido pelo caminhão. Não sei como eu não me matei. [De www.robert-a-burns.com]

15 Madeira leve e resistente usada na construção de aeromodelos.

MARILYN BURNS Quando eu soube que o filme estava banido da Inglaterra, pensei: "Como? Por quê? Com tanta coisa rolando por aí, no cinema, como eles escolheram nosso filme?"

Escutei as acusações sobre violência gratuita contra as mulheres. Esse pessoal simplesmente não entende. Eu sobrevivi! Eu saí com vida! Eu não fui uma vítima; Sally se manda, ela sai correndo para o lugar errado o tempo todo, o que não era muito esperto da parte dela, mas, você sabe, no calor da perseguição... Mas a garota se safou e ela está tão estática no final do filme porque conseguiu escapar. Violência gratuita! Pouquíssimas mulheres sobreviveram nos filmes de terror antes dela.

GUNNAR HANSEN E três homens foram mortos, e apenas uma mulher...

MARILYN BURNS Ninguém reclama da violência gratuita contra os homens!

GUNNAR HANSEN A violência que esclarece algum ponto do filme não é gratuita e, no *Massacre* - onde você não vê virtualmente nada -, a violência serve a um propósito, que é te deixar assustado pra cacete. Então é difícil chamá-la de gratuita. As pessoas querem dizer isso só porque é um filme de terror...

ALLEN DANZIGER Por ter trabalhado para a Saúde Mental do condado de Austin-Travis, digo brincando que é meu jeito de me redimir pelo filme, tentar fazer algo positivo pela comunidade. Meus pais não acreditavam, eles tentavam entender o que haveria de positivo, porque o filho deles estava no filme! É difícil dizer que havia algo moralmente bom a respeito dele.

> Os detratores de *O Massacre* eram conhecidos por sua fixação no que eles percebiam como um elemento sexual no tormento sem fim de Sally...

KIM HENKEL Bem, não era só isso. O mais estranho é que a *vítima* menciona isso como uma possibilidade - mas é apenas uma sugestão - e eles riem dela! [*Risos*] Esse não era o jogo deles...

GUNNAR HANSEN Minha percepção é que a única pista de sexualidade em todo o filme é quando a Sally diz: "Eu faço qualquer coisa". Não sei no que *Leatherface* está pensando, exceto que ele está batendo na mesa e fazendo "muuuu", mas o Cozinheiro tem um lampejo em seu olhar, ele fica fazendo assim [*se contrai*] e olhando para ela - eu sempre acho que aquela foi sua reação quando ela disse "eu faço qualquer coisa".

MARILYN BURNS Ah, ela não disse aquilo pra valer, meu Deus, *ugh*!

[1] Filmando o CLÍMAX

[2] Encharcada de sangue e histérica, SALLY finalmente escapa

O Carona se diverte com SALLY

CONSERTANDO TUDO: AS ALEGRIAS DA PÓS-PRODUÇÃO

O MASSACRE DA SERRA ELÉTRICA

ROBERT A. BURNS É tão difícil ganhar dinheiro com um filme, e quando você faz um filme por 125 mil dólares que arrecada milhões você é o máximo. A questão é que você ganha dinheiro para os seus investidores, e aí você pode chamá-los novamente. Aqueles investidores nunca mais investiriam em outro filme enquanto vivessem, e eles queriam linchar o Tobe! Pra mim, isso é um pecado capital – ganhar dinheiro para os outros e eles quererem te matar!

LOU PERRYMAN Foi um filme de orçamento tão baixo que todas as noites, depois do trabalho, eu literalmente tinha que me jogar na lixeira à procura de caixas de papelão para enviar o filme para o laboratório. Era bizarro. Não acredito que coisas assim aconteçam.

ALLEN DANZIGER Foi muito divertido! Mas o lance é o seguinte: ainda existem sentimentos residuais de que as pessoas não ganharam o que era justo com o filme, especialmente depois que ele se saiu muito bem. Foi um massacre depois que o filme foi feito e lançado.

GUNNAR HANSEN Não ganhamos nada com esse filme. Eu fiquei com as botas porque elas eram minhas. Quer dizer, esse pessoal era tão pão-duro que eles disseram que, já que nos pagaram tão pouco, eles iam fazer uma grande festa para o elenco, uma festa de encerramento, e eles fariam fotos de divulgação e sei lá mais o quê. Então, pelo menos nós poderíamos fazer umas fotos.

MARILYN BURNS É, bem, eu não fui à festa do elenco.

[1] ANÚNCIO publicado originalmente nos jornais da época

[2] SALLY grita durante o jantar...

GUNNAR HANSEN Não houve festa.

SALLYE RICHARDSON Todo mundo estava tão cansado, todo mundo sob pressão, não havia dinheiro. Às vezes, um prazo curto ajuda o artista, porque se você não tiver uma data de entrega, o trabalho talvez nunca fique pronto: você pode consertar e consertar e consertar, mas com que propósito?

ROBERT A. BURNS A montagem levou séculos. Tobe continuou editando e filmando inserções por meses. A maior parte dos gastos aconteceu no período da pós-produção. Foi por isso que acabou custando 125 mil dólares. Ele tinha um pessoal ajudando na montagem, mas acabou tomando conta de tudo.

WAYNE BELL Veja bem, Larry Carroll era o montador...

SALLYE RICHARDSON Larry ainda recebe o crédito, mas ele não fez nada! Tudo o que Larry fez foi rasgado, mas eles fecharam um acordo pelo qual se Larry saísse ele ganharia um percentual e também crédito. Eu estava feliz por ter uma oportunidade, e na época eu não dei a mínima. Apenas tirem esse cara daqui e vamos trabalhar!

E eu não recebi crédito de fotógrafa de *still*. Todas as fotos que foram tiradas, eu as tirei. Eu fazia direção de arte e tirava as fotos ao mesmo tempo, mas eu não sabia o suficiente para cobrar por isso, eu era jovem e burra, e tudo era tão excitante, então mandei mal. Usei vários rolos de filme. Imagino que o Tobe ainda tenha tudo guardado.

Eles começaram a montagem e eu não fui contratada - talvez porque eles quisessem alguém que eles imaginavam ter experiência, talvez fosse um lance machista. Não sei... Eu havia voltado para o Colorado, estava fazendo litografia num jornal, no turno da noite. Imagino que Lou tenha trabalhado para esse jornal também, porque ele não estava presente na montagem.

Quando Tobe me chamou, eles tinham montado parte da sequência da van. Ele queria alguém para montar porque aí ele poderia dizer: "Aqui está o filme, vá montá-lo, me chame e aí eu vou ver se gosto", e ele achou que Larry faria isso. Larry já estava no time enquanto nós filmávamos, ele lidava com o envio dos filmes para a revelação, acho que ele fez um pouco de sincronização. Mas ele destruiu tudo, do ponto de vista de Tobe. Larry não fazia parte do tipo de processo intelectual do qual todos nós fazíamos, ele não estava pronto para trabalhar com Tobe do jeito que a maioria de nós estava. Foi quando ele me chamou, nós rasgamos tudo e começamos de novo.

WAYNE BELL Tem muitos lugares onde acho que a música foi mixada em volume baixo, porque ela funcionava apenas superficialmente, era uma mera presença, considerando que se tivéssemos perdido um pouquinho mais de tempo editando a música poderíamos soltá-la um pouco mais alto na mixagem e talvez melhorar seu feitiço. Do jeito que fizemos a música, a *técnica* estava certa, só que, na hora de casar o som com a imagem, Tobe estava com tanta pressa que a música não foi trabalhada com o esmero que merecia. O efeito da música seria o mesmo, mas ela ficaria mais sob medida, para que pudesse crescer em certos momentos e soltar seus feitiços de forma mais precisa.

O poder da música e da montagem é algo que os cineastas que estão começando deveriam levar em consideração – você pode filmar numa locação, mas você faz o filme durante a montagem. E pode-se aplicar a mesma filosofia à música: você grava a música, mas faz a trilha de verdade durante a montagem.

SALLYE RICHARDSON *O Massacre* foi feito na montagem. Não era o caso de uma cena no roteiro ter x páginas. As cenas eram tão longas quanto deveriam ser, era instintivo. Tobe sabia o que queria, digamos, da cena da van, e aquilo não tinha nada a ver com a quantidade de negativo que ele iria rodar... E foi por isso que Larry Carroll não funcionou, porque ele não entendeu isso. Tobe chegava e decidia os altos e baixos, a arquitetura da cena, ele tinha essa visão e era capaz de projetá-la. Ela nunca estava no roteiro.

RICHARD KOORIS Na verdade, eles acabaram fazendo o último corte na Steenbeck em nosso pequeno escritório de produção – tinham acabado com o dinheiro e precisavam de um lugar para fazer mudanças de última hora, então eles a levaram para lá, trabalharam uma semana ou duas. Passavam a noite lá, e nós trabalhávamos durante o dia.

SALLYE RICHARDSON Nós alugamos um lugar, uma sala de montagem de alguém, mas não podíamos deixar o filme lá, tínhamos que deixar tudo limpo todas as manhãs. Trabalhávamos à noite e dormíamos de dia: eu ia trabalhar às 5 da tarde e tinha que carregar, pela escada dos fundos, tudo o que eu iria usar naquele dia, talvez cinco, seis latas de filme, ou mais. Eu começava a trabalhar e Tobe aparecia mais tarde, talvez depois de uma reunião com Kim. E ele sempre ia ao cinema, pegava as últimas sessões, ia praticamente todas as noites. Ele montava um pouco, ou fazia marcações, ou me sugeria algo, aí ele saía e eu trabalhava até umas 7 da manhã, e precisava recolher tudo de novo.

WAYNE BELL Tinha uma Steenbeck na sala de estar de Tobe... Acho que fizemos muitas sessões musicais. No começo ficávamos tocando um pouco – você tem que entender, estávamos curtindo, é por isso que estávamos nessa –, mas uma vez que a moviola parou na sala de estar, as sessões de montagem não tinham mais hora para acabar.

SALLYE RICHARDSON Tivemos que levar a Steenbeck para a sala de estar de Tobe, porque o dinheiro tinha acabado. Eu tinha que manipular as tiras de filme numa mesa! Você abria a porta de casa e a Steenbeck estava bem na sua frente, a cozinha atrás dela, e um quartinho que era provavelmente um estúdio, onde Tobe se sentava no chão – ele tinha um som lá. Se uma galera aparecia, você ia lá e se sentava em frente a ele, no chão, porque nós éramos tipo uns velhos hippies, sacou? As pessoas iam e vinham, ainda que, naquela época, quase sempre era o Wayne fazendo a música.

WAYNE BELL Às vezes, Tobe estava lá cortando uma cena e pensando sobre ela, mas em termos de concepção, no que dizia respeito à direção musical de verdade, às vezes nós fazíamos "gelo", ou às vezes "ossos" ou "perseguição", "quente", "frio" ou "suspense". A música de *O Massacre* era apenas nós dois tocando juntos – eu inventava algumas coisas para mostrar a ele, mas basicamente nós levávamos um som no improviso e víamos até onde aquelas coisas iam. Fizemos um pouco de *overdubbing*,[1] mas não muito.

A parada que rola sobre as manchas solares, o clipe de imagens da coroa solar, foi idealizada em nossas mentes – não estávamos olhando uma cena, mas pelo menos consideramos o clipe em nossas mentes. Acho que os instrumentos principais são os pratos. Eu fazia alguma coisa no meu estúdio, em casa, e aí nós usávamos os pratos um pouco mais. Entrei de verdade na música como percussionista, toquei piano quando criança, mas quando cheguei à puberdade, a bateria virou meu instrumento rock'n'roll. Muitos dos sons passaram por tratamento ou tiveram a velocidade diminuída. A maior interferência eletrônica na trilha de *O Massacre* foi uma *lap steel guitar*.[2] O sintetizador visto no meu estúdio no documentário *Shocking Truth* (*Verdade Chocante*, em tradução

1 Gravações complementares

2 Guitarra "havaiana". É tocada sobre o colo, usando uma barra sólida de metal que desliza sobre as cordas.

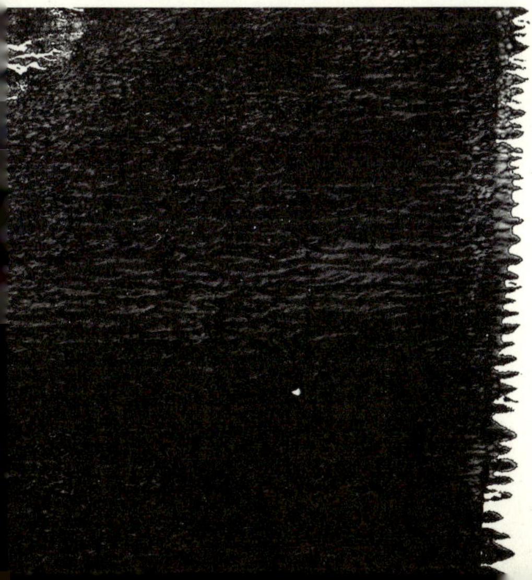

[1] SALLY continua a gritar durante o jantar. Repare no "braço" da cadeira

[2] LEATHERFACE com a máscara da PRETTY WOMAN: Morra de inveja, JULIA ROBERTS

literal),[3] um ARP 2600, não foi usado na trilha de *O Massacre*, mas eu ainda uso ele para fazer *sound design*. Debaixo daquele ARP tem uma foto da minha mãe e do meu pai. Todos os sons de porcos e vacas no *Massacre* foram feitos por meu pai! Você pode ouvi-lo, gravado em diferentes velocidades. Meu pai gravou tudo.

Na abertura, aqueles pequenos zumbidos angustiantes eram meus, mas a sonoplastia do cara cortando coisas no escuro, aquilo foi obra do Tobe. Nós arrumamos facas, uns vegetais, uns ossos de galinha, pedaços crus de frango. Equipamos Tobe com essas coisas e deixei o gravador na outra sala. Montei o microfone e basicamente fiz um estúdio de sonoplastia, um espaço para a performance, e Tobe fez seu show durante toda a sequência. Fizemos alguns takes, e daí veio a sequência da terrível arte cadavérica. O plano que revela a escultura no final: Ron Perryman deu uma mãozinha. Foi feito num pôr do sol. Acho que estávamos no Cemitério Bagdá, em Leander, que agora foi absorvido pela expansão da cidade de Austin, mas na época ficava numa área rural.

SALLYE RICHARDSON Podíamos ver que aquilo não estava funcionando, e Tobe sentiu que precisava de algo no início do filme, algo que não estava lá... Estávamos na montagem, eram umas quatro horas da manhã. Warren apareceu e disse: "Você tem que terminar! Você tem que terminar o filme! Já acabamos?" E eu dizia: "Não, não acabamos ainda! Não está pronto!" Warren disse: "Você precisa terminar, não temos mais grana nenhuma!",

3 *The Texas Chain Saw Massacre: The Shocking Truth*, David Gregory, 2000, já citado anteriormente.

e Tobe continuava: "O início não funciona, temos que ajeitar o início!" Aí nós filmamos a cena de abertura com a escultura de cadáver feita por Warren, compramos o clipe da NASA em Houston e adicionamos os letreiros. Eu acho que Ron Perryman filmou a cena do cadáver. Ron estava montando na garagem uma grua enorme, era uma nova invenção da indústria do cinema, e Tobe soube que seria uma boa, então ele usou a grua nessa cena.

LOU PERRYMAN Ron tinha construído um carrinho *dolly* de madeira, com um microfone adaptado. Ele teve a ideia de fazer uma grua/*dolly* que pudesse ser operada por uma pessoa só, uma ideia não muito convincente. Ele trabalhou um bom tempo tentando achar uma solução nesse sentido, uma antecessora da grua Louma, talvez...

SALLYE RICHARDSON John Larroquette, que faz a narração do letreiro inicial, era meu amigo, eu o conhecia do Colorado. Eu disse a Tobe: "Eu conheço a voz perfeita". Chamei John e pedi a ele. Aí Tobe voou para Los Angeles e eles gravaram na Todd/AO.[4]

LEVIE ISAACKS A voz que abre o filme, na cena do cemitério, é, na verdade, a minha voz. John Larroquette faz a sequência de abertura, mas quando chegamos ao cemitério, há um repórter ao fundo, falando sobre as mortes macabras – aquele sou eu. É dessa época que eu conheço esses caras. Eu fazia telejornais na época, eles me convidaram para ler as notícias, e nós continuamos amigos ao longo dos anos.

KIM HENKEL Terminaram a montagem, ela começou no escritório do segundo andar, depois mudaram para a casa de Tobe. O que se passou a fazer então foi cortar o negativo. Isso foi feito no andar de cima de Bill Wittliff,[5] e aí a mixagem de som e a ampliação rolaram em Los Angeles. Cada um desses processos segue uma cadeia linear. Eu não me mudei para casa de Bill Wittliff antes que o filme estivesse montado. Quando o processo de montagem fica pronto, você precisa casar a cópia de trabalho com o negativo e aí sim cortar o negativo.

Tivemos um problema porque o 16mm é diferente do 35mm: quando se corta um negativo de 16mm, você tem que usar dois rolos de filme,[6] e nós cagamos alguma coisa durante esse processo, o que significa que tivemos um problemão que custou uma grana. Mas, na real, o filme não teve que ser montado novamente, ou seja, a construção das sequências não mudou. Tivemos que pôr tudo em sincronia.

Ron Bozman voltou quando estávamos cortando o negativo na casa do Wittliff. Depois que terminaram e finalizaram a primeira versão, eles levaram o filme para Los Angeles para a mixagem do som. É preciso tomar certos cuidados quando você amplia o filme de 16mm para 35mm. Você não pode simplesmente colocar as trilhas de som de 16mm sobre as trilhas de 35mm. Estamos falando de eixos diferentes, conexões que

4 Tradicional produtora e finalizadora de áudio de Hollywood, fundada em 1953.

5 Roteirista norte-americano; coescreveu *O Corcel Negro* (*The Black Stallion*, 1979) e *Mar em Fúria* (*The Perfect Storm*, 2000).

6 No original, *A/B rolls*.

não batem. Quando você amplia o de 16mm, você precisa mixar o som de modo que entre em sincronia com a cópia em 35mm, e foi o que eles fizeram na Todd/AO.

SALLYE RICHARDSON Eu acho que no final nós tínhamos vinte e cinco trilhas [de som]. Eu passei dias acordada, eu acho que nem tomei estimulante, porque eu estava tão cansada... Tobe fez a mixagem do som de *Eggshells* na Todd/AO, que é o lugar mais antigo e mais maravilhoso do mundo para se visitar. Tobe amava as histórias de Hollywood, e foi lá que ele se apaixonou, enquanto mixava *Eggshells*, e logo quis levar *O Massacre* para lá. Ele tinha uma reunião com Warren, então me disse: "Você tem que ir, quero que você viva essa experiência", porque ele já tinha agendado o dia. Particularmente, eu não queria levar o filme para Los Angeles sozinha, para lugares que eu não conhecia. Veja só quantas trilhas! Aí ele me pôs no avião com todas as trilhas e a cópia de trabalho e me mandou para L.A. Eu cheguei no hotel e fui ao banheiro. Comecei a bater com a cabeça na parede: "Acorda, acorda! Agora é pra valer".

Quando cheguei lá, foi magnífico, uma maravilha. Eles me receberam, pegaram todo o material e disseram: "Está tudo bem, você está aqui, deixe o trabalho com a gente. Tudo vai dar certo, nós podemos dar um jeito". Então nós montamos tudo. Alguns dos encaixes nas trilhas estavam esticados e por isso havia uns ruídos. Se eu não trabalhasse, alguém teria que reencaixá-las. Não podíamos cortá-las porque elas já estavam sincronizadas, era preciso reencaixar. Eu tinha uma sala de exibição de tamanho médio só para mim. Lá na frente havia um buraco de golfe miniatura, nunca tinha visto nada como aquilo! No primeiro dia, nós trabalhamos na sequência da van; no dia seguinte, Tobe chegou e começou a refazer tudo!

Depois que terminamos todas as mixagens, tivemos que nos conformar. Quando você pega o negativo e compara com a cópia de trabalho, é hora de ir para o laboratório. De volta a Austin, Warren chamou Ron Bozman para conversar com Tobe, para mantê-lo focado. Bill Wittliff cedeu sua casa, nós nos mudamos para o segundo andar de sua linda residência, e ele acabou injetando uma grana para a finalização do filme, uns 5 mil dólares. Ele recebeu uns percentuais por isso. Ron me ajudou com a finalização do longa-metragem – não era parte do seu trabalho, ele era o produtor executivo – na sala do segundo andar. Esse escopo de trabalho deveria ser feito num laboratório, por questões de limpeza, mas não tínhamos dinheiro para usar um laboratório. E cometemos um erro, falha minha: nós chegamos na metade do processo sem perceber, e nós precisávamos juntar uma grana...

Aí eu tive que retirar de cada trilha e de cada cena dois frames no início e dois frames no final, as aparas históricas, que eu ainda tenho guardadas... Então precisamos remixar, e Tobe estava a fim de realçar a trilha sonora durante o remix. E foi quando ela deslanchou, a magia que estava acima e além de tudo que qualquer um de nós poderia imaginar. Nós acertamos as cores, demos uns acertos, fizemos uma exibição para obter a classificação etária e estávamos prontos para fazer as cópias. Deixamos o filme no laboratório, e foi como abandonar nosso bebê...

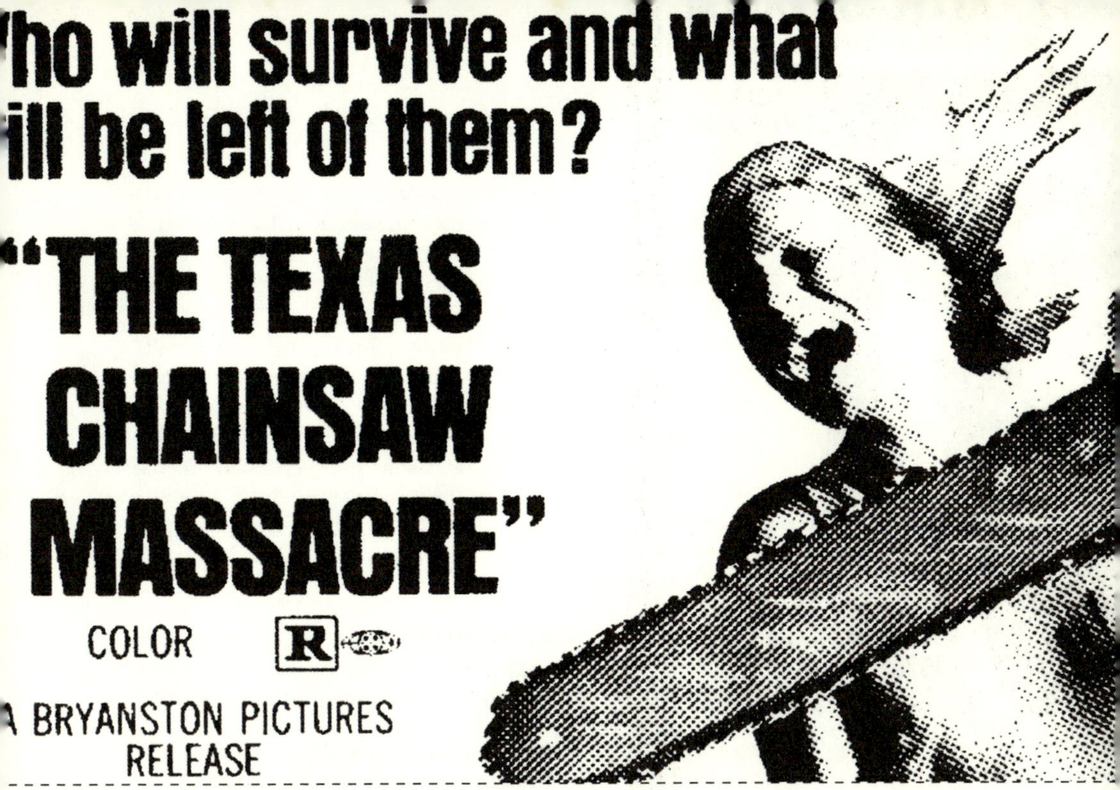

[1] PÔSTER promocional

[2] CARNIFICINA na cozinha

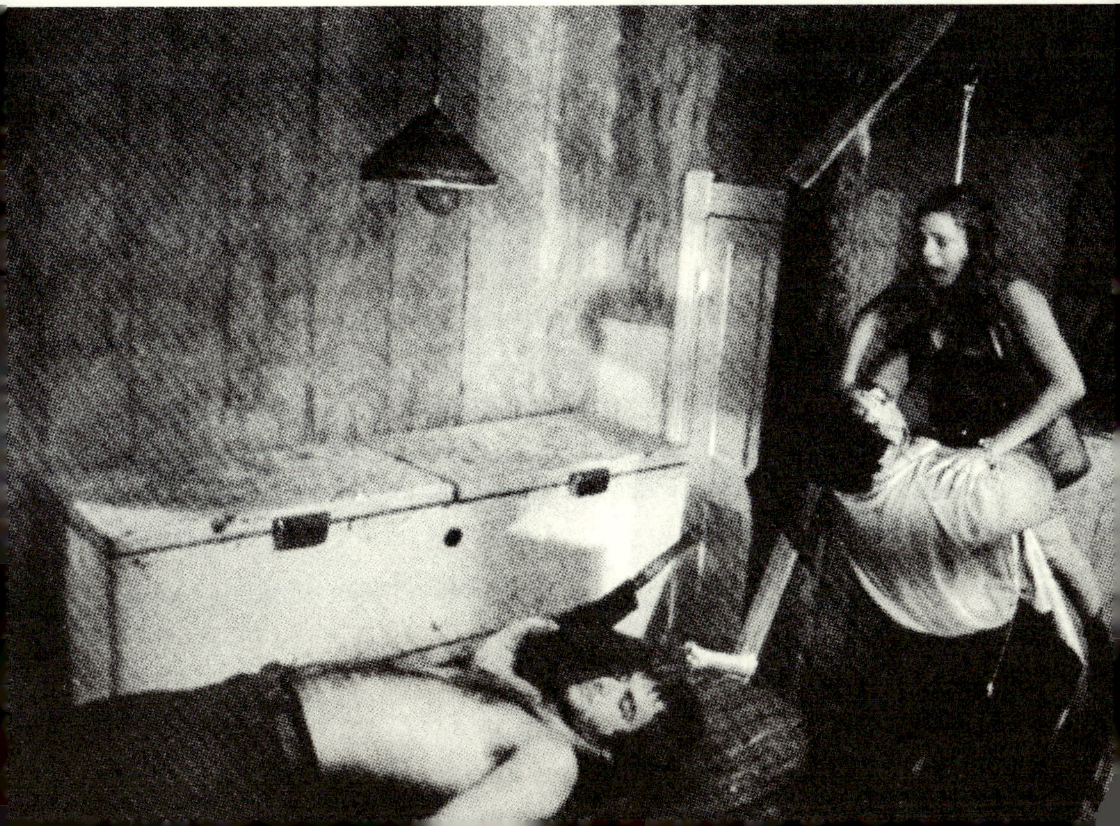

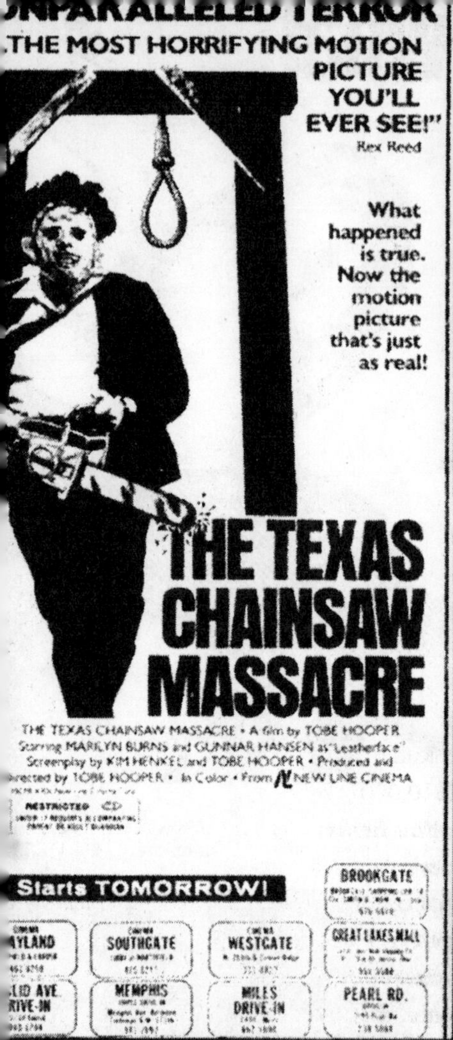

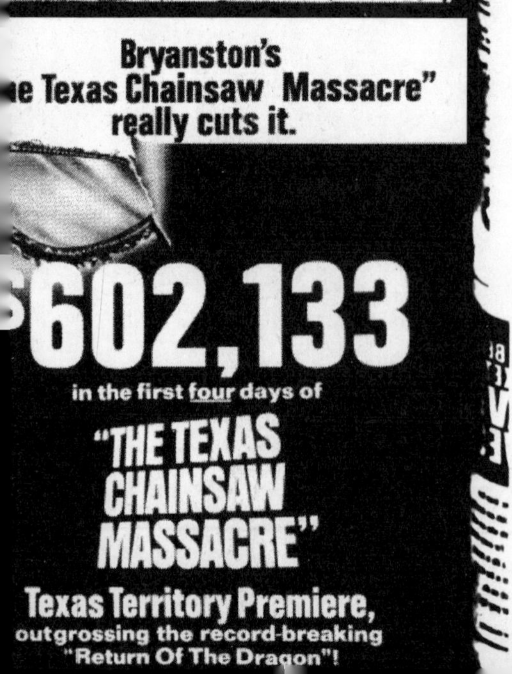

Mas, basicamente, uma vez que a pós-produção começou, ninguém tocou naquele filme além de Tobe e de mim. Eu o carreguei pra cima e pra baixo pelas escadas, fui eu quem cortou as trilhas. E se você pensa que a Marilyn Burns gritou por um dia, nós devemos ter levado *duas semanas* para gravar aquela trilha... Quando lembro disso agora, penso: quem mais gostaria de produzir aqueles sons horríveis, medonhos, e conviver com eles? Porque você precisava conviver com aquilo. Eu não queria mais lidar com aquele tipo de coisa, eu queria fazer "coisas felizes"...

LOU PERRYMAN Foi um negócio alucinado desde o primeiro dia, e rolava uma confusão sobre o percentual dos investidores...

ROBERT A. BURNS Quando terminaram – e é claro que eles colocaram mais dinheiro com o desenrolar do trabalho –, eles venderam parte do filme, é uma longa e triste história. Fizeram um acordo com uma conhecida companhia da Máfia. E eles se foderam, tipo "Hein!?" Bem, o cara que mandava na empresa era chamado de Açougueiro Peraino!

KIM HENKEL Quando recebemos nossa cópia final, nós a exibimos por aí. O filme estava pronto, e foi ampliado para 35mm antes que a distribuidora Bryanston o assistisse. Aí a Bryanston adquiriu a distribuição, recolheu todo o material que estava na Todd/AO e no laboratório em Los Angeles e reajustou as cores. As cópias que eles tomaram eram da época em que eles trabalharam lá, ao invés das da época em que nós trabalhamos em Los Angeles. É por isso que as cópias ficaram daquele jeito. Tobe tinha trabalhado com todo carinho em Los Angeles para deixar o filme de um jeito particular. Quando a Bryanston pegou o filme eles fizeram da maneira deles, e o filme saiu meio esverdeado... Na boa, num determinado momento, eu acho que foi quando a Bryanston ainda detinha o filme, eles imprimiram um dos rolos ao contrário. Eu cheguei a ver num cinema que um dos rolos estava ao contrário, então o disco do projetor precisou ser invertido, era como dirigir um carro numa rua de mão inglesa. Não tenho ideia de quantas cópias saíram desse jeito...

> As finanças de *O Massacre* realmente foram alucinadas. O orçamento inicial de 60 mil dólares fora dividido entre Bill Parsley (40 mil), Robert Kuhn (9 mil), a irmã de Kim Henkel (mil dólares) e o misterioso Richard Saenz (10 mil). Parsley, através de sua corporação (MBA), era dono de cinquenta por cento do filme. Kim Henkel e Tobe Hooper, através da Vortex, eram donos dos outros cinquenta por cento. O acordo parecia garantir que, se em determinado momento a Vortex não fosse capaz de levantar quantias extras para completar o filme, Parsley seria o dono do produto final. Para complicar mais ainda, membros do elenco e da equipe que trabalhavam com salários atrasados ganharam percentuais da Vortex como forma de pagamento. Caso a Vortex fosse dona de 100% do filme, eles estariam perfeitamente felizes com o acordo. Mas cada ponto valia, inicialmente, apenas meio por cento, devido à participação de Bill Parsley. E com o objetivo de terminar o filme e mantê-lo longe do alcance de Parsley, Henkel e Hopper foram forçados a negociar futuros lucros percentuais da parte da Vortex. Como o percentual da Vortex encolheu enquanto eles lutavam para completar o filme (um grupo de investidores, incluindo Bill Wittliff, colocou mais 23,5 mil dólares durante a pós-produção, dos quais eles receberam 90% de metade do que pertencia à Vortex), então os pontos percentuais correspondentes ao elenco e à equipe encolheram ainda mais. Se o orçamento final da pós-produção totalizou 125 mil dólares, os pontos do elenco e da equipe devem ter sido inferiores a um quarto daquilo que eles esperavam...
>
> *O Massacre* estreou em 11 de outubro de 1974 nos Estados Unidos, distribuído pela Bryanston Pictures. A Bryanston era uma nova companhia, formada por membros da família Peraino (com Louis Açougueiro Peraino como presidente) e financiada pelos lucros (100 milhões de dólares numa estimativa conservadora) vindos do inovador *Garganta Profunda* (*Deep Throat*),[7] o filme que levou a pornografia a algum lugar próximo da aceitação do grande público nos Estados Unidos. A Bryanston montou escritórios em Los Angeles e em Nova York, e no final de 1974 veículos especializados (incluindo a revista *Variety*) a consideravam a mais charmosa distribuidora independente do momento. A Bryanston não explanava suas conexões com *Garganta Profunda* ou com o crime organizado, mas elas certamente não eram segredo.

ROBERT A. BURNS Eu não sei como o acordo com a Bryanston foi feito, porque depois muitas pessoas, como Roger Corman,[8] disseram que nunca tiveram a oportunidade de ver o filme – a versão de Warren é que ele mostrou para muitas pessoas, mas os únicos que se interessaram eram da Bryanston.

7 Filme de Gerard Damiano, 1972.

8 Produtor e diretor norte-americano, dirigiu o clássico *A Pequena Loja dos Horrores* (*Little Shop of Horrors*, 1960) e ajudou a lançar carreiras de grandes nomes do cinema, como Martin Scorsese, Francis Ford Coppola, Jack Nicholson e Robert De Niro.

[1] SALLY e o motorista do caminhão de gado (ED GUINN) batem rapidamente em retirada

[2] MARILYN BURNS rasteja com uma aflição genuína depois de uma queda de três metros do telhado da varanda

Skaaren disse que ele fez exibições prévias para a Crown International, a 20th Century Fox, a Warner Bros., a Columbia (que fez uma oferta inicial e depois voltou atrás) e a Universal. Todas abriram mão do filme.

KIM HENKEL Eu meio que me lembro de Tobe me dizendo que alguém que viu o filme comentou que, como diretor, ele "não era totalmente sem talento".

SALLYE RICHARDSON Eu sei que ele foi a todos aqueles lugares. Quando estávamos em Los Angeles, Warren gastou um tempão visitando pessoas, conversando com elas. Talvez a Bryanston tenha oferecido um acordo melhor do que ele conseguiria em outros lugares. No final das contas, não deu certo, e esse foi o seu erro.

MARILYN BURNS Mas, veja bem, nós não sabíamos do envolvimento da Bryanston com *Garganta Profunda* (*Deep Throat*). A Bryanston surgiu do nada e eles tinham feito *O Voo do Dragão*[9] (*The Way of the Dragon*), uma empresa novinha em folha, sem conexão com ninguém. Eles também lançaram *Dark Star*, de John Carpenter,[10] então parecia que estávamos em boa companhia. Foi só depois, quando começamos a conseguir dinheiro, que descobrimos sobre o *Garganta Profunda*. Ai, meu Deus...

KIM HENKEL Não sei se alguém sabia do envolvimento deles com o *Garganta Profunda* (*Deep Throat*). Eu, pelo menos, não sabia, e duvido que Skaaren soubesse. Nosso contato na Bryanston era um cara chamado David Foster, um produtor bem conhecido de Los Angeles. A versão original de *Os Implacáveis*[11] (*The Gateway*) foi feita em Austin, e naquela época Skaaren era da Comissão de Cinema e Foster era um dos produtores. Tudo isso é uma especulação, mas eu acho que Foster disse a ele: "Vá falar com esses caras, eles estão gastando dinheiro", então nós fechamos o acordo com a Bryanston com base nessa dica do Foster. E Skaaren disse: "Temos que tomar conta dele se quisermos fechar negócio".

Parece que Warren Skaaren conduziu as negociações iniciais em Los Angeles, e os contratos de distribuição foram assinados por Skaaren e Ron Bozman em Nova York. Skaaren e Bozman tinham garantido 35% dos lucros que a Bryanston tivesse com *O Massacre* no mundo inteiro, com 225 mil dólares adiantados. Mas como Hooper e Henkel foram forçados a compartilhar as ações da Vortex (Warren Skaaren recebeu uma remuneração de 5 mil dólares, 15% da Vortex e 5% dos rendimentos brutos futuros do filme; David Foster recebeu 500 dólares e 1,5% dos lucros da Vortex) e a maioria dos salários dos membros do elenco e da equipe estava atrasada, o adiantamento da Bryanston virtualmente não pôs dinheiro algum nos bolsos daqueles que realmente fizeram *O Massacre*.

O próximo golpe: logo ficou claro que o filme estava gerando lucros impressionantes, mas sua bilheteria não era refletida em retorno aos investidores ou aos cineastas. Tobe Hooper disse ao *Los Angeles Times* em 1982 que, dois meses após o lançamento de *O Massacre*,

9 Filme de Bruce Lee, de 1973, com participação de Chuck Norris.

10 Cineasta norte-americano, criador da franquia de terror *Halloween*, de 1978.

11 Dirigido por Sam Peckinpah, 1972.

ele ouviu rumores das verdadeiras origens da Bryanston. As suspeitas deram lugar aos fatos concretos: os cineastas estavam sendo privados de seus lucros. Prestações de contas ocasionais da Bryanston nos próximos dezoito meses afirmavam que seus 35% geraram meros cinco mil e setecentos dólares, e isso depois que eles anunciaram (num anúncio de página inteira) uma bilheteria de mais de 600 mil dólares nos primeiros quatro dias! Após seis meses de auditorias nos livros da Bryanston, que deram em nada, Robert Kuhn foi contratado para processar a Bryanston.

ALLEN DANZIGER Conversei com Warren Skaaren ao telefone, tentando entender o que estava acontecendo. Eu guardava recortes que mostravam o filme "como um foguete". De repente, esse filme está fazendo uma fortuna e nós não vimos a cor do dinheiro! E aí começaram a surgir informações de que a Bryanston era controlada pela Máfia e que o dinheiro havia desaparecido. Eu pensava que aquele era meu passaporte para fugir de uma possível pobreza, porque todo mundo tinha um percentual do filme. Eu tinha 1%, mais do que tinham outros, então eu pensava em 1% de um milhão, e isso é um bocado de dinheiro! E aí eles disseram que eu tinha 1% de uma torta que já tinha sido fatiada muitas vezes... Acho que chegamos a ganhar alguma coisa – 200 ou 300 dólares –, e era tipo: "O quê???" Em sua defesa, eu diria que Bob Burns foi o primeiro a dizer: "O que está acontecendo por aqui? Estamos sendo esfaqueados". Eventualmente, as coisas se acertaram, mas nós estávamos pensando em receber milhares e recebemos umas poucas centenas... No começo, eu fiquei puto, mas essa gente tinha pouquíssima

[1] LEATHERFACE em calorosa perseguição a SALLY

[2] Pôster exibido dentro dos cinemas assinado por ED NEAL, de um dos vários relançamentos de O Massacre

experiência, e foram ludibriados pela Máfia, gente que fazia a *Família Soprano*[12] (*The Sopranos*) parecer um bando de escoteiros! Sacou?

ROBERT A. BURNS Quando começaram as perguntas sobre o dinheiro, essas pessoas tinham tanto medo de parecer uns caipiras ignorantes que acabaram agindo como se fossem. Quanto mais eram pressionados [pela Bryanston], mais eles permitiam ser pressionados... Quando nós soubemos disso, fomos até lá e dissemos: "Ei, vá até lá e diga que nós queremos nosso dinheiro", e eles diziam: "Não queremos destruir um bom relacionamento". Eles acabaram abrindo um processo na mesma época em que uma matéria de capa da *Variety* afirmou que a Bryanston estava falida, e o Governo Federal entrou na nossa frente!

Então rolaram umas paradas jurídicas bem divertidas até 1982, quando a corte nomeou um representante e a situação financeira finalmente foi resolvida – mas o dinheiro original já tinha desaparecido há muito tempo... E, claro, para cada dólar que pingou depois, cinco dólares deveriam ter pingado antes.

ROBERT KUHN Warren Skaaren e eu fomos a Nova York para conversar com a Bryanston, porque eles não estavam contabilizando nem preenchendo qualquer relatório e nem

12 Série da HBO criada por David Chase, produzida entre 1999 e 2007.

nos pagando. Fomos ver o Lou Piranha, como eu o chamava, e o encontramos no seu escritório. Nós o notificamos para auditar os livros e fomos até lá, mas o contador estava doente e não voltaria antes de uma ou duas semanas. Então eu disse: "Você tem que nos mostrar esses livros". Ele tinha dois gorilas de cada lado, e ele me olhou e disse: "Você não tem colhão para me processar". De qualquer maneira, nós o processamos, mas isso foi o começo de uma longa saga. E o que ele fez foi que vendeu tudo. As pessoas nunca viram o contrato original, e a Joseph Brenner Associates alegou ter direitos sobre o filme. Então, é claro que nós acabamos processando eles. No final das contas, nós recuperamos o filme e fechamos um acordo com a New Line.

Seguiram-se anos de processos e apelações, com documentos relacionados a *O Massacre* voando por aí feito confete. A Bryanston tinha dívidas não pagas de cópias de filmes, valores de centenas de milhares eram repassados de companhia a companhia, e todas pareciam morrer nas portas dos cineastas. Quando tudo isso acabou, quase todo mundo, com exceção do elenco e da equipe originais de *O Massacre,* ganhou milhares de dólares, em valores não revelados. Em ações relacionadas ao *Garganta Profunda,* três membros da família Peraino foram considerados culpados pelo tráfico interestadual de pornografia e receberam ordens de prisão. A New Line finalmente relançou *O Massacre*, e os direitos do vídeo foram vendidos à Wizard Vídeo, de Charles Band, por 200 mil dólares, mas o estrago já estava feito. A receita de bilheteria dos primeiros sete anos de vida de *O Massacre* totalizou algo entre 30 e 100 milhões de dólares, ninguém sabe ao certo... Talvez seja melhor assim.

VÁRIAS PESSOAS TENTARAM IMAGINAR MAIS MANEIRAS DE FODER COM A GENTE NESSE CONTRATO, ALÉM DO QUE EU JAMAIS PENSEI SER POSSÍVEL.

KIM HENKEL Você sabe, essa é uma incrível saga sobre ser levado aos usurpadores várias vezes seguidas. Várias pessoas tentaram imaginar mais maneiras de foder com a gente nesse contrato, além do que eu jamais pensei ser possível. Quer dizer, até Kafka se sentiria pressionado com esse contrato.

Mas a saga de *O Massacre* nunca termina, e Kim Henkel e Robert Kuhn recentemente se envolveram em outro fiasco de distribuição, dessa vez sobre direitos em territórios estrangeiros.

KIM HENKEL Nós licenciamos parte dos direitos internacionais para uma companhia chamada Raven e eles foram lá, venderam um monte e aí desapareceram do planeta. Não conseguimos sequer encontrar um endereço comercial dessas pessoas.

ROBERT KUHN O lance da Raven: tinha um cara que fez um trabalho com a gente – para falar a verdade, ele tinha feito a pré-venda de *O Massacre da Serra Elétrica – Retorno* (*The Return of the Texas Chainsaw Massacre,* de 1994) – que foi trabalhar para a Raven, e ele sempre foi um sujeito correto com a gente. Então a Raven licenciou os direitos para mercados internacionais, e eles venderam e sumiram com toda a grana. Nós devíamos ter tentado um processo – conseguimos um julgamento à revelia contra eles de cerca de um milhão de dólares. Tivemos que convencer as pessoas a pararem de pagar à Raven. Nós conseguimos que elas interrompessem os pagamentos, mostramos a ordem judicial, e aí começaram a nos mandar o dinheiro, mas alguns proprietários dos direitos internacionais simplesmente interromperam completamente os pagamentos quando a Raven saiu de cena! É difícil demais conseguir que alguém do outro lado do mundo te pague quando você não o conhece muito bem, para início de conversa. Processos internacionais! Tivemos dificuldades suficientes por aqui, processando alguém de outro estado, o que dizer de outro país. É mesmo um pesadelo.

O Massacre, certamente, tem uma história espetacular.

KIM HENKEL [*Risos*] Espetacular talvez não seja bem a palavra...

Mas, de um modo geral, a maioria das cópias existentes são contabilizadas... de alguma maneira... não são?

KIM HENKEL Diabos, quem sabe? Espero que sim, mas quem sabe com certeza é Deus...

74/282

THE TEXAS CHAINSAW MASSACRE

40 ANOS DEPOIS E ELE NÃO MORRE!

O MASSACRE DA SERRA ELÉTRICA

O Massacre foi exibido no Festival de Cinema de Londres de 1975, na Quinzena de Diretores de 1975 em Cannes, ganhou o Prêmio Especial do Júri de 1976 em Avoriaz, além de prêmios nos Festivais de Trieste e da Antuérpia em 1976.

KIM HENKEL O filme teve uma história incomum: ele estreou e ganhou uma ótima repercussão inicial, mas então o interesse por ele foi sumindo aos poucos. Então, ele foi selecionado para Cannes e começou a chamar a atenção de públicos diferentes...

A maioria do elenco e da equipe era muito jovem na época de *O Massacre da Serra Elétrica*, para muitos aquele foi seu primeiro longa-metragem. Do jeito como *O Massacre* decolou depois do seu lançamento, e dada a sua reputação posterior, será que os participantes sentiram estar fazendo algo único, que esse filme seria diferente de tudo o que já havia sido feito?

KIM HENKEL De certa maneira, nós pensávamos assim, mas, por outro lado, não acreditávamos de verdade. Não havia como imaginar que, meu Deus, após quarenta anos, o filme não morreria! Mas, ao mesmo tempo, tínhamos a impressão de que estávamos prontos para fazer coisas que ultrapassariam os limites. E nós não sabíamos ao certo até que ponto estávamos indo, porque não estávamos sujeitos ao processo de homogeneização que acontece na indústria popular – e até mesmo às suas margens, se você está em Los Angeles. E nós estávamos muito longe de tudo isso

TOBE HOPPER Soube que *O Massacre* seria especial enquanto o filmava, porque tudo o que acontecia me levava a essa conclusão, tanto durante a filmagem quanto na gênese

do projeto. Esses sentimentos eram baseados no que estava acontecendo no mercado e no que eu havia visto (e eu havia visto praticamente de tudo). Eu tinha um bom pressentimento, achava que o filme ficaria um bom tempo em cartaz e que ele, basicamente, me arranjaria um próximo trabalho. A esse respeito, sabia que o filme seria especial porque tinha noção de que não havia nada igual a ele, mas não, não tinha como prever que ele viraria um título tão importante quanto *...E o Vento Levou* (*Gone With the Wind*, dirigido por Victor Fleming, 1939). [Entrevista a Marc Svalov, *The Austin Chronicle*, 2 nov. 1998]

JIM SIEDOW Meu Deus, não! Quando Tobe me perguntou se eu faria o filme, eu e minha esposa lemos o roteiro e achamos que era um belo exemplar de Filme B de drive-in, e foi o tudo que pensamos que ele seria. Diabos, o que aconteceu foi realmente incrível. Escute o que eu digo, não dá pra imaginar as cartas e os telefonemas que recebo depois de quarenta anos! Centenas de pessoas que querem minha foto e meu autógrafo, eles dizem que é o melhor espetáculo que jamais viram, é incrível, depois de tantos anos. Nosso filme realmente virou algo importante.

ED NEAL Nem a menor ideia. Não tínhamos nenhuma dúvida de que aquilo entraria em cartaz em uns três drive-ins do Texas, mas não passaria disso, e a gente ainda riria muito do filme com o passar dos anos. Quando as coisas saíram de controle, nós ficamos pasmos. Você sabe, quando eu vi a divulgação de que o filme estava indo bem em todos os cantos, imaginei que era apenas um golpe de mídia, uma campanha publicitária que eles bancaram já que não conseguiam exibir o filme em lugar nenhum. Eu não tinha ideia de que os números divulgados eram, em sua maioria, verdadeiros. [*Fangoria* 23, 1982]

PAUL PARTAIN Sim, nós éramos jovens. O roteiro era poderoso de cara. Sabíamos que, se algum dia ele fosse filmado, montado e lançado, seria diferente de tudo o que já tínhamos visto. O que não sabíamos era que ele ficaria tão bom depois que estivesse pronto. Eu me lembro de assistir ao trailer, totalmente inesperado, antes de assistir a um filme de verdade no Village Cinema IV, em Austin, e pensar: "Uau, ele parece com um filme de verdade!" Foi um choque...

ALLEN DANZIGER Não, pelo contrário, eu assistia a alguns dos copiões e Tobe dizia: "Você acha que tem alguma coisa que podemos fazer para melhorar o filme?", e acho que eu disse: "Colocar as poltronas bem longe da tela!" Pensei que seria um enorme fiasco. Então, quando eles terminaram as filmagens, foram para a sala de montagem, adicionaram algumas daquelas cenas iniciais e começaram com o letreiro, aquilo mudou tudo, assim como a mudança de título de *Leatherface à Espreita* (*Stalking Leatherface*, no original) para *O Massacre da Serra Elétrica* – achei aquelas duas coisas brilhantes.

DANIEL PEARL Achei que seria um bom filme por causa do roteiro. Se eu achava que teria o impacto que teve? Jamais poderia ter imaginado. Refleti seriamente a respeito depois que ele foi lançado e se transformou num grande sucesso em Cannes. Eu tinha vinte e três anos e me perguntava se algum dia atingiria aquele patamar novamente. [Entrevista a Bob Fisher, *International Cinematographer's Guild*]

SALLYE RICHARDSON Não, não, não, nunca, não, ene-a-ó-til [*Risos*]. Eu nunca imaginei isso, nem quando o filme decolou naquela noite em Los Angeles, jamais pensei que ele faria tanto sucesso.

GUNNAR HANSEN Não achei que fosse ser tão grande. Achei que seria como *Maníacos*[1] (*Two Thousand Maniacs*) e que, após cinco anos, os investidores teriam recuperado sua grana, talvez obtido um pequeno lucro, e que teríamos uns poucos fãs de verdade, era tudo o que eu esperava. Um tempo depois da estreia, levei uma amiga para conhecer a locação, um carro de jovens se aproximou de nós – eles não sabiam quem eu era – e um deles me disse: "Tá sabendo? foi aqui que eles fizeram aquele filme". Eu acho que essa foi a primeira pista que tive de que o filme seria um estrondo.

ROBERT A. BURNS Meu Deus, não. Podem existir pressentimentos no cinema, mas geralmente eles estão errados. Você pensa: "Esse aí vai ser um filmaço", e ele não dá certo... Quando estávamos filmando, nenhum de nós pensava nele como um filme particularmente inovador, de modo algum, mas havia uma enorme quantidade de energia pura que ajudou a impulsionar o filme. E quase instantaneamente – a Bryanston fez um excelente trabalho de marketing – ele se transformou num fenômeno cultural, folclórico e artístico. Era como se, de alguma forma, surgisse a ideia de que aquela história realmente aconteceu e se transformou na própria história do filme – como se fosse um documentário, e não um filme de ficção.

MARILYN BURNS Bem, eu sempre pensei que ele seria lançado – ele *tinha* que ser lançado –, diabos, eu era a estrela do filme. Queria tanto que acontecesse que passei a acreditar no filme. Então comecei a sonhar que haviam se esquecido de mim na sala de montagem! Quando eu vi, estava tão agradecida por eles não terem me cortado. Como um ator, tem tantas coisas que você conta a seus amigos, e aí, se eles piscam ou vão ao banheiro, acabam não vendo a sua parte, por isso estava feliz de ver que eu ainda continuava no filme.

LOU PERRYMAN Não tinha a menor pista de que aquele filme seria um clássico, pelo menos eu não tinha. Tenho que admitir que entrei no projeto como um pessimista que passava o tempo todo no set reclamando de como aquilo era uma porcaria, e continuei assim. Falava com as pessoas sinceramente, mas não podia dizer a elas o que estava acontecendo – parecia um tipo de filme de terror, pessoas sendo mortas –, e não estava indo nada bem, tinha muitos problemas. Mas é isso o que te arrumam num filme, problemas para resolver, e eu acho que levei à equipe a ideia de que é possível antecipar e resolver um problema antes que ele consiga interromper completamente o que você está fazendo.

Um dos mais duradouros legados de *O Massacre* original é a noção, sugerida por Robert Burns, de que realmente "aconteceu", que se trata de um documentário. Essa noção não era domínio exclusivo de crédulos espectadores de cinemas drive-in: em cartas escritas na

1 Filme de Herschell Gordon Lewis, 1964.

この美しい
顔が激痛に歪む
魔の
AS CHAINSAW MASSACRE

época do lançamento do filme, Stephen Murphy, então secretário da Comissão Britânica de Censores de Cinema, se refere a ele como um "documentário dramatizado", enquanto o delírio furioso de Stephen Koch na *Harper's Magazine* afirmava que "esse trabalho é melhor discutido ao lado dos supostos *snuff movies*, uma variedade de pornografia sadomasoquista, comum na América do Sul, que se promove, supostamente, mostrando assassinatos reais de mulheres". Essa noção foi criada deliberadamente pelos cineastas, ou ela surgiu como uma "lenda urbana"?

KIM HENKEL Bom, foi um pouco das duas coisas. Nós filmamos em 16mm e ampliamos para 35mm, e fizemos um trabalho bem feito de verdade, mas quando a Bryanston se apoderou do filme e fez cópias, acabou fazendo um trabalho desleixado. Ao ampliar de 16 para 35mm, o filme fica granulado, mas quando você faz de qualquer jeito, isso fica exacerbado. Então o filme foi muito mais granulado do que deveria ser – o que lhe conferiu certo ar de autenticidade. Há uma atmosfera que se aproxima do estilo do *cinéma-vérité*, e Tobe veio dessa escola de cinema, fazendo documentários com muita câmera na mão. Também, aquilo foi na época de filmes como *Dias de Fogo* (*Medium Cool*, dirigido por Haskell Wexler, em 1969) – muito da noção do que os meios significavam, conceitos um tanto estruturalistas, ainda que não usássemos esses termos na época, era exatamente com esse tipo de coisa que estávamos jogando.

A Bryanston também participou dessa história. Eu acho que o pessoal de lá acreditava genuinamente que o filme era não um documentário, mas uma versão ficcional de algo que aconteceu de verdade. Eles levaram a sério o letreiro que precede o filme, por exemplo. Não tínhamos a intenção de que ninguém acreditasse que aqueles eram fatos. Aquilo, supostamente, era para seguir a tradição daquelas novelas de rádio exageradas dos anos 1930, como *A Guerra dos Mundos* (*War of the Worlds*), de Orson Welles,[2] não tínhamos a intenção de enganar ninguém, empenhamo-nos em criar uma atmosfera. Deus do céu, fico espantado em pensar que alguém pudesse levar uma coisa dessas a sério, mas, aparentemente, muita gente levou!

WAYNE BELL Devo dizer que metade do crédito pelo poder que o filme exerce em nossa memória está no título. O filme entrega o que promete, então apenas metade do crédito está no título – mas o jeito como ele foi batizado é um componente importante para o efeito duradouro que ele tem sobre nós. No roteiro, o nome era *Headcheese*, e eu li o roteiro de um filme chamado *Headcheese*... Quando nós filmamos, chamava-se *Leatherface*, e foi apenas no término do processo de pós-produção que esse nome veio à tona. E uma parte importante do mito está no release: "O que aconteceu é verdade!"

Isso é parte do poder do título – que sugere um fato – e o release mente ao dizer que o que aconteceu é verdade! Eu sempre tive um problema com isso e, bem, isso é Hollywood, faz parte de Hollywood mentir... Você sabe, no caixa do supermercado eles mantêm aquele lixo, o *National Enquirer*[3] e um par de outros. Eles publicam as coisas mais ultrajantes, e é claro que já estamos exaustos ou cientes demais para saber que aquelas manchetes não são reais, mas não é estranho que aquela coisa que essencialmente não é real receba uma posição proeminente no guichê, onde é impossível não olhar? Então, isso coloca *O Massacre* na mesma categoria que essas coisas! Eu tive um problema com isso na época – e Tobe dizia (não sei o que ele diria hoje): "Bem, você sabe, houve esse cara, chamado Ed Gein..." e ele falava sobre a conexão com a verdade – mas não é verdade. É algo totalmente fabricado, apenas uma realidade horrenda que deu a esses caras um ponto de partida para construir algo que alimentasse o lado mais abominável de sua imaginação.

JIM SIEDOW Essa era uma das grandes coisas sobre o jeito como Tobe escreveu e dirigiu o filme. Ele fez as pessoas enxergarem coisas que não estavam lá. Ele fez todo mundo acreditar em coisas que não estavam de maneira alguma no filme. E eles voltavam com suas próprias ideias sobre aquilo tudo.

Existem muitas pessoas que realmente acreditam que o que você faz num filme é o que você é! Aquilo que você faz para viver! Teve uma mulher que ficou louca comigo ao ver o filme: "Você violentou aquelas garotas!" Eu disse: "Não me lembro de estar lá naquele dia". Existem tantas histórias que as pessoas pensam ser de verdade.

ALLEN DANZIGER Exatamente, até hoje tem gente que acredita que é uma história real. É inacreditável como o filme é cultuado porque "aconteceu de verdade". Parece que,

2 Episódio da série de rádio The Mercury Theatre On Air, que foi ao ar na noite de Halloween de 1938, adaptado do romance de H.G. Wells.

3 Tabloide sensacionalista norte-americano.

um ano depois, surgiu um babaca aqui no Texas que fatiou uns missionários e os empalhou, ou coisa do tipo... Então eu penso que tudo isso ajudou a embaralhar a verdade – "Ah, sim, essa é uma história real". Quando eles me perguntam e eu digo que não, ficam desapontados. Todo mundo pensa que o Texas é um lugar louco – tipo Charles Whitman[4]. Quando me mudei pra cá, tinha uma atividade paralela, trabalhando para a Peace Corps[5], e eu dirigia pela Guadalupe Street para descontar um cheque quando ele começou a matar todo mundo. Eu estava numa lambreta e um policial me mandou sair da rua! Então vem daí essa impressão de que o Texas é um lugar parecido com o Velho Oeste. Esta foi a impressão que tive quando cheguei aqui em 1964. Fiquei desapontado quando vi que eles não tinham cavalos no aeroporto! Não podia acreditar que usavam carros!

BRIAN HUBERMAN Eu vi a série de filmes *O Massacre da Serra Elétrica* como parte do folclore texano. Em meu documentário há uma digressão na qual vou a um cemitério e lá encontro dois túmulos que fazem referências à revolução do Texas, um deles de uma mulher que sobreviveu à batalha do Álamo, outro de um homem que sobreviveu ao massacre de Goliad. E, para mim, a conexão era clara, o uso da palavra "massacre" sugere algo muito mais amplo do que, digamos, uma história de esquartejadores. E, ainda, a palavra "Texas"... Acho que nós a associamos miticamente aos faroestes, aos espaços abertos, à fronteira; "massacre" combina bem com isso tudo. Então a conexão desses dois gêneros é um tanto surpreendente – pelo menos para mim –, mas é parte da riqueza do filme.

ROBERT A. BURNS Todo mundo quer acreditar que ele é baseado no que aconteceu no Texas, é como um mito urbano, você vai a Los Angeles e alguém vai dizer: "Ah, meu cunhado pode te levar até a casa onde tudo aconteceu, ele esteve lá!" Inicialmente, algumas pessoas estavam preocupadas com o roteiro ("O que as pessoas vão pensar do Texas?"), mas nós dizíamos: "Ah, não, nós só vamos filmar aqui", e acabou sendo chamado de *Texas Chain Saw Massacre* (*O Massacre da Serra Elétrica*). O Texas já tinha uma péssima reputação por causa do assassinato de Kennedy, e a revista *Time* fez um artigo em que a palavra Texas era soletrada usando gráficos, por exemplo, a letra "A" era um chapéu da Klu Klux Klan... Então nós já partimos com uma terrível reputação quando o filme começou.

> Muitos dos participantes de *O Massacre* seguiram carreiras expressivas na indústria do cinema, carreiras impulsionadas por um filme de 125 mil dólares em 1974. Para alguns, ele abriu portas, para outros, ele deixou ressentimentos. Pode-se dizer que o filme se tornou um estigma?

PAUL PARTAIN Não. No mundo de um ator, é ótimo fazer algo que seja imediatamente reconhecível. *O Massacre da Serra Elétrica* é o título de filme mais reconhecido no

4 Franco atirador norte-americano, matou 14 pessoas e feriu 32 na Universidade do Texas, onde estudava, em agosto de 1966.

5 *Corpo da Paz*, instituição norte-americana de serviços voluntários.

MASSACR
A LA
RONÇONNEUS
UN FILM DE TOBE HOOPER
MARILYN BURNS · GUNNAR HANSEN · JOHN DUGON · ALLEN DANZ
INTERDIT AUX MOINS DE 18 ANS

mundo (é o que diz o canal *E!*). As chances de um ator, qualquer ator, de fazer um filme assim são ínfimas. É mais fácil ser atingido por um raio – duas vezes. O reconhecimento é todo seu para você usar como quiser. Ele pode abrir portas ou pode ser uma fonte de dor e raiva de todas aquelas coisas que não aconteceram, ou de todas as coisas que acabaram acontecendo. Estigma. Uma palavra bem escolhida, uma que combina, mas não comigo.

TOBE HOPPER *O Massacre da Serra Elétrica* levou quase oito anos para se tornar respeitável aos olhos da indústria cinematográfica. Quando o filme se tornou respeitável, eu me tornei respeitável. [*Fangoria* 92, 1990]

KIM HENKEL Ele se transformou numa bendita mistura. Deixou sua marca em mim de um jeito que é quase como uma daquelas questões retóricas: "Quando você deixou de bater na sua esposa?" Você se encontra instantaneamente na posição de ter que lutar contra todos os tipos de julgamentos e preconceitos [*suspira exaustivamente*].

ROBERT A. BURNS O primeiro impacto do filme na imprensa foi o seu design, que recebeu muitos elogios. Mas a experiência era tão enervante que eu nem me preocupava mais se voltaria a trabalhar com cinema novamente (tinha uma revista que eu editava e publicava), e não trabalhei por uns dois anos, até que Peter Locke veio atrás de mim para fazermos *Quadrilha de Sádicos* (*The Hills Have Eyes*, dirigido por Wes Craven, em 1977). Aquela foi uma situação muito mais prazerosa e o resto, como dizem, é história.

Anúncio do jogo TCM para ATARI

Mas há tempos que o filme se tornou uma faca de dois gumes. Certa vez, Michael Nesmith[6] estava fazendo um filme – eu vivi em Los Angeles por um par de anos – chamado *O Cavaleiro do Tempo* (*Time Rider: The Adventure of Lyle Swann*, dirigido por Willian Dear, 1982). Então Harry Gittes (produtor do filme *Drive, He Said*, em tradução livre, *Dirija, Ele Disse*, filme de 1971, dirigido por Jack Nicholson) me chamou em Austin e me convidou para ir a Los Angeles para trabalhar em *O Cavaleiro do Tempo*. Ele me mandou o roteiro e eu fui a Los Angeles. No caminho, eu deveria procurar locações. Gittes queria que eu fosse o diretor de arte do filme. Mas Michael Nesmith e Willian Dear, o diretor, estavam previamente contra mim, devido a minha reputação de "sangue e tripas", e eles queriam filmar na cidade de Santa Fé, estilosa e descolada, e não na cafona El Paso. Os dois sempre me diziam: "Esses filmes que você fez, eles estão cheios de ossos pra tudo o que é lado!" Então mostrei umas fotos do Oeste que eu tinha feito, mas eles sempre achavam uma falha em tudo. E não paravam de falar nos ossos: "Não queremos ossos pelo set inteiro!" Juro por Deus, quando o filme estreou na cidade, fui assisti-lo com um amigo que não sabia de nada da minha participação nele.

O MASSACRE DA SERRA ELÉTRICA LEVOU QUASE OITO ANOS PARA SE TORNAR RESPEITÁVEL AOS OLHOS DA INDÚSTRIA CINEMATOGRÁFICA

E, num determinado momento, esse amigo me pergunta: "Por que existem ossos em todas as cenas desse filme?" O vilão tinha um colar feito de ossos de dedos... No deserto, no lugar de colocar esqueletos de gado, eles colocaram ossos talhados, então havia pedaços de ossos por todos os cantos! Às vezes é tipo: "Ah, não, esse é o cara do *Massacre*", e outras vezes é: "Porra, sou eu, o cara do *Massacre*!".

ED NEAL Foi só depois de se transformar num filme cult que ele começou a me afetar. É como viver com algo pelo resto de sua vida, não dá para deixar de ser o Carona... E agora muitos produtores, diretores, pensam: "Ah, é o que ele sabe fazer, esse tipo de papel". [*The Texas Chain Saw Massacre: A Family Portrait*]

ALLEN DANZIGER Ainda estou curtindo aqueles quinze minutos! O mais engraçado é que saí de um papel principal para fazer figuração no primeiro filme do Willie Nelson, *Honeysuckle Rose* (Em tradução livre, *Flor de Madressilva*. Filme de 1980 dirigido por Jerry Satchzberg) – faço uma ponta, você pode ver minha camisa! Minha carreira despencou! Depois disso, acho que estive em *The Tomato that Ate Cleveland* (Em tradução literal, *O Tomate que Comeu Cleveland*. Filme independente de Bruce Maness, *Austin*, 1974)... Ainda me pediram para fazer umas duas vinhetas para *The Whole Shootin' match* (Em tradução livre, *Por conta própria*. Filme de Eagle Pennell, de 1978, teria inspirado a criação do Sundande Film Festival, de Robert Redford) – Eagle Pennell, outro

6 Ator e produtor de cinema, ex-integrante da banda *The Monkees*.

cara diferente, um tanto estranho. Quando você ouve falar de diretores, sobre como eles explicam cada cena, como eles te conduzem – não tinha nada a ver com isso... Filmei umas duas cenas, aí me mandei para o Colorado. Quando voltei, ele decidiu continuar com uma das vinhetas e a transformou no filme. Eu acho que eles me deram participação nos lucros em vez de um pagamento – o filme foi ovacionado.

Depois de muito trabalho, de certa pitada de sorte (e de uma grande pitada de azar), *O Massacre* rapidamente alcançou seu lugar na história do cinema. Será que ele merece esse lugar?

PAUL PARTAIN Certamente! Mas, eu me preocupo com a audiência, que está cada vez mais jovem, alcançando até mesmo alunos do ensino fundamental. Acredito que o filme seja muito intenso para os mais jovens. Viveria na boa com esse tipo de censura.

BRAD SHELLADY Realmente acredito que *O Massacre* é o *Cidadão Kane* (*Citizen Kane*, dirigido por Orson Welles, em 1941) do gênero de terror, e as discussões sobre ele e o seu interesse será infinito...

SALLYE RICHARDSON Eu acho que ele merece seu lugar na evolução do cinema. Não interessa se é um filme de terror ou não, ele foi muito bem feito – talvez bem feito dentro das limitações que tivemos, mas...

LOU PERRYMAN No sentido de que ele foi impressionante, sim. Mas não sou um grande fã de terror, não preciso sentir medo da morte, já passei por essas merdas na minha vida pessoal, não preciso do terror. Se tenho carinho pelo filme... Carinho, sim... Você sabe, eu dirijo um táxi e de vez em quando menciono para alguém que trabalhei no filme e me dizem: "Tá de sacanagem?" Foi um filme inovador, um clássico do terror com toda certeza, e eu não superestimo minha participação. Mas, sim, trabalhei no primeiro, atuei no segundo e me ofereceram um papel no quarto; eu me sinto muito bem com isso tudo.

GUNNAR HANSEN Eu fiz treze filmes, mas em todos faltava a genialidade do *Massacre*. Sinto muito orgulho do filme. As pessoas não entendem... Até hoje Tobe, depois de tudo, vai dizer: "Esse filme é sobre a desintegração da família americana". E recentemente ele disse [no DVD da série *Masters of Horror* (literalmente, "Mestres do Terror", série produzida pela *Showtime* entre 2005 e 2007)]: "Não foi à toa que esse filme veio logo depois do Vietnã". Acho que uma resposta honesta para a pergunta "Sobre o que se trata?" é que esse é um filme sobre os maiores sustos que uma plateia pode aguentar, acredito que ele atinge esse objetivo da melhor maneira e penso que muita gente pode enxergar outras coisas nele. E se assim desejam e se suas opiniões são consistentes com o filme, e não estão apenas sobrepondo algo que não faz sentido algum, então está bem pra mim... Mas nenhum de nós pensava que "esse filme é sobre a desintegração da família americana". Tobe e eu estávamos sentados numa noite, esperando algo ser arrumado, e ele disse: "Kim e eu sentamos e ele me disse: "Vamos usar tudo aquilo que sempre nos deu medo nos filmes". Acho que era o que eles estavam fazendo, não estavam tendo outras interpretações profundas.

KIM HENKEL Eu nunca fui capaz de assisti-lo, nunca fui capaz de assistir a nada em que eu estivesse envolvido, então não é só isso. Geralmente me envolvo no processo de montagem, procurando detalhes na correção de cores e coisas assim, então quando o filme está completo eu o assisto de verdade – pelo menos desmembrado em pedaços – diversas vezes. Mas eu evito, a todo custo, assistir aos filmes. Não acho que isso deveria surpreender ninguém, pois como a maioria das pessoas que se envolvem em trabalhos criativos, você descobre todas as falhas. Quer dizer, eu entrei em salas de cinema ou exibições fechadas só para assistir a uma cena e ver como a plateia estava reagindo, mas sempre achei uma experiência muito desconfortável. E por que eu deveria me submeter a algo desconfortável se não preciso? Não sou um grande fã de filmes de terror de qualquer maneira, não suporto a tensão, o sangue e as tripas, vejo essas coisas e tenho que fechar meus olhos!

Mas, você sabe, as coisas são o que são, não há nada que eu possa dizer que vá mudar o que o filme é ou o seu lugar na história do cinema. É algo que preciso aceitar e aprender a lidar...

ALLEN DANZIGER Antes da pré-estréia, entrei furtivamente no cinema para assistir ao *trailer* – e eu nunca antes havia me visto na tela –, acabei tendo um ataque de pânico e saí do cinema! Achei que era melhor do que esperava, mas, como estava nele, não conseguia me assustar. É impressionante quando vou assistir com outras pessoas e vejo os gritos, soluços e o choro, eles me pegam de surpresa. Quando você é tão íntimo e está tão entrelaçado em algo, não consegue ver do mesmo modo que alguém que não faz ideia dos truques e embarca na história. Meus amigos todos curtiram o filme, todos se divertiram. E até hoje, quase quarenta anos depois, as pessoas comentam sobre ele. Pessoas me encontram na internet e me mandam pôsteres para eu autografar. Teve um cara que veio de Amsterdã com uma serra elétrica para eu autografar! Eles me encontram, alguns me ligam para dizer que é a melhor coisa que já viram. Eu digo a eles: "Arrume o que fazer! Você tem problemas!"

Há algo a respeito da espontaneidade do filme, de pessoas que não eram atores de verdade e que foram capazes de seguir adiante e se divertir. Pra mim, foi a diversão. Quantas vezes você tem a chance de dizer: "Oh, estou filmando"? Eu cheguei a ter uma secretária eletrônica com a mensagem: "Me desculpe, no momento não posso atender porque estou fazendo um filme!" Pra mim, aquilo foi o máximo. Eu diria que adorei tudo aquilo, até o calor, as horas intermináveis, ter que refazer as cenas várias vezes – grandes coisas, aquilo foi único.

Rex Reed[7] achou o filme extraordinário, acho que ele faz parte do acervo do Museu de Arte Moderna (MoMA)... Não sei ao certo, não sou um fanático por cinema, mas o filme mexeu comigo de um modo especial. E se você olhar bem e for comparar com filmes que vieram depois, há muito menos sangue e tripas nele do que em *A Hora do Pesadelo* ou *Sexta-feira 13* (respectivamente, *A Nightmare in Elm Street*

7 Crítico de cinema norte-americano.

– Wes Craven, 1984 – e *Friday the 13th* – Sean S. Cunningham, 1980). Mas ele funcionou graças à naturalidade de "A história a que você vai assistir agora..." e à maneira como foi interpretado. Aqueles atores não eram estrelas do cinema, eram pessoas com quem você conseguia se identificar – um cara numa cadeira de rodas que era um pentelho –, pessoas comuns.

Nada se compara ao primeiro, o último chegou a contar com Matthew McConaughey e Renée Zellweger, atores de primeira linha, e ainda assim não chegou aos pés do primeiro.

BILL JOHNSON Eu achei o primeiro filme incrível, é um grande filme, merece estar no Museu de Arte Moderna. Queria que o segundo pudesse ser tão bom, ele é absurdo, no sentido original da palavra, mas alguma coisa me perturbou naquele primeiro filme.

ROBERT A. BURNS Você sabe como ele foi parar no Museu de Arte Moderna? A Bryanston literalmente mandou uma cópia para lá e disse: "Aqui tem um filme", e eles o guardaram em seus cofres! Isso gerou um grande debate: "Isso é arte?" Ele está no museu – literalmente – graças à Bryanston! E isso fez com que o Museu de Arte Moderna declarasse que a partir de agora eles não vão aceitar mais filmes, a não ser os que eles próprios requisitarem!

BILL MOSELEY Eu o assisti em 1974, em Boston. Sempre fui fã de filmes de terror, mas com um nome daqueles – um título montado com as coisas mais horripilantes que você poderia imaginar –, eu estava excitado para ver o que seria imposto à América... Passaram o filme do Bruce Lee e a plateia estava participando, gritando nas cenas: "Vamos lá, Bruce!", você sabe, aí começou *O Massacre* e ele sugou todo o oxigênio do auditório. Acho que nós percebemos, somente com as cenas de abertura e a música esquisita, que estávamos a ponto de ver algo muito sério... Todo aquele espírito brincalhão se foi e não voltou durante o filme inteiro.

Quando eu saí, estava profundamente perturbado. Sempre imaginei a América rural um tanto excêntrica, inofensiva, e quando vi *O Massacre*, aquilo era Norman Rockwell[8] terrivelmente às avessas. Eu era um universitário, espiritualizado, sempre pensei que seria capaz de me comunicar espiritualmente com praticamente qualquer pessoa, mas percebi que a família da Serra Elétrica eram pessoas com quem eu não poderia me comunicar, faltava algo... Eles ainda eram seres humanos, mas lhes faltava algo. Não tinham humanidade, nem um retalho de compaixão, de empatia, não havia nada, penso que foi isso o que mais me assustou.

Tentei assistir ao filme uma dúzia de vezes, achando que, quando eu finalmente enxergasse o zíper na sua roupa, seria capaz de dizer: "É só um filme", mas isso nunca aconteceu! Seu poder não diminui, ele tem uma qualidade atemporal. Nada ficou datado. Ele poderia acontecer amanhã.

8 Pintor e ilustrador norte-americano famoso por seus traços meticulosos e por desenhar cenas cotidianas de um Estados Unidos inocente e quase perfeito.

[1] Clássica pintura de NORMAN ROCKWELL, que representa as comemorações do dia de Ações de Graças

[2] ED NEAL (esquerda) recebe uma lufada nada agradável da infame obra de arte galinácea de BOB BURNS

74 / 282

THE TEXAS CHAINSAW MASSACRE

SALLY não gosta
nada do que vê

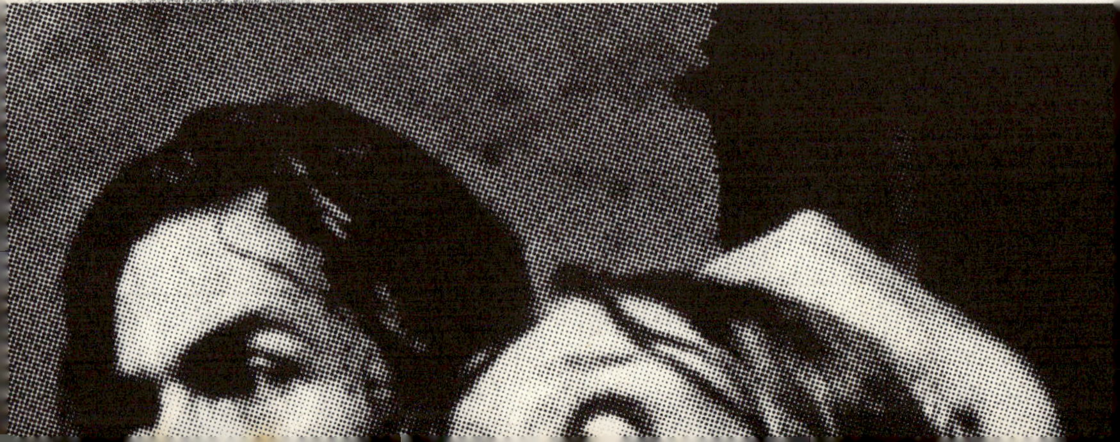

A PORNOGRAFIA DO TERROR

O MASSACRE DA SERRA ELÉTRICA E A CENSURA BRITÂNICA

Apesar do sucesso artístico alcançado posteriormente com os festivais de cinema de Cannes e de Londres, *O Massacre* não foi exatamente recebido de braços abertos pela tal Comissão Britânica de Censores quando submetido para classificação. Em 28 de fevereiro de 1975, Stephen Murphy, então secretário da Comissão, mandou um memorando a seus examinadores.

> "Ontem à noite assisti a *O Massacre da Serra Elétrica*. Ele aparenta ser um documentário dramatizado, que deixa pistas de ter sido filmado em 16mm e ampliado para 35mm. É um filme muito bom, que nós devemos levar a sério. Em minha opinião, ainda que seja amplamente dramatizado, nós estamos basicamente de volta com os tipos de considerações que enfrentamos com *Manson*...[1]
>
> Informei à companhia que eu não via esperança de certificar o filme na sua forma atual. A companhia propôs reduzir um pouco do terror submetido à vitima que consegue escapar no final. Eu lhes dei minha opinião de que, apesar disso, seria difícil oferecer-lhes a certificação.
>
> O filme difere de *Manson* não apenas na técnica, mas também pelo fato de que, com a exceção de um pequeno incidente em que ocorre uma sugestão de perversão, não há conteúdo sexual. Penso que há relativamente menos sangue nesse filme. Sua

1 Documentário de 1973, dirigido por Robert Hendrickson e Laurence Merrick, sobre Charles Manson e sua "família".

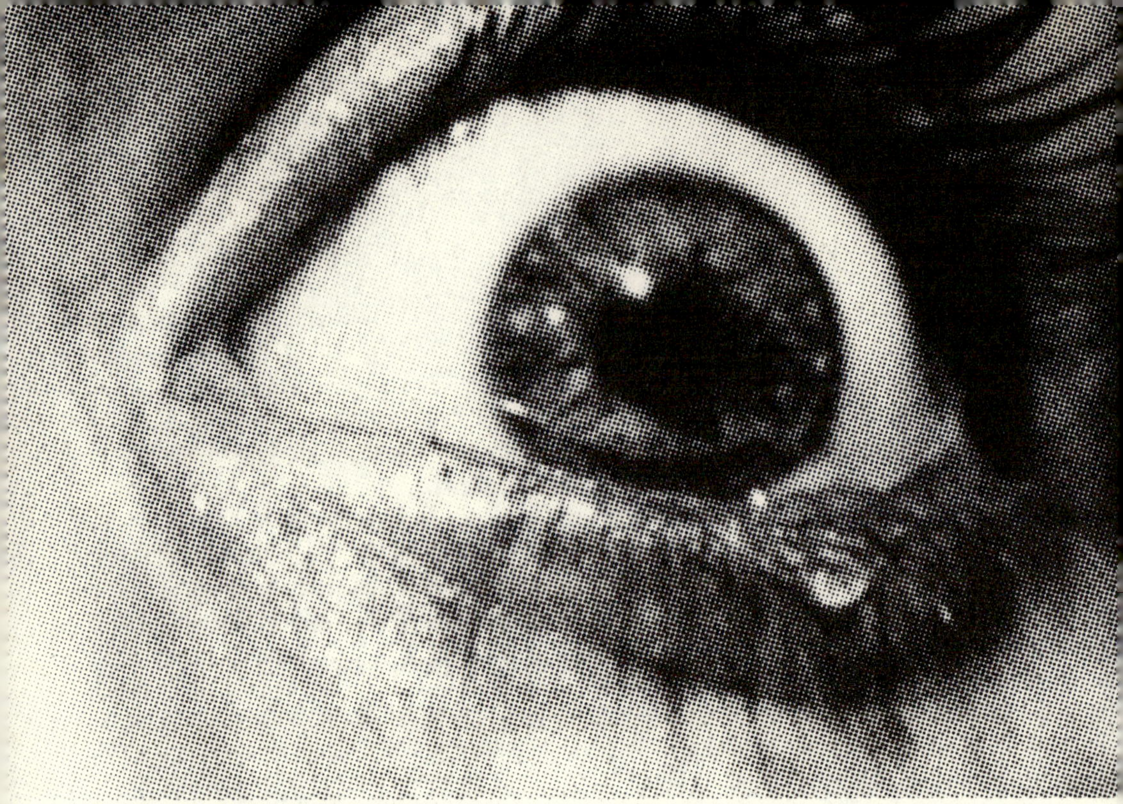

[1] Para Stephen Murphy, da Comissão Britânica de Censores, os estudos sobre psicologia anormal não eram adequados ao público de cinema

[2] O pânico e o torpor de SALLY

aparência de documentário faz dele um filme ainda mais severo e mais angustiante de assistir do que *Aniversário Macabro* (*The Last House on the Left*, filme de Wes Craven, de 1972)."

Esse memorando é anterior à exibição oficial, o que significa que Murphy deve ter sido convidado para uma exibição privada. *O Massacre* foi exibido para a certificação em 12 de março de 1975, e foi imediatamente rejeitado. Comentários do examinador: "Achei o filme doentio e muito ofensivo e certamente o rejeitaria [...] considerar esse tipo de episódio (a tentativa de assassinato da garota enquanto a sua cabeça é mantida acima de um balde) como entretenimento é o mesmo que voltar aos circos romanos". Um documento do comitê revela: "Sr. Shadrick [da Hemdale International, sua distribuidora] acatou as três sugestões de corte feitas pelo secretário no final do filme", então a versão rejeitada já havia sido cortada pela Hemdale antes da submissão do filme...

Em 14 de março, Stephen Murphy escreveu a Gordon Shadrick:

> "[...] preciso dizer que nós acreditamos não sermos capazes de lhes oferecer a certificação para o filme. Preciso deixar claro que não o consideramos uma obra apelativa: trata-se de um filme de considerável mérito. O problema está, eu acredito, em nossa constante preocupação se os estudos sobre psicologia anormal são adequados para o público de cinema. Tanto a Comissão como as Autoridades Televisivas, por exemplo, tentaram evitar a cobertura do caso dos Assassinos dos Pântanos.[2] Nós mesmos, dois anos atrás, recusamos um estudo documental muito sincero e em nada sensacionalista sobre a Família Manson... Eu sinto que nós devemos rejeitar essa obra".

John Daly, codiretor da Hemdale, respondeu em 20 de março com uma defesa que, ainda que de um raciocínio ligeiramente estranho, levanta um ponto relevante de que a plateia é livre para escolher ao que ela vai ou não assistir.

> "Devo confessar que acho a atitude da comissão irracional e inconsistente. Concordo que o filme tem cenas que ultrapassam o limite de um thriller normal, mas não acho que ele possa ser comparado a um estudo documental sobre Manson ou sobre os Assassinos dos Pântanos.
>
> O que faz O Massacre da Serra Elétrica ser um *filme* especial é a atuação estupenda, e, caso a Comissão não deva mais conceder certificados a filmes que são bem interpretados, então é melhor que a indústria cinematográfica perca de vez as esperanças.
>
> [...] então aceite, por favor, o filme pelo que ele é – um thriller muito bem feito e muito bem interpretado que, se não tiver um público que deseje assisti-lo, então não será assistido. Não obstante, caso o filme se torne popular, ele será um sucesso, o que significa que a plateia gosta dele. Nós não convidamos a plateia e trancamos as portas, eles podem sair, é escolha deles, mas nós consideramos que esse é um filme eficaz por causa das boas atuações e não deve ser penalizado por isso."

2 No original, *Moors murders*. Refere-se aos abusos sexuais e assassinatos de cinco menores entre 10 e 17 anos, cometidos em Manchester, nos anos 1960, por Ian Brady e Myra Hindley.

A resposta de Murphy em 25 de março continha uma lógica ainda mais peculiar.

> "A comparação com *Manson* é consistente. Nosso motivo para reprovar *Manson* era que questionamos se o cinema público seria o lugar correto para estudos sobre psicologia anormal. O mesmo motivo foi utilizado no caso dos Assassinos dos Pântanos. Nós dois (que fomos apresentados ao assunto alguns anos atrás) e as autoridades de transmissão (que possui muitos metros de filmes disponíveis sobre o assunto) recusamos contemplar um filme sobre esse assunto nos mesmos termos. Tanto em Manson quanto nos Assassinos dos Pântanos havia insinuações sexuais, o que não existe, salvo uma rápida referência, em *O Massacre da Serra Elétrica*. Mas esse não foi um elemento importante na decisão que tomamos em relação a tais projetos. No caso de *Manson*, o filme não era sensacionalista, o que novamente convida à comparação com *O Massacre da Serra Elétrica*. Em outras palavras, essa decisão é totalmente consistente com a política da comissão do jeito como ela existe muito antes da minha gestão."
>
> "Além disso, nós recentemente reprovamos outro documentário dramatizado que, coincidentemente, também termina com o uso de serras elétricas [presumivelmente *Aniversário Macabro*, outro incômodo perene aos censores britânicos]."
>
> "Eu vejo poucas esperanças que a comissão mude de ideia a respeito desse filme. O máximo que posso sugerir é a submissão do filme ao Conselho Londrino".[3]

A correspondência continuou até maio de 1975, com um adendo de Murphy em 4 de abril: "A respeito do conteúdo do filme, ficamos especialmente preocupados com a terrível intimidação da garota e a violência, tanto física quanto mental, a que ela é submetida". E em 5 de maio: "Em nossa opinião, muitas pessoas acharão o filme tão repulsivo que, mesmo que se realize uma pesquisa, ele ainda será tomado como exemplo de material violento que a Comissão não deveria autorizar". Murphy renunciou seu cargo na Comissão Britânica de Censores de Cinema em maio de 1975, sendo substituído por James Ferman, que se manteve no posto até 1999.

A Hemdale desistiu de tentar conseguir um lançamento nacional e seguiu a indicação de Murphy, procurando obter uma classificação X com o Conselho Londrino, o que eles finalmente conseguiram em agosto de 1976. O lançamento ao redor do país foi esporádico, com alguns conselhos locais banindo e, outros, liberando o filme.

Em janeiro de 1977, Gordon Shadrick escreveu a James Ferman informando que houvera um corte acidental de vinte e oito segundos na cópia exibida em Londres (a cena cortada acidentalmente foi a de Leatherface marretando Kirk. Quando os vídeos piratas começaram a pipocar, algumas versões foram tiradas dessa cópia, dando a impressão equivocada de que o filme havia sido censurado).

Em outubro de 1982, com *O Massacre* nas mãos de mais um distribuidor (ITC), uma carta foi escrita à Comissão Britânica de Censores de Cinema requerendo que eles considerassem ao filme a nova classificação etária R18 (a classificação R18 foi criada para lidar inicialmente com vídeos

3 *Greater London Council*, antigo conselho administrativo da área metropolitana de Londres.

eróticos, e significava que todas as fitas com essa certificação poderiam ser vendidas apenas em algumas sex shops legalmente licenciadas pelos conselhos locais). Ferman escreveu a mão uma resposta para a ITC: "Diga a Terry que nós assistiremos a *O Massacre* novamente – sem promessas". Em maio de 1983, *O Massacre*, com uma nova distribuidora, Tigon, foi novamente submetido aos examinadores, neste caso duas mulheres e um homem (Ken Penry, um dos examinadores responsáveis por sua rejeição inicial). Desta vez, Penry votou pela mudança de classificação R18 do filme, sem cortes, e comentou: "... este ainda é, para mim, o mais impressionante de todos os filmes de terror. Eu consigo admirar a expertise com que ele foi feito, mas ainda considero uma experiência degradante assistir ao filme e suas cenas de torturas persistentes à garota... agora que temos a categoria *Restricted 18*, ela é a classificação correta para esse filme. Politicamente, seria apropriado, uma vez que as autoridades licenciadoras que viram e rejeitaram o filme não sentirão que estamos contrariando nossa decisão anterior de proibir sua exibição num cinema público. O mais importante, talvez, seja que as vendas das fitas de vídeo agora estejam restritas apenas a lojas autorizadas".

Ambas as mulheres que examinaram o filme acharam que ele finalmente poderia ser lançado, mas que necessitava de cortes para, nas palavras de uma delas, "reduzir a humilhação e as torturas sofridas por Sally, coitada". As opiniões delas sobre os méritos do filme divergiam consideravelmente, uma dizendo: "Não sou uma aficionada por filmes de terror... eu achei este um dos filmes mais indulgentes a que assisti, indulgente de uma forma particularmente sádica dentro do universo feminino... a indulgência alegre no extenso terror que Sally vive durante os dois últimos rolos do filme é demais para mim e, em minha opinião, não é aceitável tanto na categorias 18 ou R18 do jeito como está. Há sadismo no tratamento que os três dementes reservam a ela, um certo tipo de estocadas verbais e físicas que me deixou brutalizada – e não pelo fato da vítima ser uma mulher. No final, chega-se pensar que um bom golpe fatal de serra elétrica seria quase preferível à interminável tortura a que ela é submetida. E esse é um pensamento terrível".

As opiniões da segunda examinadora foram bem mais esclarecidas, ainda que ela sentisse a necessidade de cortes: "Talvez eu seja vista como a macabra do escritório, mas preciso admitir que me diverti assistindo a este, agora notório, filme. Um clássico exemplo de *grand guignol*,[4] contraindicado aos mais sensíveis: mas os sensíveis, quase por definição, evitam esse tipo de experiência, já que a plateia se autosseleciona" (o que nos leva a pergunta: por que censurá-lo?)". Ela continuou: "Jovens (gostem ou não) têm uma queda por esse tipo de filme, e será que podemos dizer que eles não têm o direito de assistir ao filme na sala de cinema mais próxima, ou retirá-lo na locadora do bairro...?"

James Ferman, que cunhou a frase "a pornografia do terror" para descrever *O Massacre*, achava que sim, ele podia dizer que os jovens (e que todos os demais) não tinham o direito de assistir ao filme – as opiniões dos examinadores foram ignoradas e o filme permaneceu sem classificação até a sua aposentadoria, ainda que tenha ressuscitado em um curto relançamento (apenas em alguns cinemas, sob a jurisdição do Conselho de Camden, em Londres), quando uma nova cópia foi feita

4 Histórias de terror com cenas realistas de assassinatos. O termo vem de Théâtre du Grand Guignol, companhia dramática parisiense fundada em 1895 por Oscar Méténier.

em 1998. Ferman, contrariando sua persona pública, não era um moderado, bem intencionado, sincero e responsável diretor da Comissão Britânica de Censores de Cinema. Seus comentários sobre cinema eram muitas vezes bizarros, radicais e irracionais, seus julgamentos eram frequentemente motivados por opiniões pessoais sobre a obra de um diretor, seu desejo de proteger o público britânico de imagens de terror era inapropriado. O que significava que, nos anos posteriores à sua aposentadoria, a maioria dos filmes rejeitados durante sua gestão foram lançados na Grã-Bretanha, a maioria deles nas versões originais, sem cortes.

Finalmente, em 1999, *O Massacre da Serra Elétrica* foi lançado sem cortes no cinema e em vídeo (em agosto) para toda a Grã-Bretanha – quase vinte e cinco anos após o lançamento norte-americano. A Comissão Britânica de Censores de Cinema emitiu uma nota de imprensa alertando a nação, assinado por Andreas Whittam Smith, seu ineficaz ex-presidente, e Robin Duval, seu atual diretor:

> "A notoriedade do filme pode ter sido responsável pela rejeição original da comissão, em 1975. O filme foi exibido na Europa, nos Estados Unidos, na Austrália e em outros países. Recebeu uma licença do Conselho Londrino nos anos 1970 e, mais recentemente, foi exibido na parte central de Londres em 1998, sob uma licença do Conselho de Camden. Não há evidências, até onde sabe a comissão, de nenhum dano provocado como consequência da exibição do filme. Para jovens adultos modernos, acostumados aos choques macabros dos filmes de terror durante os anos 1980 e 1990, *O Massacre da Serra Elétrica* dificilmente pode ser considerado inadequado. Diferente de exemplos mais recentes do gênero, a violência nesse filme é prioritariamente implícita, e não explícita. Pelos padrões de hoje em dia, seus efeitos visuais podem parecer pouco convincentes.
>
> "Possivelmente, seu aspecto mais notório é a incansável perseguição da 'Última Garota' através da meia hora final do filme. A heroína em perigo é um clichê do cinema desde seus primórdios. Todavia, é legítimo questionarmos a ênfase incomum que *O Massacre da Serra Elétrica* dá na perseguição a uma histérica mulher indefesa durante um período tão extenso. A conclusão da comissão, depois de um debate cuidadoso, é de que os possíveis danos que poderiam surgir numa audiência moderna hão de ser mais do que contrapostos com a natureza irreal, até mesmo absurda do filme. É importante enfatizar que não há elementos explicitamente sexuais no filme, e há relativamente pouca violência visível."

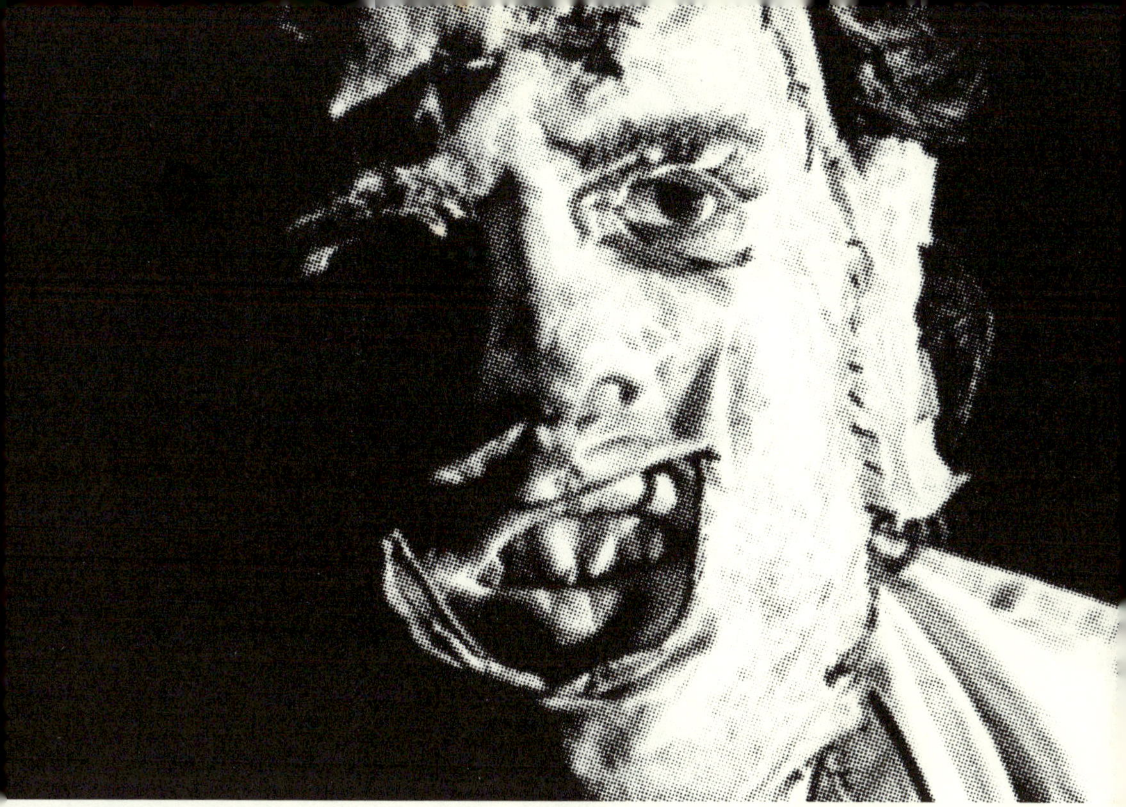

“Para jovens acostumados aos choques macabros dos filmes de terror durante os anos 1980 e 1990, O MASSACRE DA SERRA ELÉTRICA dificilmente pode ser considerado inadequado.” Finalmente, em 1999 o filme foi liberado na Grã-Bretanha

"A COMPLETA DEGRADAÇÃO DA IMAGINAÇÃO ARTÍSTICA"

O MASSACRE DA SERRA ELÉTRICA E OS CRÍTICOS

Prepare-se para uma experiência totalmente repugnante e, para muitos, literalmente nauseante [...] uma torrente explícita de sangue. Quatro ou cinco (é difícil determinar a quantia exata somando os pedaços) jovens aventureiros encontram um diabólico açougueiro de carne humana no interior do Texas. O maníaco corre enfurecido atrás deles com uma serra elétrica e outros instrumentos de destruição, incluindo um gancho de açougue. O filme é doentio, como também é o público que se diverte com ele.
***Catholic Film Newsletter*, out. 1974**

Há filmes que deslizam além do limite em que a "arte" deixa de existir, em todas as formas conhecidas, aí a apelação começa, e esses filmes estão frequentemente entre os de maior sucesso. *O Massacre da Serra Elétrica* é um exemplo; nas mãos de Tobe Hooper, o filme satisfaz a definição de arte que eu ofereci, e eu testemunharia feliz sobre seus méritos em qualquer corte do país.
Stephen King's Danse Macabre (Macdonald & Co, 1981)

[...] um filme desagradável, ainda que inteligente. O tom é de um niilismo patético e de um desgosto vertiginoso [...] No golpe de mestre de Hooper, os canibais respeitáveis se transformam numa degenerada família rural, ainda mais "obscena" e primitiva que a família da Divine.[1]
J. Hoberman & Jonathan Rosenbaum, Midnight Movies (Da Capo Press, 1991)

1 Provável referência à Divine, ator *drag queen* de filmes do diretor John Waters, que se autodenominava, no filme *Pink Flamingos* (1972), "a mais obscena pessoa viva no mundo".

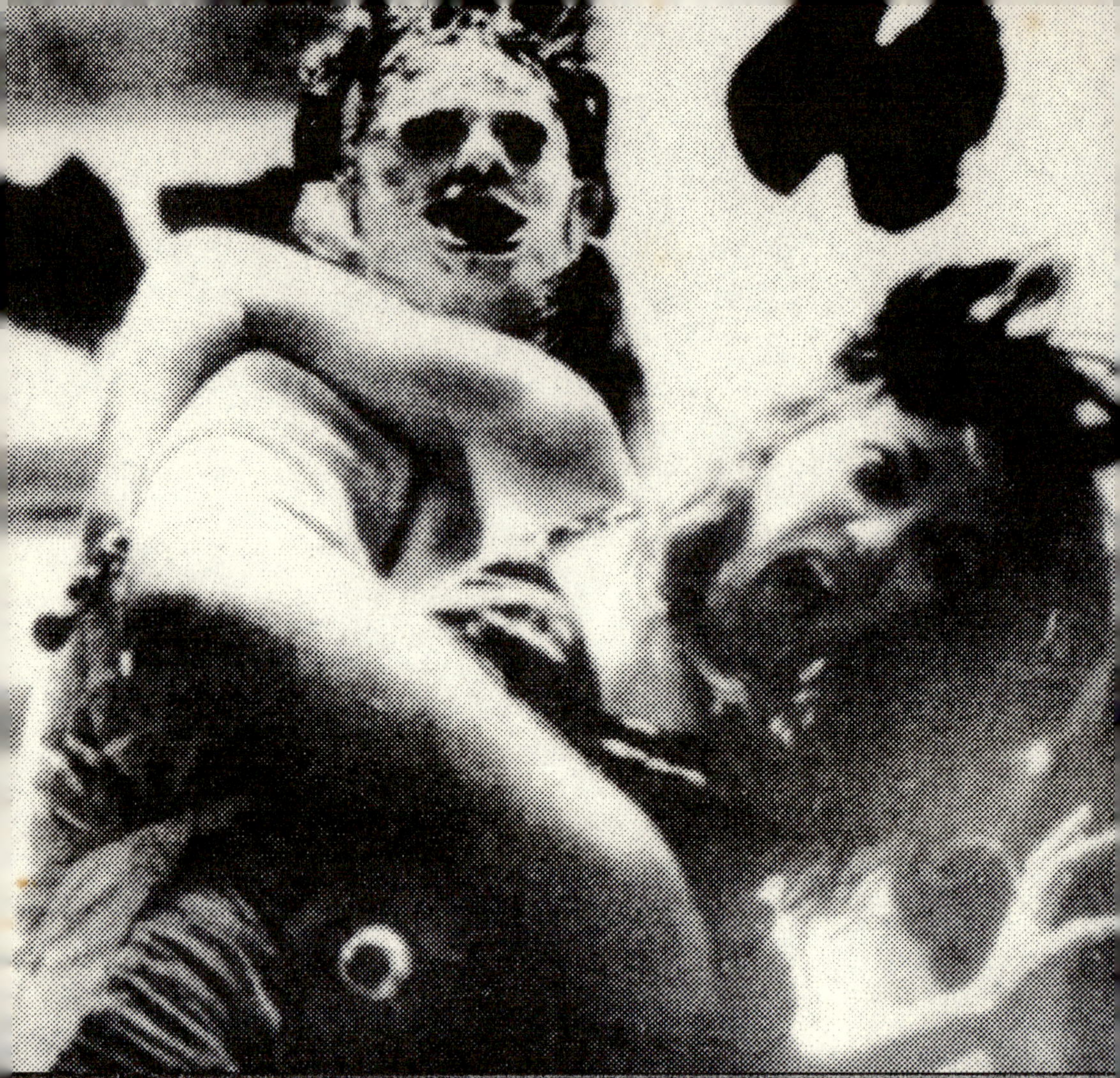

Um "*castrato* obeso que balbucia coisas ininteligíveis" e uma MULHER QUE GRITA

Esse é, com certeza quase absoluta, o mais emocionante thriller sanguinolento de todos e ele está, numa visão mais abrangente, entre os mais impressionantes filmes de terror já feitos [...] O roteiro de Kim Henkel é malvado, solto e esperto [...] Hooper tem o olhar para esse tipo de pesadelo visual, realista, que há de infestar a imaginação do espectador [...]

Diferente dos vilões na maioria dos filmes *gore*, os demônios de Hooper não são motivados sexualmente. A força motriz [...] é algo ainda mais horrível que a sexualidade anormal: a total insanidade [...] A imagem final – Leatherface girando impotente de raiva após a fuga da garota, com a serra elétrica em movimento sobre sua cabeça – está entre as mais memoráveis da história do cinema de terror.
David J. Hoogan, Dark Romance: Sexuality in the Horror Film (McFarland, 1986)

Esse filme ultrapassa as fronteiras do terror cinematográfico e da repulsa até o ponto em que somos forçados a redefinir o termo "filme de terror" [...] Eu me considero um observador durão de filmes de terror, mas este filme me reduziu a um ser desajeitado, pálido e tiritante. Podemos falar o que quiser sobre sadismo, violência, apelação; ainda assim não podemos negar que é preciso talento para realizar um filme tão assustador que nos faz praticamente molhar as calças [...] À luz de suas conquistas, essa monstruosa obra-prima não pode ser acusada de cafonice nem de ser feita nas coxas [...] Considerando seu tema, *O Massacre* não é gratuitamente sanguinolento, ainda que nunca deixe de transmitir o impacto físico dos crimes selvagens que ele apresenta [...]
Paul Roen, Castle of Frankenstein, 25 jul. 1975

Assim como *A Noite dos Mortos-Vivos*[2] se transformou em filme cult, *O Massacre da Serra Elétrica* possui todos os atributos para ser o novo herdeiro ao Trono dos Arrepios. Ironicamente, provando mais uma vez aquilo de que a humanidade tomou consciência nesses tempos de Watergate: o mais horrível de todos os monstros é, de tempos em tempos, o próprio homem.
Richard Buonnano, Castle of Frankenstein, 25 jul. 1975

Sobre *O Massacre da Serra Elétrica*, de Tobe Hooper, quanto menos falarmos, melhor, ainda que eu deva ser culpado por chamar a atenção sobre o filme após sua primeira exibição europeia no Festival de Cannes de 1975 [...] O fato de ser impressionante e bem realizado só faz dele um filme ainda mais intragável.
David Robinson, The Times, 19 nov. 1976

[...] inflexível, impiedoso, inexorável e implacável como 60 toneladas sobre uma caixinha de fósforos [...] Seu efeito na indústria, e em quem quer que o tenha visto, não pode ser menosprezado. Ele é o melhor (e o pior, dependendo do seu ponto de vista) filme da sua espécie, de todos os tempos [...] Hooper é um dos poucos que conseguiram capturar em película, com sucesso, a essência da insanidade [...] O filme é uma combinação miraculosa de planejamento, atuação e imprevistos que resultou numa experiência visual

2 *Night of the Living Dead*, dirigido por George A. Romero. O filme de 1968 é um divisor de águas no subgênero zumbi, e o primeiro de suas duas trilogias "dos Mortos".

sem paralelos [...] É um filme de cair o queixo e revirar as tripas, e ele é tudo, menos entretenimento [...] São quinze rounds sendo punido por Rocky Balboa, que deixam muitos com tremedeiras e estranhamente fatigados [...] Mais ou menos como você se sente após uma volta numa magnífica montanha-russa. Você pode admirar o filme por sua construção, respeitá-lo por sua habilidade em assustar e dar-se por satisfeito quando ele termina.
Richard Meyers, For One Week Only (New Century Publishers, 1983)

Nada além de sustos e de sangue, mas representa o começo da onda de filmes deploráveis que inundaram as telas do mundo no final da década.
Hallwell's Film and Video Guide (HarperCollins)

[...] o terror genuíno de volta ao cinema. Esteja preparado: seu realismo gótico nos lembra do quão raramente mutilações cinematográficas evocam o medo real e a revolta nestes tempos em que "assassinatos em série" são frequentes nos noticiários.
Alexander Walker, Evening Standard, 18 nov. 1976

Não há nudez ou sexo explícito [...] mas você deveria assistir a ele e compará-lo com filmes de sexo explícito e então decidir a qual deles você gostaria que seus filhos assistissem se você fosse um censor. Lembre-se de que esse é um filme cult e que é exibido em cidades universitárias ao redor dos Estados Unidos, sem receber nenhum tipo de protesto de censores que um filme pornográfico evocaria imediatamente [...] A pergunta mais interessante a respeito desse filme é: ele poderia ser produzido com um maníaco perseguindo um rapaz ao invés de uma mulher? Havendo ou não sexo explícito, essa história obviamente combina sexo e violência.
Robert H. Rimmer, The X-Rated Videotape Guide (Prometheus Books, 1993)

Uma *reductio ad absurdum*[3] de um filme de terror que mantém uma donzela em constante aflição [...] por cerca de uma hora (em nosso tempo), sem nenhum escape (para ela ou para o espectador). "Severo" é uma boa palavra para usarmos aqui [...] E mesmo assim o filme poderia ter sido ainda *mais* angustiante: do jeito como ele é, surpreendentemente há pouco sangue evidente. O filme de Hooper possui um tato ligeiramente estranho. O diretor confia no seu título e na sua ferramenta: você nunca chega a ver o que aquela terrível serra elétrica é capaz de fazer. Não é preciso, tudo o que você precisa saber é como uma serra funciona. Aqui, é ouvir para crer. E ainda assim este não é um filme exatamente adorável [...] Até mesmo os ocasionais e divertidos momentos de zum-zum-zum da insana família não dão sossego – o filme está repleto de depravação primitiva.
Donald C. Willis, Horror and Science Fiction Films II (Scarecrow Press, 1982)

O Massacre da Serra Elétrica (e se alguma vez um título enganoso vendeu um filme, certamente se trata deste) continua sendo, depois que toda hipérbole cessou, pouco mais do que uma execução barata e, em certos aspectos, uma notável versão do antiquado Grand Guignol [...] O roteiro de Kim Henkel e Tobe Hooper se afasta de qualquer causa

3 Literalmente, redução ao absurdo. Argumentação lógica que defende uma tese ao ridicularizar as consequências de outras teses contraditórias.

ou comentário social sobre o tema e deliberadamente evita qualquer exame sobre os motivos dos vilões ou os sentimentos das vítimas [...] O filme é, se muito, uma obra comercial apelativa e irônica [...] É um sinal de tempos difíceis: Tobe Hooper deveria ser premiado com um belo contrato de Hollywood baseado na força de um filme tão tranquilizadoramente previsível que seu sucesso dissipa qualquer apreensão.
John Pym, Monthly Film Bulletin, v. 43, n. 515, dez. 1976

O Massacre da Serra Elétrica é um pedaço vil de bosta doentia [...] É um item particularmente errado na atual crescente pornografia hardcore de assassinatos; fundamentalmente, um simples filme apelativo, criado para extrair alguns trocados a mais da multidão de miseráveis aleatórios que ainda se reúnem [...] em cavernas úmidas para futucar as feridas do espírito humano [...]

Esse é um filme com, literalmente, nada a ser recomendado: não passa de um filme de ritmo histérico, descuidado, com uma trama imbecil de canibalismo, vodu, astrologia, diversos cultos ripongas e violência sádica severa tão extrema e medonha quanto a completa falta de imaginação pode permitir [...] Estamos aqui discutindo algo próximo da completa degradação da imaginação artística.

Castrati obesos e tatibitates empunham barulhentas serras elétricas enquanto perseguem e matam mulheres histriônicas [...] todos os impulsos concebíveis, chegando à necrofilia histérica, são transpostos até a repulsão.

Parece ser uma viagem impossível das rosetas de Busby Berkeley[4] até *O Massacre da Serra Elétrica*, mas esse caminho doentio de um impotente, porém refrescante, sentimentalismo para uma impotente, porém monstruosa, depravação – sonhando sempre em Hollywood, Hollywood – foi traçado, e traçado com energia suficiente para varrer os desprezíveis realizadores desse desprezível filminho e levá-los ao auge do sucesso.
Stephen Koch, "Fashions in Pornography: Murder as an Expression of Cinematic Chic", Harper's Magazine, nov. 1976

Desde sua abertura com cadáveres exumados e semidecompostos elevados em suas tumbas sob o sol escaldante do Texas, *O Massacre da Serra Elétrica* jamais lhe deixa esquecer que seu terror é também de uma beleza insana. Uma vez que a ação do filme, assim como o seu título, deixa pouco espaço para imaginação, ele está livre para desenvolver imagens.

Seu progresso é o progresso do pesadelo. Nesse tipo de filme, isso soaria ordinário demais, só que *O Massacre da Serra Elétrica*, em certo nível, demonstra isso seriamente. A história se desenvolve em unidades de tempo – menos de vinte e quatro horas –, de espaço e de ação bem restritas, e faz uso assombroso de decência nos momentos finais. A imagem possivelmente mais surpreendente do filme é a visão da luz da manhã, depois que Sally se arremessa para fora da janela de uma modesta sala de jantar que deveria ter sido sua câmara da morte.

4 Coreógrafo e diretor de musicais da década de 1930 e 1940.

that's just as real.

Eu posso apontar as muitas falhas presentes em todos os cantos do filme – a maioria delas diz respeito a atuações inexperientes, há apenas um ou dois enquadramentos vagabundos típicos dos filmes de terror –, mas não posso negar seu poder, seu humor, sua sagacidade ou a inteligência calculada em sua trama simplória.
Roger Greenspurn, "Carrie, and Slaly and Leatherface Among the Film Buffs", Film Comment, jan./fev. 1977

O Massacre da Serra Elétrica só pode ser defendido como um pesadelo. A única leitura cerebral do filme seria vê-lo como um tratado vegetariano radical: as pessoas no filme sofrem exatamente as atrocidades infligidas diariamente ao gado de corte em nome de Ronald McDonald. Ainda assim, o filme é tão visceral que quase não sobra tempo para a plateia respirar, quem dirá ponderar sobre "O que significa tudo isso?..." A façanha de Hooper é que ele trouxe de volta ao cinema uma noção de mortes violentas perdida durante o sentimentalismo em câmera lenta de *Bonnie e Clyde – Uma Rajada de Balas* (*Bonnie and Clyde*, filme dirigido por Arthur Penn, em 1967) e a distorção desprezível daquele programa sobre tiras na TV, nos quais uma vítima de tiro tem uma mancha vermelha do tamanho de um centavo em sua camiseta imaculada e tempo para um monólogo de cinco minutos antes de seguir a diante.
Kim Newman, Nightmare Movies, (Proteus 1984/Bloomsbury 1988)

Ken Livingstone, 31 anos, casado e membro do comitê por três anos, é um homem obstinado contra a censura, mas ele me diz: "Espero que minha esposa queira ver algum outro filme, eu não gostaria de infligir o lixo que nós vemos a outras pessoas". Dudley Barker, 35, concorda. Mas ele declara: "É apenas ketchup. Ninguém vai ser influenciado pelo filme".

O conselheiro Frank Archer, presidente do comitê, acredita que o filme não é capaz de influenciar ninguém. Viúvo, 70 anos completos nesta semana, ele representa no parlamento a área eleitoral de Erich e Crayford. "Vou ao cinema vez ou outra", ele diz. "A última coisa que eu paguei para ver foi *Emmanuelle*.[5] Esse massacre do não sei o quê era apenas uma versão vitaminada do terror da Hammer".[6]

Só consegui encontrar mais um membro, Frank Smith, que expressou sérias ressalvas ao filme: "No que me diz respeito, a Comissão Britânica de Censores de Cinema é deveras liberal", ele diz. "Siga adiante".
Reações de membros do comitê de censura cinematográfica do Conselho Londrino após a exibição de O Massacre da Serra Elétrica, citadas na matéria "Quem são os fãs do Massacre?", Londoners Diary, Evening Standard, 25 nov. 1976.

Estava vendo por entre os dedos. Eu estava enojada. A cena onde um aleijado recebe uma lata para ir ao banheiro foi a pior coisa que eu já vi. Era doentio o tempo todo. Em um momento, um caroneiro, que é louco, corta suas mãos e corta outras pessoas. Vemos sangue.
Sra. Beryl Schofield, conselheira, falando sobre o banimento de O Massacre da Serra Elétrica na cidade de Southend, Inglaterra (sem registro de data) – os conselheiros encerraram a exibição antes do fim do filme.

5 Filme francês de erotismo implícito de 1974, dirido por Just Jaeckin, com Sylvia Cristal.

6 Hammer Films, produtora britânica de cinema, inaugurada em 1934 e que se tornou uma referência internacional por seus filmes de terror e ficção científica de baixo orçamento.

[1] LEATHERFACE, muito prazer!

[2] "... a pior coisa que eu já vi", disse a SENHORA BERYL SCHOFIELD

that's just as real.
CHAINSAW MASSACRE"
hat happened is true. Now the motion picture that's just as real.
R
RESTRICTED

DEVORADO VIVO

A CARREIRA DE TOBE HOOPER

ERIC LASHER Ele realmente é um dos diretores que mais trabalham – quando está trabalhando, ele é totalmente abrangente. Eu nunca vi Tobe se sentar e não fazer nada. A coisa mais triste é que ele faz coisas tão boas, e outra pessoa mete a mão. Editores, produtores picam as coisas... É como você ter um bebê e alguém chegar e dizer: "Ficaria melhor com uma mão só". A intenção se perde, eles cortam momentos maravilhosos dos personagens, que são importantes, que explicam por que as pessoas se motivam a fazer o que fazem. Se você não tem esses momentos, fica parecendo que as pessoas fazem as coisas sem razão nenhuma. O nome do diretor aparece na frente do filme – eles não dizem que o *editor* realmente fodeu com tudo. O produtor consegue trabalho de novo, porque ele é o cara que acha o dinheiro.

RICHARD KIDD É o que acontece quando você tem o solitário excêntrico: ele quer fazer coisas grandiosas, mas não quer ninguém mexendo com elas. Como resultado, ele acaba afastando essas pessoas, e, quando alguém passa muito tempo em volta dele, acaba arrancando os cabelos – é o tipo de cara que ele é.

RICHARD KOORIS Tobe tem um aspecto interessante em sua personalidade: ele pode ser muito solitário, mas, quando quer, consegue ser muito divertido. Ele tem uns olhos escuros que se iluminam – é quase infantil, quase como um duende. E ele fica muito animado com certas coisas, e essa animação é contagiante. Fica tão animado com o que está vendo em sua cabeça e o que quer fazer, que consegue comunicar isso para as pessoas, e é por isso que é tão bem-sucedido.

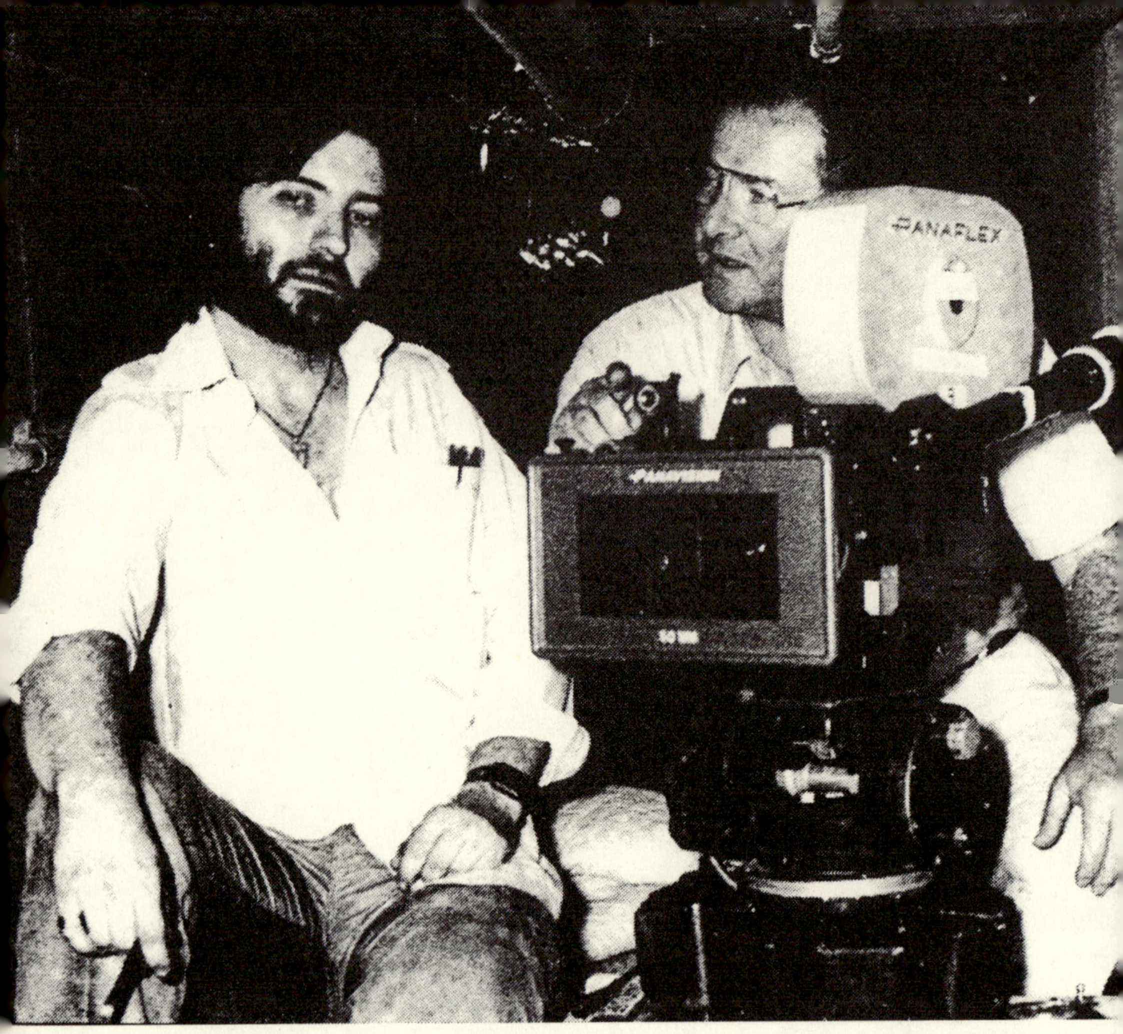

74 / 282

THE TEXAS CHAINSAW MASSACRE

HOOPER
com o diretor
de fotografia
ANDREW ASZLO,
filmando *Pague
Para Entrar, Reze
Para Sair*

LEVIE ISAACKS Eu diria que Tobe é um mestre das câmeras, não há dúvida. Eu gosto muito de trabalhar com ele – é uma pessoa com quem aprendi muito, ótimo de se trabalhar.

BILL MOSELEY Há pouquíssimos de nós que são totalmente dedicados ao gênero. Muita gente está só fazendo, como garçons, ganhando um pouco de dinheiro antes de seguir para filmes família, ou para estrelar ao lado de Bruce Willis. Mas há uns poucos de nós que realmente gostam disso, e há poucos como Tobe, que são muito dedicados.

WAYNE BELL Tobe é um bom cara criativo, e um cara criativo pode surgir com algo interessante em quase todos os meios.

KIM HENKEL Sabe, Tobe tem a habilidade de se envolver com as piores pessoas possíveis...

LOU PERRYMAN Ele é uma pessoa querida, no fundo. Quando você conhece alguém, você conhece a sombra dela, você conhece a pessoa pública dela também. A sombra dele é obscura, mas ele é um ser humano muito gentil e afetuoso, e um cineasta nato – nossa, o cineasta mais natural que já conheci. E certamente um editor muito habilidoso.

ROBERT A. BURNS Tobe é extremamente subjetivo, sabe... O cinema pode ser um colosso, em que tudo precisa ser sacrificado depois que se começa e, enquanto indústria, tende a ser assim, especialmente na América: "Estamos fazendo um filme aqui!" – sabe, se você não está conosco está contra nós... Tobe era um exemplo extremo disso: se alguém te faz um favor, não se diz "obrigado", diz-se "ah, que bom, peça outro". É *mais* que cem por cento...

SALLYE RICHARDSON Em muitos casos, se você consegue alguém para fazer a troco de nada, isso é ótimo, e Tobe é bom nisso porque é uma pessoa muito cativante, muito charmosa. É uma das pessoas mais agradáveis do mundo. E, se ele quiser que você goste dele, você definitivamente irá gostar! Não há dúvida disso... Ele tem um lado sombrio – seja como for, não acho que valha a pena nos alongarmos na parte sombria – mas a parte boa é realmente maravilhosa. A única vez que consigo me lembrar dele perdendo a paciência foi quando ele viu que conseguiria manipular alguém desse jeito, foi uma coisa muito pensada. E, quando estava filmando *Poltergeist – O Fenômeno* (*Poltergeist*, 1982), ele sentiu que precisava mostrar sua autoridade no set, por causa da presença de Spielberg. Então dava esses pequenos ataques só para mostrar serviço. Mas creio que ele deve ter feito isso vezes demais na frente de Spielberg, foi quando eles tiveram a tal desavença...

SALLYE RICHARDSON O pai de Tobe o criou em um hotel. Ele vivia no hotel quando garoto, e foi quando começou a fazer filmes, fazia filmezinhos no hotel, acho que porque estava entediado. Ele foi autodidata, não havia nada de escola de cinema... Foi tudo instintivo para Tobe – ele aprendeu assistindo a muitos filmes...

Parece razoavelmente certo que Tobe Hooper nasceu em 25 de janeiro de 1943. Poucos relatos de sua infância e adolescência contêm os mesmos fatos. Alguns contam que dirigiu seu primeiro filme aos três anos de idade, que foi mágico mirim profissional, que seu pai tinha um cinema onde ele passava todo seu tempo, que seu pai tinha um hotel ao lado de um cinema (onde ele passava todo o tempo), que seu pai lidava com imóveis e comprou um quarteirão inteiro, incluindo um hotel e um cinema... A parte em comum é o cinema no qual Tobe passava todo seu tempo, muitas vezes assistindo ao mesmo filme repetidamente. Hooper diz que fez seu primeiro filme aos cinco anos (ou nove), quando começou a usar a câmera 8mm da família. Antes dos dez anos, comprou sua própria câmera e fez dezenas ou centenas de filmes caseiros, ainda passando o máximo de tempo assistindo a filmes. Seu primeiro filme? Possivelmente uma adaptação em 8mm de *Frankenstein*, como tarefa de ciências do ensino fundamental, possivelmente outra coisa completamente diferente. Ele já falou sobre ter feito um pastiche em 8mm de Roger Corman quando adolescente, sobre ter ficado confinado à cama por meses lendo gibis, sobre como sua visão ficou tão colorida pela linguagem dos filmes, que ele via a vida como se através do visor da câmera... Ao contrário de muitos relatos, Hooper não frequentou a Universidade do Texas, em Austin – e, como Lou Perryman salientou, o aspecto mais impressionante do seu talento é, de longe, o fato de ser autodidata. Toda pessoa com quem ele trabalhou fala de sua sensibilidade visual, seu olho certeiro de fotógrafo, seus talentos na edição... E também de sua tendência a perder o controle de todo projeto com que se envolve, de sua paranoia e seu péssimo tino para os negócios.

Após *O Massacre*, Hooper e Kim Henkel trabalharam juntos em vários roteiros (logo antes do lançamento de *O Massacre*, Henkel disse ao *Texas Monthly Reporter*: "Nós queremos fazer uma comédia rasgada. Algo bem tipo Pernalonga e Looney Tunes"), incluindo uma intrigante história real de um crime.

KIM HENKEL Tobe e eu escrevemos um roteiro chamado *Bleeding Hearts* (*Corações Sangrentos* em tradução literal), um texto de época ambientado em Phoenix e Los Angeles nos anos 1930, levemente baseado nos assassinatos de Winnie Ruth Judd. Foi um caso famoso por muitos anos. Em uma estação de trem em L.A. alguns baús foram descobertos, e eles pertenciam a Winnie Ruth Judd, uma passageira. Nos baús estavam os corpos de duas mulheres que haviam sido esquartejadas com um machado. Ela foi presa, alegando todos os tipos de circunstâncias e se declarando inocente. Ela foi julgada e condenada, fugiu da prisão e não se ouviu falar nela por vários anos. Por acaso, depois a descobriram morando no norte da Califórnia e a levaram de volta, mas finalmente a liberaram. Quando eu escrevi o roteiro, ela ainda morava na Califórnia. Foi um caso sensacional. Mas era um texto meio louco e gastaria muito dinheiro – ninguém estava disposto a gastar aquela quantia nele.

Em 1976, Hooper fez *Eaten Alive* (*Devorados Vivos*, em tradução literal), seu primeiro filme "de Hollywood", para o produtor de porcarias e eventual diretor Mardi Rustam, o ser humano responsável por clássicos como *Nigger Lover*, *Psychic Killer* e *Evils of the Night* (em tradução livre, respectivamente: *Amor Negro*, de 1970, *Assassino Psíquico*, de 1975 e *Demônios da Noite*, de 1985, os dois últimos com o célebre ator Neville Brand).

TOBE HOOPER É muito mais complexo do que parece. Tentei estabelecer um tema que se mantém por todo o filme – às vezes isso é mais importante do que o que você está mostrando de fato. Tem muito a ver com luzes e sombras: tudo se passa em uma única noite,

Meet the maniac & his friend.
Together they make the greatest team in the history of mass slaughter in...
EATEN ALIVE!
Mardi Rustam presents a new horror classic by TOBE HOOPER,
creator of "THE TEXAS CHAIN-SAW MASSACRE"
Starring NEVILLE BRAND • MEL FERRER • CAROLYN JONES as Miss Hattie
MARILYN BURNS • WILLIAM FINLEY • STUART WHITMAN as Sheriff Martin
Directed by: TOBE HOOPER • Produced by: MARDI RUSTAM • Executive Producer: MOHAMMED RUSTAM
Co-Produced by: ALVIN FAST • Associate Producers: SAMIR RUSTAM • ROBERT KANTOR • LARRY HULY
Distributed by: VIRGO INTERNATIONAL PICTURES, INC.
Nominated BEST PICTURE
Academy of Science-Fiction, Fantasy & Horror Films
R RESTRICTED
Under 17 requires accompanying Parent or Adult Guardian

77/79

do anoitecer até o amanhecer. E todos os personagens trazem consigo alguma história, não são personagens de papelão entrando num abatedouro. [*Variety*, 21 abr. 1976]

> Após descrevê-lo ao *Variety* como "um filme comercial com o qual me sinto bem", a avaliação de Hooper mudou logo. Ele abandonou o filme antes de terminá-lo, citando nudez gratuita exigida pelos produtores, e cenas adicionais foram filmadas após sua saída. Há realmente dois estilos perceptivelmente diferentes ali: o trabalho de câmera itinerante e caracteristicamente estiloso de Hooper, e arranjos estáticos, mal iluminados, que lembram um Herschell Gordon Lewis menos inspirado. O elenco parece petrificado e, exceto pela bravura no trabalho de Neville Brand, tem um desempenho abismal. Mel Ferrer apresentou uma atuação tão chocada que parece que ele acaba de ser descongelado após uma temporada em preservação criogênica. Apesar dos protestos de Wayne Bell [*veja abaixo*], a trilha sonora é bastante eficaz: uma sequência surpreendente traz a câmera voando sobre Brand enquanto ele vaga espanando a poeira. A criança idiota está chorando, os pais discutindo e a música country ressoa em alto volume enquanto a trilha dissonante de Bell/Hooper borbulha ao fundo. Embora quase todos os aspectos do filme tenham sido fatalmente comprometidos, de todos os filmes de Hooper é o que melhor captura a atmosfera suja e pervertida dos EC Comics que ele tanto amava. O filme tem um pequeno séquito (o escritor e crítico Kim Newman e eu entre eles), mas seus integrantes parecem não incluir nem o diretor nem os veteranos do elenco e da equipe de *O Massacre*.

TOBE HOOPER Há alguns bons momentos nele que não me importo em admitir que eu mesmo filmei, mas há algumas coisas ali que foram filmadas sem mim... Neville Brand fez coisas maravilhosas para mim nesse filme, vagando perto de um hotel velho e falando sozinho. Com essa parte eu fico bem feliz... [*Fangoria* 12, 1981]

KIM HENKEL Tobe me ligou de L.A., desesperado para eu ir lá e reescrever o roteiro que eles tinham. Então fui até lá e fiz uma tentativa, mas a coisa toda era uma bagunça. Nunca nem vi o filme, o produto final – talvez uma pequena parte do que escrevi esteja lá na tela. Muito do restante foi feito por esse cara, Al Fast, e sabe lá Deus quem mais... Eu me lembro de conhecer Neville Brand, apertar sua mão. A mão dele era como um sabonete macerado...

WAYNE BELL O problema com a trilha original de *Eaten Alive* é que não tínhamos muito tempo e, para começar, é um filme mais pobre. E depois do sucesso do *Massacre* havia menos Tobe para a gente brincar – porque a essência da música do filme foi a brincadeira, a gente tocava e se divertia e atingimos um resultado melhor do que "merda, nós temos que entregar isso". Além disso, nós estávamos em L.A., em apartamentos estéreis, em vez daquela sensação confortável de casa, e nem tínhamos todos os mesmos instrumentos. Lembro-me que havia também um sintetizador primitivo que adicionei ao estilo *musique concrète*,[1] e acabei tendo problemas com isso porque, quando você começa a mixar as coisas de sintetizador na música, um pouco de sua definição se

1 "Música concreta" é uma espécie de música eletrônica montada com áudios de sons registrados da natureza, nas ruas.

perde, fica enterrada sob outras coisas. E o que parecia um som musical, quando sozinho, acabou parecendo barulho quando mixado. Mas o filme é realmente uma merda e eu acho que não produzimos música muito boa para ele... E, para amplificar nossa música, adicionaram uma celesta (eles tinham um instrumento desses nos estúdios Glen Glenn), essa parte da trilha não fomos nós que fizemos.

MARILYN BURNS Ai, meu Deus, ai, meu Deus – eu não falo sobre isso há anos. Sabe por que eu usei uma peruca escura? Eu ia pular no lago dos jacarés se ficasse pior. Era ruim *assim* no *começo*. Tudo que podia dar errado deu... Eles tinham uma enfermeira para o Neville, para impedi-lo de beber, o que não funcionou... Carolyn Jones queria que sua maquiagem a fizesse parecer mais velha e feia, tanto quanto possível, e aí tinha o Stuart Whitman, que ficava pensando "O que estou fazendo nesse filme?", e Mel Ferrer, que *realmente* se perguntava o que estava fazendo ali – todo mundo se perguntou o que fazia naquele filme! Quando chegou o final, Tobe já havia ido embora e os produtores chegaram para mim e disseram: "Você vai ter que dirigir o final!" Então, quando você assiste ao final, eu estou deitada no chão gritando e me debatendo, estou dando a deixa para o anão, sinalizando o jacaré, entra Stuart – e eu nunca ouvi "Corta!" – alguém finalmente gritou "Corta!" bem alto, daí eles viraram para mim e disseram "Está tudo bem?", ao que respondi: "Estou bem, o que foi, gente?"... Foi assim... o filme todo...

Os produtores adicionaram uma pequena cena – eles estavam loucos para que eu tirasse a roupa – então eu dei a eles a cena mais longa de banheiro sem deixar ninguém ver nada! Eles ficaram lá sentados, esperando eu ficar nua, e acabei tirando tantas roupas – e ainda estava de camisa, sutiã, calcinha e shortinho! E ainda demorou vinte minutos para pegar tudo que eu estava tirando.

Meus pais foram ver o filme. A primeira cena começa e é "Meu nome é Buck e eu estou ansioso para...", era tão constrangedor...

> *Eaten Alive* foi renomeado e relançado pelo menos umas seis vezes.

KIM HENKEL [*Risos...*] Ah, eu acho que isso indica quão azarada a coisa toda foi, aqueles caras eram esse tipo de gente. Eu acho que eles decidiram, "Nós temos um filme aqui, vamos lançá-lo, e seis meses depois, quando precisarmos de outro filme para lançar, colocamos um novo título nele e lançamos como se fosse novo". E foi isso que eles fizeram, embora eu esteja só especulando...

GUNNAR HANSEN Eu achei que foi a tentativa de Tobe de continuar *O Massacre da Serra Elétrica*. Aquele Neville Brand era o Cozinheiro: aqui está ele sozinho, ele se mudou para o pântano, mas é o mesmo arranjo, é só o Cozinheiro tentando se dar bem...

> Após *Eaten Alive*, Hooper e Henkel passaram alguns anos desenvolvendo projetos que não se materializaram.

KIM HENKEL Nós fomos a L.A. e fizemos *Eaten Alive*, depois fechamos um acordo de três filmes com a Universal. Claro que não deu em nada. Nós na verdade fizemos um roteiro, mas era uma bagunça – aquele foi um período tão confuso e nebuloso da minha história que eu nem quero pensar nisso – chamava-se *Viper* (*Víbora*, em tradução literal). Havia algumas partes interessantes. Era centrado numa série de assassinatos passados em Hollywood por um personagem usando um instrumento peculiar. Ele não matava ninguém, na verdade ele arrancava seus olhos e os deixava cambaleando pela rua, cegos e sem olhos... O roteiro foi terminado, mas eu não diria que adequadamente – era uma abominação sob vários aspectos. Mas nenhum acordo de três filmes envolve três filmes se você não fizer o primeiro...

Após outro projeto abortado, deixando *The Dark* (*A Escuridão*, em tradução livre) depois de apenas alguns dias, o talento de Hooper foi finalmente reconhecido pelo produtor Richard Kobritz, que o contratou para dirigir a excelente minissérie de TV adaptada de *A Hora do Vampiro*, de Stephen King.[2] Enquanto trabalhava em seu próximo projeto para cinema, *Pague para Entrar, Reze para Sair* (*The Funhouse*), Hooper foi contatado por Steven Spielberg, para, provavelmente, dirigir um filme sobre umas crianças e certo alienígena amistoso. Hooper estava ocupado. E assim vai. *Poltergeist*, o filme no qual colaboraram, arrecadou 76 milhões de dólares de bilheteria e deveria ter garantido a Hooper um lugar na lista dos diretores classe A. (Hooper disse que teve experiências tipo *poltergeist* depois da morte de seu pai, dando, segundo ele, um elemento de verdade que teria sido, em parte, responsável por seu sucesso.) Mas as consequências dos rumores e a controvérsia causada pela presença de Spielberg nas filmagens estagnaram a carreira de Hooper, com Hollywood feliz em desacreditá-lo e atribuir o sucesso do filme a Spielberg. Sai de cena Tobe Hooper, até a produtora Cannon Pictures aparecer. Num clássico erro de julgamento, Hooper foi seduzido pela natureza da operação da Cannon em "estilo magnata do cinema antigo", sem registrar a impiedade (e a fábrica de produção de lixo em série) pela qual a empresa era conhecida. O resultado foi uma trilogia de filmes mal recebidos: *Força Sinistra*, *Invasores de Marte* e *O Massacre da Serra Elétrica 2* (em tradução literal, respectivamente: *Lifeforce,* de 1985, *Invaders from Mars,* de 1986 e *The Texas Chainsaw Massacre 2,* também de 1986). O primeiro foi esquartejado pela Cannon. (Para o lançamento em DVD, quinze minutos de cenas cortadas foram finalmente reintegradas.)

TOBE HOOPER Uma das coisas de que gosto em *Força Sinistra* é que envolve a gênese da lenda do vampiro. Estes não são vampiros sugadores de sangue, mas que levam seu espírito. Eles levam sua alma, seu ser espiritual. O título *Space Vampires* (*Vampiros do Espaço*)[3] fazia o filme soar como um *exploitation*[4], e ninguém queria essa ligação. Segundo, eu não penso nesses seres como vampiros – como eu disse, eles não são sugadores de sangue. [*Fangoria* 46, 1985]

TOBE HOOPER Se vinte e sete minutos não tivessem sido cortados e ele permanecesse como *Space Vampires*, você veria o filme de modo muito diferente. Quando os distribuidores o chamaram de *Força Sinistra*, eles fizeram o filme soar pretensioso, algo que

2 *Salem's Lot*, no original, virou *Os Vampiros de Salem* na adaptação cinematográfica.
3 O filme é baseado no romance escrito em 1976 pelo inglês Colin Wilson, *Space Vampires*.
4 Filmes feitos com orçamento baixo e moral idem, os *exploitation* são muitas vezes considerados de qualidade igualmente baixa, mas que floresceram, muitos deles se tornando cult.

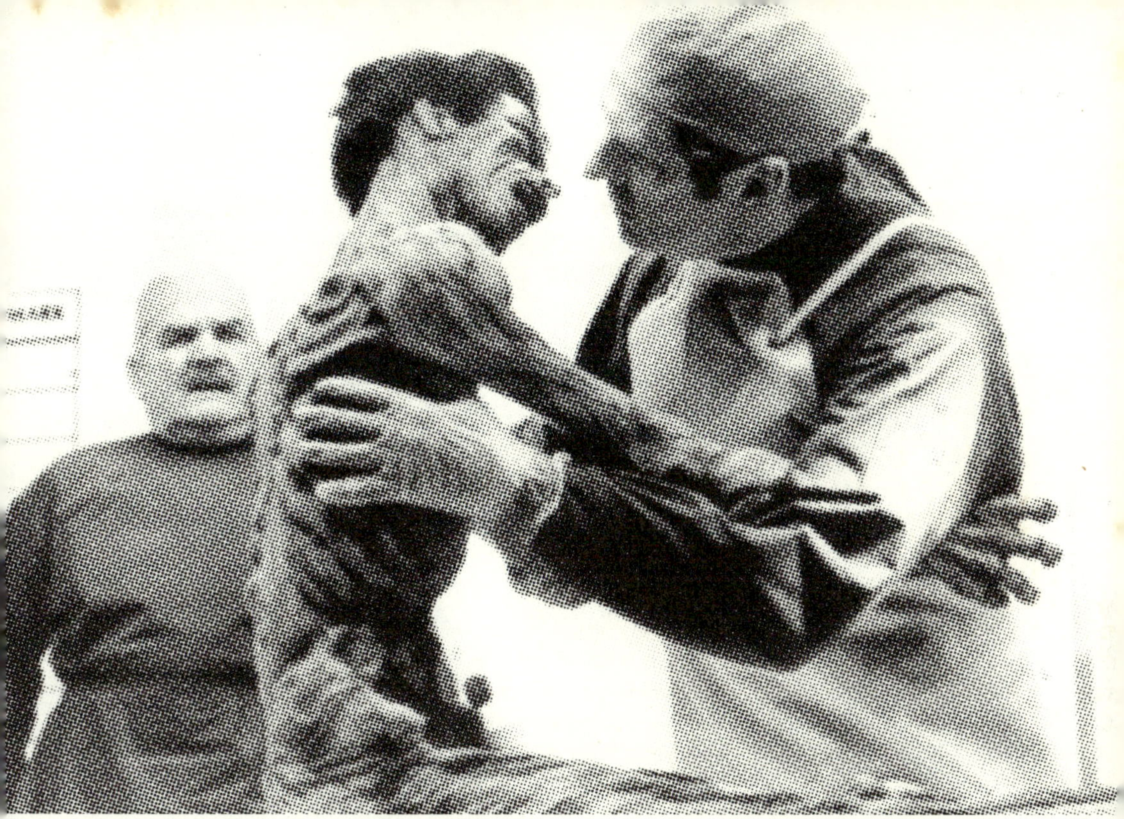

[1] Uma foto estilo "legende você mesmo", de FORÇA SINISTRA

[2] WAYNE DOBA (esquerda) e KEVIN CONWAY em Pague Para Entrar, Reze Para Sair

não era. Aqueles vinte e sete minutos eram a parte *Space Vampires* do filme. Era um ponto da trama que, quando removido, reestruturou totalmente a história. Foi um corte desnecessário. Eu considero o filme incompleto.

Era para ser considerado engraçado, certamente, mas as sequências removidas fizeram a diferença entre o humor e o ridículo, e deixaram-no escancarado... O humor era para ser como o humor de *O Massacre da Serra Elétrica*. Era para ser um tipo de humor absurdo, mas com os pedaços removidos, sem os pontos da história, ficou arruinado. [*Fangoria* 55, 1986]

> Depois de suas experiências com a Cannon, e desiludido por constantemente perder o corte final em seus filmes para o cinema, Hooper começou a trabalhar mais em televisão, produzindo episódios-piloto acima da média para *Dark Skies* (1996-1997), *Um Homem Sem Passado* (*Nowhere Man*, 1995-1996) e *Taken* (2002), de Steven Spielberg. Também houve um desvio para o universo de pseudo-reality com o segundo episódio da série ocasional *Real Ghosts*.

LEVIE ISAACKS *Real Ghosts* era quase um reality-show: nós fomos a San Diego para o Hotel del Coronado, um famoso e antigo hotel vitoriano cujas instalações elétricas teriam sido feitas pelo o próprio Thomas Edison, um lugar lindo. Fica na praia da ilha del Coronado – algumas pessoas que viram o fantasma ainda estão lá, como o ascensorista. Outro episódio foi numa loja da Toys "R" Us. Então nós retratamos as histórias desses fantasmas "reais", entrevistamos pessoas "reais" e tentamos fazer como se realmente tivesse acontecido. E foi feito para Gil Adler, que produziu *Contos da Cripta* (*Tales of the Crypt*, também série de TV), devia ser 1990 – a primeira guerra do Golfo começou enquanto filmávamos.

> Com Levie Isaacks na câmera, Hooper também havia feito *Conspiração Atômica* (*Spontaneous Combustion*, 1990).

TOBE HOOPER Foi uma daquelas coisas naturais, tipo o primeiro *O Massacre*. Uma conversa ao telefone com meu parceiro de escrita (Howard Goldberg) e eu já tinha o núcleo básico da coisa. Essa foi a primeira vez que fiz eu mesmo grande parte do roteiro, achei tão mais fácil simplesmente sentar e escrever do que tentar comunicar minhas ideias a outro escritor. E ficou nítido, na rapidez com que terminamos. Nós tínhamos um primeiro tratamento do roteiro em três semanas e um roteiro pronto para filmar em seis semanas.

Houve muita reestruturação e reescrevemos diariamente o filme. Eu via algo nas filmagens diárias e adaptava os personagens à realidade da situação. Eu também reescrevi o final do filme algumas vezes. A princípio, o final era mais surreal. Eu mudei para algo um pouco mais realista. Bem, realista se você considerar um homem que passa por um colapso nuclear, uma coisa que acontece todos os dias.

Esse filme não é tanto sobre terror ou ficção científica, mas sobre *fatos* científicos. A combustão espontânea existe há muito tempo. Estou usando esse filme para analisá-la melhor e possivelmente explicá-la. [*Fangoria* 92, 1990]

ERIC LASHER *Conspiração Atômica* teria tido tanto sucesso quanto *Poltergeist* se eles não o tivessem arruinado. É uma pena... Fica parecendo que o Brad [Dourif] é um mau ator, e ele não é, é um ator brilhante – eles usaram as tomadas erradas. Se a tomada dois era a melhor, eles usavam a primeira. E Tobe perdeu o controle novamente...

Os comentários de Hooper sobre outro filme para a TV, *A Morte Veste Vermelho* (*I'm Dangerous Tonight,* de 1990, baseado num conto de Cornell Woolrich e também filmado por Levie Isaacks), revela como considerava o meio, na época.

TOBE HOOPER Esse pequeno filme que acabei de fazer, *A Morte Veste Vermelho* – eu não deveria chamá-lo de "pequeno filme", mas em termos de orçamento ele é –, teve ótima audiência para a USA Network. Você atinge tanta gente que a televisão é realmente um lugar para se levar a sério agora, ao contrário de cinco ou seis anos atrás, quando o pensamento era que, se você tivesse um trabalho na televisão, você chegava e fazia rapidamente, dizendo "É apenas televisão". A atitude mudou. Ir atrás dos projetos certos na televisão, e atingir grandes quantidades de pessoas, deverá, se eles derem certo, me dar o tipo de controle sobre meus projetos que preciso para poder conseguir lançar um filme inalterado nos cinemas. [*Fangoria* 100, 1991]

Desde 1990, Hooper só dirigiu três filmes fora da televisão, dois dos quais (*Noites de Terror* e *Mangler – O Grito do Terror*) estrelados por Robert Englund, a Whoopi Goldberg dos filmes de terror.

ERIC LASHER Em *Mangler*, Robert Englund faz uma caricatura de Tobe – o charuto, falar "maldição" o tempo todo... Tony Hooper foi quem desenhou a máquina. Ela realmente funciona, você pode colocar lençóis nela e eles saem dobrados do outro lado. Ele passou semanas projetando o mecanismo de dobra. Na pré-produção, pediram a ele para fazer uma demonstração da máquina e ele não conseguiu acertar, então fez uma

1 ROBERT ENGLUND, proprietário da The Mangler, uma lavanderia com uma máquina de passar que come gente

2 Pôsteres de INVASORES DE MARTE e CONSPIRAÇÃO ATÔMICA, ambos dirigidos por Hooper

maquete dela, em torno de dois metros de comprimento. Tirei uma foto da maquete no deque da piscina do Tobe e ampliei, e nós conseguimos um milhão de dólares para o filme, basicamente foi o que deu o sinal verde. Quando vi fotos da máquina, era como se eles tivessem encolhido as pessoas em torno dela. A corrente que a fazia funcionar tinha cerca de trinta metros. Mas no filme as pessoas estavam mexendo com ela...

> Em 2000, Hooper se uniu ao produtor *trash* Boaz Davidson (autor da série *Lemon Popsicle,* ou *Sorvete de Limão*, em tradução literal, da Cannon e de *O Último Americano Virgem/The Last American Virgin*, de 1982) para o decepcionante *Crocodilo* (*Crocodile*, de 2000).

ERIC LASHER Eles arruinaram *Crocodilo* também – foi um pesadelo desde o início... Nós estávamos gravando aqui em Los Angeles e houve uma grande greve – o produtor-executivo estava fazendo filmes pelo sindicato e fora dele, e eles decidiram dar uma lição nele. Mais de quarenta pessoas perderam o emprego, e nós acabamos encerrando as atividades por um mês e nos mudamos para o México. Nós filmamos à noite durante seis semanas em um calor de mais de 35 graus... O cara que ficava de fato no set devia pesar uns 200 quilos – ele se sentava na cadeira do diretor e caía no sono, o tempo todo. Bem, isso não tem problema, não servia para nada mesmo... Ele era uma piada. Nós estávamos numa pequena lancha seguindo o barco quando eles saem – esse cara queria ir junto. A lanchinha estava inclinando, a água estava nos molhando e Tobe falou "Ah, nós vamos afundar!"

> No fim de 2002, anunciou-se que Hooper iria dirigir dois dos filmes da série *A Volta dos Mortos-Vivos,* o *4* e o *5* (*Return of the Living Dead,* ambos coescritos pelo ator de *O Massacre III,* William Butler) como um trabalho simultâneo no verão de 2003, só que na primavera daquele ano seu nome apareceu como diretor do *remake* da famosa atrocidade dos anos 1970 *Noites de Terror* (*The Toolbox Murders*). O que o atraiu a tal projeto é um mistério, e é decepcionante que aos sessenta anos, quando sua reputação deveria estar consolidada como um dos grandes diretores do gênero (em março de 2003 ele entrou para o Hall da Fama de Cinema do Texas), ele empresta seu nome a uma refilmagem de um filme Z pavoroso. Mas sempre há tempo para as coisas mudarem em Hollywood...

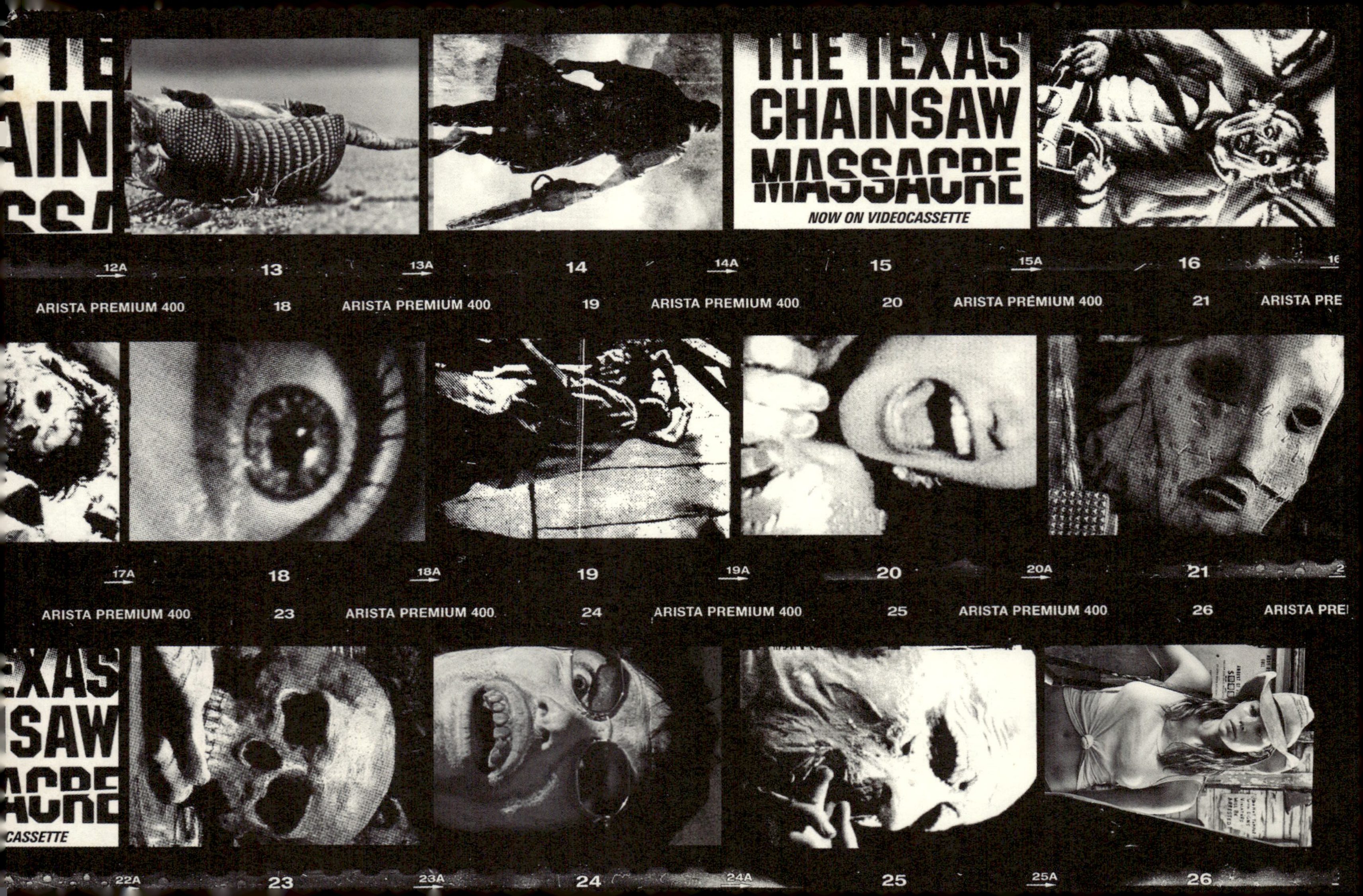
THE TEXAS
CHAINSAW
MASSACRE
NOW ON VIDEOCASSETTE
12A 13 13A 14 14A 15 15A 16
ARISTA PREMIUM 400 18
ARISTA PREMIUM 400 19
ARISTA PREMIUM 400 20
ARISTA PREMIUM 400 21
17A 18 18A 19 19A 20 20A 21
ARISTA PREMIUM 400 23
ARISTA PREMIUM 400 24
ARISTA PREMIUM 400 25
ARISTA PREMIUM 400 26
22A 23 23A 24 24A 25 25A 26

TOBE HOPPER

FILMES E SÉRIES COMO DIRETOR

1959 The Abyss (existência não confirmada)
1963 The Heisters (curta de 10 minutos em 35mm)
1965 Down Friday Street (curta em 16mm)
1970 Peter, Paul & Mary: Song Is Love (especial de TV de uma hora para a PBS)
1971 Eggshells (16mm ampliado para 35mm)
1974 O Massacre da Serra Elétrica (The Texas Chain Saw Massacre) (16mm ampliado para 35mm)
1976 Eaten Alive (também conhecido como Death Trap, Legend of the Bayou, Starlight Slaughter, Horror Hotel Massacre)
1979 Os Vampiros de Salem (Salem's Lot) (filme para a TV)
1981 Pague Para Entrar, Reze Para Sair (The Funhouse)
1982 Poltergeist – O Fenômeno (Poltergeist)
1983 Billy Idol: "Dancing With Myself" (videoclipe)
1985 Força Sinistra (Lifeforce)
1985 Histórias Maravilhosas (Amazing Stories) (série de TV, episódio "Miss Stardust")
1986 Invasores de Marte (Invaders From Mars)
1986 O Massacre da Serra Elétrica 2
1987 The Cars: "Strap Me In" (videoclipe)
1988 O Terror de Freddy Krueger (Freddy's Nightmares) (série de TV, 1º episódio "No More Mr. Nice Guy")
1988 The Equalizer (série de TV, episódio "No Place Like Home")
1989 Conspiração Atômica (Spontaneous Combustion)
1990 A Morte Veste Vermelho (I'm Dangerous Tonight) (filme para a TV)
1990 Real Ghosts (TV)
1991 Contos da Cripta (Tales from the Crypt) (série de TV, episódio "Dead Wait")
1993 Noites de Terror (Tobe Hooper's Night Terrors)
1993 Trilogia do Terror (John Carpenter Presents Body Bags) (filme para a TV, episódio "Eye")
1995 Mangler – O Grito do Terror (The Mangler)
1995 Um Homem Sem Passado (Nowhere Man) (série de TV, os dois primeiros episódios, "Absolute Zero" e "Turnabout")
1996 Dark Skies (série de TV, episódio piloto "The Awakening")
1997 Perversions of Science (série de TV, episódio "Panic")
1998 Apartamento 17 (The Apartment Complex) (TV)
2000 The Others (série de TV, episódio "Souls on Board")
2000 Crocodilo (Crocodile)
2001 Night Visions (série de TV, episódio "Cargo")

BILL JOHNSON

A STEVEN SPIELBERG Production
A TOBE HOOPER Film
POLTERGEIST

2002 Taken (série de TV, episódio piloto "Beyond The Sky")
2003 Noites de Terror (The Toolbox Murders)
2005 Mortuária (Mortuary)
2013 Djinn (em produção)

OUTROS FILMES:

1971 The Windsplitter (como ator)
1986 Fangoria's Weekend of Horrors (documentário)
1986 O Massacre da Serra Elétrica 2
(como ator, rápida aparição fora do quarto de hotel do Enright)
1992 Sonâmbulos (Sleepwalkers) (como ator)
1993 Trilogia do Terror (John Carpenter
Presents Body Bags) (como ator)
2000 The American Nightmare (documentário)
2000 Texas Chainsaw Massacre: The Shocking Truth (documentário)
2002 Mestres do Horror (Masters of Horror) (documentário)

PROJETOS ABANDONADOS:

1975 Bleeding Hearts (escrito com Kim Henkel)
1977 Viper (escrito com Kim Henkel)
1978 Dead and Alive (escrito por L.M. Kit Carson)
1979 The Dark (substituído por John "Bud" Cardos)
1981 Venom (substituído por Piers Haggard)
1982 The Lights (filme contemporâneo de
ação/fantasia para a 20th Century Fox)
1985 A Volta dos Mortos-Vivos em 3D (estagnou
na pré-produção, mudou para Força Sinistra)
1987 Whose Woods Are These (escrito
por Richard Christian Matheson)
1987 Double Vision (escrito por Mick Garris)
198? Floater (para a Empire, baseado em
um romance de Gary Brandner)
199? Brew (para a Platform Entertainment)
2003 A Volta dos Mortos-Vivos 4 e 5

(Hooper foi cogitado, inicialmente, para dirigir *Motel Diabólico* (*Motel Hell*, 1980) para a Universal, mas achou forte demais. O projeto foi finalmente feito pela United Artists e dirigido por Kevin Connor. É horrível.)

TOBE HOOPER

AFTER A DECADE
OF SILENCE...
THE BUZZZ
IS BACK!
A TOBE HOOPER FILM
THE
TEXAS
CHAINSAW
MASSACRE
PART
2
THE CANNON GROUP, INC. PRESENTS A GOLAN-GLOBUS PRODUCTION OF A TOBE HOOPER FILM THE TEXAS CHAINSAW MASSACRE PART 2
STARRING DENNIS HOPPER MUSIC BY TOBE HOOPER AND JERRY LAMBERT CO-PRODUCER TOBE HOOPER EXECUTIVE PRODUCERS HENRY HOLMES AND JAMES JORGENSEN
WRITTEN BY L.M. KIT CARSON PRODUCED BY MENAHEM GOLAN AND YORAM GLOBUS DIRECTED BY TOBE HOOPER
CANNON
RELEASING CORPORATION
© MCMLXXXVI CANNON FILMS, INC. AND CANNON INTERNATIONAL B.V
RECORDED IN
ULTRA-STEREO™
DUE TO THE NATURE OF THIS FILM
NO ONE UNDER 17 WILL BE ADMITTED

Pôster de
O MASSACRE DA
SERRA ELÉTRICA 2

"ISTO É CINEMA DE EXCESSO!"

O MASSACRE DA SERRA ELÉTRICA 2

Demorou muito tempo, mas talvez fosse inevitável que uma continuação para *O Massacre da Serra Elétrica* surgisse um dia. A ideia não era nova. Nos anos 1970, Warren Skaaren e Bill Parsley adquiriram os direitos (Kim Henkel: "A gente era *persona non grata*, por assim dizer, com Skaaren e especialmente Parsley"), mas o rascunho do roteiro de Skaaren felizmente permaneceu sem ser produzido.

O Massacre da Serra Elétrica 2, de Tobe Hooper, foi o terceiro de um torturante acordo para três filmes que assinou com a Cannon Films, dirigido pelos primos Menahem Golan e Yoram Globus, empreendedores do cinema israelita que haviam, praticamente sozinhos, criado a indústria de cinema de Israel nos anos 1960. Em 1979, eles se mudaram para os EUA e assumiram o enfermo império cinematográfico da Cannon. Enquanto produziam lixo apelativo de toda sorte, de artes marciais a filmes da febre de dança, de veículos de vigilância violentos para Charles Bronson a comédias sexuais de adolescentes nerds, Golan e Globus desesperadamente desejavam uma Palma de Ouro em Cannes, o que levou a uma série de filmes "mais artísticos" de meados dos anos 1980 para a frente. Esse sonho de respeito artístico finalmente contribuiu para a sua derrocada – e seu lado comercial, ao contrário da New World de Roger Corman, era incapaz de alimentar talentos e descobrir um Joe Dante, um Jonathan Demme ou um James Cameron. E, enquanto Tobe Hooper entusiasmadamente proclamava as semelhanças da Cannon aos magnatas do cinema de antigamente, ele se esqueceu de considerar o destino dos diretores que não conseguiam entregar o que os magnatas de estúdio "estilo antigo" exigiam.

[1] Uma destas figuras é DENNIS HOPPER

[2] Bastidores da gravação com (da esquerda para a direita) CAROLINE WILLIAMS, DENNIS HOPPER e TOBE HOOPER

A Cannon havia sido atipicamente generosa com os orçamentos de Hooper para *Força Sinistra* (25 milhões de dólares) e *Invasores de Marte* (12 milhões de dólares); Hooper havia ultrapassado o cronograma no último, e a Cannon sucumbiu a um ataque de paranoia com o primeiro, mudando seu título para *Força Sinistra* e o editando em mais de vinte minutos. O resultado foi um orçamento bem menor (5 milhões de dólares), um cronograma de filmagem de no máximo oito semanas (5 de maio a 4 de julho) e um período de pós-produção de aproximadamente sete semanas antes da estreia nos cinemas de *O Massacre 2* em 22 de agosto de 1986.

O cronograma de filmagem comprometido foi apenas um dos problemas a afligir *O Massacre 2*. A ressaca remanescente do filme original continuou quando algumas pessoas do elenco e da equipe de *O Massacre* voltaram: Jim Siedow foi o único ator, embora Lou Perryman apareça no papel do pobre L.G. para ter seu cérebro esmagado. Da equipe, só Wayne Bell retornou como gravador de som – seu trabalho no departamento musical faria falta.

GUNNAR HANSEN Com *O Massacre 2*, eles me ofereceram o valor de tabela mais dez por cento e disseram "Os dez por cento são para seu agente". Eu disse "Bem, eu não tenho agente, mas eu gostaria de mais que isso. Vocês têm que decidir se acham que eu valho um pouco a mais - pensem no quanto seria esse a mais e façam uma oferta que reflita isso". E tudo que eu realmente queria era que reconhecessem o meu valor para o filme - que eles deveriam me oferecer mais 200 ou 300 dólares por semana. Eles voltaram com uma oferta que era tabela, menos os dez por cento extras! Eles não estavam interessados em pagar.

O assessor do grupo, Scott Holton, alegou que Hansen havia hesitado em aceitar o papel e, portanto, perdeu a oportunidade. Holton também argumentou que o Carona estava morto e deveria ser interpretado por um boneco, enquanto Sally Hardesty estava louca e confinada em um manicômio. As alegações de Holton não conseguiram aplacar a raiva de Gunnar Hansen, Ed Neal e Marilyn Burns. John Dugan, o Vovô original, também sentia que havia sido deixado de fora do elenco de *O Massacre 2*. Nesse caso, Holton continuava a assegurar que Dugan havia sido cogitado para o papel, mas que a falta de tempo fez com que fosse necessário contratar um residente de Austin.

SCOTT HOLTON Eu acho que o mercado mais amplo nem mesmo sabe quem são os atores do primeiro filme. Se eles fossem o Robert Redford e pessoas desse calibre, haveria uma boa razão para se pensar em trazê-los de volta. Mas quem *são* Neal, Hansen ou Burns? [*Cinefantastique*, out. 1986]

WAYNE BELL Eles não estavam dispostos a deixar o Gunnar entrar, não lhe ofereceram dinheiro suficiente - esperava-se que Tobe fosse defendê-lo, mas nunca se sabe que tipo de liberdade um diretor realmente tem com pessoas como aquelas. Essa é a dinâmica em todo o filme - a relação entre o realizador do filme e o proprietário do filme, o fornecedor do dinheiro. Ela varia - e a relação de Tobe não era boa, embora eu não saiba se tenha sido em algum de seus filmes...

LOU PERRYMAN Tobe e Kit Carson me ligaram em teleconferência e disseram "Ei, nós queremos te esfolar vivo!", e eu disse "Quê?" "É, nós estamos fazendo uma continuação..."

O diretor de elenco estava sendo duro e me obrigou a fazer um teste, apesar de Tobe dizer "Nós vamos usar esse cara". Mas foi interessante – Caroline [Williams] foi uma escolha interessante – e foi a primeira vez em que eu trabalhei com Tobe como ator, depois de me tornar amigo dele... A princípio, eles me deram duas semanas, depois voltaram e me disseram "Precisamos de você por mais um dia". Mas de alguma forma eles acabaram me mantendo ao longo de todo o filme...

BILL MOSELEY Eu trabalhei em um rancho durante um verão, e havia um garoto, com idade por volta de quinze ou dezesseis anos, um louco por açúcar. Ele comia qualquer coisa doce e ia à loucura, falava em fluxo contínuo de coisas malucas, de comerciais, tudo que viesse à cabeça dele...

E, de repente, com uma voz esquisita, esganiçada, ele disse "Manicure da Serra Elétrica" e aquilo me pegou. Quando nós terminamos de trabalhar, eu voltei para a minha cabaninha e escrevi um enredo de cinco minutos sobre uma mulher indo a um salão de beleza para fazer as unhas. A porta dos fundos se abre e entra Leatherface, e faz as unhas delas com a serra. Eu voltei para Nova York, levantei uns mil dólares e fui para Staten Island, consegui um salão de beleza e filmei *A Manicure da Serra Elétrica*, e me dei uma ponta como o Carona. Minha esposa faz as unhas, sai e me mostra – e as unhas dela estão lindas. Eu estava com as roupas do Ed Neal e a marca de nascença no meu rosto, e eu digo: "Que ótimo, querida, nós devíamos celebrar com um embutido de porco". Eu comprei um pedaço de embutido de porco de verdade – o que foi um erro – e o segurava na frente da minha cabeça, e em uma das tomadas eu o lambi, o que não foi uma boa ideia...

Mas parecia que, em todo lugar que eu tentava vender essa coisa, havia uma razão para não a comprarem. Então, entrando em desespero, eu pensei: "Bom, então acabou..." Eu estava trabalhando para a revista *Omni* e eles me enviaram a L.A. para cobrir as filmagens de *2010: O Ano Em que Faremos Contato*[1] e eu levei uma cópia. Mostrei o filme a um amigo roteirista com quem eu estava hospedado, e ele achou hilário. Ele o levou para Tobe Hooper e também me deu o telefone da casa dele – isso foi provavelmente em 1984. Daí voltei para Nova York, liguei para Tobe uma semana depois e disse a ele que eu havia feito o curta. Ele disse: "Ah, eu amei *Manicure* – mas quem é o cara que interpretou o Carona?" Eu respondi "Bem, sou eu", e ele falou "Se um dia eu fizer uma continuação, com certeza vou me lembrar de você" – aquilo fundiu minha mente. Ele falou para eu manter contato, acho que mandei um cartão-postal, mas nunca mais tive notícias, então achei que fosse o fim. Mas aí na primavera de 1986, do nada, uma noite eu recebi uma ligação de alguém dizendo ser Kit Carson. Ele perguntou se poderia me mandar uma cópia de um roteiro – acho que meu comentário foi: "Quem está falando, de verdade?" Achei que era uma piada cruel. Eu havia acabado de chegar de um teste para um filme de estudante da Universidade de Nova York, meu teste foi para um cadáver e eu não passei – era um daqueles dias em que eu não estava muito bem

1 *2010*, filme de Peter Hyams feito em 1984 e baseado no livro homônimo de Arthur C. Clarke.

para brincadeiras... Ele pediu meu endereço e eu dei a ele, pensando que mal não faria. Recebi o roteiro pelo correio alguns dias depois. Ele havia me dito para prestar atenção ao papel do Plate Head,[2] e foi o que fiz. Eu achei o roteiro simplesmente brilhante, era hilário, louco e maravilhoso, e amei o papel. Liguei de volta para ele e disse "Achei fantástico, amei". Alguns dias depois, recebi uma ligação do departamento jurídico da Cannon dizendo "Você quer negociar seu contrato ou você tem um agente?" Eu não tinha, mas havia conhecido uma alguns meses antes, então eu telefonei-lhe para pedir que negociasse o meu contrato. Ela negociou, me ligou de volta e disse "Desculpe, eu só consegui a tabela para você..." Na época, como escritor, eu ganhava talvez 250 dólares por semana, então perguntei quanto era a tabela – cerca de 1.800 dólares por semana! Disse "Acho que posso viver com isso". Eles também queriam que eu raspasse a cabeça – ela adicionou o famoso "pagamento de cabeça careca", então a Cannon teve que pagar mais 5 mil dólares para eu raspar a cabeça!

Eu não havia feito teste algum nem conhecid Tobe até a produção já estar em andamento. Tom Savini havia terminado a primeira passagem da maquiagem do Chop Top. Estou eu completamente maquiado e Tobe aparece na sala de maquiagem – ele chega com uma caixa de charutos debaixo do braço e um refrigerante Dr Pepper na mão. Ele entrega a caixa de charutos cubanos para Savini. Tom lhe diz: "Este é Bill

2 "Cabeça com Placa", em tradução literal. Na verdade, ele interpretaria o papel de Chop Top, algo como Topo Cortado. Ele seria o mesmo Carona do primeiro filme, que sobrevivera e teria ganho uma placa de metal na cabeça.

1 DENNIS HOPPER como Enright: "Bobo como ele jamais pensou que apareceria em um filme"

2 "CARA-DE-COURO" com a cara de L.G.

Moseley, está fazendo o Chop Top – o que você acha da maquiagem?" Tobe olha para mim e diz: "Acho que a chapa de metal precisa de mais pus". Ao que Savini pergunta "transparente ou âmbar?", e Tobe fala "âmbar" e sai da sala. Penso comigo: "Esse cara sabe do que está falando, é um profissional..." E aquilo me inspirou total confiança – o cara sabe das coisas...

BILL JOHNSON Meu agente disse: "Eles precisam de alguém que se pareça com o Baby Huey".[3] Eu não era alto como Gunnar, mas acho que não fez diferença... Eu não tinha que colocar máscara – fui de roupa normal. Recebi alguns chamados de volta, o último foi com Caroline... Fui escalado e não demorou muito, acho que um mês antes de começarem a filmar. Mas eu estava de figurino e maquiagem completos por sete semanas antes de gravar uma cena!

CAROLINE WILLIAMS A beleza do papel é que eu interagi com dois Leatherfaces. Interpretei com o que balançava a serra e com o que estava apaixonado por mim. Então eu tive essa dicotomia, essa multiplicidade de mudanças emocionais, entre os dois atores, porque ambos eram excelentes e podiam fazer o papel um do outro. O ator era Bill Johnson. Bill tinha uma doçura e um tempo de comédia incríveis, e o dublê Bob Elmore tinha uma agressividade incrível. Nas cenas de corrida, com Leatherface me perseguindo, há uma maldade óbvia ali. Há algo para ter medo ali. Daí entrava Bill para fazer a atuação de verdade de Leatherface, e havia tanta humanidade ali, um personagem humano. Então eu tive muito com que trabalhar. [*Fangoria* 60, 1987]

E então havia Dennis Hopper...

MIKE SULLIVAN Dennis disse uma vez que eu o havia feito parecer mais bobo do que ele jamais pensou que fosse parecer em um filme. As serras cruzadas, ter as duas serras guardadas no coldre era demais, as bandoleiras – ele não queria fazer.

BILL JOHNSON Ele estava trabalhando na pré-produção de *As Cores da Violência* (*Colors,* 1988) na época, acho... Seu jeito de pensar é... algo fora do comum. Seu senso de humor é... existe o inesperado e existe algo além do inesperado, e assim é o senso de humor do Dennis. É engraçado, mas é muito diferente. Bill Moseley, eu e Dennis saíamos da maquiagem ao amanhecer, e Bill estava falando sobre alguma coisa, e nós todos estávamos brincando e Dennis surgia com um comentário que foi *esquisito* – realmente acabou com a brincadeira... Eu gostaria de ter visto mais disso no filme. Ele tem uma sensibilidade artística – e ele é realmente sensível. É muito atencioso e aberto à comunicação não verbal. Então nós tivemos algumas interações bem legais, e eu gostei muito dessas conexões com ele.

A cena em que ele está estendendo a mão – Caroline acabou de cair no buraco, e ele está tentando puxá-la –, se você prestar bastante atenção, ele está segurando o riso. Eu acho que talvez Caroline tenha me contado, mas ele teve que se segurar mais de

3 Cantor de rock e soul norte-americano, falecido nos anos 1970.

uma vez devido à insipidez ou à incongruência do que estava acontecendo na cena. Ele realmente estava se segurando para não rir alto. Eu não sei o que se passava na cabeça dele, mas Hopper tinha um senso de humor tão aberrante – só Deus sabe o que estava pensando.

BILL MOSELEY Eu nunca passei tempo o suficiente com Dennis Hopper. Eu o via, mas tinha que ir para a Casa da Dor (como eu chamava o estúdio de maquiagem) tão cedo que eu não o pegava no café da manhã do Brook Hollow Motor Inn, que era onde estávamos todos alojados. Eu o via de vez em quando, de longe, fumando seus Marlboros e colocando sua bolsa de golfe feita sob medida no porta-malas do Lincoln Continental que a produtora havia fornecido para ele, indo para o country clube de Willie Nelson[4] para jogar golfe. A única vez em que trabalhei com ele foi na cena final...

RICHARD KOORIS Minha empresa Texas Pacific se tornou a produtora do filme – a Cannon nos contratou para providenciar todos os serviços de produção. O processamento do filme foi feito na TVC em Nova York, mas nós fornecemos muitos dos trabalhadores, todos os escritórios de produção, locações, equipamento alugado, aquisições – tudo passou pela nossa empresa. Nossa equipe foi quase toda de Austin – as únicas pessoas que não eram de Austin foram as de efeitos especiais e maquiagem. Foi o maior filme com equipe do Texas que havia sido feito até aquele momento. Foi uma coisa grandiosa e importante para a indústria deste estado.

Foi interessante lidar com a Cannon. Eu não fazia ideia de como eles eram. Entrei em disputa com eles no final do filme – eles nos pagaram durante as filmagens, depois recolheram as coisas e foram embora quando terminamos, me devendo cerca de 30 mil dólares. Eles não atendiam minhas ligações, então tivemos que processá-los. Nós tínhamos um contrato que deveria ser adjudicado no Texas, então quando os policiais entregaram os papéis a eles em Los Angeles, me ligaram e disseram "Oh, sentimos muito – você nos ligou? Nós te devemos dinheiro?" Eles foram odiosos, simplesmente pessoas horríveis, então respondi "Sim, vocês me devem dinheiro – aqui está quanto, me paguem e eu retiro as queixas. E, a propósito, eu quero outras coisas além disso..." Uma delas era uma cópia de resposta do filme, eu ainda a tenho aqui...

MIKE SULLIVAN Richard Kooris sugeriu que me contratassem. Eu fiz toda a pré-produção, comecei meses antes de começarmos a filmar. Isso foi em dezembro de 1985, janeiro de 1986, foi quando montaram o escritório de produção, que ficava na sala vaga dos estúdios Third Coast. Eu fiz muito do planejamento dos cenários – não havia o cargo de diretor de arte no filme –, eles simplesmente não incluíram um. E é normalmente isso que eu faço, então eles me perguntaram se eu estaria interessado em ser aderecista, o que eu nunca havia feito. Pensei: é claro. E eles disseram: "Além de fazer os adereços você poderia também ajudar a desenhar os cenários?" Ao que respondi: "Claro, faço sim, parece um projeto divertido". E então nós começamos a procurar as locações – eu estava lá até o fim da produção.

4 Ativista e cantor country norte-americano.

that's just as real.

O veterano da Guerra do Vietnã KEN EVERT como Vovô

Nós percebemos o quão grande o projeto era – ficou conhecido como *O Massacre da Serra Elétrica* "de arte", o que tinha mais direção de arte. E esta foi uma escolha consciente desde o início, a de que nós íamos fazer algo que tinha mais coisas, em termos de valores de produção, do que o primeiro. Algumas pessoas acham que isso é um defeito, outras acham que é uma qualidade do filme.

RICHARD KOORIS Eu tinha uma reputação na cidade de ser um bom atirador, e o Tobe e eu éramos amigos. Então quando ele teve a chance de fazer *O Massacre 2*, quis fazer em Austin, com o pessoal do Texas. Acho que ele estava meio queimado na cena hollywoodiana e quis voltar para onde tinha mais controle. Com *O Massacre*, embora tenha sido difícil, ele fez do jeito dele e conseguiu colocar sua marca no filme. Quando ele voltou para fazer o *2*, queria o mesmo tipo de circunstâncias – de algum modo ele queria recriar aquela sensação, embora obviamente com um orçamento muito maior. Acho que ele sentia que uma das razões por ter perdido o controle em *Invasores* e *Força Sinistra* foi que ele não conseguiu executá-los da forma que gostava de fazer filmes. Então ele estava tentando voltar a suas raízes... Ele me ligou e falou "Estou voltando ao Texas para fazer *O Massacre da Serra Elétrica 2*, e eu te pedi para fazer o primeiro e você não pôde – você está disponível?" Eu não fazia mais longas, mas disse: "Claro, acho que será um barato, vamos fazer!"

No mundo dos comerciais eu sou diretor/câmera. Filmo com eficácia tudo que dirijo, sou diretor de fotografia de coração, logo Tobe e eu nos demos muito bem. Acho que um dos motivos pelos quais ele me chamou para fazer é que nós vemos as coisas de um jeito parecido. Assim, do ponto de vista da composição, ou da iluminação, nós estávamos sempre falando a mesma língua. Ele é um indivíduo realmente inteligente, criativo, interessante – profissionalmente e criativamente ele é um grande cara para se trabalhar. É meio que uma tragédia que ele não tenha se cercado de gente melhor – acho que ele teria feito coisas melhores se tivesse feito isso. Ele é muito duro consigo mesmo, fisicamente – acho que um dos motivos por que ficou tão doente é que ele vivia de Dr Pepper e charutos cubanos! Você raramente o via comer. Ele geralmente tinha um charuto na mão, e estava sempre bebendo Dr Pepper. Uma das grandes crises do último dia de filmagem é que acabou o Dr Pepper – às quatro da manhã nós mandamos um assistente de produção vasculhar todas as lojas de conveniência tentando achar garrafas de Dr Pepper, ele não bebia em lata. Nós tínhamos uma cestinha presa ao monitor de vídeo, que era onde ele se sentava, um apoio do tamanho de uma garrafa de Dr Pepper, e alguém no set tinha a função de sempre verificar se havia uma garrafa gelada ali. Isso não é maneira de tratar a si mesmo quando você está em uma maratona de nove semanas e meia...

MIKE SULLIVAN Eu moro em Austin desde 1971, vim para cá para construir um teatro na Universidade St. Edward e faço teatro e cinema desde sempre. Eu conheci um monte de gente que trabalhou no primeiro filme – Ed Neal era meu amigo, e acho que conheci Tobe por ele. Eu também conhecia Kit, já havia encontrado Dennis Hopper antes, e conhecia Bill Johnson desde que tinha dezesseis anos – ele era aprendiz da Universidade de New Hampshire no Festival de Verão de Shakespeare, eu era designer residente e membro da companhia de atuação. Quando vim para Austin, lá estava ele, estudando na Universidade do Texas, e quando eles estavam procurando alguém eu pensei "Tem esse cara grandão que pode ser o Leatherface"... E depois pensei: "Tem esse carinha esquisito que pode ser o Vovô, ele trabalha como carpinteiro no Zachary Scott Theater, mas aposto que ele faria o papel". Um cara chamado Ken Evert, ele acabou sendo o Vovô – ele era um veterano do Vietnã que havia sido "rato de túnel",[5] e quando falavam com ele sobre a dificuldade de fazer maquiagem, que ele teria que ficar parado por muito tempo, ele olhou para mim e disse: "Meu único problema com isso é que espero que eu não tenha flashbacks – eu ficava sentado em túneis esperando por um vietcongue. Às vezes eu me sentava com uma faca posicionada por até doze horas". Eu comentava "Sabe, acho que você é o cara perfeito para o trabalho". Seu apelido era *Hellweek*[6] no meio teatral – tinha flashbacks do Vietnã. Ele era bem competente com facas e com armas, um cara meio perigoso. Ele amava aquela cena em que chupava o dedo de Caroline, ele achou aquilo uma das melhores coisas que já lhe pediram para fazer. A última vez que o vi ele estava morando nas ruas – um cara na esquina com um cartaz de papelão, foi onde ele acabou. Eu não tenho notícias dele há anos... Ele é estranho – suponho que ainda esteja vivo...

BILL JOHNSON Ken era intenso. Carregava sua KBar [faca de combate da marinha] com ele para toda parte. Nem tenho dúvidas que ele tenha um pouco de transtorno de estresse pós-traumático como muitos veteranos do Vietnã. Tom Savini literalmente cantou louvores ao trabalho de Ken como Vovô – "... ele era antiquado, era magnífico..." Tom estava literalmente arrebatado e com razão. Ken ficava acordado por vinte e quatro horas toda vez que vestia aquele arsenal de aparelhos – pelo menos oito horas de maquiagem, e a equipe de câmera se apressava para conseguir fazer o máximo que podia, enquanto a maquiagem e Ken aguentassem. Ele só podia se alimentar por um canudo. Só isso. Um canudo. Se ele descansasse, tinha que ser em alguma posição esquisita, sem se mover muito...

No início demorava quatro horas para fazer minha maquiagem, eles a ajustaram e só levava cerca de uma hora mais para o final. O Vovô levava doze horas e eles o usavam por vinte e quatro.

BILL MOSELEY Eu estava sempre de hora extra, em *Chamado Forçado* (*Force Call*) – você supostamente tem um turno de doze horas, tem que voltar para o hotel e não pode ser perturbado por doze horas. Se eles perturbarem, eles têm que te pagar tipo um dia inteiro de cachê. E eles estavam me convocando forçosamente quase todo dia, porque a maquiagem do Chop Top levava três horas e meia para colocar e cerca de uma hora e meia para retirar. Então os meus chamados geralmente eram por volta de quatro da manhã, e eu tinha que ir até a Casa da Dor, onde Savini e seus escudeiros colocariam

5 Os *tunnel rats* eram soldados que se emboscavam em túneis para destruir os soldados da força inimiga.

6 A Semana do Inferno, em tradução literal, é a semana de "recepção" aos calouros nas universidades, onde ocorrem trotes violentos.

a maquiagem do Chop Top. Eu ficava pronto entre 7h30 e 8h, e algumas locações ficavam a uma hora de distância de van, então eu chegava lá por volta das nove da manhã...

LOU PERRYMAN Minha maquiagem levava um tempão – eu chegava às três ou quatro da manhã, e eles construíram uma tábua inclinada para que eu pudesse dormir enquanto eles trabalhavam em mim. Eu acordava e estava tudo pronto, levava cerca de seis horas.

Fizeram um molde de gesso da minha cabeça, meu peito e de uma perna, para que eles pudessem construir os aparelhos. Eu não podia comer por causa da maquiagem em volta da boca...

ERIC LASHER Nós chegávamos às três da manhã para fazer a maquiagem de Lou, eu chegava e fotografava tudo, do começo ao fim, levava em torno de seis horas. Depois eles o colocavam num carro e o mandavam ao outro lado da cidade para o set, isso era divertido. Ele brincava com as pessoas passando, estava todo cortado – e aí ele trabalhava por mais seis horas...

LOU PERRYMAN E eu estava correndo por aí de short – quer dizer, quando você esfola alguém, você o deixaria ficar de cuecas, com suas *roupas de baixo*? Esse cara acorda, ele acaba de ser esfolado vivo, mas ainda está de cuecas... Sim. Então eu tenho um par de cuecas boxer com os chifrinhos do Texas...

O elenco não era a única área contenciosa de *O Massacre 2*. A New Line também havia se interessado em produzir o filme; teorizaram que a Cannon adquiriu os direitos de produção seduzindo Tobe Hooper com a promessa de grandes orçamentos para *Invasores* e *Força Sinistra*. Kim Henkel havia colaborado com Hooper em vários esboços de roteiro para a continuação. Quando elementos da trama semelhantes ao seu trabalho se materializaram em *O Massacre 2* finalizado, Henkel buscou reparação financeira da Cannon. (Descrevendo um folheto do marketing inicial da New Line para *O Massacre III*, que se dizia baseado em "uma sinopse derivada dos projetos iniciais de Henkel e Hooper para uma continuação", David Schow declarou à *Fangoria* 88: "No final todo mundo é arrastado para um labirinto de túneis embaixo do cemitério, parecido com o labirinto visto na segunda metade de *O Massacre 2* da Cannon". A lógica da New Line em usar isso, mesmo como anúncio de pré-produção, é impensável.)

KIM HENKEL Em várias ocasiões ao longo dos anos, nós trabalhamos em ideias para continuações. Nós conversávamos longamente sobre muitos dos elementos, especialmente toda a coisa subterrânea era parte do conceito que tínhamos. Isso foi uma das principais coisas que sobreviveram e viraram parte do roteiro da Cannon...

O Massacre 2 foi roteirizado por L.M. Kit Carson (que também foi produtor associado), mais conhecido pelo filme cult dos anos 1960 *David Holzman's Diary* (no qual atuou), como escritor do *remake A Força de Um Amor* (*Breathless*, de 1983) e como coautor de *Paris, Texas* (1984) com Sam Shepard. Pai de Hunter Carson, a estrela-mirim de *Invasores de Marte* de Hooper, Kit Carson conhecia Hooper de nome desde o início dos anos 1970, antes de *O Massacre* original. Eles finalmente se conheceram quando Hooper estava indo mostrar *O Massacre* em Cannes; quando voltou, Hooper organizou uma exibição para Carson e

[1] TOBE HOOPER (centro) explica enquanto KIT CARSON (direita) pondera

[2] TOBE HOOPER e CAROLINE WILLIAMS no set

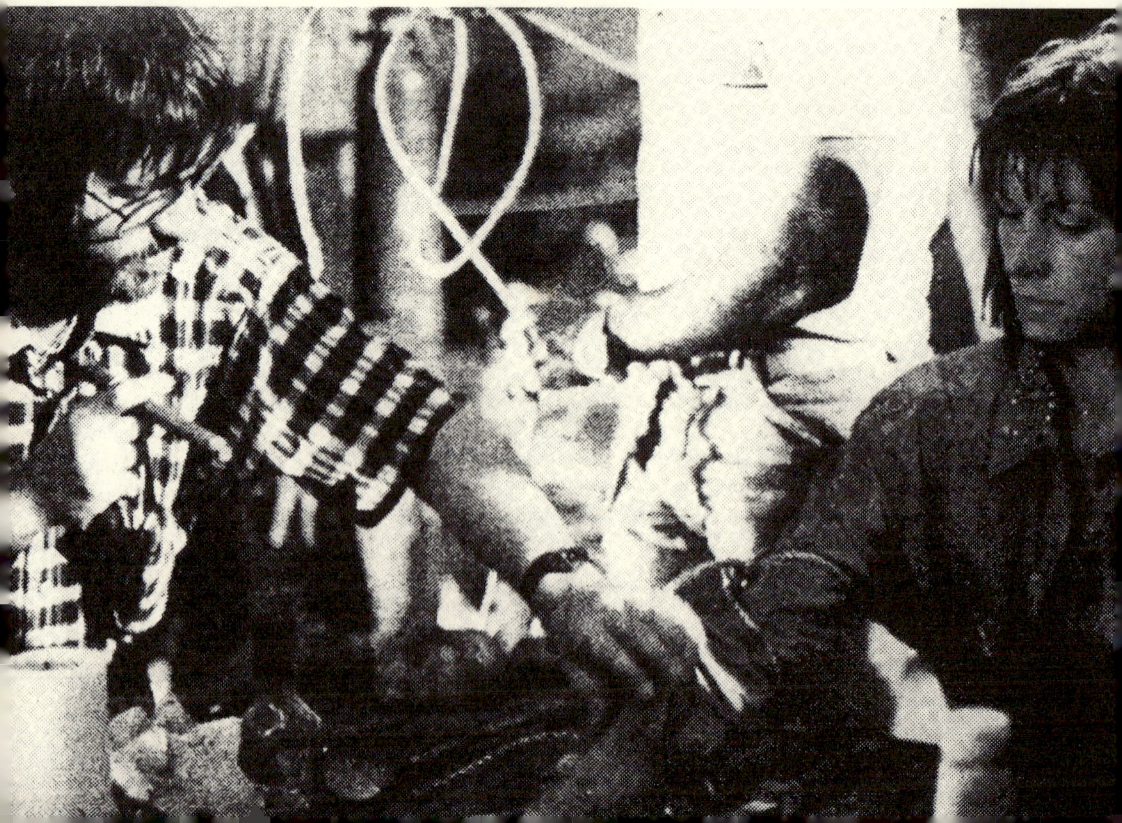

Paul Schrader.[7] Carson, como Kim Henkel, nunca havia gostado particularmente de filmes de terror: ele e Schrader alegaram estar tão apavorados que fizeram o projecionista pular alguns rolos e ir direto ao final. (Quando *O Massacre 2* foi completado, Carson continuava afirmando nunca ter assistido ao original inteiro.)

Carson e Hooper haviam trabalhado juntos em um roteiro chamado *Dead and Alive* em 1978, que era para ter sido produzido por William Friedkin. Uma história que soava bizarra, de duas velhinhas roubando almas numa funerária da Califórnia. O roteiro nunca foi produzido, e possivelmente ainda está enterrado nos cofres da Warner...

Logo antes do natal de 1985, Hooper abordou Carson para trabalhar em *O Massacre 2*. Carson não tinha certeza, dando as seguintes razões na *Film Comment* de agosto de 1986:

1 Sordidez de terror misógina nojenta;
2 A maldição da doença das continuações;
3 Retira imediatamente seu nome do "Mapa dos Roteiristas Sérios";
4 Não tem como escrever/filmar/produzir um filme *de verdade* em sete meses etc.

Mas aí, em um episódio parecido com o lendário encontro pré-natalino de Hooper com a multidão de consumidores e as serras elétricas, Carson teve uma traumática experiência de ódio yuppie em um shopping center, também no Natal.

L.M. KIT CARSON A primeira coisa que eu disse foi "Você vai ter que achar as vítimas certas". Uma das coisas que o primeiro filme teve a seu favor foi que as pessoas estavam de saco cheio de hippies e não se incomodavam em ver um Volkswagen cheio deles esmagados. Então eu voltei para Dallas e fui ao Galleria, que é um shopping sofisticado, cheio de lojas para almofadinhas. É como uma área onde eles se alimentam. Eu vi um monte de pessoas comprando *pilhas* de coisas, sabe. Sete suéteres de uma vez. Telefonei para o Tobe e disse "Achei as vítimas". [*Fangoria* 57, 1986]

TOM SAVINI O relações públicas, Scott Holton, trouxe um cara, Barry, com ele... Durante uma reunião que tivemos enquanto Barry estava lá, nós dissemos: vamos matar *ele*. Ele é um cara de aparência yuppie. Então nós fizemos um molde de sua cabeça para tentar matá-lo... Há uma observação a ser feita sobre eles nesse filme. Nós vamos dizimar muitos yuppies. [*Fangoria* 56, 1986]

MIKE SULLIVAN Isso foi originalmente uma das coisas boas do filme – ele de fato tinha um enredo, em vez de ser aleatório – e eu achei que algumas das coisas mais engraçadas que Kit escreveu eram as sátiras nos assassinatos dos yuppies. Tudo isso saiu, virou um filme de perseguição. Essa é uma das coisas que se parecem muito nos filmes de Tobe e nos de Robert Rodriguez – que basicamente são filmes de perseguição também. Eu trabalhei em *Pequenos Espiões* (*Spy Kids*, 2001), e a primeira coisa que Robert nos fez fazer foi decidir como seriam os corredores, por causa de todas as perseguições – eu pensei "Voltamos a trabalhar em um filme de Tobe Hooper!"

7 Diretor e roteirista, assina os roteiros de *Taxi Driver* (1976) e *A Última Tentação de Cristo* (1988).

BILL JOHNSON Kit é muito eloquente, ele adora linguagem. Quando li a versão original do roteiro pensei "Isto é incrível". Era uma sátira maravilhosa: "Notem a linda mesa à luz do sol, posta para o café da manhã, marmelada gourmet – serrada! Corta para uma elegante loja de roupas, várias fileiras de roupas encantadoramente texturizadas – serrem-nas!" Ok, estávamos vendo uma rebelião aqui, uma revolta de classes, discrepâncias econômicas. Mas a única coisa que restou disso foi o discurso de Jim Siedow.

JIM SIEDOW Foi ideia de Tobe fazer esse filme de um ângulo mais cômico.

CAROLINE WILLIAMS É uma comédia, uma comédia de humor negro incrível. Era Os Três Patetas vão ao Grand Guignol. E era divertido. Era uma brincadeira, uma piada. E era difícil às vezes. Mas minha motivação todos os dias era ser a mais útil a Tobe quanto possível, porque eu via o amor que ele sentia pelo filme.

De algum modo, esse filme é uma paródia. E Stretch é basicamente uma paródia da heroína clichê de filme de terror, uma versão chique anos 1980 da clássica vítima de filme de terror. O que acontece é que ela fica tentando escapar dos problemas e, por isso, acaba entrando em mais apuros. [*Fangoria* 60, 1987]

> A ideia de Carson era levar a família da serra elétrica para Dallas e lançá-la em um choque cultural com os yuppies vorazes que consomem tudo em seu caminho. Ligando *O Massacre 2* ao primeiro filme, Sally Hardesty virou Sally Hardesty-Enright, a sobrinha do ex-guarda do Texas Lefty Enright (Dennis Hopper), que vem rastreando a família por treze anos. Carson fez de tudo para dar profundidade à história de fundo da Família Serra Elétrica (ele propôs que Enright fosse o pai adotivo desaparecido deles!), deu a Leatherface um interesse amoroso, e deu poder a Stretch. Na cena mais perversa de *O Massacre 2*, ela descobre que pode usar sua sexualidade para controlar Leatherface e virar o jogo contra ele, levando-o a uma crise de impotência da serra. Disseram posteriormente a Carson que ele havia escrito um texto básico de orientação feminista contra estupro, mas ele negou que essa fosse sua intenção.

L.M. KIT CARSON Eu estava mais interessado em pegar essa mulher e fazê-la passar por várias experiências que desvendassem todos os níveis comuns da vida, até que seu espírito se exaltasse e se tornasse tão forte quanto as coisas que a confrontavam. [*Fangoria* 58, 1986]

CAROLINE WILLIAMS Uma das coisas que Kit me disse foi que há uma ferocidade nas mulheres que se revela em determinados momentos e, em muitas mulheres, ela está ali logo à flor da pele, o tempo todo. Isso me ajudou a saber o que eu poderia fazer com ela, até onde poderia ir com ela, e eu decidi que iria ao máximo, fazer o que quisesse fazer. A direção de Tobe era: "Se você achar que está fazendo demais, você está fazendo certo". Então eu pensei que poderia ser como uma criança no parquinho e pudesse fazer tudo o que queria, e foi o que fiz. [*Fangoria* 60, 1987]

BILL JOHNSON Eu me lembro de ouvir Tobe dizer: "Este é o cinema dos excessos, é isso que eu quero alcançar!" No início, eu pensava "Talvez esta seja minha chance" – o roteiro meio que pedia que eu me expressasse um pouco mais: Leatherface havia presumivelmente se apaixonado por Stretch, quebrando o código da família, traindo a família. Tobe realmente precisava de atores que sabiam atuar – alguns diretores realmente entendem como os atores funcionam, e podem falar com eles de um jeito que vai funcionar [*pausa*]. Mas alguns diretores se preocupam mais com a fotografia ou a iluminação e eles contam com atores que já sabem atuar. Quando Bill perguntou a Tobe um dia "Ei, Tobe, o que eu devo fazer nesta cena? Qual é sua direção aqui?", Tobe disse: "Faz mais um pouco daquela coisa maluca do Chop Top!" Eu acho que ele tem um senso de visão, e ele tenta conseguir isso...

LOU PERRYMAN Quando chegou a minha primeira cena, Tobe disse "O que você quer fazer aqui? O que você está pensando?" Eu respondi: "Estou pensando em duas coisas – esse cara acha que ele é o Hud, um caubói bonitão, esbelto, garanhão..." e o Tobe disse "Ó, gosto disso, algo mais?" Eu: "É, sabe, eu quero cuspir – esse cara quer cuspir", daí eu comecei a cuspir e o Tobe disse "É, gosto disso". Então a primeira coisa que eu faço depois de ser esfolado vivo, me sento e olho em volta e vejo a tatuagem L.G. no meu braço, a primeira coisa que fiz foi fazer [*som horrível de ronco*] – esta é minha assinatura! *Isso* é o L.G.!

BILL JOHNSON Meu personagem não tinha linguagem alguma... Tobe mencionou uma coisa que achava que seria interessante, mas era difícil desenvolvê-la – "Ei, por que você não inventa um tipo de língua da serra elétrica, ok?" [*Faz som da serra acelerando.*] Mas não parecia se materializar – a comunicação encerrava, as pessoas ficavam tensas. Era como estar numa família de loucos alcoólatras, as pessoas ficavam ariscas, o gerente de produção parecia sempre nervoso e punitivo – eu me senti mal, eu queria fugir dali...

Leatherface faz o que mandam, ele só fica ali esperando que o mandem fazer alguma coisa – então eu adotei essa postura. Talvez eu devesse ter dito: "Ei Tobe, que tal se eu acariciar a serra e pegar a mão de Caroline e acariciar a serra com ela, o que você acha disso? Talvez *ela* possa amar a serra também!" Isso seria ter alguma intimidade real – talvez o mercado francês fosse gostar: "*Ah oui, comme ça*!"...

Mais uma vez o filme foi rodado em Austin e seus arredores. As principais locações foram o parque de diversões abandonado Prairie Dell, onde a maioria das externas da Terra das Batalhas e algumas das cenas do túnel foram filmadas, e o velho prédio do *Austin American-Statesman*. Também foi usada a loja de serras Cut-Rite, o estupefato proprietário no filme era o dono de verdade.

LOU PERRYMAN Eu estava voltando de um teste em Dallas e vi uma espécie de parque de diversão abandonado. Acho que eles não tinham visto – Tobe havia se mudado para a Califórnia anos antes, então ele não conhecia mais a região. Eu falei com Tobe sobre isso, ao que ele responde "Bem, parece ótimo". Então eu levo o crédito por isso...

MIKE SULLIVAN Havia uma loja de serras, talvez umas seis ou sete quadras do *Austin American-Statesman* – a que foi usada no filme –, o dono daquela loja achou que eu

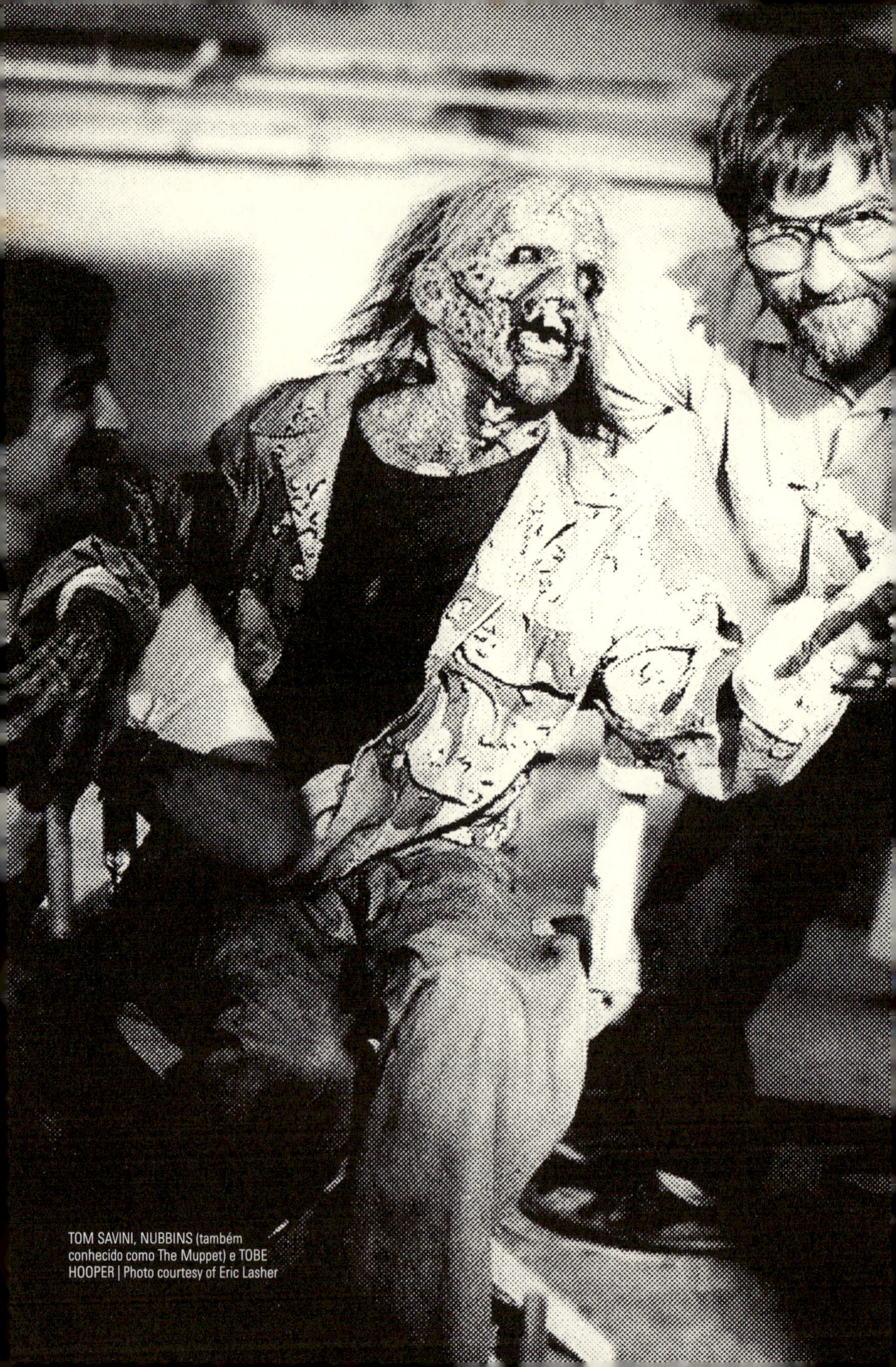

TOM SAVINI, NUBBINS (também conhecido como The Muppet) e TOBE HOOPER | Photo courtesy of Eric Lasher era tipo Jesus entrando pela porta, comprei basicamente tudo que havia lá. Não era uma grande loja, mas ele me fornecia tudo. Toda vez que uma serra quebrava nós a levávamos lá, ele parava tudo, consertava nossas coisas, colocava de volta no lugar e nos devolvia. Ele fabricou barras especiais para as serras para que elas ficassem mais longas, ele encomendou duplas e triplas, como a serra prateada que Dennis Hopper usa. O mais impressionante foi a quantidade de dinheiro que gastamos em serras - havia centenas delas...

BILL JOHNSON A parte subterrânea foi no prédio do jornal *Austin American-Statesman*, onde eles mantinham as prensas, era como um galpão gigante de uns dois, três, talvez quatro andares de altura. Ele havia sido abandonado para mudar de local, então era um espaço vazio gigante.

MIKE SULLIVAN Quando conseguimos o prédio do *Statesman*, muitas ideias começaram a surgir. Não tenho certeza de como o roteiro estava estruturado, mas sei que houve várias mudanças no roteiro à medida que íamos achando coisas, que Kit escreveu baseado nessas coisas que achamos.

O Tobe nos deixou bem à vontade, e eles não tinham muito dinheiro, então eles ficaram agradecidos pelo que recebiam. Não era uma produção de grande orçamento. A primeira vez que montamos tudo, eu estava tentando entender como conseguiríamos produzir o que eles queriam, em termos de valores de produção, com o dinheiro que eles tinham, que era nada. É um dos trabalhos que me deram menos dinheiro na vida trabalhando tanto. Quando nós montamos, tinha um cara que havia trabalhado comigo em outros projetos, mas nunca em um filme. Ele gerenciava alguns restaurantes, era amigo de um amigo. Eu disse: "Olha, posso te pagar 50 dólares por dia e nós vamos ter que achar um monte de gente para fazer uma linha de montagem para fabricar os adereços". O nome dele era Jay Raymond - nós dois pegamos esse galpão vazio e o transformamos no nosso departamento de arte, o que não é uma coisa incomum, filmes de baixo orçamento fazem esse tipo de coisa o tempo todo. Nós estávamos do lado de fora uma noite, e uma mulher vinha andando pela rua, e nós achamos que ela ia nos cantar, por causa da parte da cidade em que estávamos. Mas acabou que ela era uma escultora maravilhosa que conhecia um monte de estudantes de arte, e ela disse "Quanto vocês podem pagar para as pessoas?", e nós dissemos, porque precisávamos de muita gente, "Que tal 5 dólares a hora?" "Nossa, eu posso encontrar centenas de pessoas por 5 dólares a hora", e eu falei "Ok, vá mandando eles virem que eu encontro algo para eles fazerem". E foi assim que quase todas aquelas coisas foram feitas.

Havia um escultor na cidade, Daniel Miller, que depois trabalhou para a Disney em *Querida, Encolhi as Crianças* (*Honey, We Schrunk Ourselves*, 1989). Ele criou todo o quintal e as plantas gigantes - ele era um escultor de isopor e trabalhava num lugar chamado Galpão das Artes, do outro lado da rua do prédio do *Austin American-Statesman*; nós conseguimos uma seção dele e o transformamos em o que chamamos de Oficina de Ossos. Daniel, eu e Jay supervisionamos os artistas estudantes - tínhamos gente trabalhando vinte e quatro horas por dia. Nós saíamos e recolhíamos ossos de cemitérios no Texas central, num raio de 80 quilômetros: todo mundo que tivesse ossos de vacas, nós íamos lá e pegávamos, os levávamos para a Sala dos Ossos e começávamos a fazer coisas. Nós não tínhamos dinheiro para comprar móveis, então íamos às lixeiras das indústrias Goodwill e pegávamos pedaços quebrados de móveis que eles jogavam fora – se estivesse faltando uma perna, colocávamos um osso no lugar. Se estivesse faltando a traseira, nós fazíamos uma com ossos e colávamos. Eu ainda tenho alguns exemplares que achei elegantes – uma cadeira art déco dos anos 1930 com fêmures nas pernas, costelas no encosto, essas coisas... Havia provavelmente umas 500 ou 600 peças. Muita coisa teve que ser feita com esqueletos, então nós contatamos a Companhia Carolina de Artigos Biológicos – e essa é uma parte estranha da história. Nós encomendamos trinta dos esqueletos mais baratos que eles tinham em catálogo, achando que eles fossem de plástico – quando eles chegaram, eram de osso, eram esqueletos da Índia, gente de verdade. Então nós os penduramos e demos nomes a eles, depois fizemos uma escalação e os colocamos como personagens diferentes no filme...

Daniel Miller criou todas as paredes do defumadouro – ele fez uma série de esculturas de gesso e osso e depois fez moldes a vácuo delas para fazer as paredes do defumadouro. O boneco que foi feito foi outra criação de Daniel Miller, e ele também fez a avó – a última notícia que tive dele era que estava morando em algum lugar no México fazendo esculturas.

Houve uma quantidade enorme de coisas artesanais no filme, e teve um monte de carpinteiros amadores que contratamos – amigos de Willie Nelson, que conhecíamos de montar palcos, que acabaram virando minha equipe do departamento de arte por muitos anos seguintes. Eram carpinteiros, pintores – eles não eram técnicos treinados para cinema, eram caras que faziam serviços na cidade, paus para toda obra. Nós precisávamos de um tipo de passagem de uma das plataformas elevadas à outra, e esses caras deram a ideia de fazer uma ponte suspensa porque eles nunca haviam feito uma e acharam que seria divertido. Teve muito desse tipo de coincidência quando fizemos *O Massacre 2*: eu fui à California na Ellis Mercantile, uma grande casa de adereços, e eles tinham um pastor alemão empalhado, então eu o aluguei e nós o colocamos numa esteira rolante – ele havia morrido em uma esteira – e se tornou parte daquela passagem importante.

RICHARD KOORIS Os cenários eram incríveis – para um filme com aquele orçamento ter cenários daqueles... O cenário subterrâneo que fizemos – a parte do túnel foi feita no parque de diversão. Um cara maluco o construiu com umas coisas semicilíndricas pré-fabricadas de metal, que ele estava tentando vender para fazendeiros para construir barracões – ele acabou construindo o parque de diversões com elas... Nós pegamos todos os túneis e os transformamos nos túneis subterrâneos pulverizando-os com uma coisa que parece poeira. Daí nós saímos e pegamos todos os tipos de luzes e lâmpadas elétricas antigas. Vasculhamos as sucatas, ferros-velhos e lojas de antiguidade perto de Austin num raio de 80 quilômetros e levamos tudo em que se pudesse encaixar uma lâmpada. E foi isso que colocamos nas laterais do túnel. É um cenário deslumbrante, absolutamente inacreditável – foi basicamente ideia minha, porque eu não queria

[1] CAROLINE WILLIAMS dá o melhor de si para gritar mais alto que MARILYN BURNS no jantar

[2] STRETCH descobre a Vovó

tentar iluminar aquelas coisas com luzes convencionais de cinema, nunca daria certo. Assim, eu quis construir os instrumentos de iluminação e a iluminação de ambiente embutidos no próprio cenário. Nós acabamos escondendo pequenas luzes de cinema no cenário, mas eu queria algo que reluzisse por si só. Nós provavelmente equipamos entre 90 e 120 metros de túnel com todas essas luzes e lâmpadas e lixo.

Todas aquelas tomadas correndo pelos túneis – nós construímos uma plataforma que nunca havia sido feita antes: nós pegamos um carro de tração nas quatro rodas e colocamos suportes de *steadycam* na dianteira e traseira do veículo. Então quando nós estávamos correndo na frente ou atrás dos atores pelos túneis, a câmera estava em um suporte de *steadycam* e estava perseguindo ou era perseguida pelos atores. Nós podíamos flutuar a câmera a quinze centímetros do rosto de alguém enquanto eles corriam a toda velocidade... Era um negócio muito legal.

MIKE SULLIVAN Eu não acho que você deva fazer um close de tudo que faço, mas muitas coisas que foram feitas artisticamente em *O Massacre 2* acabaram não sendo usadas. Os túneis do esconderijo da família, aquilo levou semanas para ser feito, e passa bem rápido em uma tomada em movimento, não dá para ver a arte que foi feita nas estranhas esculturas das paredes daquele espaço. Era um túnel de quatrocentos metros, e nós fizemos esculturas em toda a sua extensão. O mural do Álamo que é chutado e o sangue e miolos que saem dali, aquilo foi uma tarefa enorme.

ERIC LASHER A cena em que Dennis pega a serra e atravessa Daniel Boone e todo o sangue se derrama – se você olhar para o rosto, é o Ronald Reagan! Eles não conseguiram mudar quando foram filmar, e todo o sangue e entranhas eram reais, de abatedouros, ele ficaram em barris por duas semanas. Eles gravaram a cena e ninguém conseguia entrar ali de volta, o fedor era horrível, você desmaiava só de entrar.

MIKE SULLIVAN Aquela coisa foi criada a quase sessenta quilômetros de Austin, então as pessoas tinham que viajar por uma hora antes de chegar ao trabalho. Não é uma situação incomum. Aquilo foi feito num lugar estranho perto de Jarrell, fora de Austin. Um cara tentou transformar aquilo numa atração de beira de estrada, já havia fracassado como um bocado de coisas – já havia sido um restaurante e um parque de patinação – o cara o construiu de espuma de poliuretano coberta de ferrocimento. Estava abandonado quando chegamos lá. Havia uma área coberta de patinação que tinha túneis longos e eles viraram os túneis que levavam à parede que foi quebrada. E o quarto em que está a avó foi no alto do Matterhorn, uma montanha de espuma coberta de cimento... Nós fizemos as letras que estão no topo e as figuras gigantes. Em certo momento, o departamento de arte inteiro estava no topo daquela construção, segurando aquelas estátuas gigantes enquanto um tornado passava – o vento estava fortíssimo e as pessoas estavam de pé em cima daquela estrutura de isopor se agarrando àquelas letras para que não perdêssemos o cenário!

O corredor com todas as luzes foi feito no Matterhorn. Nós juntamos quatro ou cinco locações diferentes em uma que é o covil da família. Alguns dos corredores que levam ao que nós chamamos de Sala de Banquete eram no Matterhorn. O interior da estação de rádio era no segundo andar do prédio do *Austin American-Statesman*. Nós pegamos as paredes existentes e as transformamos na estação de rádio. As cenas de abertura no hotel onde o Cozinheiro está recebendo seu prêmio e L.G. está fazendo sua estátua frita – aquilo foi locação de verdade. As outras cenas do hotel foram cenário.

RICHARD KOORIS Daí o resto do cenário foi construído nessa sala enorme, a antiga sala de impressão do prédio do *Austin American-Statesman*. E aquela sala era gigante, uns 53 metros de comprimento, provavelmente uns 25 ou 30 metros de largura e uns 24 de altura. [O designer de produção] Cary White chegou e construiu um cenário em vários níveis, e trouxe uma quantidade enorme de terra, e construiu todas essas rampas e escadas – era um labirinto de pequenas cavernas e cantos e fendas. Daí nós trouxemos muitas luzes do parque de diversão para esse cenário e o redecoramos com elas, além de várias outras coisas...

MIKE SULLIVAN Eu não sei quantos quilômetros de fiação foram usados para iluminar aquele espaço com aquelas luzes de natal, mas eles tinham todos os eletricistas e qualquer um que soubesse alguma coisa sobre eletricidade nessa cidade no prédio inteiro do *Austin American-Statesman* com mesas improvisadas. Eles tinham umas sequências de luzes juntas – eu estimaria que alguns dias havia vinte ou trinta pessoas lá operando luzes de natal...

A maior parte do grande cenário, onde o defumadouro fica, o escorregador e a ponte suspensa e o banquete com todas as luzes de natal, aquilo era na velha sala de impressão. Todo aquele espaço era tomado pela máquina de impressão. A coisa mais incrível é que tínhamos muitos técnicos – carpinteiros, pintores, vários tipo de artesãos – que iam até o topo daquela sala. Ao longo dos anos, o espaço ficou coberto de tinta, que espirrava para cima e caía, cobrindo as vigas. Quando os técnicos desciam, eles voltavam literalmente pretos da cabeça aos pés. Eles subiam só de short e botas e voltavam totalmente pretos...

RICHARD KOORIS Quando nós fomos à antiga fábrica de impressão, nós tínhamos que equipar a sala toda com cabos elétricos, então nós mandávamos os eletricistas em guindastes para colocar os cabos por cima – quando voltavam, eles estavam completamente pretos, dos pés à cabeça, muito pretos... Toda a velha tinta de impressão estava parada lá nas vigas, então esses caras desciam e tudo que você via eram dois olhos e uma boca – eles estavam pretos como carvão da cabeça aos pés, era a coisa mais estranha...

O Massacre 2 foi repleto de problemas desde o início. Além de Hooper ter que dirigir o filme, quando inicialmente ele só queria produzi-lo, no dia antes das filmagens principais começarem, a Cannon cortou uma semana do cronograma, o que exigiu algumas mudanças rápidas no roteiro e a delegação de algumas partes à segunda unidade, o que resultou em outro desastre.

TOBE HOOPER Eu só ia produzir e não conseguia encontrar um diretor. Literalmente, eu não conseguia achar ninguém que meu orçamento pudesse pagar, um diretor cujo trabalho eu conhecia, então eu acabei ficando sem tempo e o dirigi eu mesmo. Ao

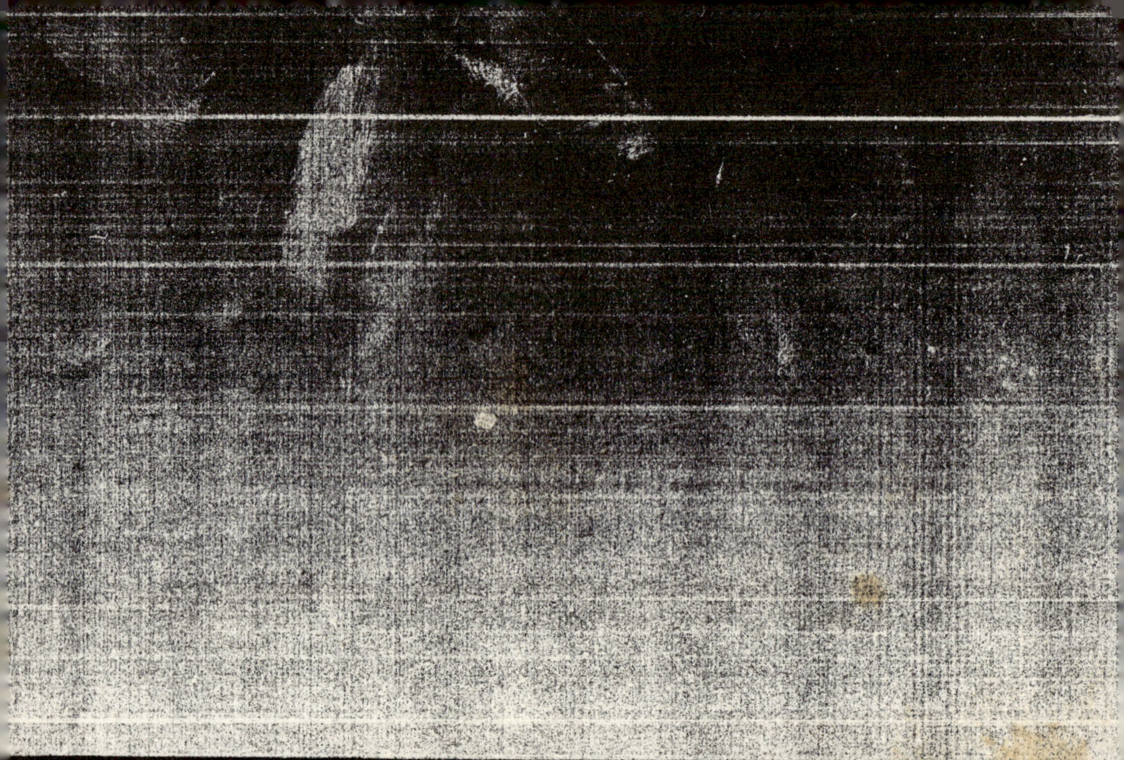

CAROLINE não se empolga muito com o presentinho de LEATHERFACE

fazer isso, eu amplifiquei a comédia e, acho, acabei dando à plateia exatamente o que eles não queriam. Acho que eles esperavam mais do mesmo. Mas pelo menos eu tive a oportunidade de fazer uma comédia – uma comédia muito macabra – que recebeu reconhecimento por sua estilização. Nos últimos quatro ou cinco anos, tem sido assistido pela primeira vez. [Entrevista a Keith Phipps, *The Onion* a.v. club, out. 2000]

RICHARD KOORIS O orçamento original que tínhamos era de 7 milhões de dólares, mas a Cannon foi inflexível e disse "Vocês têm que reduzir". O cronograma de filmagem original era de nove semanas – nós acabamos filmando por nove e meia –, eles nos fizeram reduzir para sete semanas e nós dissemos "Não podemos gravar esse filme em sete semanas", e eles disseram "Nós queremos um cronograma de sete semanas", então nós dissemos "Ok, certo, aqui está um cronograma de sete semanas, mas não conseguimos fazê-lo em sete semana!" Daí nós fomos estendendo, estendendo, até voltarmos para onde havíamos começado... Nós não fizemos de propósito – havia muito material, a quantidade de efeitos e maquiagem era tão enorme que não dava para fazer as coisas rapidamente. Não era como duas pessoas sentadas conversando, era muito, muito complicado.

BILL MOSELEY A Cannon tinha uma data – acho que era 4 de julho, e era tipo "Este será o fim da produção, não importa o que vocês tiverem". Acho que Tobe havia ultrapassado o orçamento e cronograma em *Invasores de Marte* a tal ponto que a Cannon pirou, porque eles certamente não eram uma empresa com os bolsos cheios... E acho que isso os deixou hostis, então quando houve a menor indicação disso com *O Massacre 2* eles começaram a mandar os caras mais assustadores para a produção.

BILL JOHNSON Eles tinham uma data para exibi-lo, o filme tinha que estar nos cinemas em um determinado dia, então eles estavam com pressa para terminá-lo. Me disseram que um dos produtores, Golan ou Globus, chegou de limusine, deu uma olhada no roteiro, arrancou um pedaço e disse "Ok, estamos de volta ao cronograma", voltou para a limusine e foi embora!

Minha impressão é que Tobe é um diretor intuitivo, e leva tempo para que as pessoas criem um vínculo de forma que a intuição possa passar entre elas sem verbalizar. Eu sentia que estávamos começando a fazer isso. No primeiro *O Massacre,* ele não tinha pressões externas em cima dele, ou pelo menos não pessoas chegando de limusine e causando um monte de constrangimento – aquilo foi realmente uma burrice, deveria ter sido feito em particular... Se eles estão preocupados com o lucro, eles estão estragando o próprio lucro fazendo aquilo, e se é um jogo de poder ainda tem o mesmo resultado ruim...

Dos sets em que eu trabalhei, o mundo especial do filme parece impregnar o set, mas *O Massacre* era uma coisa louca, era muito esquisito, instável, havia questões sobre quem fazia o quê... Eu me sentia como um filho trancado no armário, que de vez em quando é libertado para mostrar aos vizinhos que está tudo bem e depois é mandado de volta. Havia uma inquietação e um nervosismo, eu não sabia se essa era a forma que Tobe trabalhava ou não – havia definitivamente um mal-estar, uma tensão, uma sensação de ansiedade.

RICHARD KOORIS Tobe adora criar coisas e fazê-las do jeito dele – infelizmente em *O Massacre 2* era totalmente o oposto, ele simplesmente foi morto pela Cannon. Ele começou a editar o filme um mês antes de terminarmos de filmar – nós terminamos de filmar em 4 de julho e ele começou em junho, mandou trazer o editor e montou uma sala de edição. A história que ouvi foi que a Cannon tinha uma data de estreia em setembro no Japão – a estreia nos EUA foi em agosto, mas o dinheiro grande veio mesmo da pré-venda para o Japão. Se eles perdessem aquela data, perderiam em torno de 4 milhões de dólares.

BILL JOHNSON Eles tinham uma sala de edição no set – entre uma filmagem e outra o Tobe ia e fazia um pouco de edição. Eu trabalhei dez semanas no filme, e Tobe precisava de mais tempo, mas eles desligaram a tomada, dizendo "Vai com o que você tem, termina essa edição". Eu estava a fim de fazer mais – nós estávamos num ritmo, um fluxo, nos acostumando ao mundo especial...

BILL MOSELEY Às vezes havia duas ou três revisões do roteiro por dia – o roteiro original que eu tinha acabava por volta da página setenta –, então o Kit reescrevia bastante durante a noite, e também havia muito improviso. Por exemplo, eu fiz uma cena na estação de rádio em que meu personagem é apresentado – quase metade daquela cena foi improvisada. Havia muitas coisas que na hora surgiam da minha cabeça chapeada. O Kit se sentava ali e gravava em fita tudo que fazíamos, e depois que terminávamos a cena, ele tocava a fita e datilografava a nova cena depois do nosso improviso...

BILL JOHNSON Kit Carson tinha essa minúscula máquina de escrever portátil, e ele ficava do lado de fora do set onde nós esperávamos para entrar em cena, datilografando e arrancando a página – "Aqui, decore isso nos próximos três minutos!" Jim Siedow odiava essas revisões em cima da hora.

MIKE SULLIVAN É verdade. Eu o vi fazer isso – eles ficavam olhando por cima do ombro dele às vezes! Eu acho que na verdade isso ajudou o filme. Havia muita coisa engraçada ali – eu acho que Tobe nem sabia o que fazer com parte do roteiro. Era uma surpresa para ele, e ele não tinha tempo suficiente de pensar naquilo, o que é um dos perigos de se criar na hora. Acho que tanto o Cozinheiro quanto Chop Top eram pessoas muito inventivas.

RICHARD KOORIS É verdade, é verdade – mas não deveria ter sido tão difícil quanto foi. E há muita culpa para distribuir. A Cannon certamente merece boa parte dela, mas Tobe também merece um pouco. Tobe não gostava de fazer tantas decisões com antecedência – ele é um cineasta mais espontâneo, intuitivo, e gosta de chegar no set, estar ali e tomar as decisões ali. Ele decidia algumas coisas antecipadamente, mas muitas coisas que poderiam economizar tempo e energia ele não fez com antecedência. Isso não é uma crítica, é só uma descrição do jeito que ele trabalha, e quando você trabalha assim demora mais... Quanto maior for o filme, menos opção você tem de fazer isso, é assim que um cineasta pessoal opera. Dá para fazer isso num filme pequeno, com equipe pequena e sem efeitos, sem muitas coisas conectadas... Em 1986, um filme de 5 milhões de dólares ainda era um filme de tamanho decente, e quando você faz um filme com tantas partes móveis – havia cerca de 135 pessoas na equipe – você fica se sentindo mais

[1] LEATHERFACE cuida de L.G.

[2] ENRIGHT encontra os restos mumificados de FRANKLIN

como um chefe de setor de produção em uma fábrica do que um diretor de um filme pequeno e pessoal. Se você insiste em trabalhar como o diretor do filme pequeno e pessoal quando está num projeto tão grande, não vai dar tão certo. Há coisas demais que precisam ser coordenadas, que precisam ser gerenciadas para funcionarem... Infelizmente, Tobe não tinha o melhor diretor-assistente e o apoio da gerência de produção naquele filme, e acho que isso voltou para assombrá-lo.

BILL JOHNSON Kit tinha muito mais coisas interessantes do que acabamos fazendo... Acabou se tornando uma coisa crua, o menor denominador comum. Ele parecia estar intensamente envolvido com a qualidade e estava fazendo o possível dentro das regras que mudavam – e elas mudavam o tempo todo –, era simplesmente difícil manter o controle do que ia acontecer. O Kit era muito articulado e parecia entender o que os atores precisam ouvir para entender e retratar melhor os personagens; ele era inteligente, tinha sensibilidade artística, entendia os atores – teria sido ótimo se ele pudesse ter colaborado mais.

BILL MOSELEY Mas nós estávamos gostando muito, havia um ímpeto que aconteceu durante a produção que era imbatível. Obviamente houve problemas com o orçamento e com a Cannon – a Cannon mandava uns caras israelitas de pescoço grosso, tipo matadores, para assustar e fazer todo mundo entrar na linha. Eu não sabia exatamente o que estava acontecendo, mas eu via esses tipos no set.

MIKE SULLIVAN Havia um boato, durante toda a produção, de que havia uma briga entre Tobe e os produtores, mas eu tentei evitá-la e continuava lhe fornecendo os Dr Pepper... Parece que houve um certo caos no primeiro filme, mas no nosso era mais nos aspectos de filmagem da produção do que fora das câmeras. Minha tendência é não querer drama – o drama acontece no filme, talvez com os atores, eu não gosto mesmo de pessoas dramáticas, sobretudo em minha equipe. Eu tendo a me relacionar melhor com os caras que batem pregos e pintam as tábuas, a galera do trabalho manual...

Eddie Surkin era um cara de efeitos especiais impressionante – nós tínhamos tanto vidro quebrado para fazer que ele chegou a construir uma mesa de fazer vidro em uma das salas do *Austin American-Statesman*.

> Em pouco tempo, o cronograma apertado e as condições inóspitas de trabalho começaram a cobrar seu preço do elenco e da equipe.

WAYNE BELL Nós ficávamos muito tempo nesse galpão onde havia sido o jornal. Eles haviam acabado de construir novos escritórios do outro lado do rio e o lugar em que estávamos ia ser demolido, assim, o departamento de arte conseguiu construir várias coisas fantásticas ali. Mas o prédio havia ficado abandonado por tanto tempo que havia evidentemente muito mofo no porão e todos nós ficamos doentes em algum momento. Eu fiquei de cama por uns dias...

BILL JOHNSON O [*prédio do*] *Austin American-Statesman* era feito de metal, sem isolamento – infelizmente para nós – e se tornou um forno. Eles trouxeram umas cem toneladas de terra, caminhões de ossos, um milhão de lâmpadas de vários tamanhos e voltagens... Fazia pelo menos 38 graus ali dentro, o tempo todo – as pessoas passavam mal. Então eles trouxeram um ar-condicionado portátil de quarenta toneladas com uma mangueira gigante de um metro de diâmetro, que eles enfiaram em uma das portas, e eles ligavam o ar entre os takes. Mas era realmente infernal – o ar estava sempre cheio de alguma coisa, havia esqueletos de algum canto do país, provavelmente cheios de bichos tóxicos, havia fumaça e argila esmectita, que é um pó superfino. Muitos filmes enchem o ar de olíbano – que dá uma atmosfera enfumaçada, dá um clima e ajuda na percepção de profundidade – e eles tinham gelo-seco e olíbano ligados... Todas essas coisas estavam grudando na minha máscara – eles também usavam spray de cabelo no meu figurino – tinha alguma coisa a ver com o reflexo da luz. E eu tinha que correr, então suava, depois ficava com frio – acabei pegando pneumonia. Tobe também pegou, várias pessoas pegaram. Bill Moseley ficou tranquilo, ele se cuidou, ele é mais sabido que eu... Eu tive o pior caso de pneumonia atípica que o médico já havia visto. Eu fiquei de cama por uma semana, quase morri uma noite, de tão ruim. Se minha esposa não estivesse lá colocando compressas frias no meu corpo, eu provavelmente teria morrido. Foi horrível.

BILL MOSELEY Eu amava o que estava fazendo. Fisicamente, eu tinha resistência – não sei, todo mundo ao meu redor estava ficando doente. Havia muita fumaça, nós estávamos em um set fechado com ar-condicionado, lá fora estava fervendo, então muita gente ficou doente com a fumaça e as mudanças de temperatura. Mas para mim alguma coisa me manteve – eu estava trabalhando provavelmente dezoito ou vinte horas por dia...

RICHARD KOORIS Tobe ficou doente por uma semana, e o filme continuou sendo gravado. Tobe estava deitado na cama, injetavam antibióticos nele, então Kit e eu dirigimos o filme por uma semana... Eu sou um cara bem saudável e continuei são durante o filme todo – não fiquei doente, nem minha esposa. Mas muita gente ficou, muitos atores. Estou convencido de que era alguma coisa crescendo naquele prédio horrível, era o ambiente perfeito para algo assim crescer... O ar cheirava mal, havia canos gotejando, fazia 49 graus, o prédio não havia sido ocupado por um ano – era ideal para organismos terríveis... Não havia ar-condicionados funcionando no prédio – o único que tínhamos era um portátil alugado, em cima de um trailer, que tínhamos que deixar ligado vinte e quatro horas por dia para esfriar o lugar à noite. Quando nós chegávamos de manhã estava muito frio, daí ligávamos as luzes e o sol subia, à tarde estava 49 graus – nós medimos algumas vezes –, por isso as pessoas ficaram doentes.

MIKE SULLIVAN Sabe, se a equipe tivesse sido consciente e limpado tudo depois, as doenças, aquele tipo de pneumonia, não teriam sido um problema. Eu finalmente me cansei daquela bagunça toda – todo mundo reclamando e gemendo e se lamentando e nunca limpando nada – então nós evacuamos o espaço todo, enchemos duas caçambas completamente cheias de restos de almoço e coisas desse tipo. Não era de se estranhar que o lugar estivesse infectado. Todo mundo trabalhava tanto que ninguém podia ser equipe de serviços – não havia equipe de serviços naquele filme – e normalmente seriam as pessoas que limpariam tudo. Eu acho que era mais resultado de nós não cuidarmos de nós mesmos do que do prédio.

that's just as real.

Atrás da máscara, um ator com PNEUMONIA

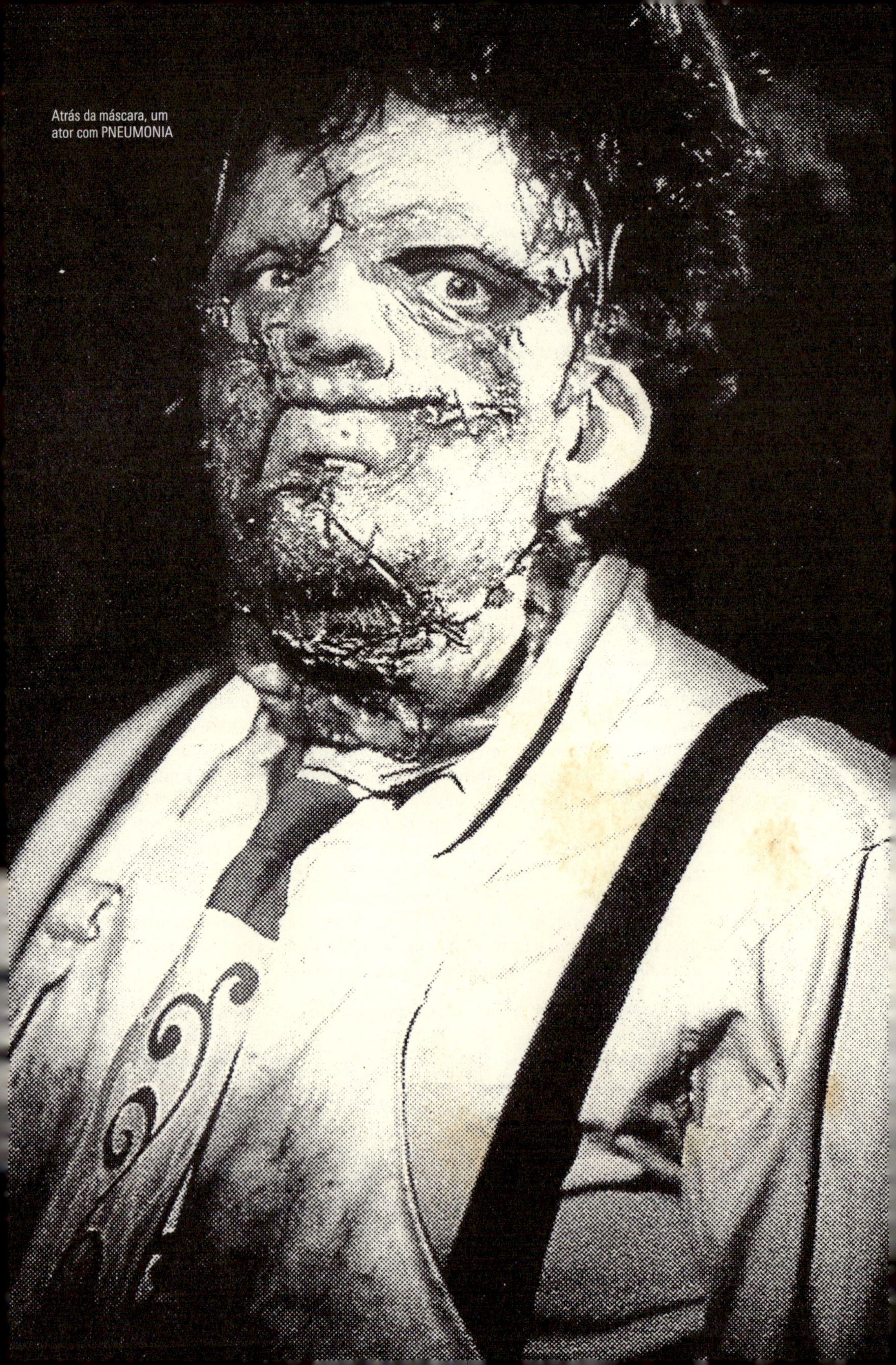

Também, usamos muita argila esmectita, assim como usamos muita rede de controle de erosão, que possui uma fibra que se degrada no ambiente – você a coloca onde há construção recente e ela segura a terra no lugar até nascer o que você plantou... Você começa a usar máquinas de vento, que é o que esse ar-condicionado portátil era, e você joga tudo aquilo no ar...

Houve um incêndio naquele lugar também, e o bombeiro-chefe que apareceu (que também se chamava Mike Sullivan e morava do outro lado da minha rua) disse "Sabe, Sully, você não deveria ter usado tanto desse material, pode pegar fogo, vocês tiveram muita sorte". Eu disse "Bem, Sully, essa conversa deve ficar só entre a gente", e ele disse "Eu seria um pouco mais cuidadoso, se fosse você". Respondi "Bem, nós pulverizamos um retardador de chamas aqui", e ele disse "Bem, mas isso é um desastre esperando para acontecer". Nós só tínhamos mais um dia de filmagem, então eu disse "Volte amanhã e faça uma inspeção – qualquer hora depois do meio-dia está bem". Aquilo foi 3 de julho, e nós terminamos de filmar ao meio-dia do dia 4.

ERIC LASHER Em determinado momento, quando Stretch sai do defumadouro e sobe a rampinha, o Jim fala "Seu irmão está serrando sua própria casa", e ele bate em alguma coisa, e você vê uma faísca subir em um pedaço de linha, ou algo pendurado no teto – dentro de vinte minutos o lugar inteiro estava cheio de fumaça e eles tiveram que ligar para os bombeiros, esse cara Josh pegou uma escada de vinte degraus, subiu e pegou o pedaço de pano do teto e pulou para baixo com ele. Ele salvou o set, basicamente – o lugar inteiro teria queimado.

RICHARD KOORIS Não deveria acontecer – não era como se estivéssemos filmando na África ou no Everest. Não havia motivo para esse filme não ser feito em um cronograma adequado e humano, mas, sabe, as pessoas dão um jeito de dificultar. Parte disso foi planejamento ruim, pré-produção ruim, o roteiro estava sendo reescrito enquanto filmávamos – a Cannon havia rejeitado o roteiro original – até o dia em que começamos a filmar eles ainda estavam mudando coisas. Minha esposa foi a supervisora de roteiro e ela disse que nunca havia visto tantas páginas de revisão em um roteiro. De qualquer forma, ela é bastante guerreira, seguia em frente, mas também batia o pé no chão quando precisava. Ela tem uma grande habilidade de assistir a uma cena e, quando íamos para a próxima tomada, de se lembrar do que cada um havia feito e que objeto estava em cada mão – ela era mortal naquilo. O trabalho dela é a continuidade, a certificação de que estamos usando a página mais atualizada do roteiro e a substituição de páginas – é um trabalho que exige muito... Foi difícil fisicamente para ela também. As funções que tínhamos significavam que acordávamos de manhã antes de todo mundo, e que íamos embora por último. O diretor de fotografia trabalha em cada uma das configurações de cena – assim que uma cena termina, todo mundo vai para a mesa de serviço para relaxar, eu imediatamente vou para a próxima configuração e começo a iluminá-la. Então o diretor de fotografia trabalha o dia inteiro, nunca se senta, e o supervisor de roteiro também é mais ou menos assim.

WAYNE BELL O último dia foi outra maravilha de vinte e seis horas, igual ao primeiro *O Massacre*. Era 4 de julho – ou melhor, começou no dia 3 e terminou dia 4! [*Risos*]

MIKE SULLIVAN E no dia 4 de julho eles ainda tinham muita coisa para filmar, então foi uma cena bizarra no *Austin American-Statesman*. Eles ainda tinham uma tomada externa da estação de rádio, que era apenas uma fachada do outro lado da rua – acho que tinha dois lados, talvez parte de um terceiro, mas não havia nada do outro lado, depois que você subia as escadas. Era um prédio falso normal de cinema. Então nós tínhamos uma equipe inteira filmando na sala de banquete, outra equipe filmando Joe Bob Briggs sendo assassinado por Leatherface em uma escada, e também tínhamos Leatherface na van, chorando por sua serra. Isso estava sendo feito do jeito pobre – você pega uma luz, ou talvez mais de uma luz, em um suporte, e enrola o fio no suporte, daí quando você o desenrola parece que carros estão passando, embora você não esteja se mexendo. E aí uns dois caras da equipe balançam a van de leve – e Bill Johnson estava dentro da van para essa cena, chorando por sua serra. Essa era a terceira câmera filmando. Depois eu virei a esquina e Kit Carson estava sentado ali com sua máquina de escrever portátil e fones de ouvido, datilografando. Eu disse "Kit, o que você está fazendo?" E ele: "Estou escrevendo o roteiro". "Você está escrevendo o roteiro – é o último dia de filmagem, são dez horas, nós temos que desligar tudo em duas horas, que diabos você está escrevendo? Uma nova cena que vamos filmar hoje?" Ele disse "Não, estou escrevendo cenas de ontem" – ele estava escrevendo o diálogo que estava na fita cassete, ele estava escrevendo o roteiro do dia anterior! Eu mandei dois assistentes à loja para comprar uma caixa de champanhe – ao meio-dia a Cannon desligou as tomadas e nós começamos a abrir o champanhe. Foi o último dia de filmagem mais bizarro de que eu já participei.

RICHARD KOORIS Foi uma filmagem muito, muito difícil. Fisicamente, foi uma das coisas mais difíceis que já fiz na vida, e foi difícil para todo mundo que trabalhou nela. O cronograma era simplesmente brutal. Nós filmamos seis dias por semana durante nove semanas e meia, quinze horas por dia – eu estava tão cansado que dormi as três semanas seguintes quando terminou. No último dia de filmagem, acho que trabalhamos vinte e sete ou vinte e nove horas direto. Nós tínhamos um chamado de manhã, no dia 3 de julho – tínhamos muito material para fazer, duas equipes trabalhando. Estávamos desesperados para terminar. Filmamos o dia todo e a noite toda, até de manhã. A Cannon falou "Vocês têm que desligar as tomadas no dia 4 de julho", mas eles não disseram que horas, então continuamos trabalhando até terminarmos tudo. As pessoas estavam tão cansadas que choravam, tinham colapsos nervosos – era como o final da Marcha da Morte de Bataan...[8]

BILL MOSELEY A última cena era a da granada explodindo – havia uma cena pirotécnica e eles eram caras malucos, acho que eram do exército israelita, haviam feito um grande explosivo: pólvora flash e detritos voando por toda parte, e eu devia perseguir a Stretch e depois subir as escadas. Havia uma câmera me filmando do topo das escadas – a câmera precisa me ver *e* a explosão atrás de mim, que supostamente é a granada

8 Nome pelo qual ficou conhecido um dos maiores crimes de guerra da Segunda Guerra Mundial contra prisioneiros norte-americanos e filipinos, de dezembro de 1941 a abril de 1942.

explodindo. A Cannon ia desligar tudo, então nós fizemos um dia de vinte e quatro horas para terminar a filmagem. A última cena, ao final das vinte e quatro horas, era a que eu tinha que subir as escadas sem corrimão com uma explosão atrás de mim. Eu estava meio paranoico ou delirante àquela altura, e achei que a Cannon havia planejado aquilo, de modo que eles teriam todas as minhas cenas e depois me matariam pela publicidade! Então eu estava assustado, e aquilo me deu adrenalina suficiente para conseguir subir as escadas correndo - a explosão aconteceu e tudo parecia bem. Depois decidiram que a câmera não pegou a explosão, ela precisava ser maior! Então os israelitas loucos decidiram - o trabalho deles estava em jogo, eles estavam mais preocupados com a pele *deles* do que com a minha. Eles colocaram praticamente todos os explosivos que tinham de resto. Daí eu pensei: "Eu *estou* certo - não estou delirando, eles realmente querem me matar!" Eu acho que devo até ter rezado, sabe, "Por favor, Deus, me deixe sair dessa, não deixe que eles me matem". Quando eles disseram "Ação" eu realmente voei por aquelas escadas, houve uma explosão enorme e eu podia sentir o calor na minha nuca - aqueles caras estavam lutando por suas futuras carreiras pirotécnicas! Mas eu sobrevivi, obviamente...

LOU PERRYMAN Eu fiquei com uma granada de lembrança, mas a dei para o namorado da minha filha - ele é um pouco mais sensato do que eu. Fiquei com medo de ficar tentado a jogá-la em algum lugar perto da mansão do governador, quando Bush se candidatou a presidente. Isso sairia nos jornais internacionais... Então eu disse apenas "Aqui, tire essa merda das minhas mãos antes que eu faça alguma coisa louca".

> Um grande motivo de desconforto no set era a presença do diretor de produção Hank Kline e do diretor da segunda unidade Newt Arnold. Um eventual diretor (*Mãos Criminosas/ Hanfs of a Stranger*, *Blood Thirst,* algo como *Sede de Sangue*, filmes de 1962 e 1971, respectivamente) e veterano de dezenas de filmes, incluindo vários com Sam Peckinpah, *Blade Runner* e *O Poderoso Chefão Parte II* (*The Godfather: Part II*), a presença de Arnold irritava Hooper, enquanto a de Kline irritava todo mundo.

WAYNE BELL O diretor de produção era um cara da Cannon e eu acho que ele às vezes trabalhava com propósitos opostos ao que o Tobe estava tentando fazer. Ele estava tentando controlar os gastos - era apenas um produto, ele não entendia o que estávamos tentando criar. O filme ficou atrasado e eles trouxeram um diretor de segunda unidade para filmar coisas secundárias e eu fiquei indo de uma unidade a outra. Coloquei um dos meus assistentes em um dos sets, e se as coisas ficassem sérias, como diálogos importantes, nós trocaríamos de unidade. O cara que eles mandaram era uma espécie de picareta, Newt... Eles não faziam ideia do que Tobe estava fazendo, só queriam acabar logo. Mas eu não sei se o próprio Tobe sabia o que estava tentando fazer. É um filme estranho que não é lá tão coerente...

BILL MOSELEY O diretor de segunda unidade era Newt Arnold, e ele era um dos caras que a Cannon estava enviando até nós, não era para fazer algo para o Tobe, era para fazer algo *contra* o Tobe... Então Newt chegou - ele era outro cara das antigas - e ele estava em *Os Goonies* (*The Goonies*, 1986)! Ele está tomando banho em *Os Goonies*!

[1] THE MUPPET

[2] Os integrantes vivos da família de O MASSACRE... 2

MIKE SULLIVAN O diretor de produção era Hank Kline. O primeiro dia que eu cheguei e fui falar com ele sobre orçamento, eu disse "A quantia que você orçou para o que você quer é ridícula, mas nós vamos tentar fazer". Eu também ganhava a vida como ator, e na maioria das vezes fazia personagens judeus – embora eu seja irlandês, cresci em um bairro metade irlandês, metade judeu, e aprendi a falar naquele dialeto quando criança. Daí ele saiu dessa reunião comigo, foi falar com outros caras do filme e disse "É muito legal da parte de vocês colocar alguém da minha gente nesse filme". E eles se perguntavam "'Da minha gente?' Como assim?" E ele falou "Sabe, aquele garoto judeu que vocês contrataram para os adereços". "Ah, o Sully?" "Isso!" E eles acharam muito engraçado. Mas eu disse "Não contem a ele, não contem a ele que sou irlandês – eu vou usar isso a meu favor, eu vou conseguir o máximo que puder desse cara por ser judeu, porque ele vai ficar contando moedinhas como vocês nunca viram". E alguém disse "Isto não é um pouco antissemita?" e eu falei "Não, é apenas sobrevivência". E ele era o homem-machadinha enviado pela Cannon – toda vez que eles queriam cortar algum dinheiro, ou achavam que Tobe estava sendo extravagante demais, ou que ele iria ultrapassar o orçamento, eles mandavam Hank até lá para fazer seu número do cachorro louco com a equipe inteira. Todo mundo foi afetado por isso, exceto seu único amiguinho judeu! Eu pedia algo, eu conseguia! E usei isso com ele até o fim do filme!

O PRIMEIRO DIA QUE EU CHEGUEI E FUI FALAR COM ELE SOBRE ORÇAMENTO, EU DISSE "A QUANTIA QUE VOCÊ ORÇOU PARA O QUE VOCÊ QUER É RIDÍCULA, MAS NÓS VAMOS TENTAR FAZER"

ERIC LASHER Teve todo tipo de coisa rolando – Hank era um espião, era o cara que todos odiavam, todo mundo sabia que ele era um espião. Alguma coisa acontecia, e no dia seguinte recebíamos críticas – tem que vir de alguém! Era prejudicial ao projeto porque Tobe perdia tempo em negociações, em vez de trabalhar no filme.

Ele foi responsável por alguns dos problemas que tive também. Eu estava enviando os negativos de Austin até a Cannon em Los Angeles e recebia reclamações de volta: "Quem é essa garota que você está fotografando?" Bem, era Caroline... "Cadê os monstros?" Isso foi duas semanas antes de começarmos a filmar alguém com a maquiagem completa – e eu fui demitido! Tobe me contatou no dia em que fui demitido, ele ia pedir demissão também e eu disse a ele para não fazê-lo. Ele estava muito irritado em estar sendo usado. Então ele me contratou de volta – Gary Farr é o fotógrafo nos créditos. Ele era um cara muito gentil. Fez vários filmes de Oliver Stone, morreu de ataque cardíaco logo uns três ou quatro anos depois de *O Massacre 2*. Mandaram ele para lá, e ele estava tentando trabalhar, mas ninguém cooperava com ele porque todos gostavam muito de mim.

RICHARD KOORIS A relação de Tobe com a Cannon era muito tensa. Foi por isso que mandaram aquele diretor de produção para trabalhar conosco. Havia muita animosidade.

Ele era o cara dos cortes, basicamente, o enviado para cortar o orçamento e estalar o chicote na equipe. Um *idiota* – todo mundo o odiava. Ele cortou tudo, nenhum departamento conseguia o que precisava, a comida ficou horrível, não havia água no set, ele não providenciava motoristas para levar e buscar a equipe da locação – nós tínhamos uma locação que ficava a setenta quilômetros de Austin, e era uma noturna, as pessoas caindo de sono na estrada tentando dirigir de volta pela manhã, e ele não nos dava motoristas! Eu acabei pagando um motorista para a equipe de câmera porque era muito perigoso. O cara era simplesmente um monstro... Já para o final do filme não havia mais comida. Fazia 49 graus dentro do set que construímos no *Austin American-Statesman* e, nas três últimas semanas lá, não havia água para beber!

TOBE HOOPER Era o pior diretor-assistente que já vi. O cara saiu dos limites. Na minha cabeça, tudo havia sido muito bem conversado e ele sabia exatamente o que fazer. Por exemplo, há uma cena em que yuppies são massacrados numa garagem subterrânea. A cena foi filmada, mas ficou horrível, e era algo que qualquer bom diretor assistente saberia fazer. Mas o cara tentou dar sua própria interpretação a algo que já havia sido es-

UM IDIOTA – TODO MUNDO O ODIAVA. ELE CORTOU TUDO, NENHUM DEPARTAMENTO CONSEGUIA O QUE PRECISAVA, A COMIDA FICOU HORRÍVEL, NÃO HAVIA ÁGUA NO SET...

tabelecido. Tem uma cena em que Leatherface salta de trás da van do bufê. Bem, eu fiquei louco quando vi a cena. As portas se batem para fora e há uma luz ofuscante como se Leatherface estivesse no armário do *Poltergeist*. E todos os yuppies têm uma expressão de cachorro nos rostos, e ele simplesmente desce e os corta em pedacinhos. O diretor assistente acreditava que os yuppies deveriam ficar enfeitiçados com ele; bem, eu inventei Leatherface e não sabia que ele tinha esses poderes. Foi totalmente conflitante com o meu conceito, e eu não tinha tempo de refilmar essas cenas. Então isso foi a primeira coisa que tirei do filme. Daí a Cannon tirou a história de fundo de Dennis Hopper, a que contava sobre seu personagem... Enright havia usado a mãe de Stretch como isca para prender o tio dela numa apreensão de drogas, então quando ele usa Stretch como isca para os maníacos, a coisa toda se fecha num círculo, havia toda uma simetria na história. Além disso, fica claro que Enright não é bom da cabeça; ele toma muito mescal, tem alucinações depois de comer a minhoca, sabe, serras saindo das paredes e o envolvendo... [Entrevista a Philip Nutman, *Shock Xpress*, inverno 1987]

ERIC LASHER Havia uma sequência com Dennis que foi cortada, a cena da alucinação no quarto do hotel, antes de Stretch bater na porta. Há serras saindo das paredes por todos os lados – tudo isso se foi. A cena toda dos yuppies na garagem subterrânea foi cortada – esse cara, John Ivey, é colocado contra a parede e a serra atravessa sua cabeça e ele cai em direção à câmera. Essa parte dos yuppies foi cortada por causa de tempo, de certo modo. Você se afastava da Stretch – originalmente ela deveria estar pendurada de

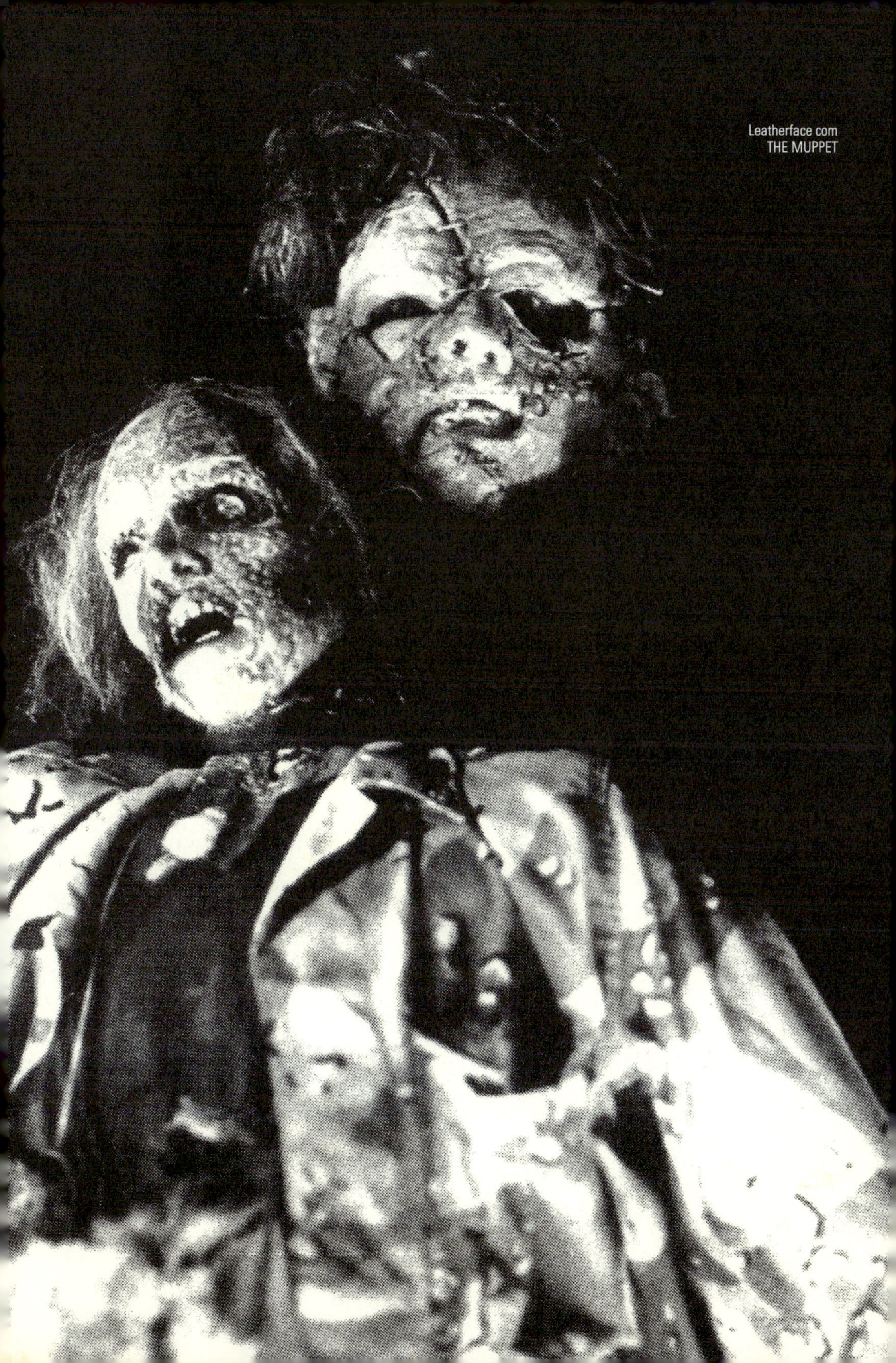

Leatherface com
THE MUPPET

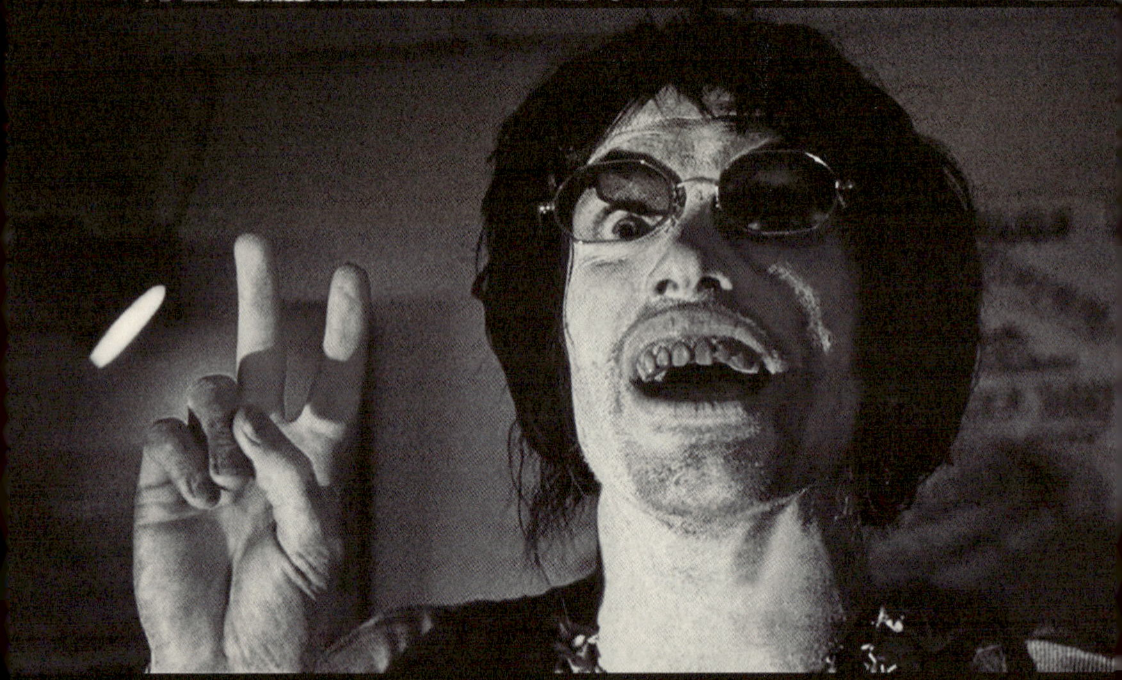

THE TEXAS CHAINSAW MASSACRE 2

[1] DENNIS HOPPER em dúvida entre qual levar

[2] CHOP TOP paz e amor

cabeça para baixo, presa, e ele coloca a máscara nela e um saco cobrindo sua cabeça, e sai; tudo isso mudou. Ela estava presa lá e eles saíam para uma farra de matanças. Eles decidiram que isso se desviava do personagem principal, então foi por isso que cortaram. O diálogo no Rolling Grill AGoGo no caminho para matar os yuppies agora se sobrepõe à cena em que ela sai do defumadouro, então você tem os pontos pertinentes à história, mas eles estão em lugares diferentes.

BILL JOHNSON Eu não sei qual foi o lance, ninguém me falou nada. Eu sei que Tobe estava aborrecido com alguma coisa - ele deu um ataque uma vez, foi surpreendente... A segunda unidade estava filmando alguma coisa ao mesmo tempo, perto da gente, e o barulho que estavam fazendo estava atrapalhando o que nós estávamos fazendo - e Tobe foi até a porta do set e gritou com eles, xingou muito, e afirmou sua justa posição: "Esta é a primeira unidade, nós temos precedência!" Mas Newt parecia muito relaxado e seguro de si...

EU NÃO SEI QUAL FOI O LANCE, NINGUÉM ME FALOU NADA. EU SEI QUE TOBE ESTAVA ABORRECIDO COM ALGUMA COISA – ELE DEU UM ATAQUE...

RICHARD KOORIS Ah sim, Newt, a maravilha caolha, sim [*risos*]. Ele tinha um tapa-olho - ele era outro cara das antigas, se achava uma dádiva de Deus para o cinema... Eu não sei de onde a Cannon tirava esses caras... Ele era desses velhos veteranos grisalhos, ele foi à guerra... Você precisa se lembrar de que isso era um verdadeiro choque de culturas. Havia caras como Newt e Hank Kline tentando se misturar com Tobe Hooper e Kit Carson, e era uma confluência estranha de gerações e habilidades - muito, muito estranha. Aquela tensão continuou o filme todo - especialmente por causa dos dois filmes anteriores que foram fracassos de bilheteria. A atitude da Cannon era que eles precisavam do filme terminado dentro do orçamento e do prazo, para distribuição, e eles precisavam que ele ganhasse muito dinheiro - o que finalmente acabou acontecendo, o filme acabou ganhando muito dinheiro para a Cannon. Mas eles não confiavam em Tobe, não confiavam nele nem um pouco.

AFTER A DECADE OF SILENCE...
THE BUZZZ IS BACK!
A TOBE HOOPER FILM
THE TEXAS CHAINSAW MASSACRE PART 2
THE CANNON GROUP, INC. PRESENTS A GOLAN-GLOBUS PRODUCTION OF A TOBE HOOPER FILM THE TEXAS CHAINSAW MASSACRE PART 2
STARRING DENNIS HOPPER MUSIC BY TOBE HOOPER AND JERRY LAMBERT CO-PRODUCER TOBE HOOPER EXECUTIVE PRODUCERS HENRY HOLMES AND JAMES JORGENSEN
WRITTEN BY L.M. KIT CARSON PRODUCED BY MENAHEM GOLAN AND YORAM GLOBUS DIRECTED BY TOBE HOOPER
CANNON INTERNATIONAL
RECORDED IN ULTRA-STEREO
DUE TO THE NATURE OF THIS FILM NO ONE UNDER 17 WILL BE ADMITTED

Pôster de
O MASSACRE DA
SERRA ELÉTRICA 2

"VALE A PENA CORTAR MAIS ADIANTE"

O MASSACRE DA SERRA ELÉTRICA 2

Tobe Hooper havia gastado mais de 40 milhões de dólares do dinheiro da Cannon em três filmes. As bilheterias de *Força Sinistra* e *Invasores de Marte* foram fracas (11,6 e 4,8 milhões de dólares, respectivamente) e não recuperaram nem metade dos custos de produção. *O Massacre 2* acabou tendo um lucro saudável, mas foi o começo do fim para a Cannon. O desinteresse do público nas atrocidades em celuloide da Golan e Globus ao final dos anos 1980 e investigações da Comissão de Valores Mobiliários (SEC) sobre seus registros financeiros levaram a empresa a decretar falência no fim da década.

O Massacre 2 foi recebido de forma irregular, e muitos acharam que Hooper não conseguiu alcançar o equilíbrio correto entre terror e comédia (exagerou em ambos). As qualidades visuais do filme (ainda é o trabalho mais vistoso de Hooper) foram comprometidas por lapsos de incoerência narrativa e uma trilha sonora cafona de Hooper e Jerry Lambert, o instalador de antenas dele... Caroline Williams ganhou um prêmio de melhor atriz no festival de cinema de Sitges em 1986, mas no geral *O Massacre 2* foi consignado à categoria "fracasso". O tempo tem sido surpreendentemente generoso com o filme, especialmente com o advento do lançamento em DVD *widescreen* (ainda que falte uma restauração narrativa), mas algumas pessoas ainda podem achar que cem minutos de gritos e berros em níveis de histeria somados a uma trilha metálica e irritante seja uma experiência um pouco dolorosa.

Seu conteúdo de muita violência e sangue levou *O Massacre 2* a ser lançado sem classificação indicativa de idade nos EUA, restringindo o número de salas em que podia ser exibido e a quantidade de propaganda que podia ser feita – e seu desempenho fraco nas bilheterias

ENRIGHT ergue sua serra na Batalha pela Humanidade

se deve provavelmente mais a isso do que às críticas mornas. (Embora sua receita inicial de 8 milhões de dólares fosse bastante respeitável, dado seu lançamento limitado).

Apesar de ter decidido aumentar o derramamento de sangue do filme para agradar aos fãs de *gore* que queriam mais do que o primeiro filme havia entregado, Tobe Hooper ficou tipicamente perplexo com a classificação.

TOBE HOOPER Acho que foi por causa de o personagem L.G. ter seu cérebro martelado e também quando tiraram sua pele. Claro que não mostrei seu rosto sendo removido, só sendo colocado de volta, mas o trabalho de maquiagem de Tom Savini era meio explícito, logo filmei a cena com um brilho meio âmbar para diminuir a sordidez. Mesmo assim, ainda acho que deveria ter recebido a classificação R (menores de 17 anos acompanhados dos pais). [Entrevista a Philip Nutman, *Shock Xpress*, inverno 1987]

RICHARD KOORIS Ser lançado sem classificação diminuiu enormemente suas chances – nem foi exibido em muitas cidades, não conseguíamos publicidade nos jornais por não ter classificação indicativa. Quando estreou em Los Angeles, a única propaganda era em outdoors e pontos de ônibus – nenhum jornal de L.A. queria publicar os anúncios. Não dá para lançar um filme sem propaganda em jornal – ninguém sabe onde encontrá-lo, onde vai passar – e o filme não recebeu nenhuma publicidade em jornal em seu lançamento inicial. A importância do lançamento no Japão era que a Cannon já estava entrando em dificuldades financeiras a essa altura, embora eles não admitissem, já estavam com a corda no pescoço com relação a dinheiro. O filme custou 5 milhões de dólares e uns quebrados, e eles iriam receber 4 milhões de dólares e meio do lançamento no Japão, então eles pressionaram Tobe. Deram a ele trinta dias para editar o filme e disseram: "Ao final desse período nós o tomaremos e vamos terminar a edição, porque *vai ter que* estar nos cinemas quando nós dissermos".

A Cannon tomou conta da edição e, se houvesse qualquer cena com sangue, vísceras ou serras elétricas, eles incluíam, e para fazer com que o filme tivesse a duração adequada, jogaram a história fora – essa foi a verdadeira tragédia...

TOBE HOOPER Vou ser franco: acho que esse filme veio da minha frustração com a comédia do primeiro filme não ter sido valorizada ou compreendida. Então eu amplifiquei os aspectos engraçados dele, mas ao mesmo tempo Tom Savini fez tudo tão anatomicamente correto que o filme acabou nem recebendo uma classificação. Eu gosto do filme enquanto uma comédia maluca, bizarra, exageradamente sombria, mas falhei em fazer o que o público esperava do filme, que era assustar muito e dar um pouco mais do que haviam experimentado no primeiro filme. Uma de suas falhas é que infelizmente muito tempo foi gasto com a Família da Serra Elétrica. Você ficava conhecendo a família e sua insanidade bem demais e isso desmistificou os elementos potenciais de horror. Eu gosto desse filme também, mas preciso dizer que certamente não é a continuação essencial. Foi parte de um acordo de negócios, e eu me diverti fazendo, em prejuízo do próprio filme. Às vezes fazemos coisas pelos motivos errados. [*The Austin Chronicle*, nov. 1988]

BILL MOSELEY Eu achei o filme ótimo – não tive nenhum problema com ele. Com um pouco mais de tempo poderia ter sido melhor, mas isso é para as pessoas falarem depois do fato. Tenho certeza de que para cada filme há histórias de famosas cenas perdidas e nós não temos, e é uma pena. Mas da minha parte achei que foi muito divertido e adorei o filme. Eu amei o Chop Top, tinha uma empatia ali, para o bem ou para o mal! Pergunte a meus filhos! E eu amei trabalhar com Jim Siedow, ele é o melhor.

Eu estava tão feliz em fazer parte da Família Serra Elétrica, desse legado, achei fantástico – eu já havia visto tantos filmes de terror ruins e sou superfã do original.

Era como se Tobe e Kit estivessem me dando uma missão muito importante de levar isso ao próximo patamar. O legado do *Massacre* não me oprimiu tanto quanto me inspirou – era muita sorte! Eu não conseguia trabalho nem como cadáver e depois alguém me deu as chaves de uma Ferrari – dar sequência a talvez um dos maiores filmes de terror da história, mesmo. E era um personagem novo, não era como se eu tivesse de ser alguém que havia sido interpretado por outra pessoa, embora eu certamente deva muito da minha inspiração a Ed Neal, ele fez um trabalho impressionante no primeiro filme. Estar nesse filme me inspirou a contribuir com tudo que eu gostaria de ver em um filme de terror.

ERIC LASHER Por que alguém autorizaria um filme, investiria todo esse dinheiro nele, para arruiná-lo? O filme ainda sobreviveu; infelizmente não é o filme que intencionaram fazer originalmente... Acabou ficando como é, um clássico cult, de certo modo. Fico fascinado de ter feito parte. Olhando para trás, eu sei onde estava em cada tomada – essa ainda é minha melhor experiência em cinema e eu fiz uns quarenta filmes. Foi a mais incrível... só de estar lá, perambulando. Era um ambiente fantástico...

BILL JOHNSON Eu estava razoavelmente satisfeito. Queria que houvesse mais liberdade nos aspectos criativos – eu não sabia quanta influência os produtores tinham. Eu sei que não gosto de me sentir pressionado e tenho certeza de que Tobe também não gostava. Ele tinha seu próprio cronograma orgânico, e quando parecia que estávamos entrando no clima tínhamos que encerrar... Eu gostaria de ter feito a sátira que acho que Kit tinha em mente desde o início, eu gostaria que tivesse sido material imbatível para o Oscar, mas isso estava fora de cogitação para qualquer coisa que pudesse acontecer num período tão curto de tempo – e naquele gênero... Há alguns filmes de terror realmente muito bons, e quantas vezes eles são indicados? Existe um perigo em membros aberrantes da sociedade quererem ter seus quinze minutos de fama! Acho que eu queria um pouco mais, enquanto fã de filmes – um pouco mais de base, talvez mais história de fundo...

MIKE SULLIVAN Eu gostei bastante do roteiro original, mais do que da versão final. Todo o humor que Kit colocou no original se foi, e acho que o filme se transformou num filme de perseguição.

Quanto ao visual do filme, acho que a fotografia de Richard Kooris capturou a maior parte das boas qualidades da direção de arte. Muitos dos detalhes se perderam, mas acho que isso acontece com quase todo filme. Os únicos recursos visuais que eu queria que tivessem sido mais mostrados foram os dioramas que criamos nos túneis do Matterhorn.

Muita gente teve que inventar coisas porque não tínhamos dinheiro para comprá-las ou alugá-las, então elas tinham que ser criadas da maneira mais barata possível. Daí o uso da imaginação em muitas áreas – maquiagem, adereços, cenários –, você tinha que ser criativo. De alguns modos acho que fui mais inventivo nesse projeto do que em qualquer outro. Já trabalhei muito em filmes de base histórica, nos quais usamos o que chamamos de "jogo de correspondência" – você acha fotografias históricas e as usa como material de pesquisa. Com *O Massacre*, não havia nada para usar. Era tipo *Pequenos Espiões* – tudo tinha de ser criado do zero, não havia referência, tinha que sair da imaginação.

JIM SIEDOW Eu gostei muito dos dois, mas muito mais do segundo, porque pagou bem mais! Eu só pude ceder uma semana para o primeiro filme, e este levou em torno de três meses. Nós nos divertimos muito. Meu personagem era muito mais legal de fazer também. E – comparado ao primeiro – nós tínhamos nossos próprios trailers com ar-condicionado e tudo mais! Foi bem mais confortável.

RICHARD KOORIS Eu estava muito feliz com o que havíamos feito visualmente – acho que o filme tem um visual espetacular, especialmente dadas as circunstâncias que tínhamos para trabalhar – e fiquei muito contente com meu trabalho. O filme que eu vi através do visor da câmera e o diálogo que ouvi, esse filme nunca saiu. Há um enorme número de cenas e muitas histórias dos personagens que foram cortadas – especialmente do personagem de Dennis Hopper. Então o roteiro que eu li originalmente, e o roteiro que filmamos, não é o filme que foi montado. Eu fiquei muito decepcionado com a edição que vi porque eles basicamente o transformaram num filme *slasher*, e isso não era o que o filme seria, a princípio. O roteiro que vi era uma sátira maravilhosa e mordaz ao materialismo, yuppies, consumismo e ao estilo de vida americano – Kit fez um trabalho brilhante, meio que estendendo o mito do *Massacre* de todas as maneiras que deveriam ter sido, como uma sátira cultural, era bem ao estilo de Jonathan Swift.[1] Todas essas coisas ficaram no chão da sala de edição – essa foi minha maior decepção, e acho que de Tobe também. Havia toda uma história de fundo sobre o personagem de Dennis Hopper – filmamos cenas incríveis num quarto de hotel onde ele tem muitos conflitos psicológicos sobre coisas que aconteceram em seu passado, ele está deprimido, quase suicida...

Quando você corta tudo isso, desvaloriza muito o personagem de Hopper – o guarda do Texas vira uma espécie de figura de desenho que só anda pelo filme com suas serras no coldre, isso eviscera o filme. Seria maravilhoso se o dono do material original deixasse Tobe voltar e editar o filme que ele queria – há realmente uma grande sátira enterrada ali, e nós filmamos a maior parte dela...

1 O escritor irlandês (1667-1745), autor de *As Viagens de Gulliver*, é reconhecido como o maior sátiro em língua inglesa.

that's just as real.

[1] Pôster do filme CLUBE DOS CINCO (The Breakfast Club) com Molly Ringwald, Emilio Estevez e outros ícones dos anos 1980

[2] A FAMÍLIA fazendo a pose do Clube dos Cinco com sua serra elétrica

CAROLINE WILLIAMS A Cannon Filmes tratou Tobe muito mal. Eles estavam o tempo todo o questionando, olhando sobre seu ombro, tirando dinheiro, dando dinheiro. O filme que foi escrito e filmado era uma sátira maravilhosa. Daí eles tomaram posse disso e foderam com tudo. [*The Guardian*, 28 set. 2001]

BILL MOSELEY Na maior parte, minhas cenas não sofreram com as edições que aconteceram. Uma cena que me lembro de ter feito foi quando Leatherface, o Cozinheiro e eu estávamos gravando com Tobe na unidade A, e nós éramos colocados numa van e levados a uma garagem subterrânea. Newt estava dirigindo uma cena de batalha entre estudantes do Texas e de Oklahoma. O Rolling Grill AGoGo aparece e há uma espécie de revolta, os estudantes tentam saquear o caminhão e Leatherface balança uma serra para um estudante do Texas que está fazendo o sinal do chifre com as mãos. Leatherface corta a mão dele, ela voa pelo ar, cai e lentamente levanta o dedo médio... Então tinha a cena da garagem, tinha a cena com Joe Bob Briggs em que vamos a uma estação de rádio e Leatherface começa a cortar os yuppies e as yuppettes... E teve uma coisa que eu gravei em que estou costurando a cabeça de Muppet, porque ele leva um tiro no começo, e eu estou cantando "People Are Strange", do The Doors, enquanto costuro o buraco na cabeça do meu irmão gêmeo. E acho que isso foi cortado – essa foi a penúltima cena que gravamos.

JIM SIEDOW Eu sei que há cenas que o forçaram a cortar que eram maravilhosas... Mas não sei por quê, realmente não sei. Tinha uma com Chop Top e eu – eram engraçadas para diabo, não sei por que cortaram, eram boas cenas.

O *laserdisc* americano original da Elite Entertainment adicionou dez minutos de cenas deletadas (sem efeitos sonoros), enquanto o lançamento em vídeo de 1996 alegava ser uma "Versão do Diretor" de 111 minutos; a MGM não incluiu nenhuma das cenas perdidas no lançamento do DVD econômico.

O Massacre 2 se saiu ainda pior na Grã-Bretanha do que seu antecessor. Em 1984 (naturalmente),[2] o país havia sucumbido a uma onda de histeria contra filmes de terror, criada pela imprensa marrom e políticos oportunistas. A legislação resultante do governo contra os chamados "vídeos nojentos" e o desejo obsessivo de James Ferman de proteger a população da corrupção insidiosa dos filmes fizeram com que a fita não fosse exibida por quinze anos, sem nem mesmo receber a certificação local que permitiu que seu antecessor fosse visto em parte do país.

O Massacre 2 foi visto pela primeira vez pelo British Board of Film Classification (BBFC, algo como "Conselho Britânico da Classificação de Filmes", um nome mais amigável que "Censura") em 8 de outubro de 1986. Os examinadores se dividiram entre rejeitá-lo ou

2 O autor britânico Stefan Jaworzyn provavelmente faz referência aos turbulentos anos 1980 na Grã-Bretanha, especialmente nesse 1984 ocorreram diversos conflitos sociais, como a greve dos mineiros reprimida com dureza pela recém-reeleita Margareth Thatcher, que também sofreu uma tentativa de assassinato nesse mesmo ano.

lançá-lo com classificação 18 anos com sérios cortes. Depois de uma segunda sessão do BBFC em 10 de outubro, os examinadores ainda estavam divididos entre a rejeição e o lançamento com vários cortes de censura. Eles permaneceram sem decisão depois de uma terceira exibição em 15 de outubro, e até 23 de outubro o BBFC ainda não havia se decidido entre rejeitar ou cortar muito.

Em 29 de outubro, Steve Southgate, o gerente técnico dos distribuidores Columbia-Cannon-Warner escreveu para o BBFC detalhando alguns dos cortes feitos na cópia que estavam enviando (chamada de "Versão da Cannon para o Norte Europeu"). É quase impossível imaginar como o filme ficaria nesta versão:

"A cena de abertura, com os rapazes no carro quando são atacados, agora consiste apenas em uma tomada de uma cabeça aberta.

A cena na estação de rádio, onde L.G. tem sua cabeça golpeada por um martelo, agora foi reduzida para apenas três marteladas. (A cena com a garota sentada de pernas abertas com Leatherface na sua frente com a serra elétrica continua a mesma.)

A cena completa na qual Leatherface usa uma faca elétrica em L.G. retirando carne das pernas, peito e rosto foi removida, e a de Leatherface colocando a máscara de pele no rosto da garota também foi removida.

A cena em que Leatherface tem a serra atravessada em seu peito foi reduzida apenas à tomada de entrada. A cena com Chop Top cortando sua garganta foi reduzida. A cena com Chop Top cortando as costas da garota com navalha foi reduzida."

Em 21 de maio de 1987, depois de *O Massacre 2* ter sido reapresentado várias vezes, o BBFC ainda achava que era melhor "cortar ainda mais". Nessa altura, a Cannon desistiu, e o filme definhou no baú até que o diretor do BBFC James Ferman se aposentasse. O Relatório Anual de 1987 do BBFC dizia: "Nenhum filme foi recusado completamente em 1987, embora um filme, *O Massacre da Serra Elétrica 2*, tenha sido considerado muito violento para certificação. Os distribuidores do filme enviaram várias versões reduzidas e reeditadas, mas nenhuma satisfez totalmente as objeções do Conselho aos excessos brutais da versão sem cortes".

Em 2001, foi finalmente certificado para 18 anos sem cortes para vídeo (julho) e para cinema (agosto), recebendo sua primeira exibição no festival de filmes de terror Frightfest no fim do mês.

BILL MOSELEY Acho que Gunnar definiu o padrão, mas Bill foi fantástico. Uma das coisas que Bill fez que foram simplesmente incríveis foi a cena em que ele conhece Stretch e eles têm sua "cena de sexo" no estoque da estação de rádio. Quando ela começa a desafiá-lo e ele acaba colocando a serra entre as pernas dela – basicamente, achei que ele fez um trabalho incrível. Havia umas cenas em *O Massacre 2* que pediam um certo tipo de, não sei, talvez sensibilidade de Leatherface que o primeiro filme não pedia. Não que Gunnar não pudesse ter feito isso, acho Gunnar fantástico. Eu só acho que Bill fez um trabalho muito legal, dando uma outra dimensão um pouco sensível. Quem pensaria em Leatherface como um personagem romântico? [Entrevista ao amazon.co.uk]

GUNNAR HANSEN As pessoas pensam em Leatherface como esse cara meio gordinho, adorável, mas ele não é – basicamente, Leatherface mata tudo que se move... As únicas pessoas que podem considerá-lo adorável são seus familiares, porque ele faz o que eles mandam – não há nada de amor ali!

BILL JOHNSON Na cena em que Caroline está na banheira de gelo e Leatherface está passando a serra na coxa dela – eu pensei: "Não sei, não parece Leatherface para mim..." Eu pensei, "Cara, isso está indo longe demais" – estou tentando achar um meio de justificar isso como ator... Me pareceu muito pervertido – quem vai se excitar com isso? Minha ideia era que primeiro eu a apresentaria à minha serra antes de começar as preliminares – tipo, "Se você quer ser minha amiga, talvez você e a serrinha podem meio que se curtir um pouco". Mas tinha toda aquela energia acontecendo – eu não tinha experiência em mostrar meu ponto de vista, e não me parecia seguro, eu não sabia o que fazer, então decidi que era melhor seguir o fluxo – eu só queria ser aceito, queria ser amado!

GUNNAR HANSEN O que eu acho esquisito é que agora já tivemos cinco Leatherfaces e eu sou o único de quem as pessoas se lembram com clareza. É muito estranho... Eu encontrei o R.A. Mihailoff e saí para jantar com ele – acho que ele pensou que eu fosse ficar com raiva por ele ter pegado meu papel! Ele é o cara mais doce do mundo (ele não gostaria que você soubesse disso porque ele é motoqueiro!). Minha impressão é que as pessoas me associam a esse papel porque eu fui o original. Tive a tremenda vantagem de ser o original – eu pude definir o personagem –, então quando você vê Bill Johnson como Leatherface em *O Massacre 2* você não gosta, não porque ele não tenha feito um bom trabalho, mas porque ele não conseguiu recriar fisicamente o personagem. Se Bill tivesse feito o primeiro filme e eu o segundo, mesmo que eu tivesse feito um bom trabalho (seja lá o que isso for) as pessoas ainda diriam que eu não fiz direito...

LEATHERFACE
antes do ataque
com sua imponente
serra elétrica

LEATHERFACE posa entre os discos de vinil da emissora de rádio

BILL JOHNSON Eu tenho o maior respeito pelo Gunnar – o que ele fez foi sensacional – ele deveria ter ganhado uma indicação ao Oscar! Ele realmente se doou ao personagem e foi bem complexo e intenso – havia uma espécie de inocência, como se Calvin tivesse sido pressionado demais por muito tempo e tivesse desenvolvido um corpo enorme e aprendido a usar uma serra... Era inocente, mas não havia freio nos impulsos sádicos – que foram nutridos não para serem reconhecidos como sádicos, mas como necessários para continuarem secretos e seguros. O segredo e a segurança são básicos: primeiro vem a sobrevivência, depois você pode desenvolver mais autonomia – eles ainda estavam no nível da sobrevivência... E qualquer oportunidade de sair desse molde no segundo filme – aqui está uma estranha, não vamos tentar comê-la, eu [Leatherface] tenho uma tendência de algum tipo que não quer machucá-la – foi certamente abandonada: isso não pode acontecer de jeito nenhum.

RESENHAS

O primeiro *Massacre* era macabro e depravado, sim, mas também continha inegável talento artístico e era verdadeiramente assustador. A parte 2 tem um sorriso malicioso em seu rosto e prefere rir a gritar; no fim, não vimos um pesadelo – só um monte de máscaras de látex e tinta vermelha.

Seu primeiro *O Massacre da Serra Elétrica* pegou as pessoas de surpresa, com seu elenco de desconhecidos, seu ar de documentário de baixo orçamento e a presunção de que era baseado numa história real [...] O filme tinha uma força crua, bruta [...] Nos anos que se seguiram, *O Massacre* inspirou centenas de filmes, incluindo os *dead teenagers movies*[3] e todas as extravagâncias dos efeitos especiais, com carne apodrecendo e órgãos em decomposição.

[...] Outro erro é comparar gritaria e mutilação com suspense. Este filme é monótono do início ao fim, nunca dando atenção ao ritmo, ao tempo, à expectativa do horror. Ele não pausa nem para apresentar os personagens; Dennis Hopper tem a tarefa mais ingrata, a de interpretar um homem que passa a primeira metade do filme parecendo distraído e vago, e a segunda metade gritando em meio a duelos de serras.
Roger Ebert, Chicago Sun-Times, 25 ago. 1986

Os valores convencionais são levados para além das fronteiras lunáticas, de modo a revelar uma visão ao mesmo tempo pavorosa e hilária. Fãs do gênero podem achar as reflexões sociológicas uma distração desnecessária, mas ainda há derramamento de sangue suficiente para satisfazer seus sonhos mais loucos. O diretor Hooper está de volta à área do Texas que mais conhece e prova que ainda há sustos e calafrios de sobra a serem explorados.

3 Filmes de adolescentes mortos, em tradução livre, termo pejorativo para os filmes de terror dos anos 1980, cunhado pelo crítico norte-americano Roger Ebert.

The Texas Chainsaw Massacre Part 2

O desempenho da família é bom, especialmente Siedow e um enlouquecido Moseley, mas a grande estrela aqui é a carnificina, evidenciada pelo desenho de produção de Cary White e pela maquiagem de Tom Savini.
Jagr, Variety, ago. de 1986

[...] alguns momentos doentiamente engraçados e momentos implacavelmente perversos, mas em geral não parece destinado a duplicar o sucesso do original, a despeito de um roteiro inteligente, mas grotescamente macabro, por L.M. Kit Carson e da volta do diretor original, Tobe Hooper.

O Massacre 2 se parece mesmo com filmes anteriores de Hooper, catando elementos não só do original, mas também um pouco do humor bizarro e do surrealismo de *Eaten Alive* e uma cena final que tem muitos traços de *Pague Para Entrar, Reze Para Sair*. O que falta ao filme é o inexorável e sufocante clima de terror que fez o primeiro filme tão original.
Dennis Fischer, The Hollywood Reporter, ago. 1986

[...] não é picadinho de carne de primeira. A receita de Tobe Hooper, que dirigiu os dois filmes, é jogar pitadas de humor enquanto as serras rugem e o sangue e as entranhas correm [...] A direção do sr. Hooper é meio desleixada. Dá para ver que o martelo que deveria nocautear Stretch nem encosta nela. E seu ritmo é estranho. As cenas são muito longas; Leatherface fica balançando a serra no ar com pouco efeito, e Chop Top não tem muito o que fazer a não ser coçar a cabeça com piolhos, pular por aí e gritar coisas malucas sobre o Vietnã e napalm.
Walter Goodman, The New York Times, ago. 1986

LEATHERFACE

[...] esse filme foi feito sob todas as adversidades possíveis [...] Nessas circunstâncias, é incrível que o filme desperte tanta tensão e desconforto. É muito sem propósito e exagerado para ser considerado um bom filme, mas várias cenas [...] permanecem como as situações mais desconcertantes encontradas no trabalho de Hooper desde *Pague Para Entrar, Reze Para Sair.* O filme é extraordinariamente apoiado por Caroline Williams, cujo desempenho vai da verossímil ambição de uma garota caipira a um nível de histeria que Shelley Duvall só insinuou em *O Iluminado* (*The Shining,* 1980).
Tim Lucas, Video Watchdog

[...] se *O Massacre da Serra Elétrica* original era cheio de intensidade sombria e perturbadora, a parte 2 é um palhaço risonho com uma faca escondida nas costas: pode te fazer rir, mas vai te pegar no final, de um jeito ou de outro.

O Massacre da Serra Elétrica 2 tem seus defeitos. Sozinho, parece um pouco perdido e lembra o fim de uma piada sem seu começo. Mas case-o com o primeiro filme e de repente a piada faz bem mais sentido.
David Kerekes, Fantasy Film Memories 3, 1991

Menos uma continuação do que uma paródia [...] uma produção bem mais elaborada do que o pobrinho, porém intenso, original [...] Os efeitos de Savini que ficaram no filme [...] são impressionantes de um jeito meio revista *Fangoria*, mas parecem admitir que Hooper não consegue mais ficar sem derramar sangue e contar só com o suspense e a imaginação, como ele fez no primeiro filme.
Phil Hardy, The Aurum Film Encyclopedia: Horror (1993, ed. revisada)

LEATHERFAC
Terror has a new name.

Folheto de propaganda original da NEW LINE

"JÚNIOR GOSTA DAS PARTES ÍNTIMAS!"

LEATHERFACE: O MASSACRE DA SERRA ELÉTRICA III

O Massacre da Serra Elétrica foi um fenômeno único, mas um fenômeno único que ganha bastante dinheiro não permanece único por muito tempo. Então, três anos depois da recepção ligeiramente decepcionante a *O Massacre 2*, a New Line Cinema comprou os direitos de propriedade para tentar duplicar o sucesso de um fenômeno único... Tendo feito quatro filmes financeiramente bem-sucedidos da abominável série *A Hora do Pesadelo* (*A Nightmare on Elm Street*), a New Line deve ter achado que podia transferir a lucrativa fórmula "sangue e rock" para Leatherface e seus amigos. Nunca houve a possibilidade de *O Massacre III* dar certo nessas condições (embora tenha uma música-tema heavy-metal nos créditos finais).

Em algum ponto dos estágios iniciais de pré-produção, Tobe Hooper levou um esboço de argumento do novo filme para a New Line com o objetivo de produzi-lo, mas seu possível envolvimento acabou quando as filmagens de *Conspiração Atômica* começaram. O escritor David J. Schow foi contratado para escrever o roteiro em janeiro de 1989, com as filmagens principais planejadas para junho. Nessa época, Kim Henkel esteve brevemente envolvido.

KIM HENKEL Obviamente a coisa com a Cannon não havia dado muito certo, então quando nós estávamos fechando o acordo com a New Line, eu achei que algumas opiniões do nosso lado seriam importantes – eu ingenuamente supus que, se nós havíamos concordado em fazer [*risos*], alguma consideração real nos seria dada. Uma piada, isso sim. Teoricamente, era para eu ser um consultor. Eu cheguei à única reunião que tive com eles e estava claro que eles já haviam decidido exatamente o que iriam fazer e como iriam fazer, e eu estava perdendo meu tempo. Quando isso ficou extremamente óbvio, eu simplesmente calei a boca. Não há sentido em bater sua cabeça na parede – eles obviamente não tinham qualquer intenção em ouvir nada do que eu dissesse. Mas você sabe, o negócio todo do *Massacre* é só uma feliz coincidência – mas nós tínhamos total consciência do que estávamos fazendo, não era uma empreitada sem noção.

O que as pessoas que tentaram continuar aquilo queriam fazer era imitar suas características sem a menor ideia do que estava acontecendo por trás...

As credenciais de David Schow não eram de sequências de terror idiotas e simpáticas, sua reputação vinha de contos sombrios e violentos – mas ele havia escrito um roteiro para a série de televisão *O Terror de Freddy Krueger* (*Freddy's Nightmares*)... Talvez com Hooper produzindo, Henkel como consultor e Schow escrevendo, o filme pudesse ter sido bem diferente. Em maio, o filme ainda não tinha diretor, e o produtor original Jeff Schechtman foi demitido. Muitos diretores em potencial foram contatados, entre eles John McNaughton, Peter Jackson, Jerry Olson, Jonathan Betuel, David Blyth, Jon Hess e Jeff Burr. Betuel foi escolhido, mas não pôde pegar o trabalho por razões contratuais. Nesse meio tempo, os executivos da New Line viram *A Volta do Padrasto* (*Stepfather II*) (que por coincidência tinha a estrela do *Massacre 2*, Caroline Williams), o último filme do jovem diretor Jeff Burr, e depois que Betuel foi forçado a desistir, Burr foi contratado no meio de junho.

Mas mesmo antes de Jeff Burr ser nomeado diretor e do segundo tratamento do roteiro ser finalizado, Schow havia tido problemas com os executivos da New Line por excesso de violência e material ofensivo.

ROBERT ENGELMAN O primeiro esboço de roteiro de David Schow já existia. Eu trabalhei com Mike DeLuca, o vice-presidente de produção e desenvolvimento da New Line Cinema, e fiz alterações, tornando-o menos sangrento, menos explícito, dando rumos diferentes a ele. Nosso filme é mais explícito [que o original], mas sem mostrar os miolos. É alta tensão sem parar. O objetivo é minimizar a sanguinolência, não se concentrar nela. Mas nós temos as recompensas, é isso que faz desse filme diferente dos típicos *slasher* ou *gore*. Mas você vai precisar de um banho depois de assisti-lo! [Release]

MIKE DELUCA Nós queríamos fazer um filme de terror sério, que fosse implacável e muito perturbador. O que faz *O Massacre* ser tão eficaz é sua realidade, você acredita que poderia acontecer. Quando nós falamos com David a princípio, nós decidimos voltar ao tom e à sensação do original. Quando descrevemos o que queríamos para ele, ele elevou isso a um nível que não estávamos esperando. Nós tivemos que ir descendo o tom em vários tratamentos subsequentes do roteiro, mas ficamos felizes com o tom e o clima, e achamos que era bem parecido com o do primeiro filme. [Release]

Um bom elenco foi reunido (surpreendentemente para a New Line, nenhum adolescente desagradável) incluindo Viggo Mortensen, Ken Foree, Joe Unger e William Butler. A esta altura, Mortensen estava se estabelecendo como um galã de filmes independentes/estranhos depois de grandes papéis em *Salvation! Have You Said Your Prayers Today?* (*Salvação! Você Fez suas Preces Hoje?*, em tradução literal, de 1987) e *Condenação do Além*

(*Prison*, de 1988). Foree era um favorito de filmes de terror depois de seu papel central em *Despertar dos Mortos* (*Dawn of the Dead,* 1974), de George Romero, e no chocante *Do Além* (*From Beyond,* 1986), de Stuart Gordon; Unger era um ator de tipos já estabelecido no cinema e na televisão, enquanto Butler se vangloriava de ter sido massacrado em todos os oito filmes de terror de que participara. Kate Hodge fez sua estreia em longas como a heroína Michelle, e Jennifer Banks foi especialmente notável como a Menininha, um dos personagens mais interessantes e perturbadores adicionados à serie do *Massacre* ao longo dos anos. R.A. Mihailoff, um motoqueiro de 1,96m cujos papéis geralmente consistiam em caminhoneiros e, bem, motoqueiros, fez um Leatherface verdadeiramente ameaçador.

Com Jeff Burr a bordo, os roteiros continuaram a ser reescritos, com Burr se opondo a Schow a respeito da apresentação da nova família de Leatherface e seu desejo de mudar o filme para novos locais. Muitas revisões de um mesmo roteirista podem ser bastante confusas – e, quando as revisões passam pelas mãos de várias pessoas, os resultados podem ser o caos absoluto. O insulto final foi a imposição de um final "feliz", uma sequência que não foi filmada por Burr, em que Ken Foree, visto pela última vez com uma serra elétrica enterrada em seu crânio, aparece do nada para salvar Kate Hodge...

R.A. MIHAILOFF Na metade da filmagem, o presidente da New Line Cinema, Bob Shaye, decidiu que gostava tanto do personagem interpretado por Ken Foree que queria que ele vivesse para voltar numa continuação. Eles haviam programado fazer as partes 4 e 5, e eu tinha uma opção contratual de voltar como Leatherface nas partes 4 e 5. Eu teria feito com o maior prazer. Mas eu fiquei sabendo que, quando *O Massacre III* estava filmado e pronto para ser lançado, havia gente na New Line querendo levar a empresa pra longe do filão dos filmes de terror. E embora Bob Shaye fosse dono da empresa e fã de terror, ele não teve a palavra final. [Entrevista a Royce Freeman]

Os efeitos especiais foram executados pelo KNB EFX Group, formado por Robert Kurtzman, Greg Nicotero e Howard Berger, e os dublês foram coordenados por Kane Hodder, que havia se firmado como o mais conhecido Jason dos filmes *Sexta-Feira 13* (*Friday the 13th*). O diretor de arte foi Mick Strawn, veterano da New Line em *A Hora do Pesadelo 3* (*A Nightmare on Elm Street 3: Dream Warriors*) e *4* (*A Nightmare on Elm Street 4: The Dream Master*), *O Escondido* (*The Hidden*) e *Criaturas II* (*Critters II*), que havia trabalhado em estreita ligação com o KNB. Juntos, eles se esforçaram para dar ao filme um visual apropriadamente sombrio e pesado, com efeitos que deveriam ter sido espantosamente macabros, incluindo o corte vertical da Sara de Toni Hudson e um explícito esmagamento do cérebro de William Butler.

Nicotero e Strawn trabalharam em conjunto para produzir a máscara de Leatherface, esculpida em látex, com o rosto do pai de Howard Berger como base. Uma das primeiras ideias de Schow era desmascarar Leatherface, revelando um rosto desfigurado, sem nariz, insinuando que ele também já havia sido esfolado no passado. Sempre otimistas, a New Line decidiu adiar o desmascaramento para um futuro episódio. A sequência de abertura do filme, com a construção da máscara (usando fatias de mortadela!), é altamente eficaz, mas a cena do desmascaramento está notavelmente ausente apesar da preparação óbvia para ela.

Uma
VÍTIMA

MICK STRAWN A princípio era uma máscara de parte única, o que não funciona. Nós não queríamos copiar o que havia sido feito em outros filmes. O desenho final surgiu do conceito de que ela deveria ter vários pedaços de pele costurados, retorcidos e rasgados, e foi o que funcionou no final. Dos três filmes, acho que essa é a que parece mais maligna. [Release]

As maiores construções para *O Massacre III* foram os fossos dos corpos, a casa de fazenda e o posto de gasolina "estilo Texas" (apesar dos chapéus de caubói e dos tatus, *O Massacre III* tem pouco da atmosfera do Texas). Schow baseou os fossos dos corpos nos que foram encontrados sob a casa do *serial killer* John Wayne Gacy. O primeiro aparece no início, uma vala de um metro cheia de gosma humana derretida (*adipocere*), minhocas e vermes fornecidos pelo treinador de animais da produção – as minhocas eram especialmente criadas e os vermes vieram de animais atropelados ("Não é saudável criá-los"). Os muitos esqueletos e mais quatro sacos de partes sortidas de corpos vieram de material "espalhado" pela oficina do KNB. Embora não fique muito claro, a ideia era que o primeiro fosso fosse no local da antiga casa da família. (Caroline Williams visitou o set na noite da filmagem e aparece como figurante não creditada quando Butler e Hodge chegam ao local do fosso.) O segundo fosso, no qual a batalha final de Ken Foree acontece, foi cavado e forrado com *gunite*, uma substância de concreto feita para piscinas, depois preenchida com água aquecida e mais partes de corpos.

JAMES L. CARTER O visual das cenas dos fossos é bem mais claro. Como os antigos filmes de terror da Universal, é um visual bem dramático. Isso é em parte porque, se você fizer essas coisas muito reais, não fica bom, você precisa tirar um pouco dos excessos. Mas algumas cenas noturnas são muito escuras... nós tentamos manter desse jeito... grande parte da tela é preta, e você vê uns vultos. Nós tentamos deixar natural para as pessoas ficarem com medo, porque isso realmente poderia acontecer. [Release]

Com um orçamento em torno dos 3 milhões de dólares, as principais filmagens finalmente começaram em 19 de julho de 1989 e terminaram em 27 de agosto, prorrogadas de 25 de agosto, filmando por mais de 27 noites em locações externas nos arredores de Indian Dunes Park perto de Valencia (e do parque temático Magic Mountain), cerca de sessenta quilômetros ao norte de Los Angeles. (Indian Dunes Park foi onde aconteceu o acidente do helicóptero de *No Limite da Realidade* (*Twilight Zone: The Movie*), resultando na morte de duas crianças vietnamitas e do valentão dos filmes B Vic Morrow, em 1982.) *O Massacre da Serra Elétrica III* foi uma produção azarada em todos os sentidos: o set era cercado de cascavéis, abelhas, vespas e neblina, que chegava toda noite por volta de uma da manhã para frustrar os realizadores.

JEFF BURR O filme tem mais de oitenta por cento de cenas noturnas, e a equipe só consegue trabalhar num certo ritmo, porque não é natural trabalhar nessas horas, é a natureza humana.

Filmar à noite sempre diminui o ritmo de produção, não intoleravelmente, mas diminui. Em vez de conseguir vinte tomadas, você consegue quinze. Se não quinze, talvez doze. Este filme foi o que mais me afetou, pessoalmente, dos que eu fiz porque foi muito cansativo. Não só por causa da temática, mas também por colocar os atores naquelas situações todas, eu sinto junto com eles, e isso pode ser muito exaustivo. [Release]

ROBERT ENGELMAN Externas noturnas são sempre difíceis, e o que complicou mais ainda foi a época do ano que escolhemos, quando as noites são mais curtas. Nós tínhamos um período de sete horas de escuridão, com uma refeição da equipe no meio. Foi isso que tornou tudo extremamente difícil. Mas nós tivemos uma equipe ótima que tentou fazer sempre o melhor. [Release]

Com as filmagens principais finalizadas, *O Massacre III* foi submetido a três meses de pós-produção traumáticos. O filme estreou nos EUA em 12 de janeiro de 1990 com críticas desentusiasmadas e desempenho nas bilheterias considerado decepcionante, embora por fim sua receita nos cinemas tenha ultrapassado 5,7 milhões de dólares. A interferência editorial da New Line, com refilmagens e os muitos cortes requeridos para satisfazer a MPAA, resultou num produto que não agradou ao diretor, à crítica, nem aos fãs. É com certeza imperfeito, dando a impressão de um filme feito por um comitê que não consegue concordar com nada, mas as atuações são boas, e há vários momentos em que centelhas do roteiro original e cruel de Schow brilham. Embora Burr tenha continuado a trabalhar nos gêneros de fantasia e terror, *O Massacre III* permanece como um de seus melhores desempenhos, tirando o retalhamento do estúdio e as mexidas no roteiro.

JEFF BURR Tudo ficou truncado – e isso bem antes de começarmos a enviar o filme para classificação. Quando nos deparamos com os problemas de classificação, tivemos que enviá-lo muitas, muitas vezes para conseguirmos a classificação R. Nós estávamos cortando os negativos porque eles queriam que estreasse nos cinemas imediatamente – então o negativo foi sendo cortado e nunca fizeram uma cópia de proteção daquelas cenas. Ficou um filme horrível, um filme muito horrível. A versão dos cinemas me fez passar por incompetente... Era literalmente incoerente... A última coisa que eu disse para Mike DeLuca – "Eu quero tirar meu nome do filme, eu quero tirar meu nome dessa merda de filme!" E aí ele desligou o telefone na minha cara... [*Texas Chain Saw Massacre: The Shocking Truth*]

O lançamento em DVD da New Line inclui um documentário *making of*, várias cenas deletadas (incluindo o final original) e comentários de Jeff Burr, David Schow, Greg Nicotero, Mark Ordesky, William Butler e R.A. Mihailoff.

Como de costume nos filmes do *Massacre*, a certificação na Grã-Bretanha para a parte 3 foi negada. Ao escrever para o diretor-gerente de seu distribuidor Enterprise Pictures em 22 de maio de 1990, James Ferman disse:

"[...] É a opinião geral que o filme tem pouco propósito a não ser explorar os prazeres da dor, do medo e carnificina, da tortura brutal, violência sádica e mutilação, na medida em que é uma experiência desumanizadora imprópria para distribuição nos cinemas britânicos.

Nós consideramos cuidadosamente se cortar ou não poderia tornar este trabalho aceitável para a categoria 18 anos, mas não acreditamos que seria possível remover

[1] LEATHERFACE ao volante

[2] Leatherface e seu CAMINHÃO MONSTRO

completamente elementos como uma menina pequena e sua mãe aleijada em um jogo de humilhação, terrorismo e morte, com todo este ar de desfrute da corrupção da inocência. Nem poderia remover a satisfação com que o filme aprecia a ideia de cortar as 'partes íntimas' de mulheres, ou a agonia da jovem amordaçada e pregada à cadeira. Em suma, este filme parece glorificar a crueldade e o sadismo, especialmente com relação às mulheres, de uma forma que encoraja a frieza. O filme também não tem nenhum mérito que justificaria tal processo meticuloso de reedição. Quando entra no ritmo, ele se revela na maior parte como uma experiência sem graça e tediosa, e cortes fariam muito pouco em melhorá-lo.

O Conselho nunca deu um certificado para cinema ou vídeo ao *Massacre da Serra Elétrica* original ou à primeira de suas continuações. Por favor, tenha em mente que filmes cujo propósito principal é vender a matança ou mutilação como fonte de prazer, ou que retratem seus personagens não como seres humanos com sentimentos, mas como vítimas prontas para a humilhação, terror e violência, seja sexual ou qualquer outra, provavelmente também encontrarão dificuldades semelhantes. Precisamos, portanto, recusar um certificado classificatório a *O Massacre da Serra Elétrica III*."

Resumindo sua decisão, o Relatório Anual do Conselho de 1990 declarou:

"O único filme ao qual se recusou um certificado em 1990 foi *O Massacre da Serra Elétrica III*, o terceiro de uma série em que todos foram rejeitados com base em violência e terror, especialmente com relação a vítimas mulheres. Este último volume foi de longe o mais grosseiro, com sólida ênfase em tortura, crueldade e mutilação, e com uma criança pequena incentivada a se divertir com as atrocidades de sua família canibalesca. Cortes foram considerados, mas julgados tão extensos que seriam impraticáveis."

O filme foi lançado no Reino Unido em 2004, e o DVD da New Line saiu com a versão original e corte do diretor, com final alternativo e cenas deletadas.

ENTREVISTA COM O ROTEIRISTA DAVID J. SCHOW

COMO VOCÊ SE ENVOLVEU? FICOU FELIZ DE FAZER PARTE DA "FAMÍLIA" *MASSACRE*?

Foi meu primeiro trabalho como roteirista de um longa, então eu estava bem animado. Não teria acontecido se Mike DeLuca não tivesse dado uma força. Na época ele era desenvolvedor na New Line. *O Massacre III*, na verdade, foi o primeiro crédito oficial de Mike como produtor. Mike primeiro me chamou à New Line para reuniões, depois de ter lido meus contos de ficção, e eu devo dizer que encontrar uma pessoa de estúdio que realmente *lê*, e por prazer, é uma coisa praticamente impossível. Naquela época a New Line estava prestes a fazer seu quinto filme do Freddy, *A Hora do Pesadelo 5: O Maior Horror de Freddy* (*Nightmare on Elm Street 5: The Dream Child*). Eu enviei um roteiro chamado *Freddy Rules* (algo como *Freddy Manda*) e estava tudo pronto para acontecer quando o estúdio disse "Agora tudo que a gente precisa é ver outro roteiro que você tenha escrito", e eles me pegaram – porque eu não tinha outro. Eu era praticamente a única pessoa em Hollywood *sem* um roteiro no bolso. Então não consegui o trabalho. Em seguida, tentei vender para Joe Freilich, que estava produzindo o programa de TV do Freddy – chamado de *O Terror de Freddy Krueger* (*Freddy's Nightmares*). Escrevi um episódio intitulado "Safe Sex" ("Sexo Seguro", em tradução literal). Vinte e quatro horas depois da entrega daquele primeiro tratamento do roteiro, Kevin Moreton da New Line me contratou para o próximo projeto de terror deles, que era *O Massacre III*. E, só para encerrar, *Pesadelo 5* passou por mais quatro escritores durante aquele período. Enquanto eles estavam filmando, eu fui chamado para mexer em vários diálogos – havia literalmente um mensageiro buscando páginas na minha casa e levando para o set. Aí, o melhor de tudo, eu fui o Freddy, bem, parte dele, sua mão direita no trailer do filme.

FOI DIFÍCIL EVITAR REFERÊNCIAS AOS FILMES ANTERIORES? VOCÊ TEVE QUE SE ESFORÇAR PARA ISSO? OU TE PEDIRAM?

Eu trabalhei principalmente com Mike DeLuca e o primeiro diretor de produção, e a única ordem deles era para ser assustador e tenso; lembre-se, a New Line queria reestabelecer *O Massacre* como uma franquia, baseada neste filme. Tipicamente, os estúdios dizem para você "ir até o fim" ou "mandar brasa" – nenhuma proposta é chocante demais até o roteiro ser entregue, quando, às vezes, você ouve: "Ahhh... não *tão* exagerado assim, por favor". Eu queria usar referências do primeiro filme de forma sutil, repetindo os pequenos elementos astrológicos, explorando o que nós chamávamos de barulho de interferência de rádio Conelrad, atualizando e superando aspectos dos familiares do Leatherface, que transformei de propósito em uma família "adotiva" de novos personagens. A frase "A serra é a família" vem na verdade do segundo filme, e a repeti aqui de propósito também.

VOCÊ TEVE LIBERDADE TOTAL COM O ROTEIRO OU PEDIRAM PARA VOCÊ INCLUIR ALGUNS ELEMENTOS?

Parte do processo é que ideias geram anotações que geram outras ideias, mas na etapa inicial do processo essa troca não é aparente. Uma ideia que ajudou a vender o roteiro foi a inclusão do que nós, meio de brincadeira, chamávamos de "caminhão monstro" ou "caminhão do terror", com a capa do capô feita de carne humana curtida. O personagem Tinker, a princípio, chamava-se Tinkerbell,[1] mas o departamento jurídico proibiu, por causa da Disney. Mas o lugar de Tink era como patriarca da família. Isso levaria a uma revelação na qual nós descobrimos que Tink, que tinha um enorme tonel de cromagem, havia substituído um atributo anatômico de cada membro da nova família por um feito de ossos humanos galvanizados, que é o material original do aparelho da perna do Leatherface. Eu fiz a montagem do começo muito conscientemente – um close do Leatherface fazendo um novo rosto com pedaços de várias vítimas – para espelhar o início de *A Hora do Pesadelo* (Freddy montando sua luva de lâminas) e para atender à necessidade da New Line de uma franquia e sugerir uma relação entre os dois filmes.

QUANTOS TRATAMENTOS VOCÊ FEZ ANTES DE CHEGAR AO ROTEIRO FINAL? ELE MUDOU MUITO AO LONGO DAS GRAVAÇÕES? VOCÊ ESTAVA ENVOLVIDO COM O FILME QUANDO ELE ESTAVA SENDO FEITO? QUANTO TEMPO DUROU ESSE ENVOLVIMENTO – DO INÍCIO DO ROTEIRO AO FIM DAS FILMAGENS?

Pelo que me lembro, era um cronograma bem apertado, e a maior parte do trabalho árduo foi feito bem rapidamente, o primeiro tratamento, depois revisões, e uma envernizada. Revisões provisórias e ajustes tomavam o resto do tempo, e grandes mudanças só foram realmente feitas quando Jeff Burr chegou ao set e deu seu toque à coisa toda. Eu estava lá durante a maior parte das filmagens, porque frequentemente eles te chamam para inventar coisas e diálogos na hora.

SEMPRE SE DISSE QUE O FILME FOI SUBMETIDO A MUITOS CORTES PARA EVITAR A CLASSIFICAÇÃO X NOS EUA – É VERDADE? ISSO FOI POR COISAS QUE VOCÊ ESCREVEU OU POR EFEITOS ESPECIAIS QUE FORAM LONGE DEMAIS?

Acho que posso dizer que a New Line ficou um pouco assustada com a primeira montagem – mas lembre-se: isso é porque eles sabiam que a MPAA ia criar o maior caso, o que poderia atrasar o lançamento. Logo ficou óbvio que cortar o filme não ia dar certo, porque a MPAA pode se opor a um filme baseada em qualidades amorfas como o "tom". Então você começa fazendo um filme intenso, depois você tem que ir diminuindo a intensidade mais e mais e mais para satisfazer a algum censor que pode impedir o lançamento do seu filme. Se você cortar muito um filme, ele sangra até a morte. A New Line estava entre a cruz e a espada, porque quando você corta muita coisa, de repente a duração do seu filme está em risco e você tem que tomar a dificílima decisão de ou repensar todo o seu empenho, ou filmar novas cenas para colar o que ficou faltando. E lembre-se de que esse tempo todo você tem uma data de lançamento agendada olhando na sua cara como uma arma carregada. Então não era uma questão de exagerar nos efeitos, porque acabou que muitos dos efeitos inicialmente sugeridos nem foram filmados, por falta de tempo. Por exemplo: a morte da Sara (Toni Hudson, a "primeira vítima" do filme e quem avisa a Benny de que há malucos na mata) começava com ela batendo numa árvore. Leatherface enfia a serra no pé da árvore, entre as pernas

1 É o nome original da personagem Sininho, de Peter Pan.

de Sara, e vai serrando *para cima*, dividindo-a ao meio. Mas era para você ver todo esse horror *por detrás* da árvore, com ponto de vista só da silhueta. Corta para o rosto de Leatherface com o pó de serra da árvore voando em torno dele. A serragem fica vermelha. Daí corta de volta para o plano de trás da árvore e as duas metades de Sara caem cada uma para um lado. A sequência não era essa sanguinolência de açougueiro que você imagina que pudesse ser. O KNB EFX chegou a fazer o boneco de Sara, e acho que você o vê numa tomada rápida, mas no filme você vê o close em Leatherface forçando a serra e pronto. Meses depois, Joe Bob Briggs percebe que este é um filme de serra elétrica com nenhuma serração de fato (quer dizer, na frente da câmera), e é quase impossível discordar dele.

A QUAIS ASPECTOS DO SEU ROTEIRO ELES SE OPUSERAM, ESPECIALMENTE?

Não era tanto uma questão de objeção ao roteiro quanto à primeira montagem do filme. Até onde me envolvi, a maioria das objeções vieram depois do fato.

HÁ A ASSUSTADORA MENININHA – O BBFC NO REINO UNIDO NÃO FICOU FELIZ COM ELA – MAS VOCÊ NÃO ACHA QUE ELA É UM CLÁSSICO DO GÊNERO DE TERROR?

Meu Deus, espero que sim – as crianças podem ser especialmente malignas e sádicas, principalmente em termos morais, em que qualquer atividade recai a um nível de brincadeira inescrupulosa. Não dá para ganhar. Você deliberadamente evita mostrar crianças sendo vitimadas (isso não pode, apesar de crianças serem vitimadas o tempo todo no mundo real) para dar a elas o poder de vitimar, daí algum censor grita que é comportamento imitável e que "crianças não fariam isso, a não ser no seu filme doentio". Acredite em mim, crianças *fariam* esse tipo de coisa. E dado o "ambiente familiar" de Jennifer Banko, seu comportamento, embora não seja socialmente aceitável, está em perfeito contexto para a sua situação.

1 Parte da nova FAMÍLIA de Leatherface

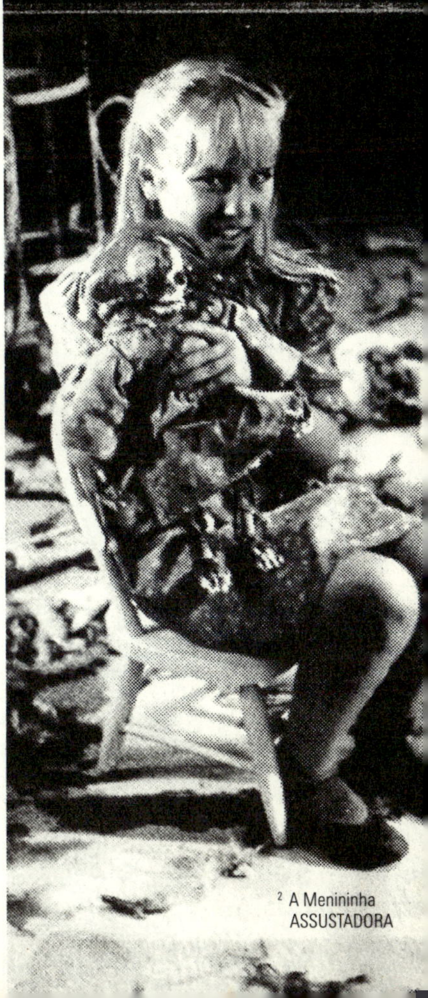

2 A Menininha ASSUSTADORA

1 LEATHERFACE
acelera o motor

2 "DEVO ENTALHAR?"
Leatherface prepara-se para o jantar

COMO SE SENTE QUANDO OS JUÍZES DA MORALIDADE TENTAM DITAR O QUE É "ACEITÁVEL" NA ARTE?

O aspecto irritante dessa questão polêmica é que geralmente as pessoas que tentam ditar os gostos de todo mundo não são, e nunca foram, o *público* desse tipo de filme. Eu acho que a repugnante proliferação de bumbuns nus de bebês em comerciais de televisão parece, no mínimo, um prato cheio para pedófilos - mas isso eu não posso proibir, porque é vendido como fofinho e aceitável. Além do mais, eu não sei de nada - eu escrevi um maldito filme do *Massacre*!

OUTRA COISA QUE ME IRRITA - "CRÍTICOS" RECLAMANDO DA "VIOLÊNCIA CONTRA A MULHER"...

Ok, vamos parar por aqui. Besteira total. É a prova de que as pessoas criticando o filme não são o público dele em primeiro lugar. Raramente algumas dessas pessoas sequer *viram* o filme - eles só estão indo contra o princípio de *fazer* um filme assim. Qualquer um que assista a filmes de terror - especialmente os em série - pode lhe dizer que as mulheres não só predominam na maioria dos casos, contra todas as terríveis probabilidades, mas elas também são as únicas que sobrevivem. Filmes de terror fizeram mais para promover o conceito de heroína que qualquer outro gênero. Sem *O Massacre* original, você nunca teria chegado a *Aliens - O Resgate* (*Aliens*, 1986), se é que você me entende. Filmes de terror, acho até que de forma involuntária, fizeram mais para fortalecer as mulheres do que qualquer coisa do canal Lifetime - sabe, todos esses filmes com títulos tipo *Com a Minha Filha, Não*.

ACHO QUE A VIOLÊNCIA NOS FILMES DO MASSACRE É NA VERDADE MENOS SEXUALIZADA DO QUE NA MAIORIA DOS FILMES DE TERROR (TIRANDO A CENA ÓBVIA DO *MASSACRE 2*, QUE LOGO SE REVERTE) - ME PARECE QUE OS FILMES DO MASSACRE CONTÊM "VIOLÊNCIA CONTRA TODO MUNDO"...

O Massacre III foi conscientemente estruturado como um filme sobre valores familiares. Claro, esses valores são um pouco deturpados, mas eles *existem* - uma hierarquia definida, respeito mútuo e um papel para cada membro dentro da dinâmica da família. O único aspecto sexual é que Leatherface às vezes procria com algumas de suas vítimas. Por quê? Para aumentar a família, que é de onde a Menininha interpretada por Jennifer Banko veio. A próxima geração, o fruto de seu ser. Tudo bastante aceitável e fofinho, exceto que aqui estamos lidando com uma família cruel de predadores. Ao mesmo tempo, você pode pensar que é brutal ou exagerado, mas não é mais brutal em geral do que o comportamento de uma alcateia de lobos.

SE JÁ HOUVE ALGUMA SÉRIE EM QUE A VIOLÊNCIA É TOTALMENTE NIILISTA E AS PERSPECTIVAS SÃO DESOLADORAS, É ESTA. OK, ESTOU DELIRANDO AQUI - POSSO SABER O QUE VOCÊ ACHA?

Eu adoro cenários desoladores e niilistas, porque na ficção eles nos permitem testar os valores humanos sem querer. Você provavelmente nunca passará por uma situação tão extrema, mas se acontecesse, o que você faria? Você iria se revirar e virar o jantar de alguém, ou você iria lutar com todas as forças para sobreviver a qualquer custo? Todo mundo fala muito "pega logo essa arma", mas na vida real você teria coragem de realmente atirar em alguém? Quão longe o jogo precisa ir até que você se sujeite à humilhação para triunfar? A ficção de terror é para levar tudo às últimas consequências, e a pergunta que mais se faz é: "O que *você* faria?" Isso é que é responsável por sua longevidade, eu acho.

PRECISO PERGUNTAR – COMO ERA VIGGO MORTENSEN? ELE JÁ HAVIA FEITO UM MONTE DE FILMES APELATIVOS IMPRESSIONANTES ANTES. ELE ESTAVA CURTINDO OU ELE ESTAVA SÓ MATANDO TEMPO, ESPERANDO SUA GRANDE CHANCE? VOCÊ ACHA QUE ELE AINDA FALA SOBRE FILMES COMO ESTE OU AGORA ELES SÃO UMA MANCHA NO CURRÍCULO DELE?

Nós filmamos *O Massacre III* logo antes de Viggo fazer *O Reflexo do Mal* (*The Reflecting Skin*, 1990), que foi o primeiro filme dele que realmente me impressionou. Ele estava completamente comprometido e não se achava superior ao material. A lembrança dele deste filme pode ser diferente, mas gosto de perpetuar a mentirinha de que a New Line era um celeiro de grandes futuras estrelas. Qual foi o próximo filme que eu fiz lá? *Criaturas 3* (*Critters 3*, 1991). Nada de importante, exceto que foi o primeiro longa creditado de Leo DiCaprio. Depois dele, *Criaturas 4* (*Critters 4*, 1992) - bum, Angela Bassett. Está vendo um padrão aqui? Além disso, Viggo ficou bem bonito de loiro, você não acha?

COMO ERA O CLIMA DAS FILMAGENS?

Eu caridosamente o descreveria como tenso, já que havia tão pouco tempo e tantos buracos para Jeff Burr preencher em cima da hora. Nós ficamos presos em Valencia na maior parte das gravações. Um sol de 40 graus. Muita gente não sabe que o cenário da casa de fazenda era prático - ou seja, se você entrasse naquela casa, você estaria no cenário do interior da casa - e nosso cenário estava exatamente entre os cenários das séries de TV *Combate no Vietnã* (*Tour of Duty*, 1987-1990) e *China Beach* (1988-1991), e helicópteros estavam sempre sobrevoando - era como estar gravando no meio da guerra do Vietnã.

FOI UMA EXPERIÊNCIA AGRADÁVEL, NO TODO? VOCÊ FICOU FELIZ COM O RESULTADO FINAL?

Eu amei demais. Eu tenho que gostar; é meio que meu primeiro "filho" cinematográfico, apesar de seus defeitos congênitos, apesar dos mantras "se eu pudesse" e "mais tempo, mais tempo". Eu ainda mantenho contato com muitos dos atores principais. Todos eles se lembram do filme com carinho. Na verdade, se você for ao meu site, verá uma foto minha com R.A. Mihailoff e Ken Foree no dia seguinte ao último dia de filmagem. Depois tem uma foto nossa treze anos depois, junto com um cara chamado Robert Meyer Burnett, cujo primeiro trabalho de verdade em cinema foi fazendo o som em *Massacre III*. Depois ele escreveu e dirigiu *Free Enterprise* (*Livre Iniciativa*, em tradução literal, de 1998).

COMO VOCÊ COMPARA *O MASSACRE III* AOS OUTROS FILMES DA SÉRIE?

Eu estava bem preocupado com a reação de Tobe Hooper, porque eu gosto dele e o respeito, e sua atitude foi completamente profissional e isenta. Ele gostou de algumas ideias que eu criei que, por algum motivo, não entraram no filme. O segundo filme, a primeira continuação, me parece muito mais comprometido. Eu não vi os outros. Aliás, existe um filme hindu de 1939 também chamado de *Leatherface* (*Farzande Watan*), com um cara de máscara de couro. Eu não assisti.

R-RATED & UNRATED VERSIONS
LEATHERFACE
The Texas Chainsaw Massacre III
The Saw is Family
HE PUTS
THE TEETH
IN TERROR.

Vai começar mais
UM DIA...

RESENHAS

[...] um filme de terror banguela e sádico que fica no fundo do poço entre as continuações recentes e sem propósito. Proporcionando diversão zero para os fãs de *gore*, os assassinatos acontecem fora da tela, provavelmente por causa dos cortes necessários para obter a classificação R, em vez do X inicial que atrasou seu lançamento em novembro passado. As atuações são estridentes, e a tentativa de criar alguma compaixão pelos canibais asquerosos [...] é ridícula. Leatherface [...] manca de uma perna com um aparelho e portanto é um simplório monstro à moda antiga.
Lor, Variety, 17 jan. 1990

O diretor Jeff Burr se sai adequadamente e o roteiro de David Schow consegue manter uma veia doentia de humor. Mas o que o diferencia é a iluminação e a edição, que assegura que as aventuras de Michelle e Benny sejam cheias de adrenalina.
Farrah Anwar, City Limits, 27 set./4 out. 1990

Superior tanto à parte 2 quanto ao seguinte *O Retorno*, a energia frenética do filme e seu visual assombroso carregam a história com força e estilo. Embora tenha passado despercebido no começo, é um dos melhores filmes B da década, fornecendo tanto calafrios quanto sustos.
Mike Emery, The Austin Chronicle, 2 nov. 1998

A segunda continuação do sucesso cult de Tobe Hooper de 1974 é muito melhor do que a parte 2... Apesar de suas reclamações ruidosas, o roteiro do autor criador do gênero *splatterpunk*, David J. Schow, se mantém fiel à estranheza rústica do original e há alguns toques horripilantes como uma máquina de esmagar miolos e uma menininha homicida. O diretor Jeff Burr dá ao filme um visual classudo, com um dos cenários de pântanos mais atmosféricos desde *O Filho de Drácula* (*Son of Dracula*, 1974).
Stephen Jones, Shock Xpress 1 (Titan Books, 1991)

[...] esta é uma continuação apática. Leatherface manca nada ameaçadoramente com um aparelho nas pernas [...] Filmado na Califórnia com chapéus de caubói e tatus, não há nada do clima texano do original. O roteiro do romancista Schow tem poucas falas brutais memoráveis [...] mas nada mais.
Phil Hardy, The Aurum Film Encyclopedia: Horror (1993, ed. revisada)

Basicamente uma refilmagem do primeiro filme: um clã canibal luta com três possíveis jantares. Severamente danificado por cortes antes do lançamento para diminuir a carnificina, mas que só tornam o filme incoerente.
Leonard Maltin's Movie & Video Guide (Penguin Books)

Matthew McCONAUGHEY · Renee ZELLWEGER
Texas Chainsaw MASSACRE: THE NEXT GENERATION

Pôster do filme
O MASSACRE DA SERRA
ELÉTRICA – O RETORNO

"NÃO HÁ COMO VOCÊ SE EXCEDER"

O MASSACRE DA SERRA ELÉTRICA – O RETORNO

PAUL PARTAIN Gravar, editar e distribuir um filme, não é para os fracos.

Filmado em aproximadamente seis semanas no fim do verão de 1993 com um parco orçamento de 600 mil dólares, a quarta parte da série do *Massacre* foi escrita, coproduzida e dirigida por Kim Henkel, que não estava nada entusiasmado com o projeto, especialmente em dirigi-lo. A principal força por trás de *O Retorno* foi o produtor Robert Kuhn que, junto com Henkel, comprou os direitos de Charles "Chuck" Grigson, administrador dos direitos do *Massacre* original. Motivados por uma combinação de infelicidade prolongada a respeito do destino financeiro do original e do desejo de ganhar algum dinheiro com um novo filme, eles montaram as produtoras River City Films e Ultra Muchos, na esperança de fazer o filme independente e depois vendê-lo a um grande estúdio para distribuição – uma prática padrão em produções como esta. O que ninguém poderia prever era a repentina ascensão à fama das estrelas de *O Retorno,* Renée Zellweger e Matthew McConaughey, praticamente desconhecidos na época das filmagens. Ambos haviam aparecido no filme de zumbis adolescentes *Namorado Gelado, Coração Quente!* (*My Boyfriend's Back*, 1993) (também com Edwin Neal) e no filme do diretor de Austin Richard Linklater *Jovens, Loucos e Rebeldes* (*Dazed and Confused*, 1993), com Zellweger também recebendo atenção pelo filme policial de baixo orçamento *Um Amor e Uma 45* (*Love and a .45*, 1994). Quando *O Retorno* conseguiu um distribuidor, havia ficado óbvio que os dois estavam destinados a serem grandes nomes de Hollywood. Na maioria dos casos, um fator como este atrairia espectadores só por curiosidade, mas em se tratando de um filme do *Massacre*, complicações tinham que surgir...

ROBERT KUHN Existe um administrador [Chuck Grigson] que tem a autoridade para – mas não tenta ativamente – promovê-lo [o espólio do *Massacre da Serra Elétrica*], então Kim e eu, se vemos alguma coisa, tentamos tirar uma grana do acordo. E claro que licenciamos essa continuação na esperança de conseguir fazer a franquia voltar à ativa.

BRIAN HUBERMAN Kim parecia meio cansado da ideia mesmo antes de ela realmente ter começado. Eu acho que ele deve ter imaginado o que aconteceria – minha impressão é que ele não seguiu esse caminho por vontade própria, que não foi uma coisa que foi ele que correu atrás, que foi algo que lhe ofereceram – acho que Bob Kuhn estava por trás disso, e que Kuhn insistiu por muitos anos para que ele aceitasse.

LEVIE ISAACKS Acho que a influência que Bob Kuhn exerceu sobre Kim foi basicamente através do roteiro – ele não era um produtor mão-na-massa, no set o tempo todo. O que ele fez foi trazer esse cara, um ex-professor da Universidade do Texas, que vigiava a gente – ele era como o representante de Bob no set. Ele deixava a gente quieto, só ficava lá para vigiar, ele estava sendo pago por Bob para cuidar dos interesses dele, era uma espécie de espião de Bob – mas ele certamente não atrapalhava...

KIM HENKEL Bob entrou no original como investidor. Ele também é advogado e havia feito trabalhos jurídicos... Bob Kuhn começou a tentar me convencer a aceitar fazer, um bom tempo antes de eu finalmente concordar, mas ele insistiu bastante. Eu *tinha* interesse em dirigir, mas não em dirigir *este* filme em especial, não tinha interesse em dirigir este *tipo* de filme. Mas não gostamos de nenhuma das outras opções...

LEVIE ISAACKS Era início de 1993, eu estava trabalhando na série de TV *Contos da Cripta* quando recebi uma ligação de Kim para passar lá. Minha agenda estava livre e eu pensei: "Por que não?" Eu mantinha contato com Tobe, Kim, Lou, que é um dos meus melhores amigos, e Eagle Pennell... Ele era um cara estranho, interessante, mas cheio de defeitos, até que o álcool o matou.

O orçamento era bem baixo, e Kim queria alguém que tivesse força na câmera – foi por isso que me chamou – então juntos poderíamos fazer algo que funcionasse. Ele me deu muita liberdade – eu escolhi as locações e muitas vezes montei a cena, dei muitas sugestões de como encená-las. Eu estava trabalhando com uma equipe totalmente nova, e algumas pessoas não tinham muita experiência. Foco é sempre um problema – eu não tinha um cara experiente – e manter um filme em foco é difícil, mas acho que me lembro de que a maior parte do filme está em foco [*risos*].

O que é fenomenal neste filme é o elenco – Matthew McConaughey e Renée Zellweger, escalados justamente antes de se tornarem astros. E ambos estão muito bem no filme, talvez mais ela do que Matthew. Ele me disse: "Sabe, num papel como esse não tem como você exagerar!" Ele simplesmente se deixou levar...

> A produção começou em agosto de 1993, depois de dois meses de seca. Como no primeiro *Massacre*, as temperaturas frequentemente passavam de 38 graus, resultando em casos de insolação no set.

LEVIE ISAACKS Era muito abafado – uma das coisas que tentei dar ao filme foi um clima quente, úmido, então usei uma luz quente para o luar na tentativa de deixá-lo ainda mais suado e grudento... Nós acabamos filmando a cena do carro [interna] à noite num galpão, usando um processo pobre. Com as luzes e tudo mais, estava uns 43 graus – nós tivemos que fechar todas as portas e deixar tudo escuro para filmar. Ficou quase perigosamente quente, todos poderiam passar mal.

Filmamos a maior parte à noite, então não ficamos no sol o dia todo, mas aquela região do Texas pode ser bem úmida, então muitas noites foram quentes e abafadas. Nós estávamos filmando num rancho e havia muita hera venenosa, as pessoas corriam por elas porque não dá para ver onde você está indo à noite. Você não sabe quantas pessoas se machucaram. Essa foi a parte mais cansativa das filmagens.

KIM HENKEL Agosto no Texas – foi brutal. Não foi tão ruim quanto o primeiro filme porque não tivemos aquelas maratonas de trinta e seis horas, mas tínhamos longuíssimas gravações à noite que pareceram se arrastar por semanas – ficamos completamente desorientados.

Parte do filme foi rodado em Pflugerville, que é onde a casa ficava. A parte da mata foi perto de Bastrop, leste de Austin. Há uma região lá chamada Lost Pines, uma densa floresta de pinheiros numa área em que não existe floresta de pinheiros – ela tem milhares de hectares, mas ainda é relativamente pequena. Nós filmamos algumas sequências do carro num galpão... Levamos em torno de 22 dias para filmar tudo – mas não é tão pouco para filmes de baixo orçamento.

LISA NEWMEYER Foi uma filmagem maluca. Muito longa. Uma coisa interessante é que foi filmado em sequência... As duas primeiras semanas foram bem divertidas, sabe? Foi a parte fácil. Depois, à medida que fomos avançando, estávamos gravando principalmente à noite, em Bastrop, então nós gravávamos das sete da noite até sete – às vezes dez – da manhã seguinte. Então foi bem cansativo. E foi ficando mais violento. Foi progredindo. Foi ficando mais exaustivo – e mais perturbador – à medida que o material exigia mais, fisicamente. Foi divertido até certo ponto. [Entrevista a Marc Savlov, *The Austin Chronicle*, out. 1997]

LEVIE ISAACKS Nós filmamos quase tudo em sequência – era o tipo de roteiro que dava para fazer isso – e é sempre algo de que os atores gostam, porque eles podem ir construindo sua atuação. Nós tivemos que refilmar ou adicionar uma cena, a cena da morte no final – e nós não conseguimos fazer com Matthew McConaughey, tivemos que gravar sem ele porque ele não podia ir. Eram só pedaços para encaixar – não havia dinheiro e nós estávamos fazendo uma cena perigosa com um avião agrícola e não tínhamos muito com que trabalhar. Colocamos um pouco de sangue na asa para deixar claro que o avião desceu e levou Matthew McConaughey.

ROBERT JACKS Nós estávamos todos tão estragados emocionalmente ao final da terceira semana que Renée e eu convocamos uma reunião com o diretor e o produtor porque estávamos tão abatidos e machucados que não aguentávamos mais, sabe, mentalmente

that's just as real.

[1] Mais do mesmo para LEATHERFACE

[2] JENNY atira de volta

ou fisicamente, o que é inédito. O que você vê no filme é exatamente pelo que a gente passou. Não tem nada ali que seja de mentira. É tudo real. [Entrevista a Marc Savlov, *The Austin Chronicle*, out. 1997]

LEVIE ISAACKS Ao contrário de Tobe, Kim nunca havia de fato feito um filme antes. Mas ele era bem bom, bem digno de confiança, especialmente com respeito às atuações, ele conhecia bem os personagens e sabia o que eles deviam fazer. Ele teve muito problema com Tonie Perenski – o problema dela era que ela é bonita! Eu me lembro de que estávamos ali, fazendo uma cena em que Matthew a derruba, está com o pé no pescoço dela e batendo muito nela. Daí, enquanto mudavam tudo para outra tomada, ela saiu e retocou a maquiagem toda perfeitamente. Eu olhei pra ela e disse: "Você está ótima! Não é para você parecer bem!" Mas ela simplesmente não suportava ficar abatida ou feia. Depois ela me disse: "Você devia me ver fazendo comédia – comédia eu sei fazer!" Mas achei que ela se saiu muito bem – na época, sei que Kim estava preocupado, mas no final eu achei o trabalho dela fabuloso.

ROBERT JACKS Na minha primeira noite no set eu tinha que usar uma serra por alguns minutos. Eu tinha que cortar uns arbustos até chegar à Renée – e tinha que fazer isso de um jeito cruel, e depois correr para fora do quadro. Então comecei a fazer, a cortar uns galhos de árvores, e de repente todo mundo da produção saiu de seus lugares porque eles achavam que eu havia ficado louco. Até hoje metade deles acha que eu realmente enlouqueci e a outra metade pensa "Uau, essa bicha realmente sabe fazer isso". Isso foi muito engraçado, porque eu nunca havia ouvido falar em nada parecido acontecer numa filmagem antes. [Entrevista a Marc Savlov, *The Austin Chronicle*, out. 1997]

KIM HENKEL Robbie é um cara grande, e normalmente ele tem um caráter muito gentil, de fala mansa... Quando ele colocou aquela máscara e pegou a serra e nós o soltamos, ele se transformou. Ele ficou realmente assustador balançando aquilo pra lá e pra cá... As pessoas começaram a se espalhar e se esconder atrás das árvores e nos arbustos a torto e a direito. [Entrevista a Marc Savlov, *The Austin Chronicle*, out. 1997]

LOU PERRYMAN Robbie Jacks era uma figura, um cara enorme, pesadão. A casa dele era tipo um grande salão, sempre havia gente por lá, conversando, fumando... Ele tinha uma enorme coleção de brinquedos – bonecos de filmes, monstros, essas coisas. Ele era um cara engraçado, superpopular...

> Robert Jacks morreu um dia antes de completar quarenta e dois anos, em 8 de agosto de 2001, de aneurisma abdominal. Jacks foi outro personagem muito querido de Austin, envolvido com teatro, programas de rádio (incluindo um com Gibby Haynes da banda Butthole Surfers), literatura, música (seu dueto com Deborah Harry – a ambição de vida de Jacks – está em *O Retorno*), quase tudo, e um de seus muitos empreendimentos foi escrever e atuar em *Boy Trouble*, uma peça/musical sobre a cena punk de Austin nos anos 1980.
>
> Embora não seja estritamente um *remake* ou releitura, *O Retorno* pega algumas sequências do filme original e as reprisa de um jeito levemente fora do convencional. O mais interessante, embora nem sempre tenha dado certo, foi que Henkel decidiu brincar com os

personagens e as expectativas dos espectadores, adicionando algumas peculiaridades e um novo e mais sinistro elemento sexual. Além de colocar Leatherface como travesti, uma inclusão mais satisfatória foi a de Darla, interpretada por Tonie Perenski – um membro feminino da família, levemente desequilibrada, predatória, com um apetite sexual agressivo.

KIM HENKEL Há coisas sexuais estranhas acontecendo - não só com Darla e Vilmer, claro, mas com Darla e Jenny também... A sexualidade confusa do personagem Leatherface é complexa e horripilante ao mesmo tempo. [*Return of the Texas Chainsaw Massacre: The Documentary*]

TONIE PERENSKI Existe algo na violência que é muito excitante e perigoso, e muito sexual... [*Return of the Texas Chainsaw Massacre: The Documentary*]

KIM HENKEL Darla foi baseada em Carla Faye Tucker, que foi executada no Texas alguns anos atrás. Quando era uma mulher bem jovem, ela se envolveu com um namorado em algum tipo de tráfico de drogas que deu errado - eles acabaram matando duas pessoas de forma extremamente violenta [com uma picareta]. Eu me lembrei que havia lido a respeito dessa mulher que teve uma vida horrenda, uma daquelas infâncias horrorosas que a gente só lê em revistas baratas e nunca acredita serem verdadeiras. E ela descrevia os assassinatos e a natureza sexual de sua reação a eles; ela foi bem explícita sobre isso. No final muito disso foi cortado, mas havia uma cena em que a personagem presenciava a última batalha entre a heroína e o vilão...

Uma cena-chave em *O Retorno* ocorre no início, com a personagem Jenny (Zellweger) sendo ameaçada por seu padrasto no quarto dela, enquanto se preparava para o baile do colégio. O objetivo aqui era mostrar o paralelo entre a família opressiva dela e a da Família Serra Elétrica, dando à personagem força e motivação extras para lutar contra a ameaça sexual de Vilmer e seu bando. Essa sequência importante foi cortada pela Columbia TriStar por razões desconhecidas, quando eles lançaram o filme como *O Massacre da Serra Elétrica: A Próxima Geração.*

BRIAN HUBERMAN A ideia da Columbia de chamá-lo de *A Próxima Geração* era simplesmente espantosa, uma traição da ideia original. E a remoção do abuso é simplesmente - aquela cena é a chave de todo o filme.

ROBERT KUHN E tudo em nome da arte.

KIM HENKEL Havia também mais confronto com o padrasto, um tema meio João e Maria que fazia parte do original, mas eu cortei isso porque estava longo demais. Tinha uma parte, que também foi cortada, sobre um personagem que chega ao local do baile de motocicleta. Era uma parte que tinha a ver com a família, a dinâmica da família e os filhos saindo de casa, para longe do seio familiar. A maior parte do que está na tela é o que eu consegui, não o que eu queria, e é assim que é, especialmente com um orçamento tão baixo... Você faz o que dá para fazer.

Embora algumas das concepções iniciais tenham sido cortadas do roteiro de *O Retorno* por uma razão ou por outra, Henkel conseguiu fazer de Jenny uma heroína muito mais poderosa do que Sally Hardesty. Apesar de Sally ter tentado revidar no filme original, ela nunca conseguiu muito bem virar o jogo contra seus perseguidores.

KIM HENKEL Em *O Retorno* eu tentei levar isso ainda mais longe: Jenny assume o comando, ela aponta uma arma para eles, tenta manipular as coisas...

> *O Retorno* realmente foge à regra com a introdução de Rothman, uma espécie de personagem *Illuminati* que discorre sobre o propósito dos tormentos de Jenny e a existência da Família Serra Elétrica: mostrar às vítimas a verdadeira natureza do horror. McConaughey, ao dizer que "o lance todo do Vilmer é que ele detesta matar rapidamente" no documentário de Huberman, certamente pareceu entender a ideia.

KIM HENKEL Bem, eu só queria brincar com essa noção, mas por algum motivo o jeito que saiu não foi bem como eu esperava. Tem uma cena em que a personagem Darla fala em conspiração, até no assassinato do Kennedy – as pessoas tendem a levar isso ao pé da letra, que essas pessoas estavam envolvidas naquilo, mas do jeito que eu vejo é que tudo que sai da boca dessa mulher é suspeito, não é para ser levado a sério. E foi assim que vi muito do que estava acontecendo, para insinuar que há outras possibilidades – possibilidades que vão além dos limites da casa, mas quais são elas, exatamente? Quem sabe?

A verdadeira natureza do horror – acho que isso é algo que não transparece muito, mas a história por trás do pensamento daquele personagem em especial é que o que aconteceu ao longo do tempo, o jeito que as pessoas morrem, a forma como as pessoas abordam a morte, mudou radicalmente. A gente não vivencia mais a morte como antes, nós nos retiramos da realidade dela, do horror dela, porque estamos medicados. Os avanços da medicina nos isolam e nos separam dessa realidade – e o que ele quis instituir foi um real confronto com o horror da morte, porque ele acreditava que era essencial para uma jornada completa, para completar o ciclo da vida.

Apesar das tentativas de retratar a verdadeira natureza do horror, falta em *O Retorno* a violência explícita que trouxe problemas aos dois filmes anteriores...

KIM HENKEL Bem, provavelmente eu fiquei um pouco medroso – nós provavelmente deveríamos ter feito. Eu não me importo em fazer violência, filmá-la, escrevê-la, e não me importo com ela em algum trabalho que eu tenha feito, mas eu não iria assistir a um filme de terror de outra pessoa...

> Havia uma agradável surpresa reservada para os fãs do original que assistiram à última sequência atentamente. Marilyn Burns (creditada como Anônima), Paul Partain (como um médico plantonista empurrando Marilyn numa maca de hospital) e John Dugan (o policial interrogando Renée Zellweger) fizeram participações especiais.

PAUL PARTAIN Fazia muito tempo desde que eu havia parado de atuar no final dos anos 1970. Eu tive que escolher uma carreira e não me arrependo de ter escolhido um caminho diferente, mas de vez em quando eu ainda ouvia a gravação da linha direta de produção da Comissão de Cinema do Texas. Foi lá que eu soube que Kim estava

Detalhe de um dos pôsteres de O MASSACRE DA SERRA ELÉTRICA – O RETORNO produzindo e dirigindo uma continuação, daí eu peguei um currículo velho, fui ao centro da cidade onde ficava seu escritório e basicamente falei que queria participar. Kim estava trabalhando numa cena para Marilyn e John e foi muito legal que Kim tenha decidido incluir aquela cena e expandi-la um pouco para que eu pudesse entrar. Trabalhar com Kim e o pessoal novamente foi muito bom e me trouxe de volta uma animação de que eu sentia falta.

A diversão para mim estava nas filmagens e na interação entre o grupo do *Massacre* antigo e os novos garotos - bem, a única remanescente à altura com que gravamos era Renée. Ela foi uma fofa. Na época, ela tinha uns 25 anos, formada na faculdade, estava apenas começando. Ela parecia ter uns dezessete anos no máximo. Eu perguntei a ela se ela tinha idade suficiente para estar ali e ela imediatamente abriu o maior sorriso, que agora o mundo já conhece, e disse que havia acabado de achar seu novo melhor amigo.

O filme fala por si só. Há grandes atuações de Matthew Mahogany, ou qualquer que seja o nome dele, e da minha amiga Renée Zellweger. Mas Tonie Perenski rouba a cena como Darla. Na minha opinião, vale a pena vê-lo só por esses momentos.

Um erro que cometemos: os créditos deveriam ter dito apenas "Franklin, Sally e Vovô". Não pensei nisso a tempo.

MARILYN BURNS Eu gosto de Kim, e ele me perguntou se eu queria fazer alguma coisa no filme, tipo uma enfermeira com três falas ou coisa assim. Mas eu faço parte do sindicato dos atores - então eu liguei para eles, e eles disseram: "Ok, você pode fazer essa ponta, mas alguém vai ter que dublar suas falas". Eu não quero alguém me dublando! Então apareço rapidamente numa maca passando ao lado de uma mulher maluca, que é Renée sendo interrogada por John Dugan. Estou sendo empurrada por Paul Partain e estou irreconhecível. Mas eu nunca vi o filme - eu nem me considero realmente nele!

LOU PERRYMAN Kim me pediu para fazer um papel, em dado momento ele queria que eu fizesse Rothman, mas eu tive que recusar por causa do sindicato. Eu poderia ter muitos problemas, eles podem te dar uma multa enorme se você aparecer num filme não sindicalizado. Eu até liguei para o sindicato para perguntar a respeito, e acabei falando com Harry Medved ao telefone.

> A presença de Perryman teria certamente animado o processo, embora seja difícil imaginá-lo no papel de Rothman... Wayne Bell compôs a trilha, mas muito do seu trabalho foi cortado em favor de músicas de artistas texanos.

WAYNE BELL Foi decidido, antes de eu chegar lá, que várias músicas de rock seriam usadas... Eu tenho um piano sem teclas, só o corpo com as cordas de dentro, tipo uma harpa - você ouve um pouco disso em *O Retorno*... Mas muito do meu trabalho ali é bem ruim - tem algumas entradas das quais me orgulho. Tem um som quando vemos a casa pela primeira vez, e tem uma deixa quando Renée está na estrada, basicamente um monte de pistas falsas que terminam com ela se assustando com uma sacola plástica ou coisa do tipo - musicalmente, fiquei bem contente com aquilo. E a música dos créditos é bem boa. Não tem nada eletrônico ali – o que parece ser eletrônico são na verdade pratos tocados com um arco de violino. Mas nas partes de perseguição eu caí nas armadilhas em que muita gente cai... E assim como Tobe e Jerry Lambert, que viraram escravos do sampler em sua trilha para *O Massacre 2* – o sampler era novidade na época – eu virei escravo do poder do computador em *O Retorno*, fazendo a sincronia exata entre os sintetizadores e o filme com tempo codificado. E isso foi um erro. Eu deveria ter usado a mesma técnica que Tobe e eu usamos no primeiro filme – tenho certeza de que Kim preferiria assim, não sei se ele sabia como nós fizemos – e criado uma biblioteca de material com ideias gerais (este som vai bem com este tipo de cena) que podem ser usadas para objetivos dramáticos variados...

> Com o fim da produção em 1994, Henkel e Kuhn começaram a procurar por um distribuidor para o filme. *O Retorno* parece ter ficado no limbo por algum tempo. As resenhas começaram a aparecer na primavera de 1995, mas àquela altura um distribuidor ainda não havia sido encontrado. Um fim de semana de exibições-teste aconteceu em agosto de 1995, e *O Retorno* foi finalmente vendido à Columbia TriStar em outubro. O filme nunca foi oficialmente lançado nos EUA com seu título e versão originais.

ROBERT KUHN Nunca houve dois lançamentos separados. O que nós fizemos foi contratar uma empresa para um teste de marketing: nós estreamos em vários cinemas espalhados pelo país durante um fim de semana, com pouquíssima propaganda, só as listagens normais, sem promoção nenhuma. Isso foi com o título original de *O Retorno*...

KIM HENKEL Nós pegamos e fizemos um teste de marketing, mas não teve lançamento – nunca houve lançamento adequado da versão original. Depois das exibições de teste, nós recebemos uma ligação da Columbia TriStar e eles fizeram uma oferta que nos pareceu a melhor solução. A New Line teve a oportunidade de distribuí-lo, mas não demonstrou interesse. Eles não tinham os direitos do título – na época eles não tinham direito algum. Eles nunca nem *compraram* o primeiro – os direitos sempre foram nossos. Eles se comportaram como se pertencesse a eles [*risos*], mas não pertencia!

ROBERT KUHN A coisa com a Columbia TriStar, se não fosse triste, seria muito engraçada. Do jeito que ficou, é só meio engraçada.

> Logo ficou claro que o acordo com a Columbia não estava funcionando do que jeito que os parceiros esperavam. Com McConaughey e Zellweger prestes a se tornarem grandes astros com os lançamentos de *Tempo de Matar* (*A Time to Kill*) e *Jerry Maguire – A Grande Virada* (*Jerry Maguire*), 1996 deveria ter sido um bom ano para Henkel e Kuhn. Mas, apesar de a Columbia lançar o trailer do filme dizendo "Em breve num cinema perto de você" no início de 1996, nada aconteceu.

ROBERT KUHN O único motivo pelo qual fechei com eles foi que eles me garantiram o lançamento nos cinemas. No contrato eles concordaram em gastar no mínimo 500 mil dólares em cópias e anúncios para o lançamento, e seriam lançadas mil cópias em todo o país. Eles não lançaram, mas ficaram me dizendo que iriam. A princípio, eles iriam lançar em julho de 1996, depois decidiram esperar até depois do *Jerry Maguire*,

[1] HEATHER grita

[2] VILMER continua se divertindo

adiando o lançamento. E depois eles simplesmente sumiram. Primeiro ficou para "a primeira semana de janeiro", depois não soube mais de nada, daí eu escrevi para a advogada deles em março de 1997: ela me respondeu dizendo que eles honrariam o contrato. Por fim nós os processamos e eles fizeram esse lançamento simbólico.

Em algum momento durante o período em que definhava sem ser lançado, os envolvidos na realização de *O Retorno* se convenceram de que a Columbia TriStar estava segurando o filme a pedido da Creative Artists Agency (CAA), que representava Matthew McConaughey. Numa entrevista, McConaughey negou qualquer envolvimento e disse que gostou de fazer o filme e que foi uma de suas atuações favoritas.

LEVIE ISAACKS Novos filmes com Matthew e Renée estavam saindo e acho que a CAA simplesmente não os queria associados a um filme de terror... Bob os processou, mas não sei se deu em alguma coisa.

BRIAN HUBERMAN Talvez eles [Zellweger e McConaughey] estivessem com medo de que isso fosse usado para inibir o avanço de suas carreiras.

ROBERT KUHN Não tenho certeza de um jeito ou de outro, mas estou bem convencido de que num dado momento a Creative Artists impediu, sim, a distribuição do filme. Se depois a Columbia decidiu "mandá-lo pro inferno" e não quis mesmo lançá-lo, aí eu não sei. Mas eles iriam lançar em julho de 1996, e eu estava conversando com Clint Culpepper, o vice-presidente que fechou negócio comigo [nomeado umas das 100 pessoas mais influentes de Los Angeles em 1999], quase todo dia, porque eles estavam se preparando para lançá-lo e eu queria saber o que eles iriam fazer, quanto iriam gastar, e ele me disse que a Creative Artists estava impedindo e que iria tentar brigar com eles. Ele me ligou um dia e disse "Bem, nós vamos lançar as mil cópias": eles finalmente decidiram que não iriam mais dar atenção ao que a Creative Artists dizia. E aí nós esperamos, e por fim ele ligou para dizer: "Bem, nós decidimos que seria tolice não esperar para colher os benefícios de *Jerry Maguire*, são dois grandes astros e eu sei que vamos nos dar bem, vamos esperar até janeiro". Mas em novembro eles simplesmente sumiram, nunca mais falei com ninguém.

Depois de mudar o título e, mais importante ainda, cortar a cena de abertura em que a Jenny (Zellweger) é mostrada sendo abusada, a Columbia finalmente lançou *O Massacre da Serra Elétrica: A Próxima Geração (Texas Chainsaw Massacre: The Next Generation)* em meros 23 cinemas em todo o país em agosto de 1997. A data dos créditos iniciais foi mudada de "22 de maio de 1994" para "22 de maio de 1996", embora nos créditos finais o título original tenha permanecido! Além de remover o abuso de Jenny, algumas cenas foram editadas em alguns segundos e reestruturadas, mas nenhum outro grande corte ocorreu.

BRIAN HUBERMAN A Columbia lançou o filme só para constar, eles fizeram o mínimo – foi muito cruel.

LEVIE ISAACKS É o jeito de Hollywood, isso acontece o tempo todo, eles têm todas as vantagens e você não tem nenhuma.

ROBERT KUHN Eles dizem que mudaram o título e editaram porque venderia melhor nas locadoras, mas isso é besteira: ninguém reedita e muda títulos só para lançar em vídeo. E eu não sei se o título deles é melhor – é *diferente*... O que eu deveria ter feito – eu havia falado com a Blockbuster e disse a eles que eu daria seis meses de exclusividade e eles disseram que comprariam 30 mil cópias da fita por 60 dólares cada. Eu mandei fazer 10 mil fitas e depois fechei negócio com a Columbia TriStar, e claro que eles mudaram o título! Eu nunca nem vi a outra versão, nunca tive interesse – me dá enjoo só de pensar...

A Columbia também não divulgou *A Próxima Geração*, o que não surpreendeu, depois do lançamento em 23 cinemas...

ROBERT KUHN A única publicidade que o filme teve foi a confusão toda sobre a Columbia *não* lançá-lo – se não fosse isso, ninguém nunca saberia de sua existência. Eles literalmente o enterraram.

KIM HENKEL Eles não gastaram nenhum dinheiro com publicidade – mas *nós* também não tínhamos um monte de fotos boas [*risos*]. Bom, essa é outra história. Eu insisti e insisti ao diretor de produção para que tirassem fotos das filmagens, e ela ficava falando de considerações orçamentárias. Eu ordenei que ela mandasse alguém pra lá – depois descobri que ela mandou alguém ir lá com a câmera sem filme dentro só para eu *pensar* que estavam fotografando... Assim é o cinema independente – pessoas que deveriam estar do seu lado trabalhando contra você!

> Processar a Columbia TriStar não foi tão simples quanto parece, e nem foi a história toda. (A história toda é quase tão irremediavelmente complicada quanto as finanças confusas do filme original.) No começo de 1997, Kuhn e Henkel foram processados por Chuck Grigson por quebrarem o acordo de distribuição que haviam feito com a Columbia TriStar. O acordo foi feito de forma que o espólio do *Massacre da Serra Elétrica*, representado por Grigson, receberia uma porcentagem da porcentagem de *O Retorno*. (Ou seja, a porcentagem que Henkel e Kahn deviam ao espólio pelo licenciamento do título.) Os problemas deles com a Columbia TriStar deixavam claro que Grigson (representando o espólio do *Massacre*) não estava recebendo sua parte. Provavelmente convencido de que não haveria renda até que Kuhn e Henkel resolvessem seus problemas com a Columbia TriStar, Grigson retirou a acusação no fim de 1997 e se uniu a eles para processar a CAA e Matthew McConaughey.

ROBERT KUHN Primeiro nós tentamos processar a Columbia no Texas, e o processo foi rejeitado – nós alegávamos que eles haviam violado o contrato, e portanto nós não estávamos sujeitos aos termos dele – mas o Tribunal Federal não acreditou nisso, então acabamos tendo que fazer um acordo extrajudicial em Los Angeles.

Quando estávamos dando os depoimentos, eles disseram: "Nós nunca pretendemos lançá-lo nos cinemas, nós o compramos porque vocês queriam lançá-lo em vídeo" – o que é um posicionamento interessante. Mas Ben Feingold, que era presidente daquela divisão na época [Feingold é atualmente o presidente da Columbia TriStar Home

LEATHERFACE com a sua marreta em ação

Entertainment e da Columbia TriStar Motion Picture Group, divisão de Home Entertainment e Aquisições], disse que as pessoas da Creative Artists ligaram para ele e disseram (ou talvez tivessem lhe visitado, ele não tinha certeza) para não fazer um grande lançamento por causa das preocupações deles com Matthew McConaughey. E ele disse: "Mas não me afetou – eu cuido dos meus produtores, não me preocupo com mais nada". E o filme foi imediatamente arquivado! Acho que eles fizeram por algum outro motivo... Então agora eles alegavam que mudaram o título e editaram o filme só para o lançamento em vídeo e que nunca tiveram a intenção de lançá-lo nos cinemas. Quem sabe onde tudo isso vai dar... Bem, se eles pagassem por todo o tempo e esforço que despendemos, seria considerável, só digo isso.

O lançamento da Columbia TriStar em 23 cinemas gerou 141 mil dólares de receita de bilheteria, uma quantia que mal daria para uma semana de almoço dos executivos.

COMPARAÇÃO DAS VERSÕES, PREPARADA POR CRAIG LAPPER[1]

Eu rodei as duas fitas (*O Massacre da Serra Elétrica – O Retorno* e *O Massacre da Serra Elétrica – A Próxima Geração*) lado a lado em dois monitores. A fita de *O Retorno* foi copiada do *laserdisc* japonês, e a da *Próxima Geração* foi o lançamento em VHS no Reino Unido (certificada 18 anos sem cortes).

A única diferença fundamental (tirando a mudança dos títulos na tela) é na cena inicial. Depois dos créditos de abertura da versão inglesa (que são idênticos aos do DVD norte-americano classificação R), nós vemos Jenny passando batom, depois se olhando no espelho. Em seguida a vemos com um amigo sendo fotografados numa festa. Depois dos créditos da versão japonesa (*Retorno*), nós vemos Jenny passando batom e se olhando no espelho, seguida de uma sequência extra de seu padrasto entrando no quarto e ameaçando-a sexualmente. Esta cena, com duração de um minuto e dezessete segundos, não aparece nas versões inglesa e norte-americana do filme. A versão japonesa depois segue para as fotos sendo tiradas na festa, como nas outras versões. Fora isso, o lançamento japonês contém (I) três segundos adicionais de algumas pessoas andando em direção a uma casa, (II) alguns fotogramas extras de Vilmer entrando em seu carro. A outra única diferença é que algumas sequências foram reorganizadas (embora nenhuma cena tenha sido removida).

Primeiro, as cenas por volta dos 15 minutos tiveram suas ordens alteradas. Na versão inglesa, vemos as crianças na cabana de Darla, depois as crianças saindo da cabana e depois Vilmer perseguindo e atropelando repetidamente uma vítima. Na versão japonesa,

1 Integrante da BBFC, a censura britânica.

[1] JENNY vem pro abraço

[2] LEATHERFACE emerge da escuridão

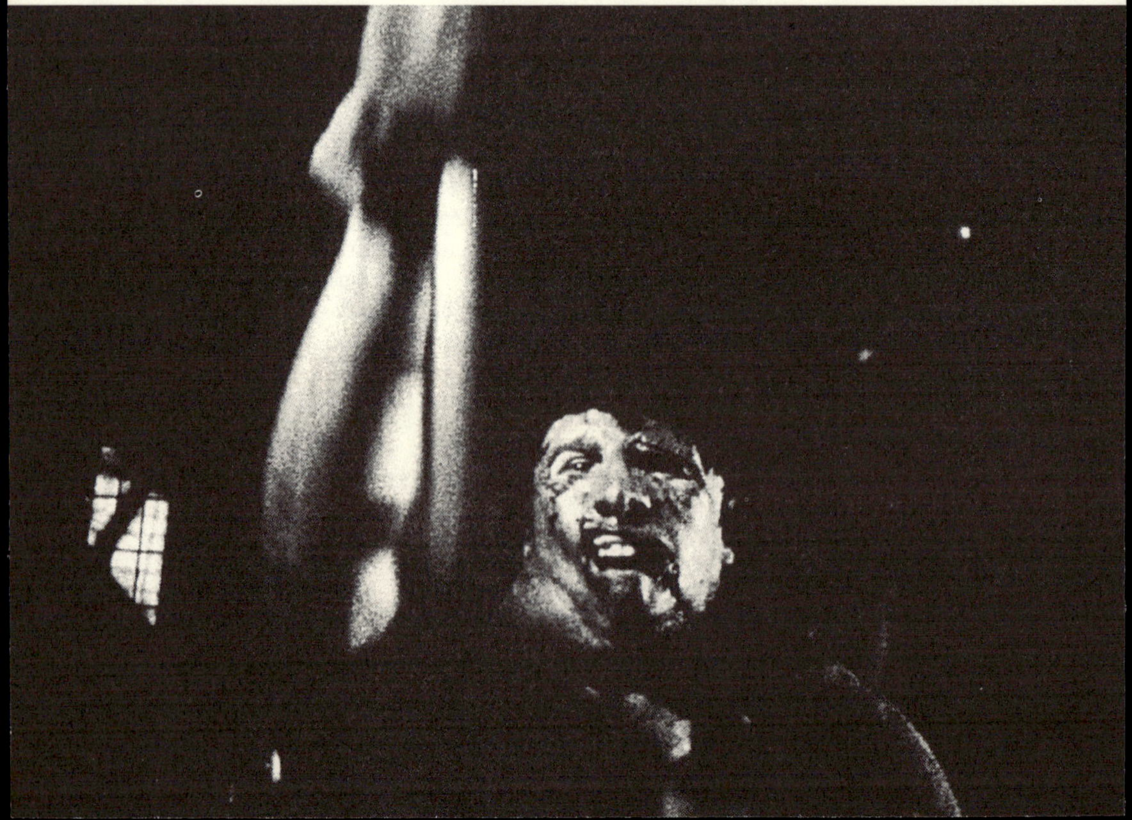

vemos as crianças na cabana de Darla, depois Vilmer perseguindo e atropelando repetidamente sua vítima e depois as crianças saindo da cabana de Darla. Isso não tem nenhum efeito na trama. O segundo pequeno reajuste é uma cena de Jenny parando na estrada (em torno dos 26 minutos), reduzida para mudar para a próxima cena. Na versão japonesa, ela para e se agacha na estrada (inédita até agora na versão inglesa). Porém, na versão britânica a tomada dela agachando na estrada acontece mais tarde (depois do ataque de Leatherface) e continua com ela levantando e chamando um carro com sua tocha – isso está presente em ambas as versões, por volta de 36 minutos.

RESENHAS

[...] nós FINALMENTE temos uma continuação decente para *O Massacre da Serra Elétrica* [...] O tempo todo nós pensávamos que Tobe Hooper, o diretor do *Massacre*, era um gênio. E ele é. Mesmo. Mas nós ignoramos completamente o ESCRITOR do *Massacre*, Kim Henkel, que não só escreveu aquele filme, mas escreveu também o SEGUNDO maior filme vindo do Texas nos últimos vinte anos, *Last Night at the Alamo* (*Última Noite no Álamo*, em tradução literal, de 1983).

E agora Kim finalmente fez o que provavelmente deveria ter feito anos atrás: se tornar um diretor. Seu primeiro trabalho é *O Massacre da Serra Elétrica – O Retorno*, um filme tão assustador e tão brilhante que faz as outras duas continuações do *Massacre* parecerem especiais de televisão para crianças.

Este filme tem tantas viradas completamente imprevisíveis que eu não quero revelar nada, mas ele definitivamente cumpre a primeira regra dos grandes filmes de drive-in: qualquer um pode morrer a qualquer momento.

Há algumas cenas no filme que foram quase intensas demais para MIM – e eu já vi 47 mil filmes desse tipo.

Este é melhor filme de terror dos anos 1990.

Oito cadáveres. Dois peitos. Quebra de pescoço. Martelada na cabeça. Gostosa no gancho de carne. Policial estadual estufado. Mulher em chamas. Cara lambida. Pisada na cabeça. Quatro perseguições de carros, com quatro batidas. Padrasto malvado. Frigorífico. [4 estrelas]
Joe Bob Briggs, Programa de TV Joe Bob's Drive-In, 15 maio 1995

[...] este filme é um terror inteligente que se baseia no nosso conhecimentos dos três *Massacres* antecessores, mas também é irônico todo o tempo. O autor e diretor Kim Henkel escreveu *O Massacre* original e este filme mostra que ele felizmente sabe as coisas que nos fazem arrepiar de medo. As atuações aqui são uniformemente divertidas... Alguns trechos da história vão te deixar coçando a cabeça para manter o ritmo

com as novidades. Embora o subtítulo *A Próxima Geração* o faça soar como se fosse uma sequência de *Jornada nas Estrelas*, não dá para confundir a linhagem deste filme.
Marjorie Baumgarten, The Austin Chronicle, 20 out. 1997

Acho que é seguro dizer que não estava esperando muito disso aqui, mas fiquei agradavelmente surpreso... Henkel dá reviravoltas suficientes para manter as coisas interessantes, e este é com certeza um filme de drive-in deturpado. Vale a pena alugar...
Scott Phillips, "Alibi", Weekly Wire, 9 mar. 1998

McConaughey, no papel de um louco com uma perna falsa eletrônica, parece ter estudado as piores atuações de Woody Harrelson e Dennis Hopper; ele sua, gargalha, arregala o olho, lacera sua pele, e coloca seu sotaque mais arrastado em falas como 'Cê acha que tudo que eu quero fazer é te matar?!' O filme recapitula a comédia caipira absurdista do ótimo *Massacre* original, sem uma gota do seu terror primordial.
Owen Gleiberman, Entertainment Weekly, 9 maio 1995

[...] um filme de psicopata ligeiramente acima da média que só se salva parcialmente por pequenos, porém cativantes, trechos de humor negro. Os dois astros estão ótimos... A heroína valente de Zellweger é agradável e simpática, enquanto a atuação exagerada de McConaughey na pele de um psicopata caipira mostra que, se ele continuar a aprimorar seu ofício e escolher seus roteiros com sabedoria, pode ir longe como fazedor de tipos em filmes de terror de baixo orçamento.
Nathan Rabin, The Onion a.v. club

[...] cruel e supérfluo [...] O *Massacre* original era um pesadelo fervoroso, paranoico, quase apocalíptico [...] Mas 25 anos depois, o mesmo material parece cansado e datado [...]
Maitland McDonough, TV Guide Online

[...] toda a atmosfera demente e o clima ultrassádico conseguem amedrontar e perturbar mais uma vez [...] Henkel habilmente mantém a tensão sepulcral com longas sequências, explorando a sensação da audiência de pavor inevitável. Este filme é bem melhor do que os amantes de Leatherface poderiam supor, com Henkel fazendo jus à qualidade de pesadelo acordado do primeiro filme.
Alan Jones, Starbust 218

[...] o novo *O Massacre da Serra Elétrica* não é inovador, assustador ou engraçado o suficiente para se manter [...] evita derramamento de sangue desnecessário, e até flerta com algumas questões sociossexuais pertinentes. Mas isso você tem em qualquer novela da tarde. O que nós queremos de *O Massacre da Serra Elétrica: A Próxima Geração* é uma mistura tonta de terror cruel e humor exagerado. O que nós temos é menos massacre e mais bagunça.
John Anderson, The Louisville Scene, 12 dez. 1997

A seu crédito, o elenco – incluindo Tonie Perenski como Darla, a namorada de Vilmer, e Robert Jacks como um travestido Leatherface – se joga no processo com entusiasmo. Há muita gritaria, olhos revirados e sujeira para se chafurdar. Alguns trechos até captam o humor exagerado que fez o original do sr. Hooper se destacar dos filmes comuns de assassinatos cruéis.
Margaret A. McGurk, The Cincinnatti Enquirer

[...] o original dava a impressão das obsessões sombrias de alguém se revelando na sua frente. Era fascinante de assistir, mas não dava necessariamente vontade de encontrar os realizadores para um café. A nova versão, embora seja divertida, parece estranha e confortavelmente familiar.
John Peavoy, Filmmaker, 5 dez. 1997

McConaughey é repugnantemente convincente como Vilmer, um tortuoso psicopata com um aparelho de controle remoto na perna. É uma dócil repetição do *Massacre* original, mas não sem seu próprio charme doentio. Considerando excentricidades visuais como Leatherface vestido de mulher e a ideia de uma fraternidade de semeadores do horror, o filme tem algumas qualidades, mas não suficientes para torná-lo realmente memorável.
Mike Emery, The Austin Chronicle, 2 nov. 1998

História de terror repulsiva na qual um quarteto sádico de psicopatas rurais (liderados por Matthew McConaughey) tortura e mata adolescentes na noite do baile com apenas uma sobrevivente (Renée Zellweger). A continuação doentia do autor e diretor Kim Henkel aos antecessores de 1974 e 1986 beira a depravação com suas demonstrações contínuas de violência explícita em tom de brincadeira. Violência excessiva, um pouco de nudez, muitos palavrões e linguagem pesada recorrente.
Film and Broadcasting Review (antigo Catholic Film Newsletter)

por último, mas definitivamente não menos importante foi a parte 4 que foi UMA MERDA total!! então leatherface é um viado travesti que grita como uma menina e em todos os filmes a família dele é canibal menos na parte 4 em que eles comem pizza. leatherface também não é mais o principal membro da família, é aquele idiota do vilmer, e tambem leatherface só matou uma pessoa e foi com um marreta, não a serra. o resto das mortes é do vilmer. então como eu disse os filmes do massacre da serra elétrica são meus favoritos exceto essa enganação da parte 4.
Engelmeyerfan, "discussão" no gnovies.com

MICHAEL BAY'S
TEXAS
CHAINSAW
MASSACRE
NACH EINER WAHREN GESCHICHTE
CONSTANTIN FILM, FOCUS FEATURES UND MICHAEL BAY PRÄSENTIEREN IN ZUSAMMENARBEIT MIT RADAR PICTURES EINE PLATINUM DUNES/NEXT ENTERTAINMENT PRODUKTION
„THE TEXAS CHAINSAW MASSACRE" JESSICA BIEL JONATHAN TUCKER ERICA LEERHSEN MIKE VOGEL ERIC BALFOUR UND R. LEE ERMEY MUSIK STEVE JABLONSKY
SCHNITT GLEN SCANTLEBURY KAMERA DANIEL C. PEARL TED FIELD JEFFREY ALLARD GUY STODEL ANDREW FORM BRAD FULLER PRODUZENTEN MICHAEL BAY MIKE FLEISS

Pôster do filme
O MASSACRE DA
SERRA ELÉTRICA 2003

"UM JEITO EXCLUSIVO DE ENOJAR OS OUTROS"

O MASSACRE DA SERRA ELÉTRICA 2003

ROBERT A. BURNS Não é algo que dê para refazer – por que diabos alguém resolveu refilmá-lo eu não sei...

KIM HENKEL Bem, logo no início Tobe e eu estávamos conversando com o cara que licenciou os direitos da gente, nós iríamos fazê-lo – mas de repente nós fomos cortados do filme. Então a saga continua... Nós realmente fomos contratados para escrever o roteiro – o que aconteceu foi que nós fomos pagos para escrever, mas nunca houve a intenção nem mesmo de olhar o roteiro. Na verdade, nós não recebemos pelo roteiro até que eles já estivessem em pré-produção. Então nós tínhamos que criar um roteiro simbólico, o que nós fizemos – é uma curiosidade, o que produzimos... E quando nós o entregamos eles já estavam filmando, provavelmente – foi uma piada.

BILL MOSELEY A assistente de elenco mora embaixo de mim no meu prédio, e quando descobri que ela estava trabalhando no filme dei a ela uma foto do Chop Top e disse: "Nossa, eu adoraria fazer nem que fosse uma ponta", e ela olhou para a foto e disse: "Vou perder meu tempo entregando para eles, não tem mesmo nada para você no filme". Aquilo foi um tapa na cara, mas acabei pensando que provavelmente não tinha mesmo. Não me deu raiva, eu só pensei: "Tá, tudo bem..." Eu perguntei a ela sobre o enredo e ela falou: "Eles não querem uma família, eles querem se concentrar apenas no Leatherface – vai ser tipo *Se7en* (*Seven: Os Sete Crimes Capitais, 1995*)". Com Leatherface... Eu disse: "Bem, ok..."

GUNNAR HANSEN Para o filme de 2003, é uma recontagem da história original, então eles têm um novo roteiro seguindo a trama original. Acho que eles decidiram que estou muito velho para fazer o Leatherface, então me chamaram para fazer o papel do caminhoneiro, que se chama Big Rig Jack. Ele tem uma fala no filme, e sai dirigindo com a personagem Sally e ela surta... O que eu acho curioso nessa continuação – é uma continuação ou um *remake*? – é, por que eles estão refazendo um ótimo filme se eles também o acham ótimo? Bom, eu acho que vai ser uma merda. E vou te dizer por quê: a assistente de elenco me disse que "dessa vez é um terror psicológico sombrio, não um banho de sangue como o original..."

LOU PERRYMAN Eu peguei uns caras do filme novo no meu táxi – eles eram diretores de produção ou coisa parecida – e eu os estava levando para os novos escritórios e disse [numa voz idiota]: "Ei, eu preciso aparecer no filme! Preciso fazer uma ponta!" Nem chance! Eles estavam afastando *todo mundo* do filme. Menos Daniel Pearl...

DANIEL PEARL Esse filme vai ser assustador, mas com mais estilo. Vai ser sujo e corajoso como o primeiro? Não, eu já fiz isso; eu não acho que deva fazer exatamente a mesma coisa 29 anos depois. Estou abordando este filme quase como se não tivesse feito o original. Este filme tem coisas diferentes, é para um outro público. [*Fangoria* 216, 2002]

MARCUS NISPEL Quando pedi a Daniel Pearl – bem, implorei – para ele fazer o filme, eu pensei: "O que faria valer a pena para alguém como Daniel, que já fez isso, fazer de novo?" Acho que só alguma coisa completamente nova e diferente. Nós olhamos a história original na qual *O Massacre da Serra Elétrica* se baseia, a história de Ed Gein, e fomos mais fundo nela. [*Fangoria* 216, 2002]

TOBY EMMERICH Minha impressão do [produtor Michael] Bay é que ele não vai olhar muito para os filmes anteriores do *Massacre*, mas sim olhar as histórias reais que deram origem a eles. [*Variety*, 22 mar. 2002]

MARK ORDESKY A ideia é fazer um filme realmente amedrontador. Uma classificação R não é um gueto aonde os filmes vão para fazer coisas marginais. *O Silêncio dos Inocentes* (*The Silence of the Lambs*, 1991) era classificado R. [*Variety*, 22 de março de 2002]

Depois da lição de *O Massacre III*, era de se esperar que a New Line Cinema teria o bom senso de se manter afastada da franquia do *Massacre*. Nada disso. A indústria do cinema é motivada em grande parte por ganância, voltada a vender produtos. Então que jeito melhor de "vender" cinema do que deixá-lo nas mãos de gente que fez fortuna filmando vídeos da MTV e filmes acéfalos de ação estilizada, cujos orçamentos dariam para pagar as dívidas nacionais da maioria dos países de Terceiro Mundo? E que jeito melhor de revender um *remake* do que "reimaginando-o"? Sem se abater com os milhões desperdiçados (e abusados) em filmes como *Psicose* (*Psycho,* de 1998) de Gus Van Sant ou *Planeta dos Macacos* (*Planet of the Apes,* de 2001) de Tim Burton, a New Line decidiu empregar o especialista em vídeos musicais Marcus Nispel para dirigir a "releitura" de *O Massacre da Serra Elétrica*. O produtor Michael Bay é um antigo diretor de clipes (incluindo o da volta de Donny Osmond) que se transformou em fabricante de vaidosos épicos de ação de Hollywood (*Armageddon*, de 1998; *Pearl Harbor*, de 2001). Do primeiro filme, volta o diretor de fotografia Daniel Pearl, que hoje é um dos principais diretores de videoclipes do mundo. A New Line retornou a Austin e seus arredores para a quinta parte, e as filmagens terminaram em meados de outubro de 2002, com o orçamento da produção fechando em cerca de 15 milhões de dólares.

Anunciaram em outubro de 2002 que a trilha sonora seria composta pelo "polêmico" astro do rock Marilyn Manson – e embora algumas fontes creditem a Wayne Bell o tema original, Bell disse que foi contatado "exatamente zero vezes" pela New Line sobre qualquer envolvimento. O orçamento maior supostamente significaria um elenco com grandes nomes, mas tirando o ator veterano R. Lee Ermey (que também fez o filme de 2003 da New Line *A Vingança de Willard* (*Willard*), outro *remake* de terror dos anos 1970 – para que perder tempo com material inédito quando há uma infinidade de filmes para serem refeitos/reimaginados?), o jovem elenco provavelmente só será reconhecido por quem acompanha as séries de televisão americanas, embora Jessica Biel tenha aparecido em *Regras da Atração* (*The Rules of Attraction*, 2002) e Erica Leerhsen em *Bruxa de Blair 2 – O Livro das Sombras* (*Book of Shadows: Blair Witch 2*, 2000). O ator e fisiculturista Andrew Bryniarski faz o Leatherface, esperançosamente o interpretando de forma parecida com o seu excelente Butterfinger em *Hudson Hawk – O Falcão Está à Solta* (*Hudson Hawk*, 1991).

ANDREW BRYNIARSKI Se houver mais trabalho como Leatherface no futuro, eu não diria que irei recusá-lo. [Tem uma] diferença entre chutar cachorro morto e aproveitar os ovos de ouro da galinha. [*Entertainment Weekly* 716/717, 2003]

O elenco de jovens atores de televisão, bronzeados, sarados e lindos, pareceu gostar da experiência e foi surpreendentemente entusiástico.

JESSICA BIEL [...] o que faz o original ser tão bom é que era tipo um documentário, como se alguém tivesse pegado uma câmera e saído por aí. Nós trabalhamos muito, muito duramente para torná-lo incrivelmente realista. Então espero que o público pense que poderia acontecer com ele ou que poderia ser seu vizinho que fosse, sei lá, um maníaco psicótico. Eu nem sei se tem menos sangue. Eu diria que temos uma boa quantidade... Mas não vai ser descarado. É tipo um jeito único de dar nojo nas pessoas. E vai ser lindo, ao mesmo tempo em que será horripilante. [*MTV News*, 27 mar. 2003]

ERIC BALFOUR Daniel Pearl é um dos diretores de fotografia mais brilhantes que já vi [...] Começa com cinco jovens numa viagem de carro. Muito linda, a primeira parte do filme, paisagens do Texas. É deslumbrante; eles são jovens. Mas ao longo do filme as coisas começam a se degradar, ficam mais decrépitas, sombrias, até o filme mesmo fica parecendo diferente. Quando o filme termina, parece *Seven* ou coisa assim. É muito legal. E Marcus Nispel é um ótimo diretor. Quando eu falei com Michael e Marcus, eles queriam fazer um filme definitivo. Eles não queriam fazer uma coisa terror adolescente... [o elenco] queria que fosse o filme de terror da nossa geração, como foi *Poltergeist* ou *O Exorcista* ou *Halloween*. Nós não queríamos rebaixar a categoria. [Entrevista a Kate O'Hare, *Zap2it*, 6 jan. 2003]

O roteiro de Scott Kosar parece reimaginar elementos tanto de *O Massacre* quanto de *O Massacre 2*. O novo filme (incluindo a introdução narrada por John Larroquette) se passa nos anos 1970, um dia após o original. Uma van cheia de jovens fotogênicos a caminho do México dá carona à única sobrevivente do massacre da noite anterior. Eles procuram a ajuda do desonroso xerife Hoyt (R. Lee Ermey), um homem com interesses próprios após o assassinato de sua filha anos antes, que os usa como isca para tirar Leatherface de seu esconderijo e finalmente acabar com ele. Ermey com certeza se divertiu com seu papel...

R. LEE ERMEY Em *O Massacre da Serra Elétrica*, eu faço a pessoa mais pervertida que já interpretei... Completamente pervertido em todos os aspectos. A New Line está radiante com *O Massacre da Serra Elétrica*. Eu não vou ver até estar pronto, daí eu decidirei se é bom. Mas eles estão bem animados, então espero que seja um bom filme. Meu personagem é um velho xerife. Tem uma cena em que ele está numa van enrolando o corpo de uma mocinha linda, muito doce, com plástico filme. Ele está com um dos garotos o ajudando e diz a ele: “Sabe, na época em que eu era jovem, eu adorava fazer isso, porque eu podia meio que dar uma apalpada de vez em quando”. E eu estendo o braço e apalpo o seio dela, certo? Daí, depois disso, ele está enrolando a parte de baixo e ele diz: “Nossa! Ela está muito molhada aqui embaixo. Vocês estavam se divertindo com essa doce garota, não estavam, rapazes!?” Daí ele tira a mão do meio das pernas dela e passa sob o nariz! Ele esfrega um pouco daquele líquido acima do lábio e diz: “Eu costumava fazer isso e, sabe, dura o dia todo!” Nossa, ele é bem pervertido! [G. Noel Gross, *CineShlock-o-rama*, mar. 2003]

As filmagens tiveram seus problemas, incluindo uma mudança de Leatherfaces depois da primeira semana e uma ameaça de desistência da equipe de efeitos especiais por causa de preocupações com a segurança. Mais a tensão pode ter sido causada pelas diferenças estéticas entre fazer um longa-metragem e filmar um videoclipe. E, num golpe de gênio que certamente irritou a todos, exceto o jornalista mais bajulador, visitantes eram proibidos de ver Leatherface. O relações públicas alegava que eles estavam querendo criar um burburinho semelhante ao que cercava a revelação do Homem-Aranha. Vamos esperar que o burburinho acerca desta releitura seja mais do que o som de moscas em volta de um cadáver.

THE TEXAS CHAINSAW MASSACRE

Aug 20th 1973

[1] PEPPER, HENRIETTA e ERIN mal sabem o que lhes espera

[2] ERIN e KEMPER em momento de reflexão

Pôster de divulgação de
O MASSACRE DA
SERRA ELÉTRICA:
O INÍCIO

COMO NASCE UMA FAMÍLIA DISFUNCIONAL

O MASSACRE DA SERRA ELÉTRICA: O INÍCIO

Mal se passaram três anos e eis que surgiria mais um filme da série da serra elétrica. Filmado como um *prequel*[1] ao filme de 2003, *O Massacre da Serra Elétrica – O Início* tenta explicar, de fato, a origem do Leatherface e família, desde o nascimento do pequeno Thomas – o nome de batismo do maníaco da serra elétrica – a seus primeiros grandes atentados em companhia de seus irmãos sádicos.

JONATHAN LIEBESMAN (diretor) Queria fazer uma ponte estilizada entre o filme de Tobe Hooper e o de Marcus Nispel (respectivamente, as versões de 1974 e de 2003). É para parecer antes do filme de Nispel usando o mesmo estilo de documentário de Hooper, quase o modelo *cinéma-vérité* para que minha sequência pareça anterior ao *remake.* [Entrevista concedida a Rebecca Murray, para o site *About.com*]

Jonathan Liebesman, cineasta sul-africano, só havia dirigido um longa e alguns curtas antes de ser convidado por Michael Bay a conduzir *O Início.* Bay havia sido atraído por um curta de Liebesman, realizado como um extra do DVD de *O Chamado* (*The Ring*, 2002). Era uma espécie de aquecimento para *O Chamado 2 – O Círculo se Fecha* (*The Ring 2,* 2005) e filmado como um *prequel* da parte 2.

JORDANA BREWSTER (atriz) Jonathan era bem aberto às nossas sugestões. Ele ajudou muito e ouvia mesmo as minhas ideias. Ele quis que eu assistisse a *O Silêncio dos*

1 Filme que mostra o que antecede a história do filme original.

Inocentes pela atuação de Jody Foster e *Alien*, pela de Sigourney Weaver. Ele queria um equilíbrio entre as duas atuações. Ele não queria que ela parecesse uma mulher forte. Ele não queria exagerar e transformá-la em uma super-heroína, e não queríamos muito menos fazer dela um tipo de gatinho assustado. Tentamos acertar esse equilíbrio. Foi realmente uma colaboração, o que foi ótimo. [Entrevista concedida a Rebecca Murray, para o site *About.com*]

Segundo essa versão, em 28 de agosto de 1939, uma jovem mulher morreu dando a luz a um menino, que é logo abandonado na lixeira de um matadouro. Adotado pela jovem Luda Mãe Hewitt, o bebê ganha nome – Thomas – e sobrenome. Esse filme veio reforçar a versão da história já esboçada na edição anterior, quando a Família Serra Elétrica ganha uma identidade mais formal, os Hewitt. Do nascimento do menino, vemos logo o jovem Leatherface crescido, vingando-se do patrão junto a seu "irmão adotivo" Charlie Hewitt. E é assim que ele consegue sua primeira serra elétrica.

Alguns dos atores seriam as mesmas estrelas da versão de 2003, como R. Lee Ermey interpretando Charlie e Andrew Bryniarski como Tommy/Leatherface. A "sobrevivente"Chrissie foi interpretada por Jordana Brewster, fã de filmes de terror.

R. LEE ERMEY Interpretar esse personagem era como uma brisa de ar fresco. Quando me pediram para voltar e fazê-lo uma segunda vez, eu estava ansioso e ainda mais pronto. O personagem tem uma personalidade fenomenal. Ele é de fato um maníaco homicida pervertido. Não há limites. [Entrevista concedida a Rocco Passafuime, ao site *The Cinema Source*]

JORDANA BREWSTER O Andrew é um cara bem esquisito. Ele tocava heavy-metal no set, e eu só queria ficar longe dele. Não queria ficar amiga dele e depois agir como se ele me assustasse. Então fiquei bem feliz que ele fosse esquisitão. Ele é um cara estranho e leva seu papel a sério, ele realmente entra no seu personagem na tela e fora dela. Assim foi bem fácil de agir como se estivesse assustada. [Entrevista concedida a Brad Balfour, site *Blackfilm*, out. 2006]

ANDREW BRYNIARSKI Odeio essa porra [de não sair do personagem]. É meio que meu drama pessoal. Até gostaria de sair do trabalho e voltar pra casa com as mãos cheias de sangue todos os dias. Thomas Hewitt e eu, nós estamos em uma relação de amor e ódio. E amo odiá-lo. Eu não fico [no personagem]. Corro pro meu trailer e toco um pouco de guitarra. [*Risos*] Não, eu não fico no meu personagem. Sou uma máquina de rock'n'roll, não uma máquina mortífera. Tiro todos os meus apetrechos de *serial killer* e vou pra casa. Quer dizer, fora escutar "Raining Blood" do Slayer – que é quase a mesma coisa – nunca tinha pensado nessas coisas até conseguir esse trabalho. [Entrevista concedida a Jeff Otto para o site *IGN.com*, dez. 2005]

R. LEE ERMEY Chamo o Leatherface de Tommy, ele é meu protegido. Trabalhei duro com Tommy. Nós dois temos a melhor relação possível. [Entrevista concedida a Rocco Passafuime, ao site *The Cinema Source*]

JONATHAN LIEBESMAN Pra dizer a verdade, eu amo *prequels*. Adoro a ideia de saber quando o filme termina e ver como você chegou lá. Acho que é um tipo de diversão estar à frente da audiência. Se você assistir algo como *Batman Begins* ou *Episódio III* de *Guerra nas Estrelas*, é mesmo bem excitante saber que aqueles personagens que você está vendo vão se tornar Batman, Darth Vader e algo assin, e por isso eu gosto mesmo de assistir a *prequels*. [Entrevista concedida a Rebecca Murray, para o site *About.com*]

Uma das críticas *top* do site Rotten Tomatoes sobre *O Massacre da Serra Elétrica – O Início* (*The Texas Chainsaw Massacre – The Beggining*) diz o seguinte: "Nojento e sádico, mas nunca assustador", ao que uma resenha no IMDB afirmaria: "Desagradável e perturbador... como deveria ser". *O Início*, assim como o filme de 2003, credita a produção a Kim Henkel, Tobe Hooper e Michael Bay, e ainda conta com Robert Kuhn como produtor-executivo. Apesar da crítica, o filme estreou em segundo lugar nas bilheterias norte-americanas, tendo perdido apenas para Leonardo DiCaprio e Matt Damon em *Os Infiltrados* (*The Departed*).

A sequência de um *remake* pareceu afastar-se bastante da ideia original. Enquanto uns dizem que os filmes de 2003 e 2006 teriam salvo a reputação do *Massacre*, muita gente achou a ideia infeliz.

GUNNAR HANSEN Bem, não fiquei feliz com a ideia por diferentes razões. Fiquei desapontado com o filme. Talvez teria gostado se eu não continuasse a compará-lo com o original. Acredito que o principal problema que tenho com esse filme é devido ao fato de explicarem o Leatherface e ainda desmascará-lo. Agora não há mais mistério. Acho que a razão para ter tanto apelo e medo no filme é por ele ser um tanto humano, mas não tanto assim, não é possível saber o que ele é. Agora ele não passa de um garoto que teve uma doença de pele na infância e quer se vingar, logo ele está realmente reduzido. É essa a ideia, que o mistério é maior que sua solução. [Entrevista concedida a Todd Gilchrist, para o site *IGN.com*, set. 2006]

Só mais um detalhe: um dos erros de gravação apontados pelos fãs foi o fato de que a personagem Chrissie (Jordana Brewster) usava Havaianas em uma das cenas. Sendo que o filme se passava em 1969, muito tempo antes de nossas sandálias partirem mundo afora.

Coleção de máscaras presente no pôster de divulgação de O MASSACRE DA SERRA ELÉTRICA 3D

"O QUE VOCÊS FIZERAM?"

O MASSACRE DA SERRA ELÉTRICA 3D

Em 4 de janeiro de 2013, as serras elétricas voltaram a rugir nas salas de cinema. E dessa vez, elas aparentavam estar um pouco mais próximas da plateia. A arma preferida de Leatherface virtualmente pula das telas, nesse que é o primeiro filme da franquia em 3D. Um grande avanço técnico se comparado ao baixo orçamento do filme de 1974. *Texas Chain Saw 3D* – curiosamente sem a palavra "Massacre" no título original em inglês – estreou em primeiro lugar nas bilheterias norte-americanas, ultrapassando *blockbusters* como *Django Livre* e *O Hobbit* [1] no primeiro final de semana do ano. O sucesso nas salas de exibição já levanta especulações sobre uma continuação. De acordo com sites como deadline.com e o brasileiro Omelete, *Texas Chainsaw 4* teria sido anunciado pela Millenium Films, coprodutora e distribuidora do filme de 2013. Mas se nos Estados Unidos o público compareceu em massa a *O Massacre da Serra Elétrica 3D – A Lenda Continua* (com estreia prevista no Brasil para maio de 2013, em distribuição da Europa Filmes), a reação da crítica especializada não foi das melhores. O site *Twitchfilm.com*, por exemplo, afirmou que "*Texas Chainsaw 3D* não consegue pagar tributo [ao filme original]. Sequer consegue fazer algum sentido". Para o periódico canadense *National Post*, a "franquia de terror segue ladeira abaixo rumo a uma nova geração".

É sempre um assunto muito difícil dar continuidade a uma franquia de sucesso. Às vésperas da estreia, a revista *Fangoria*, talvez a mais importante publicação do universo do terror, perguntava: "Conseguirá *Texas Chainsaw 3D* igualar a demência histérica do filme original?"

1 *Django Unchained*, de Quentin Tarantino, e *The Hobbit: An Expected Journey*, de Peter Jackson, ambos lançados no final de 2012.

LEATHERFACE e sua assustadora serra elétrica 3D

Se conseguiu ou não, cabe ao fã responder. Mas é certo que John Luessenhop, diretor do filme, aqui em sua primeira incursão pelo gênero, se aproximou como pôde do legado criado por Tobe Hooper e Kim Henkel. Ele convidou os atores principais, Gunnar Hansen e Marilyn Burns, algoz e vítima de 1974, para pequenas participações no filme 3D. Neste último, a trama começa exatamente no momento em que Sally consegue fugir de Leatherface. Ela logo avisa a polícia, que dá uma batida no local, acompanhada de uma turba enfurecida, querendo fazer justiça com as próprias mãos. Assim, o filme de 2013 é o que melhor cumpre seu papel de sequência, e não de *remake*. A personagem principal de *Texas Chainsaw 3D,* Heather – vivida nas telas por Alexandra Daddario, a Annabeth da franquia *Percy Jackson* –,[2] é prima, em primeiro grau, de Leatherface. Um tanto avesso aos filmes de terror modernos, que considera como "tortura pornô", e insatisfeito com as versões recentes de *O Massacre*, Tobe Hooper elogiou o filme de Lussenhop.

TOBE HOOPER Muitos dos filmes de hoje não parecem ter a consistência de um filme de verdade. Eles não querem que a plateia pense. E isso vem de cima. De algum lugar lá no topo, de onde vem o dinheiro. Tudo precisa ser explicado...

[Lussenhop] estudou a razão do filme original funcionar, quebrar as convenções, e não fazer como se fosse a versão de Hollywood... Além disso, o 3D é realmente muito bom. Estou virando um fã do 3D. É tão diferente do tipo de 3D dos anos 1950. Esse tem mais profundidade...

Leatherface tem alguma coisa de especial. Ele tem problemas familiares. Aquela é uma família disfuncional. [Entrevista a Jim Dobies, *Examiner.com*, 4 jan. 2013.]

JOHN LUESSENHOP Eu não conversei com Tobe. Eu falei com Kim Henkel, um dos escritores originais. Os atores originais: com cada um deles eu tive uma experiência diferente. No dia em que filmamos na fazenda, uma réplica original da casa em que Gunnar Hansen atuou como Leatherface, quando saímos após encostar o carro na rodovia, eu vi um homem maduro sair dos trilhos. Seus olhos encheram d'água e ele não se mexeu por uns segundos. "Tudo está voltando..." Foi incrível, a emoção bruta que ele estava sentindo. Eu acho que a dureza que esses caras enfrentaram para fazer o filme no começo dos anos 1970, eles nem imaginam. Estavam fazendo um filme com o camarada deles, não tinham ideia da importância do que faziam. Sobre Marilyn Burns, ela foi demais. Uma verdadeira profissional e ela é tão entusiasmada que foi divertido para ela voltar à franquia. [Entrevista a Ryan Turek, site *Shock Till You Drop*, 17 out. 2012.]

GUNNAR HANSEN O filme segue nos primeiros, não sei, dez ou quinze minutos, o que acontece depois com todo mundo da casa do Leatherface, isso dá início à história dessa nova sequência. Quer dizer, esse filme, diferente de todos os outros, é uma sequência de verdade dos filmes originais... Ele capta a atmosfera do filme original. Tem um certo momento, e eu não vou te contar que momento é esse, quando eu estava lendo o roteiro – você sabe, toda vez que eu leio um roteiro, especialmente se diz respeito a

2 Franquia iniciada em 2010 com *Percy Jackson & The Olympians: The Lightning Thief*, de Chris Columbus, baseada nos livros de Rick Riordan.

um personagem como Leatherface que está tão impregnado em mim, eu penso: "Não, não, qual é, vocês não podem fazer isso". Há um momento neste filme em que eu falei: "O que vocês fizeram?" E aí eu pensei: "Por que nós não pensamos nisso antes?" Então há esse momento no filme que eu considero brilhante, que expande o personagem Leatherface um pouquinho, e dá uma melhor noção de quem ele é.

John Dugan vai filmar com a gente, e Marilyn Burns também. Então, o Vovô, o Vovô original vai estar no filme. No papel do Vovô, mais uma vez. E Marilyn faz o papel de Verna Carson - parece até nome de atriz inglesa de terror. Bem, ela vai estar aqui, e vamos ter tipo uma reunião... E Bill Moeseley, que interpreta o Chop Top no *Massacre 2*, e ele está fazendo um trabalho incrível. [Release, Lionsgate Films]

MARILYN BURNS Simplesmente devorei o roteiro. E para eu dizer que gostei de um roteiro... Fiquei genuinamente surpresa de como ele tinha sido redigido de uma maneira tão inteligente, eu estava encantada, isso não tinha acontecido antes, não desde que eu comecei a ler esses roteiros durante os últimos não sei quantos anos. Então, isso foi muito estimulante.

John Luessenhop disse [...] "eu quero recriar do jeito certo, recriar a Sala de Ossos". E eu pensei: "Meu Deus, se eles estão correndo atrás desse nível de detalhamento para uns planos rápidos no começo do filme, o que esse homem planeja contar mais adiante, qual é a história pra valer?" Se ainda estivéssemos voltando ao filme por motivos nostálgicos... Quer dizer, há uma razão para os clipes do filme original. Esse cara tem ideias muito claras do que quer fazer. [Entrevista divulgada em *TrailerAddict.com*]

JOHN LUESSENHOP Eu amo o filme original. Mas eu não era um fã de terror, eu conhecia coisas tipo *O Iluminado*, *A Profecia* e *O Exorcista*.[3] Então, para mim foi ótimo voltar e aprender sobre esse pessoal que fazia filmes de baixo orçamento e conseguia colocar neles os seus próprios comentários sociais. Como eu estava completamente possuído pelo trabalho original de Tobe, eu ignorei as sequências e honrei aquele filme.

[Sobre Leatherface], eu quis continuar com sua humanização. Eu gosto no original quando ele alopra depois de matar aqueles garotos. Ele não sabe o que fazer, e o Pai já está pra chegar, então talvez ele esteja encrencado. Quando me chamaram para este projeto, Leatherface era quase um Exterminador, uma máquina assassina. Então, quando reescrevemos o roteiro, nós mantivemos a contagem dos corpos relativamente baixa. As mortes tinham que ter um significado. Queríamos que elas fossem alarmantes, que capturassem a atenção da plateia. [Entrevista a Evan Dickson, *Bloody-Disgusting.com*, 3 jan. 2013]

DAN YEAGER É uma continuação direta do *Massacre* de 1974. Finalmente, depois de tantos anos, a história original é retomada. Eu interpreto Leatherface [...] A contagem de corpos? [...] Bem, a minha contagem de corpos, meu 'inventário' pessoal é compatível com o filme original. [Entrevista ao canal de Rob MC, *YouTube*, 25 ago. 2012]

3 Respectivamente, *The Shining* (Stanley Kubrick, 1980), *The Omen* (Richard Donner, 1976) e *The Exorcist* (Willian Friedkin, 1973).

JOHN LUESSENHOP Como você vai ver, cada morte é diferente. Não apenas da maneira como acontece, mas também o gancho. Não importa como ela é construída, você nunca está preparado. Tenho muito orgulho pelo fato de as mortes serem todas únicas, não são repetitivas e, ainda assim, damos aos fãs o que eles querem ver, com toda a crueza que eles esperam. [Entrevista a Ryan Turek, site *Shock Till You Drop*, 17 out. 2012.]

DAN YEAGER As filmagens foram ótimas. Fazia uns 40 graus todos dos dias, mas devido à natureza da personalidade de Leatherface, eu trabalhava basicamente à noite, então não era tão ruim assim. Eles me deixaram ser meu próprio dublê, o que foi a melhor parte. Eu me lembro de conversar com um dos membros da equipe, depois de uma cena particularmente excitante: "Eu tenho o melhor emprego neste filme". O que eu posso dizer? Meu trabalho envolve uma serra elétrica e uma espingarda.

Eu já disse antes que nada na minha preparação de ator pôde me preparar de verdade para esse papel. Escolas de teatro não ensinam a vestir uma máscara de pele humana e nem a perseguir pessoas com uma serra elétrica de verdade, com a intenção de matá-las. Ser o Leatherface é melhor do que fazer qualquer outro papel. Eu adorei. [Entrevista ao site *HorrorPilot.com*]

WILLIAN GLOSS Heather (Alexandra Daddario) descobre não apenas que ela foi adotada, mas que ela é a única herdeira de uma propriedade numa pequena cidade no Texas, então ela leva seu namorado (o rapper Trey Songz) e dois de seus camaradinhas (Tania Raymonde e Keram Malicki-Sánchez) numa viagem para assinar todos os papeis necessários. O lugar acaba sendo um velho casarão, meio isolado, ideal para fumar, beber e trepar escutando as músicas de Trey Songz, ocupado somente por um maníaco disforme que mora no porão. [Resenha publicada no site *Film.com*].

ALEXANDRA DADDARIO *Bereavement* [4] foi meu primeiro papel principal num filme. E acredito que fazer um filme de terror amplia muito as capacidades de um ator, aquele filme me fez uma atriz melhor, e me ajudou a estar preparada para *Texas Chainsaw 3D*. Esse filme também. É uma coisa incrível, pois você precisa ir a lugares que você não frequentaria na sua vida real. E você tem que gritar e correr dias a fio, e tudo isso. É basicamente histérico... Há algo, a princípio, catártico sobre isso tudo e também muito desgastante, você chega em casa no fim do dia e se sente esquisita, desligada, porque você está levando seu corpo a fazer coisas que são muito, muito erradas [*risos*]. Seu corpo pode saber racionalmente que tudo está ok, mas tem alguma coisa bem estranha rolando na sua vida...

É louco. Mas me ajudou bastante a entrar no personagem, porque você começa a se sentir como também deve se sentir uma pessoa aterrorizada, em pânico. Ser perseguida por alguém com a máscara do Leatherface que, no começo do filme nós não temos a chance de conhecer tão bem, cria uma distância muito grande. Quando ele veste a máscara, é muito assustador.

4 *Privação*, em tradução livre. Filme de terror dirigido por Stevan Mena em 2010.

Eu sou totalmente cagona para ver filmes de terror. Eles funcionam comigo, me impressionam muito. Então eu nunca assisto a muitos filmes de terror. Mas eu assisti ao original antes de fazer este filme. E eu fiquei totalmente chocada, ele é estupendo. Eu me senti muito mais entusiasmada de fazer parte do filme. Foi uma grande influência para mim. [Entrevista a Michael Gingold, *Fangoria*, 17 dez. 2012]

JIMMYO Para falar a verdade, eu curti o passeio com a incrível senhorita Daddario, que é uma rainha do grito perfeitamente adorável. Ela dá uma transição divertida à medida que o filme avança, o que é bom de se assistir, ainda que o filme esteja além de qualquer preocupação com a lógica. [Crítica publicada no site *JoBlo.com*, 4 jan. 2013]

SCOTT WEINBERG Além dos escassos momentos de escapismo oferecidos no segundo ato do filme – e da presença dolorosamente linda da atriz principal, Alexandra Daddario – não há nada aqui que os fãs de terror não tenham visto antes, e eles provavelmente não precisam de mais do mesmo. Ainda que o filme alegue ser uma sequência direta de um filme clássico, *Texas Chainsaw 3D* não tem ideia do que fazia o filme original ser tão assustador. É quase como se os quatro (!) roteiristas e os dez produtores sequer tivessem assistido ao original, e optassem por fitas dos anos 1990, como *Lenda Urbana* e *O Dia do Terror*.[5] Nenhum deles assusta, a violência é por demais floreada, e a trama é desnecessariamente enrolada demais. Fique com o original. [Crítica publicada no site *FearNet.com*, 4 jan. 2013]

STEVE ROSE Uma sequência do filme original? Ou seria um prólogo do *remake*? Quem se importa, desde que você veja um mascarado à solta desmembrando adolescentes com idade para casar ao melhor estilo da roça? [Nota publicada no diário inglês, *The Guardian*, 5 jan. 2013]

FINALMENTE: O QUE FAZ COM QUE ESSA FRANQUIA AINDA SEJA RELEVANTE NOS DIAS DE HOJE?

JOHN LUESSENHOP Sinceramente, eu acho que são apenas as palavras: "serra elétrica". [Entrevista a Ryan Turek, site *Shock Till You Drop*, 17 out. 2012]

5 Respectivamente, *Urban Legend* (1998) e *Valentine* (2001), ambos dirigidos por Jamie Blanks.

LEATHERFACE sai em busca de comida

"The most accurate explanation of what really happened."
-Gunnar "Leatherface" Hansen
THE
EXAS CHAINSA
MASSACRE
A Family Portrait
Revisited

"A TEXTURA DE SERES HUMANOS TRABALHANDO"

DOCUMENTÁRIOS E FILMES ASSOCIADOS

Existem três documentários sobre a série do *Massacre da Serra Elétrica* (embora o DVD de *O Massacre 3* da New Line traga um *making of* inédito): *The Texas Chain Saw Massacre: A Family Portrait* (*O Massacre da Serra Elétrica: Um Retrato de Família*, 1988), de Brad Shellady; *Return of the Texas Chainsaw Massacre: The Documentary* (*O Retorno do Massacre da Serra Elétrica: O Documentário*, 1996), de Brian Huberman; e *Texas Chain Saw Massacre: The Shocking Truth* (*O Massacre da Serra Elétrica: A Verdade Chocante*, 2000), de David Gregory. É essencial assistir a cada um, e todos os três são bem diferentes. O de Shellady trata especificamente do primeiro filme, e o de Huberman do quarto, enquanto que o de Gregory cobre todos os quatro, embora a maior parte seja dedicada ao *Massacre* original.

O MASSACRE DA SERRA ELÉTRICA: UM RETRATO DE FAMÍLIA

The Texas Chain Saw Massacre: A Family Portrait

Um documentário bom de fato, com depoimentos básicos, bem ilustrados com trechos relevantes do filme. Por causa do número relativamente baixo de participantes, cada um tem bastante tempo na tela, o que permite histórias mais longas e uma oportunidade de ter uma ideia da personalidade dos atores. Ele apresenta longas entrevistas com

JOHN CUGAN em *A Family Portrait*

GUNNAR HANSEN em *A Family Portrait*

JIM SIEDOW em *A Family Portrait*

John Dugan, Gunnar Hansen, Jim Siedow e Ed Neal (infelizmente, um pouco fora de foco, mas é o único acesso a uma entrevista decente com Neal), e ainda um curto trecho durante os créditos finais com o lendário Forrest J. Ackerman. A edição em DVD conta apenas com curiosidades, mas sem material inédito. Aqui está uma entrevista com o diretor Brad Shellady:

A FAMILY PORTRAIT SAIU EM 1988 – QUANDO VOCÊ COMEÇOU A TRABALHAR NELE?

Ele foi finalizado em 1988, mas eu já havia contatado Gunnar Hansen em 1985 para gravar um curta chamado *Leatherface: Desmascarado*. Gunnar foi gentil e agradeceu meu interesse, mas disse que não estava interessado. Coloquei o projeto de lado enquanto continuava a faculdade, mas voltei a ele de outra forma no início de 1987. Comecei, durante um período de quatro meses, a localizar Jim Dugan, Jim Siedow e Ed Neal. Quando eles concordaram em aparecer num documentário sobre *O Massacre*, eu contatei Gunnar novamente dizendo: "Agora você não pode recusar. Já consegui todos os outros". Ele começou a me dizer, mas numa boa, que eu havia sido dissimulado e sorrateiro, mas depois concordou em participar do filme. Fico feliz em dizer que a melhor coisa que aconteceu disso foi uma amizade que continua até hoje com Gunnar, de modo que já colaboramos em um monte de projetos.

QUANTO TEMPO LEVOU PARA FAZÊ-LO? FOI BASICAMENTE UM PROJETO DE UM HOMEM SÓ?

As filmagens duraram cerca de três meses, a edição em torno de um mês. A equipe de filmagem era composta por mim e meu melhor amigo, Bob Enlow, que me ajudou com a câmera e o som. Nós viajamos de carro (um muito apertado, cheio de equipamentos) até Maine, Texas, San Francisco e Los Angeles. Cansaço, desleixo e falta de higiene estavam na ordem do dia.

COMO VOCÊ ENTROU EM CONTATO COM OS ATORES? ELES FORAM FÁCEIS DE LOCALIZAR E DE FALAR, NAQUELA ÉPOCA? VOCÊ MANTÉM CONTATO COM ALGUM DELES?

A forma que contatei todo mundo foi por meio do bom e velho trabalho de detetive. Ed era o único que estava na ativa trabalhando no cinema, e tinha um agente que eu pudesse contatar. John estava trabalhando como garçom, Jim havia se aposentado e Gunnar (que, àquela altura, eu já conhecia desde 1985) era um escritor estabelecido. Ed Neal foi fundamental porque ele tinha telefones de contato, alguns já desatualizados, mas pelo menos eu tinha por onde começar. Primeiro entrei em contato com o Gunnar através de um amigo que trocava cartões de natal com ele – comecei a escrever para ele e o resto é história.

Eu ainda mantenho contato com todo mundo, mas falo mais com Gunnar do que com os outros. Nós todos nos reunimos quando dá, e sempre que estamos perto um do outro nós passamos para uma visita. Eu realmente gostaria de ver todos eles mais, mas estamos espalhados geograficamente.

EU VI *A FAMILY PORTRAIT* SENDO EXIBIDO NUM FESTIVAL EM 2002 – AINDA HÁ UM CERTO INTERESSE NELE?

Ele passou no festival de Illinois Filmflam no Halloween de 2002 e passa em convenções, de tempos em tempos. Já passou na TV em Los Angeles e já foi exibido em várias convenções internacionais. Ainda há um grande interesse nele, e suspeito que sempre vá existir, enquanto houver interesse no próprio *Massacre*.

VOCÊ CONTINUOU ACOMPANHANDO A SÉRIE? NÃO POSSO DIZER QUE EU ESTEJA MUITO ANIMADO COM A IDEIA DESSE NOVO...[1]

Continuei acompanhando as continuações (ou seriam as "PIORações"?) e sempre espero que elas tenham mérito, mas infelizmente sempre são uma droga. Admito que, embora nenhuma chegue aos pés do original, eu achei várias partes encantadoras em *O Massacre 2*. Bom, pelo menos é o Tobe e não tem como ser tão ruim quanto o lixo que se seguiu. Com certeza esse próximo *remake* vai envergonhar a todos em matéria de incompetência, e assim continuarão a manchar e prostituir uma lenda.

1 Ele se refere ao filme de 2003, que ainda não havia estreado na época da produção do livro original.

A FAMÍLIA
posando
para a foto

O RETORNO DO MASSACRE DA SERRA ELÉTRICA: O DOCUMENTÁRIO

The Return of The Texas Chainsaw Massacre: The Documentary

ROBERT KUHN Também teve – na verdade, nunca assisti – mas um documentário foi feito. O cara ficou com raiva de mim e não me colocou no filme. Ele fez uma entrevista comigo e depois decidiu jogá-la no lixo, aí eu nem assisti.

> Atualmente é o único *making of* na série do *Massacre*. O diretor Brian Huberman é professor-assistente de Cinema do departamento de Arte e História da Arte da Universidade Rice em Houston. Com sua parceira na época (e hoje esposa) Cynthia Ann Lost Howling, Wolf fazendo o som, Huberman gravou mais de vinte horas de imagens em Video8[2] em sete visitas ao set de filmagem, depois editadas em um filme de uma hora de duração. Além de mostrar as inevitáveis frustrações de se fazer um filme de baixo orçamento (a irritação de Levie Isaacks com um assistente inexperiente, só uma folha de vidro disponível para um efeito especial), Huberman conseguiu filmar bons trabalhos dos dublês e captar o elenco e a equipe se divertindo (uma palavra que normalmente não é associada à realização dos filmes do *Massacre*). Dignos de nota também são alguns golpes reais distribuídos e recebidos por Zellweger, Perenski e McConaughey.
>
> Numa oportunidade perdida, o documentário não foi incluído no lançamento de *O Massacre da Serra Elétrica: A Próxima Geração* em DVD pela Columbia TriStar. Mas pela forma como trataram o filme de Kim Henkel, isso não surpreende nem um pouco.

BRIAN HUBERMAN Eu conheci Kim fazendo *Last Night at the Alamo* (1983), um filme de Eagle Pennell. Kim o coproduziu com Eagle, o escreveu e fez um pequeno papel – ironicamente, já que ele é o homem que põe palavras na boca de todo mundo, ele interpreta um indivíduo quase mudo, ninguém consegue fazê-lo falar muito... *Last Night* foi filmado em Houston em 1982 – fui ao diretor de fotografia, embora eu seja mais um cineasta de documentários, e aquela foi a única vez em que fiz algo desse tipo.

Mas não mantive contato com Kim. Quando soube que *O Retorno* estava sendo feito, eu já havia trabalhado e feito vários documentários. Eu tinha terminado um em 1992, o *making of* de *O Álamo* (*The Alamo*), de John Wayne – exceto que o filme havia sido feito trinta anos antes – que foi incluído no lançamento em vídeo da versão do diretor.

Então eu disse a Bob Kuhn e Kim Henkel que gostaria de fazer o filme – e, neste caso, em vez de chegar lá depois do acontecimento, as coisas estariam se desenrolando, o que me permitiria trabalhar de uma forma que acho muito mais apropriada para o formato, que é ver a história acontecendo diante da câmera. Acho que o que garantiu o acordo foi que não pedi nenhum dinheiro!

2 *High-8*, o formato criado pela Sony para concorrer ao VHS.

Eu o fiz com a mulher que se tornaria minha esposa - era a clássica equipe de observação, duas pessoas: câmera e som. Eu não sabia o que ia acontecer - estava feliz, depois de conseguir acesso, só de estar lá enquanto tudo acontecia, ao contrário de *O Álamo*. Tentei manter contato com o departamento de produção para ter uma ideia do que eles estavam fazendo e tentar estruturar minhas visitas em torno disso - claro que não deu certo! O cronograma mudava constantemente... *O Retorno* foi praticamente todo rodado à noite, então foi um filme bem desafiador fisicamente. Tentei colocar bastante ênfase no trabalho dos dublês - tem muita ação, e ação é obviamente interessante de filmar, embora em uma das visitas eu tenha conseguido várias tomadas de pessoas passeando pela floresta no escuro...

Como Kim diz, um dos temas-chave em filmes de terror é o abuso de mulheres. O filme que mais obviamente ilustra isso é *O Exorcista* (*The Exorcist*, 1973), em que um exército inteiro de guardiães do patriarcado se volta contra aquela diabinha, simplesmente porque ela está entrando na puberdade, está se tornando uma mulher - e isso não pode acontecer! E a série do *Massacre* lida com o que um escritor chamou de "A Última Mulher" - basicamente, há sempre uma última mulher, que para de correr e se impõe.

Um bom exemplo é o *remake* de *A Noite dos Mortos-Vivos* (*Night of the Living Dead*, 1968), ali ela é basicamente andrógina quando muda de roupa para os combates... Então peguei carona nisso, porque para mim o personagem mais forte era Jody Haselbarth, a dublê de Renée Zellweger, a "Última Mulher" atual.

É o tipo de evento que se estrutura sozinho, é sobre a realização de um filme e você sabe que uma hora o filme vai terminar, então minha narrativa foi definida por isso. Meu trabalho era basicamente reunir evidências, talvez temas, no enfoque da observação, e o filme surge da experiência do caos. Cheguei com o oposto de qualquer ideia preconcebida.

A produção é como um formigueiro - todos ocupados com alguma coisa, carregando coisas pra lá e pra cá, toda aquela bagunça e barulho - e muito do que eu estava filmando eram as pessoas envolvidas em algum trabalho bastante físico.

Eu gosto de captar os pequenos fragmentos que se consegue usando o estilo de observação - pedacinhos de fofoca, coisas passando por você - e havia muitos personagens interessantes no filme, o que ajuda... Tinha umas cenas legais com Leatherface/Robbie Jacks fazendo coisas - ele era um cara engraçado, tipo um Leatherface gay - e eu já conhecia Levie Isaacks, o diretor de fotografia, que conheci através de Eagle, ele fazia parte da cena dos cineastas de Austin. E há uma alegria em estar nos bastidores, você vê coisas que os outros não veem! Você não precisa reproduzir o que o público vai ver, então você pega as pessoas pelos cantos - um se atrai pelo realizador, outro se atrai pelos dublês e toda a ilusão de se fazer um filme.

Gostei especialmente dos marceneiros - tem uma cena curta na qual eles estão fazendo um teto falso. É depois de Jody anunciar que tinha um pênis - é uma piada com Renée Zellweger, sobre um equipamento que usaram quando ela pulou do telhado em um cabo, assustador. No filme nem parece tanto, essas coisas nunca parecem. Dá a impressão de ser tão comum, mas quando você está ali... Bem, foi assim que pareceu. Elas estão brincando juntas sobre isso, o que fecha o quadro todo da "mulher como figura dominante". Daí um dos marceneiros começa a cantar, uma música tipo *Monty Python* sobre navegar os mares com homens, encher a pia de cabelo e nunca mais ter que levantar a tampa do vaso...

Eu sou atraído por esse tipo de coisa, a textura dos seres humanos trabalhando, um grupo de pessoas colocadas juntas, ou que se odeiam ou que não se importam com nada... Essa é a chave da tradição de observação: você chega a esse nível muito humano e quer alguma coisa grandiosa, mas não pergunta coisas muito grandes, tem que ser mais indiretamente, e, através da evidência de pessoas envolvidas nas pequenas coisas necessárias para se fazer um filme, gradualmente as questões vão surgindo através da coleta desses pequenos pedaços. Assim, você consegue ter uma visão do projeto inteiro, o projeto inteiro enquanto um produto das pessoas.

Após terminar a primeira montagem, eu a mostrei a Kim. Ele é um cara cauteloso, é o jeito dele... Ele tem uma noção muito clara dos padrões aceitáveis para si – então quando ele percebeu que o documentário estava pelo menos dando certo de um jeito interessante, ele se sentou e falou, e gravei uma longa entrevista com ele. Eu não havia conseguido arrancar muita coisa dele durante as filmagens na locação, ele estava completamente ocupado... Então ele fala por todo o documentário – e o achei muito acessível em revelar o que ele pretendia, o que acha interessante. Ele é muito sincero e direto quando entra no ritmo, não tem conversa fiada.

Eu acho que parece um pouco um retrato do Kim, o diretor em ação – não foi minha intenção no início, mas como ele era o general eu o seguia por toda a parte, e ele geralmente estava no centro de qualquer atividade. Então não foi muito difícil que ele se tornasse o personagem principal. O que me ocorreu, embora ache que não tenha me saído tão bem, é que o filme é sobre família, e a equipe do filme é como uma família gigante, o diretor é tipo o paizão com todas as crianças desobedientes, todas as tribos da família – a tribo da iluminação, a tribo das câmeras...

Eu tenho que dizer que a pessoa com quem eu mais fracassei foi Renée Zellweger – me pareceu que ela era quem tinha menos a oferecer como ser humano, de todos os outros – e é difícil de entender, já que ela foi obviamente a mais bem-sucedida. Ela não era antipática, ela simplesmente não tinha nada a dizer. McConaughey era sempre alegre – eu achei que ele fosse o astro, embora na época eles fossem apenas pessoas comuns. Só de vê-lo no set, ele era um poço de energia, um desses caras que têm a habilidade de projetar perigo – figuras tipo De Niro, você não sabe para que lado eles vão, tem uma coisa inquietante neles, o que os torna obviamente muito interessantes.

that's just as real.

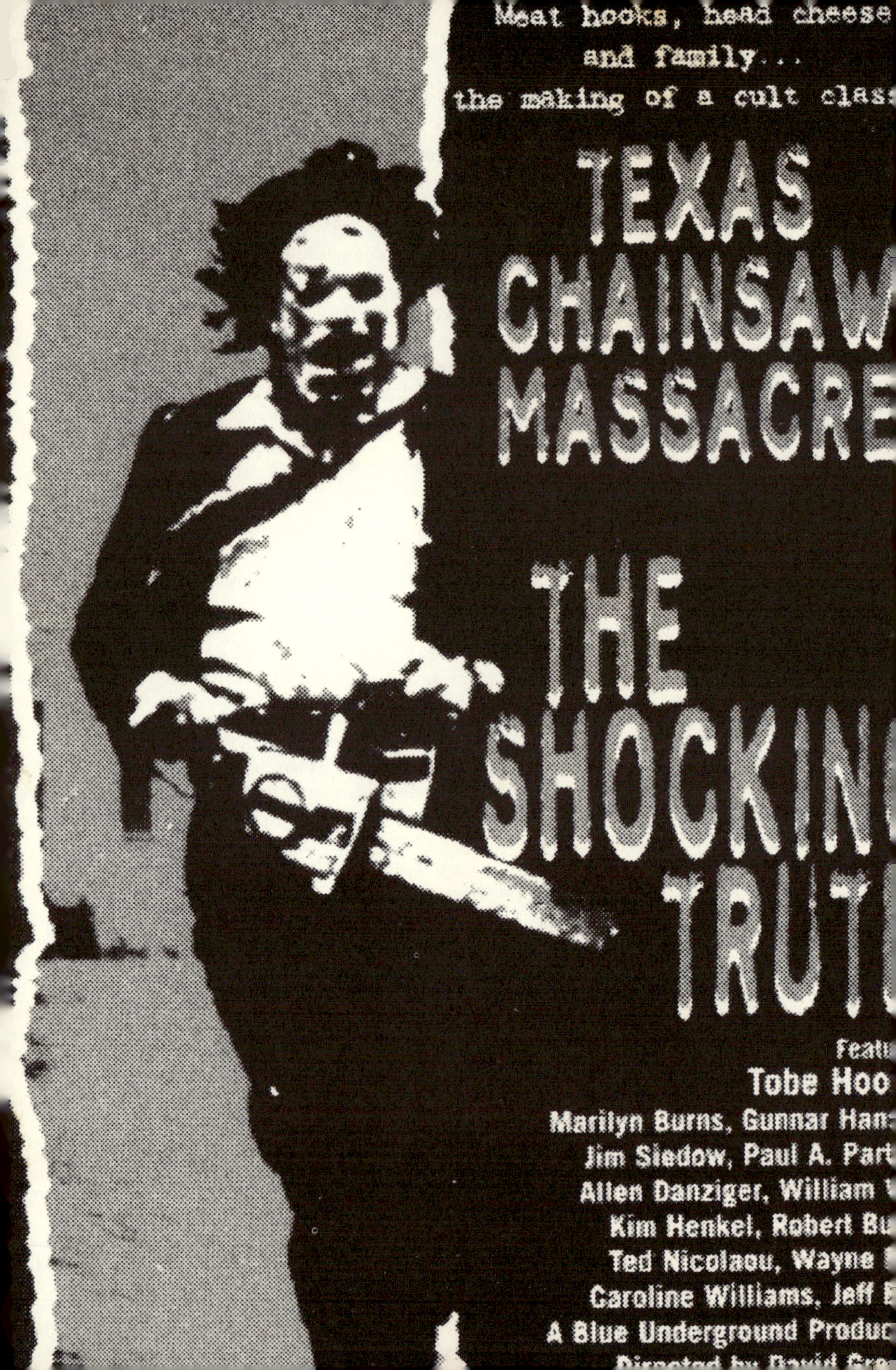

Meat hooks, head cheese
and family...
the making of a cult clas
TEXAS
CHAINSAW
MASSACRE
THE
SHOCKIN
TRUT
Tobe Hoo
Marilyn Burns, Gunnar Han
Jim Siedow, Paul A. Part
Allen Danziger, William
Kim Henkel, Robert Bu
Ted Nicolaou, Wayne
Caroline Williams, Jeff
A Blue Underground Produc

O MASSACRE DA SERRA ELÉTRICA: A VERDADE CHOCANTE

The Texas Chain Saw Massacre: The Shocking Truth

Um exemplo quase perfeito de documentário da já falecida Exploited Films. A maior parte enfoca *O Massacre*, com seções menores sobre os filmes *O Massacre 2*, *III* e *O Retorno*. Os entrevistados são Tobe Hooper, Kim Henkel, Wayne Bell, Marilyn Burns, Robert A. Burns, Jeff Burr, Allen Danziger, Gunnar Hansen, Ted Nicolaou, Paul Partain, Jim Siedow, William Vail e Caroline Williams. Hooper está em forma acima da média, coerente e menos sujeito aos eventuais voos de fantasia em que embarcou recentemente, e o derramamento de amargura de Jeff Burr com o destino de *O Massacre III* é especialmente divertido. Um filme quase sem defeitos, somente maculado por uma sequência inadequada, idiota e de mau gosto comparando James Ferman e o Conselho Britânico de Classificação de Filmes (BBFC) a Hitler e os nazistas.

The Shocking Truth usa algumas imagens do fotógrafo Eric Lasher dos bastidores de *O Massacre 2*, embora nenhum *making of* tenha sido devidamente completado.

ERIC LASHER Eu usei a câmera de vídeo de Tobe, que era cabeada ao gravador de fato – eu tinha que carregá-lo comigo, então estava vestindo um videocassete. Era uma câmera de baixa resolução, logo, quando havia pouca luz, aparecem traços no filme. Quando saiu o vídeo do *Massacre 2*, peguei um monte dos melhores momentos e os editei. Usei, digamos, quatro versões da cena com o dublê de Dennis Hopper pulando da mesa antes de cortar para Dennis, depois mostrei a tomada finalizada quando está tudo junto, mas havia uma proteção contra cópias no vídeo, então aquelas imagens ficam com *fade* entrando e saindo. No dia em que terminei, dei a fita para Tobe assistir e ele nunca me devolveu!

The Shocking Truth foi incluído em 2003 nos lançamentos britânico e australiano em DVD do *Massacre* como segundo disco, junto com as versões sem cortes das entrevistas com Tobe Hooper e Kim Henkel.

O produtor/diretor David Gregory seguiu em frente com outros documentários de *making of*, como dos notáveis *O Homem de Palha* (*The Wicker Man,* 1973) e *Dois Olhos Satânicos* (*Two Evils Eyes,* 1990), fechando sua empresa Exploited Films – que também lançou *Deranged* (*Demente*) – para se concentrar em seu trabalho para a Blue Underground, produtora dedicada a filmes de horror.

LEATHERFACE FALA

Leatherface Speaks

Filmado em um dia durante o evento American Nightmare, no Museu Nacional de Fotografia, Cinema e Televisão em Bradford, na Inglaterra, produzido por Tony Earshaw e fotografado e dirigido por Jim Moran em junho de 2000, este documentário curta-metragem se concentra somente em Gunnar Hansen falando sobre seu papel como Leatherface, a realização de *O Massacre da Serra Elétrica* e de seu culto e cultura. Moran é fotógrafo do *The Yorkshire Post* e também faz documentários para o museu, entre eles *O Diretor do Ator*, sobre o ator, produtor e diretor britânico Richard Attenborough.

JIM MORAN Costumamos fazer entrevistas para os arquivos do museu, mas esse foi um projeto que fizemos por conta própria, uma conversa muito informal no bar do restaurante, sob um pôster do *Massacre* – dá para ouvir o barulho dos pratos... Fizemos um documentário de dezenove minutos que foi muito bem recebido no Festival de Filmes Fantásticos em Manchester, em 2001, e no Festival Dead By Dawn de Edimburgo, em 2002.

Gunnar é um homem muito charmoso, ele nos deu muita informação sobre a realização do filme e o quanto ele gostou de fazê-lo, como eles fizeram a parte macabra de pendurar a atriz no gancho, o que foi muito interessante. Foi engraçado – no final ele falou "Corta" e passou o dedo pela garganta... A entrevista foi feita por Tony Earshaw. Nós também fizemos uma com David Hess, de *Aniversário Macabro* (*The Last House of the Left*, 1972), ali ele está só conversando, encostado na parede.

[1] LEGION
loucura e êxtase

[2] LEGION
a crucificação

HEADCHEESE

Headcheese é um filme de 22 minutos, basicamente um projeto de dois jovens cineastas do Texas, Duane Graves e Justin Meeks. A história é livremente baseada em um capítulo de Lucas do *Novo Testamento*, e fala sobre uma jornada realizada pelo enlouquecido Legion (Legião, interpretado por Meeks) até uma cidade deserta do Texas para se livrar de seus demônios interiores. Foi filmado em muitas das locações do *Massacre* original e suas redondezas. Meeks escreveu e atuou, Graves fez a fotografia, e ambos dirigiram, editaram e produziram em conjunto. Kim Henkel também é creditado como coprodutor, o que funciona como selo de aprovação para quem precisa de um. Está disponível em um DVD da Shock-o-Rama junto com *Freak* (*Aberração*), um filme de terror de Tyler Tharpe, com um livreto encartado trazendo anotações de Henkel. Graves ganhou vários prêmios por seu documentário de longa-metragem *Up Syndrome*, sobre um amigo de infância (que aparece em *Headcheese*) que sofre de Síndrome de Down. Aqui está uma entrevista com Duane Graves:

HÁ QUANTO TEMPO VOCÊ E JUSTIN TRABALHAM JUNTOS?

Conheci Justin Meeks num curso de produção em vídeo da Texas A&M University em 1997. Quando exibimos nossos primeiros projetos naquele semestre, imediatamente percebemos semelhanças em nossos conteúdos macabros e estilos. Também compartilhávamos uma paixão por filmes de terror, e nossas coleções pessoais de filmes eram praticamente idênticas. Então começamos a colaborar em projetos para os próximos

– e últimos – dois anos da nossa graduação em Televisão e Cinema lá. Demos tão certo criativamente que continuamos juntos depois da formatura. Por sorte, nós dois fomos parar em Austin em 2000, e de lá para cá fizemos vários curtas de terror e comédia e até um documentário longa-metragem em vídeo digital chamado *Up Syndrome.*

HEADCHEESE FOI UM DOS PRIMEIROS TÍTULOS PARA _O MASSACRE DA SERRA ELÉTRICA_ – O QUE O FEZ USÁ-LO PARA O SEU FILME?

Nosso professor de roteiro da faculdade era Kim Henkel. Na verdade, decidi cursar a A&M baseado exclusivamente no fato de Kim dar aulas lá. *O Massacre* foi um dos meus filmes favoritos pela minha vida inteira, então era impossível deixar passar a oportunidade de ter Kim como mentor. Eu já sabia por vários livros e documentários sobre *O Massacre* que seu título original era *Headcheese.* A princípio, nosso curta se chamava *The Voyage Home* (*A Viagem para Casa*, em tradução livre), que era o poema de Justin Meeks no qual o filme foi baseado. Mas já que havíamos filmado muitas cenas nas locações do *Massacre*, achei que seria uma forma legal de completar a homenagem usando o nome *Headcheese.* Concordamos que, além do aceno a Kim e a *O Massacre*, era um título adequado devido ao conflito interno pelo qual o personagem principal estava passando.

VOCÊS FILMARAM EM PRETO E BRANCO – ESSE É SEU MODO PREFERIDO? VOCÊ ESTÁ TRABALHANDO NUM FILME AGORA – VOCÊ CONSIDERARIA FAZÊ-LO EM PRETO E BRANCO?

Na verdade, nós filmamos metade de *Headcheese* em cores. Eu havia comprado uma Bolex H-16 no eBay, que é uma câmera de 16mm com manivela dos anos 1950. Era muito difícil de operar porque era não reflexiva, o que basicamente significa que eu não via o que estava filmando enquanto filmava, então eu tinha que adivinhar o enquadramento, o que só deu certo algumas vezes. Nós queríamos muito fazer o curta inteiro em 16mm, mas era muito caro. O filme colorido de 16mm custava o dobro do preto e branco. Então decidimos fazer a outra metade em Super 8mm, apenas para cortar custos. Estranhamente, o preço do Super 8mm colorido é mais ou menos o mesmo do Super 8mm preto e branco. Daí nós pensamos, por que não filmar em cores só caso quisermos algumas sequências coloridas? Acabou que tiramos a cor toda por razões criativas. Acho que o tom do filme, meio granulado e cru, ficou muito melhor em preto e branco. Eu adoraria fazer outro filme em preto e branco, mas só se isso complementasse a história que estivéssemos contando. Eu não diria que preto e branco seja nossa primeira opção, é apenas uma delas.

HÁ ALGUM DIÁLOGO/MONÓLOGO/NARRAÇÃO EM _HEADCHEESE_, OU SÓ A TRILHA SONORA?

Nós queríamos ter mais diálogos no curta, mas como estávamos filmando sem som em 16mm/Super 8, sabíamos que seria muito árduo sincronizá-los na sala de edição. Então só tem uma sequência com diálogo mesmo, e o resto é narração feita pelo personagem principal, Legião. Os sons restantes foram gravações de efeitos que fizemos do zero para criar o "ambiente sonoro".

VOCÊ JÁ CONHECIA OS LUGARES *O MASSACRE* ONDE FILMOU?

Todas as locações usadas em *O Massacre* original estão num raio de cinquenta quilômetros de Austin, então pudemos visitar todos os lugares que ainda existem e incorporá-los ao nosso roteiro. A maioria das locações está lá, quarenta anos depois. O posto de gasolina BBQ Shack, em Bastrop, está sinistramente igual, o cemitério é em Leander (que era uma cidade separada, mas está quase fundida a Austin após quarenta anos), e a parte onde ficava a casa de Leatherface é em Round Rock, que basicamente é Austin hoje em dia. O terreno fica num morro, que é chamado de Quick Hill há muitos anos pelos habitantes. A verdadeira casa foi movida para Kingsland há vários anos e transformada em um restaurante de família. Quando filmamos *Headcheese*, o terreno em Quick Hill tinha o velho celeiro e resquícios de habitantes passados ainda presentes, mas no ano passado foi tudo completamente desocupado. Nada ficou no terreno, a não ser a grama bem cortada e uma estrada a uns cinquenta metros de distância. Na verdade, a única coisa que lembra que Quick Hill foi realmente a locação original é um leve contorno da estradinha estreita que passava na frente da casa nos anos 1970 – a mesma estrada em que Sally escapou na caçamba da picape no fim do filme.

VOCÊ JÁ MOSTROU *HEADCHEESE* A MUITOS FÃS DO *MASSACRE*? EM ALGUMA CONVENÇÃO, ALGO ASSIM? QUAL FOI A REAÇÃO DAS PESSOAS QUE O ASSISTIRAM ATÉ AGORA?

Headcheese foi exibido no Festival de Cinema do Brooklyn e no Festival de Vídeo de Dallas. Logo depois que o terminamos, uma distribuidora em Nova Jersey nos contatou para distribuí-lo em DVD. Demorou um pouco, mas em janeiro de 2003 ele foi lançado em lojas por todo o país. A reação até agora tem sido ótima; muitos fãs do *Massacre* entraram em contato para dizer o que acharam. Várias resenhas estão começando a aparecer, até da Inglaterra. Vários fãs comentaram que nós conseguimos captar bem a sensação do *Massacre*, o que é um elogio e tanto. Nós tínhamos uma história diferente para contar, mas queríamos que tivesse uma homenagem por trás – mesmo que só para os fãs incondicionais. Como estes lendo o seu livro!

O FILME FOI COPRODUZIDO POR KIM HENKEL – TÊ-LO A BORDO AJUDOU?

Kim foi uma das primeiras pessoas a quem mostramos o filme completo. Depois que os créditos subiram ele disse: "Pode colocar meu nome em qualquer lugar do filme". Nós ficamos emocionados! Ele amou. Ter Kim ligado ao filme é algo que queríamos desde o início. Era o modo perfeito de completar a homenagem. Kim realmente gostou do curta, mas ele nos avisou que incluir o nome dele poderia na verdade prejudicar as chances de ser distribuído – ele achava que talvez algumas pessoas pudessem pensar que fosse uma "exploração" ou um "*remake* idiota" do *Massacre*. Achamos que não era o caso, então claro que o deixamos entrar como produtor. Acho que ajudou o filme a ter atenção, mas nós honestamente acreditamos que ele se sustenta sozinho sem os laços com *O Massacre*. Pelo menos gostamos de pensar que sim. O que você acha?

MASSACRE AMERICANO

All American Massacre

Este documentário foi concebido pelo filho de Tobe Hooper, William (também chamado de Tony), como um tipo de tributo/prólogo aos dois filmes do *Massacre* feitos por seu pai. Filmado em vídeo digital de alta resolução, começou sendo um curta de quinze minutos para exibir os conhecimentos de informática de Hooper, o filho, e acabou virando um média-metragem de sessenta minutos.

A história mostra Chop Top aprisionado (originalmente rebatizado para Bloody Bobby, interpretado por Bill Moseley, de *O Massacre 2*) sendo entrevistado por um repórter , contando a história de como a família surgiu. Flashbacks da carnificina entram... Ou teriam entrado, se o filme tivesse sido lançado. Outro ator envolvido foi Todd Bates, que fez a maquiagem e os adereços de cena em *Clube da Luta* (*Fight Club*, 1999) e *O Homem Sem Sombra* (*Hollow Man*, 2000). A música foi composta pelo amigo guitarrista de Moseley, Buckethead, um grande devoto do *Massacre*.

Em 2000, o relações-públicas do filme, Stu Carney, anunciou que *American Massacre* estaria disponível para download e exibição exclusiva on-line na data do Halloween. Trailers foram postados, mas o local marcado para download nunca se materializou e o site de *American Massacre* fechou em seguida. Tudo que atualmente restou do projeto foram algumas imagens estáticas de baixa qualidade escondidas pela internet. O filme e Tony Hooper parecem ter desaparecido.

ERIC LASHER Tony Hooper e eu fizemos *American Massacre*, trabalhei por três anos nele. Eu era Stu Carney – que significa carne ensopada... Eu fui o produtor-executivo e interpretei Leatherface, e também dublei todo mundo no filme que não fosse mulher. Tony e eu escrevemos o roteiro – nós dois fizemos praticamente tudo.

Era para ser uma cena de trinta segundos, e acabou sendo um filme de uma hora. E foi ficando cada vez maior – parece um filme de um milhão de dólares, mas me custou 14 ou 15 mil dólares para fazer. Foi todo filmado na minha garagem e no quintal de Tobe. Tony morava a umas oito casas de distância com Tobe numa casa alugada, e nós filmamos as externas lá. Eles se mudaram para um lugar muito bacana com uma garagem atrás que Tony usava como estúdio, ele fez a edição lá. Foi Tobe quem criou Tony – a mãe dele foi embora quando ele tinha em torno de um ano – então ele cresceu nesse mundo da serra elétrica em que tudo é falso e esquisito e alucinante... Tony ressentia isso, mas não conseguiu escapar, então essa foi nossa ideia de mostrar o trabalho de Tony ao mundo.

O filme é todo sobre o personagem do Bill Moseley. Começa numa prisão – na verdade começa com o DNA dele saindo de uma poça de sangue pingando – e você o vê numa cela. Ele é o mesmo, só que agora está 25 anos mais velho, então metade da sua cabeça está exposta, você vê mais a chapa. O guarda vem e abre a porta – eles o levam e você acha que ele está indo ser executado, mas ele vai ser entrevistado sobre *serial killers* para a televisão, e ele começa a se lembrar, então a maior parte se passa um mês antes do primeiro filme.

Nós estávamos numa festa de Halloween uma vez e tinha um cara, Todd Bates, vestido de Chop Top, daí dissemos: "O que você vai fazer nas próximas duas semanas?" E ele ficou preso para sempre... Todd faz o Chop Top jovem e também o Carona, então temos os dois personagens juntos no filme.

Tivemos problemas desde o início. Tem um carro que para em um posto de gasolina, com um cara dirigindo e três garotas. Nós filmamos a noite toda – todas as sequências de dentro do carro, todas as discussões – daí uma das garotas desistiu de fazer, então ela foi totalmente dublada. Na verdade, nós tivemos que mudar o roteiro original porque era para todos eles entrarem na casa, mas não dava para ter essa personagem andando por aí, então ele (Chop Top/Bloody Bobby) aparece e a mata dentro do carro. A outra garota salta pelo lado do passageiro e corre em direção a uma van que estava estacionada ali o tempo todo, a porta se abre e é o Leatherface – ele desce e passa a serra elétrica no meio das costas dela até sair por entre os peitos dela. Ela cai para trás e ele a arrasta para dentro e bate a porta da van, igual no primeiro filme. Ele só aparece por um minuto, salta e faz essa pequena cena bem perto do fim do filme. Mas o público iria delirar.

Minha intenção era um golpe total em todos os seus sentidos, o tempo todo. Nosso set era como o do *Massacre 2*, mas em escala muito menor, muito colorido porém sombrio, é tudo em flashback, então é o que estava certo na cabeça dele, é o que o Chop Top está lembrando. Quando você entra não dá para ver os detalhes, mas aí lentamente durante o filme você começa a ver que há corpos bem na sua frente que não havia percebido antes – tipo, tem uma panela em cima do fogão, e quando o Carona entra molhado de chuva, ele vai até a panela e tira um bebê morto de dentro, arranca os olhos e os come. Eu briguei com Tony durante um mês para não filmar essa cena, achei exagerada demais, daí eu pensei: "Que diabos, por que não? Não vamos precisar de classificação mesmo", porque era destinado à internet, um filme grátis na internet.

Ainda é arrebatador. E de repente acabou, tanta coisa aconteceu num período tão curto, sempre há alguma coisa para ver. Buckethead fez a música, ele está tocando com os Guns N' Roses agora – ele é um superfã do *Massacre*. Ele havia sido escalado para fazer o Leatherface, mas é um cara muito alto, muito magro, nós levávamos a noite toda para prepará-lo. Nós o filmamos por um dia correndo pra lá e pra cá como Leatherface, mas eu acabei fazendo.

Só faltavam umas duas tomadas, realmente não sei o que aconteceu... Tony simplesmente não concluiu o projeto. Deu tanto trabalho e tudo saiu tão melhor do que eu esperava, quando eu assistia às gravações. Adorei fazer e me incomoda mais do que a qualquer outra pessoa que ninguém vá vê-lo.

AMERICA'S MOST BIZARRE MURDERER

EDWARD GEIN

by Judge Robert H. Gollmar

With eight pages of blood-curdling police photographs

Livro escrito pelo juiz que comandou o julgamento de ED GEIN, em 1968

"UMA HISTÓRIA DE TERROR REAL E HORRIPILANTE"

A VIDA E OS CRIMES DE ED GEIN

16 de novembro de 1957, Plainfield, Wisconsin. Convocados pelo desaparecimento da lojista de meia-idade Bernice Worden, o delegado Art Schley e o capitão Lloyd Schoephoerster encontraram seu corpo, decapitado e estripado, pendurado de cabeça para baixo em um barracão de lenha anexo à casa de Edward "Ed" Gein. Schoephoerster ligou para pedir reforços. Quando chegaram, ele e outro policial revistaram a casa de Gein, abandonada e cheia de lixo, revelando partes de corpos de pelo menos quinze mulheres em meio a detrito acumulado durante anos. O inventário, somado às invenções macabras de Gein, resultou em um dos mais sensacionais casos de assassinato, roubo de túmulos, possível canibalismo e necrofilia (que Gein negou: cadáveres cheiram mal) e depravações diversas do século XX.

Os troféus de Gein incluíam: quatro narizes humanos, nove "máscaras da morte" feitas com rostos conservados, dez cabeças com as partes acima das sobrancelhas retiradas com serra, cadeiras com assentos feitos de retalhos de pele humana, uma lata de lixo feita de pele humana, uma caixa de sapatos contendo nove vulvas conservadas (uma estava meio prateada – aparentemente pintada em uma tentativa de preservá-la quando começou a apodrecer – com uma fita vermelha amarrada), uma cabeça humana pendurada, uma cúpula de abajur coberta com pele humana, cabeças encolhidas, dois crânios montados na cabeceira da cama, um par de lábios humanos pendurados numa linha... O coração de Bernice Worden foi encontrado numa frigideira no fogão, mas não havia indícios de partes do corpo armazenadas para consumo – os outros órgãos de Worden haviam sido jogados numa caixa de papelão.

Gein gostava de fazer coisas: um tambor formado por pele esticada em cima de uma grande lata; uma tigela feita com um crânio; uma camisa, uma calça, pulseiras, uma bainha de faca e uma bolsa feitas de pele humana. Sua maior criação foi um traje feminino de corpo inteiro construído com pele humana, incluindo o rosto. Gein gostava de se fantasiar.

Alguns aposentos haviam sido lacrados e permaneciam sem uso, incluindo o quarto de sua mãe, fechado com pregos e deixado intacto desde a morte dela. Todos os aposentos usados por Gein eram uma bagunça, com várias formas de lixo ocupando cada centímetro do espaço – desde uma pilha de um metro de altura com macacões usados até uma lata grande cheia de chiclete mastigado...

Edward Theodore Gein nasceu em 27 de agosto de 1906, o segundo filho de Augusta e George Gein. Seu irmão Henry era sete anos mais velho. Augusta era uma fanática religiosa, convencida de que o mundo estava cheio de pecado, obcecada com mulheres à toa levando os filhos dela à perdição e a arder para sempre no inferno. Ela via George como um imprestável resmungão e beberrão, incapaz de criar seus filhos, e assumiu a criação deles sozinha. Usando o dinheiro de sua mercearia, ela comprou uma grande fazenda em Plainfield e se mudou com a família para lá.

George morreu em 1940, e Henry e Ed faziam bicos para manter a fazenda. Augusta continuou a abusar deles, certa de que eles acabariam seguindo o pai em direção ao inferno. Ed aceitava as humilhações e as maldições, enquanto Henry contestava a atitude dela.

Henry morreu em maio de 1944, supostamente apagando um pequeno incêndio perto de casa. Depois de dar queixa de seu desaparecimento, Ed levou a polícia diretamente ao corpo do irmão, que estava em uma área não queimada. (O juiz Robert Gollmar, que presidiu o julgamento de Gein em 1968 e depois escreveu o livro *Edward Gein: America's Most Bizarre Murderer*, *O Mais Bizarro Assassino da Améria*, em tradução literal, declarou que não houve autópsia.)

Gein ficou sozinho com sua amada mãe, embora não por muito tempo. Ela morreu em dezembro de 1945, após uma série de derrames.

Destituído de sua mãe e incapaz de livrar-se de 39 anos subjugado a ela, a psicose de Gein floresceu e desabrochou. Visto pela comunidade essencialmente como uma bichinha inofensiva (um de seus trabalhos era como babá!) e sempre uma pessoa solitária, Gein se retraiu em mundos de fantasia alimentados por livros didáticos de anatomia, revistas em quadrinhos (histórias de aventura sobre caçadores de cabeças pareciam ser suas favoritas), relatos de experimentos nazistas e pilhas de jornais locais (sua atenção estranhamente voltada aos obituários...). Gein começou suas andanças noturnas pelo cemitério, voltando com partes de corpos femininos e pedaços de pele. A genitália em especial o interessava.

Embora só tenha sido condenado por dois assassinatos (Worden e Mary Hogan, desaparecida desde 1954), Gein foi suspeito de outros desaparecimentos, especificamente duas adolescentes e dois homens de meia-idade. A região de Gein e seus arredores foram revistados sistematicamente, incluindo longas inspeções aéreas, e nenhum indício de seus

[1] EZRA COBB manda a letra para os seus companheiros

[2] Outros amigos de EZRA

restos mortais foram encontrados. Dada a fixação edipiana de Gein e o caráter dos restos encontrados em sua casa, parece improvável que ele tenha escolhido tais vítimas (as meninas eram muito jovens e os homens eram, bem, homens), mas o juiz Gollmar parece certo de que ele matou as garotas, já que órgãos genitais de duas moças não identificadas faziam parte da coleção de Gein.

No início de 1958, Gein foi considerado insano e condenado a encarceramento por tempo indeterminado no Hospital Central Estadual, em Waupun. Em 27 de março, três dias antes de ir a leilão, a casa de Gein pegou fogo totalmente. Três dias depois, todos os seus pertences não destruídos pelo fogo foram vendidos, rendendo em torno de 5 mil dólares. O item mais famoso foi seu carro, que era sempre exposto em feiras da região ("Vejam o carro que tirava os mortos de seus túmulos!").

Demorou dez anos para que Gein pudesse ser considerado apto a ir a julgamento. O julgamento aconteceu entre janeiro e novembro de 1968, com Gein sendo considerado insano devido a esquizofrenia crônica na época dos assassinatos. Ele foi levado de volta ao Hospital Central Estadual. Em 1978, foi transferido para o Instituto de Saúde Mental de Mendota, onde sempre o descreviam como o preso-modelo: gentil e educado. Gein faleceu em 26 de julho de 1984 aos setenta e sete anos e foi enterrado ao lado de sua mãe no cemitério de Plainfield. Sua lápide foi roubada em junho de 2000, supõe-se que por um dos espécimes infelizes que o "idolatram". Ainda não apareceu no maior site de leilões do mundo...

Em 1959, uma cópia do recém-publicado livro *Psicose*, de Robert Bloch, caiu nas mãos de Alfred Hitchcock. Norman Bates, o "protagonista" do livro, foi livremente baseado em Ed Gein (Bloch havia morado a menos de oitenta quilômetros de Plainfield). Hitchcock sugeriu Anthony Perkins para o papel de Bates – escrito por Bloch como um palerma de meia-idade, bebedor de cerveja e voyeur – e o lançamento do filme em 1960 mudou o cinema moderno. Talvez o filme mais supervalorizado dos últimos cinquenta anos, *Psicose* gerou três continuações legítimas: *Psicose – 2ª parte* (*Psycho II*, 1983), *Psicose III* (*Psycho III*, 1986) e o filme de televisão *Psicose IV: O Início* (*Psycho IV: The Beginning*, 1990), com roteiro de Joseph Stefano, autor do original, sem contar a refilmagem quase quadro a quadro e sem sentido de Gus Van Sant em 1998 e *Bates Motel* (1987), um piloto mal recebido para uma série de televisão que felizmente não foi feita.[1] *Psicose* também inspirou inúmeras imitações cuja relevância para o caso Gein é mínima, a maioria deles estudos de orçamento zero sobre assassinos estridentes, edipianos e travestidos.

O gênero de filmes de "assassino-edipiano-babaca-ranzinza", um subgênero de terror tão sem valor quanto os filmes de "assassino-adolescente-em-fantasias-ridículas", com o qual às vezes se cruza, é descendente direto de *Psicose*. O Babaca Ranzinza normalmente sofreu um trauma de infância (o mais vulgar e comum é ver sua mãe, irmã ou pai fazendo sexo) que o faz espionar jovens mulheres, matar jovens mulheres, construir um altar com corpos (ou partes deles), murmurar e balbuciar para si mesmo enquanto anda para lá e

1 Em 2013, estreou a série *Bates Motel*, que promete um retrato íntimo da adolescência do personagem Norman Bates (Psicose, de Robert Bloch).

para cá, e finalmente raptar uma moça que o faz lembrar de sua mãe, irmã ou pai. Ele se veste com as roupas de sua mãe, mostra o altar a sua última vítima, uma luta se segue e ele morre. É isso. Às vezes há sugestões de canibalismo e/ou necrofilia: *O Maníaco* (*Maniac,* 1980), *Wicked Wicked* (*Malvado, Malvado*, em tradução literal, de 1973), *Three On a Meathook* (*Três num Gancho de Carne*, de 1973), *Don't Go In The House* (*Não Entre na Casa*, 1978), *O Carrasco de Pedra* (*It!*, 1967), *I Dismember Mama* (*Eu Desmembrei Mamãe*, 1974), *Skinner: o Mutilador* (*Skinner,* 1993) – vá em frente, veja todos. Talvez seja importante mencionar que o filme *Ed e Sua Mãe Morta* (*Ed and His Dead Mother*, 1993), uma bizarra comédia negra estrelada por Steve Buscemi, não tem nada a ver com Ed Gein ou *Psicose*.

Gein também foi a base para o personagem Buffalo Bill (que "cobiça" a pele feminina) no livro de Thomas Harris *O Silêncio dos Inocentes* (*The Silence of the Lambs*); a adaptação para cinema de Jonathan Demme ganhou o Oscar e foi produzida por Ron Bozman, gerente de produção de *O Massacre da Serra Elétrica*.

Os dois filmes baseados mais intensamente na vida de Gein e suas atrocidades são *Deranged* (*Demente*,1974) e *Ed Gein – O Serial Killer* (*In the Light of the Moon*, 2000), de Chuck Parello. Dirigido por Alan Ormsby e Jeff Gillen, escrito por Ormsby e produzido por Tom Karr, *Deranged* é hoje um óbvio filme da época *exploitation* dos anos 1970, mas possui uma sordidez e uma sujeira autênticas que faltam ao filme de Parello. E é também muito mais interessante. Os créditos iniciais dizem: "O filme que você verá agora é absolutamente *real*. Somente os nomes e os lugares foram alterados". Aí entra Tom Sims (Leslie Carlson), um tosco narrador em cena, para apresentar a história de Ezra Cobb e nos informar: "É uma história de horror humano de proporções pavorosas e [*pausa*] profundas repercussões". Naturalmente.

TOM KARR O filme foi brilhantemente escrito por Alan Ormsby... Eu o contratei para pegar os artigos de jornal que eu havia recebido do *Chicago Daily Tribune* dos arquivos deles – eles tinham todas as histórias sobre Ed Gein, o que ele havia feito, o que a polícia tinha descoberto... Eu me juntei a Ormsby e ele criou um conceito que era basicamente o que eu queria... Então de que maneira o filme *Deranged* se afasta de Ed Gein? Bem, só há um momento em que isso acontece. No filme você vê Ezra Cobb trazendo sua mãe do cemitério... Eu fui até Alan Ormsby e disse: "Vamos fazer Ezra levar a mãe para casa e colocá-la na cama, onde ele possa alimentá-la e falar com ela, e eles possam jogar baralho juntos ou fofocar com as outras meninas que ele colecionava e eles teriam uma família completa". [*Making of* do filme *Deranged*]

JEFF GILLEN Uma das coisas que me fascinavam – as partes que Alfred Hitchcock escolheu ignorar totalmente ou omitir, ou só usar uma parte mínima – era a quantidade de fantasia ou disfarce, Ed Gein realmente colocando pedacinhos de pele, fazendo instrumentos musicais e ferramentas úteis. Ele era extremamente fascinado pelos pedaços de pele e osso que montou. [*Making of* do filme *Deranged*]

Embora *Deranged* desvie de muitos fatos comprovados (mas menos do que *Ed Gein – The Serial Killer*), suas qualidades ainda são muito maiores que seus "desvios", especialmente a casa de fazenda de Ezra, realisticamente sombria com seus corredores apagados, aposentos bolorentos e a cozinha imunda e desordenada – um marcante contraste com a casa iluminada, espaçosa, limpa e organizada de *Ed Gein*. Especialmente boa é a atuação arrepiante de Robert Blossom como Ezra.

JEFF GILLEN Achei a escalação do Robert Blossom perfeita. Ele se envolveu a fundo no papel. A escavação dos cérebros e a brincadeira com os olhos e a forma de lidar com o crânio – na época que estávamos filmando nós rimos histericamente... Na tela, acho que ficou bem violento. Mas Robert Blossom fez um trabalho tão maravilhoso que você pensa que ele estava fazendo algo do tipo brincar com gelatina! Ele estava tão alheio aos aspectos emocionais da coisa que ficou uma cena extremamente assustadora, embora nós tenhamos rido muito fazendo. [*Making of* do filme *Deranged*]

Deranged realmente lida com sua veia doentia de humor extraordinariamente bem, e frequentemente consegue balancear o grotesco e o engraçado: Ezra, sem saber dos discursos de sua mãe no leito de morte ("O preço do pecado é a gonorreia, sífilis e morte!"), tenta dar sopa a ela, com resultados explosivos. E, quando ele serra o crânio e escava o cérebro e olhos, é tão exagerado que fica cômico.

JEFF GILLEN Há uma linha tênue entre o que é engraçado e o que é horrível, e eu acho que conseguimos cruzar essa linha várias vezes no filme. Quando você estava no auge da risada, de repente você era atingido por uma imagem horrorosa – e é isso que nós tentamos fazer. [*Making of* do filme *Deranged*]

O curto documentário de David Gregory, incluído no lançamento britânico em vídeo de *Deranged*, usa trechos do bem mais longo *The Deranged Chronicles* (*As Crônicas Dementes*, em tradução literal). Dirigido por Michael D. Moore e produzido originalmente em 1993, traz excelentes imagens de bastidores, entrevistas informativas e uma divertida locução tipo fluxo de consciência do homem dos efeitos especiais Tom Savini. *The Deranged Chronicles* foi relançado com cenas adicionais em 1999, para o 25º aniversário do filme.

Filmado com o título de *In the Light of the Moon*, *Ed Gein – O Serial Killer* ganhou os prêmios de Melhor Filme e Melhor Ator (Steve Railsback, que também foi o produtor executivo) no 33º Festival de Cinema de Sitges (Espanha). Embora Railsback se equipare a Robert Blossom nos olhos esbugalhados assustadores e sorrisos maliciosos, é difícil entender por que o filme recebeu tantos elogios. Além das frequentes críticas às liberdades tomadas em relação à história, o filme é curiosamente monótono e sem vida, com um visual enfadonho e televisivo, e – exceto Railsback – as atuações vão de sonolentas a sonâmbulas. Entre suas várias peculiaridades na história estão: Ed explicitamente matando Henry; grandes mudanças (tanto psicológicas quanto em aparência) em Augusta e Bernice Worden (aqui chamada de sra. Marshall); a compressão de doze anos de perversão no que parece ser algumas semanas; a casa de Gein (imaculadamente limpa) inutilmente redesenhada; as circunstâncias da apreensão de Gein mudaram consideravelmente; uma forte insinuação de relação incestuosa com sua mãe... Algumas dessas críticas poderiam obviamente ser dirigidas a *Deranged*, e não dá para esperar fidelidade completa aos fatos em um filme como esse, mas as mudanças feitas na história de *Ed Gein* acrescentam ainda mais irritação a um produto já pouco atraente. Quando até mesmo o *The Christian*

Spotlight, um ótimo banco de dados de críticas de cinema da internet, cria caso com a divergência dos fatos conhecidos em *Ed Gein*, alguma coisa *tem* que estar errada... Apesar de (ou talvez por causa de) suas óbvias boas intenções, o filme é uma penosa marcha de oitenta minutos, avivada apenas por Steve Railsback – um ator que agora pode se vangloriar de ter feito dois dos maníacos mais notórios da América, interpretando um Charles Manson devidamente louco no filme para televisão de 1976 *Helter Skelter*, com Marilyn Burns como Linda Kasabian.

Railsback estrelou *Força Sinistra*, de Tobe Hooper, como o astronauta revoltado e besta Tom Carlson, em uma atuação bizarra que mudava de comatosa a apoplética na mesma cena.

Talvez porque seu caso seja um dos mais perversos do mundo fora das páginas do *Psychopathia Sexualis* de Krafft-Ebing,[2] o legado de Gein continua: livros, artigos de revistas, merendeiras e altares para ele na internet são abundantes, "tributos" musicais ao seu "trabalho" são inumeráveis (o mais recente sendo *Plainfield Cemetery*, um álbum da banda sueca de *death metal* Deranged). As atividades de Gein também forneceram a base para letras de várias canções pop, alguns exemplos aleatórios são: "Ballad of Ed Gein" (Swamp Zombies), "Dead Skin Mask" (Slayer), "Old Mean Ed Gein" (The Fibonnacis), "Ed Gein" (Macabre), "Skinned" (Blind Melon) e "Nothing to Gein" (Mudvayne). Entre a legião de bandas cujos nomes vieram dele estão os amados punks de Nova York Ed Gein's Car, The Ed Gein Fan Club, Ed Gein, e Gein & the Grave Robbers. Para mais esclarecimentos, simplesmente digite "Ed Gein" no Google e prepare-se para sentir o peso do mundo caindo nos seus ombros.

2 O livro do psiquiatra alemão (1840-1902) fundamentou os conceitos de "sadismo", "masoquismo" e é até hoje referência nos estudos do comportamento sexual.

Casa onde ED GEIN viveu e perpetuou seus inomináveis hábitos

LEATHERFACE: ele não gosta
de você, ele quer matá-lo

SOBREVIVEMOS E MORREMOS

UM FILME QUE GANHOU VIDA PRÓPRIA

"De certo modo, é realmente maravilhoso o que acontece, e como acontece, em termos de fabricação de filmes. O verdadeiro milagre é que haja *algum* filme que valha a pena assistir. Que existam muitos filmes ruins não é surpresa – o choque é quando aqueles raros filmes resistem ao processo e acabam valendo a pena."

Assim falou Kim Henkel quando eu estava refletindo sobre a natureza azarada da série do *Massacre*. E ele está absolutamente certo, resumindo a saga de quarenta anos de tentativas (incluindo a dele próprio) de duplicar o sucesso de *O Massacre da Serra Elétrica*. Não importa quanto nós o desconstruamos (e eu acho que aqui o atomizamos), o *Massacre* original ainda é, e sempre será, bem mais do que a soma de suas partes. O que quer que Sallye Richardson tenha sentido naquela noite de 1974 se recusa a ir embora. Ele permanece como um dos maiores filmes de terror de todos os tempos, não só para aqueles que o assistiram no cinema nos anos 1970, mas para os que o estão descobrindo pela primeira vez em vídeo ou DVD.

A primeira vez que li a respeito do filme foi no *New Musical Express* em 1974 ou 1975 e tive que ranger os dentes em frustração até finalmente assisti-lo em 1978 (quando o casal que arrastei comigo me disse que eu era "doente mesmo", e não de um jeito especialmente irônico ou engraçado – talvez nós não devêssemos ter ficado tão chapados antes). Em 1976, os Sex Pistols estavam entre seus primeiros fãs britânicos, o Tyla Gang e os Ramones tinham músicas sobre ele. Mas mesmo que tenha virado um ícone punk, o filme é tanto um artefato de uma era anterior quanto algo completamente atemporal. Tentar analisar seus atrativos é quase tão inútil quanto teorizar por que as pessoas ainda gostam de Elvis ou dos Beatles (ou até mesmo dos Sex Pistols) – é mais do que apenas estar no lugar certo na hora certa, deve haver algo que continua a atrair as pessoas, algo que o torna estimulante para cada nova geração.

Claro, quase todo exemplo de lixo imbecil kitsch dos anos 1960 e 1970 tem seus defensores, mas os filmes geralmente têm pouco valor para quem não é fanático. *O Massacre da Serra Elétrica* transcende seu orçamento de 125 mil dólares, sua origem de 16mm e, queira ou não, é parte da história do cinema. E embora a campanha apelativa da Bryanston tenha sido impressionante (o que poderia agitar mais o frenesi da crítica do que jogar uma cópia de um filme de terror no Museu de Arte Moderna e depois mandar um comunicado avisando a imprensa?), já vimos produtos e campanhas publicitárias suficientes para saber que só a propaganda não dá em nada a não ser em curto prazo – quem admitiria hoje acreditar que *A Bruxa de Blair* (*The Blair Witch Project*, 1999) era qualquer coisa mais do que desprezível?

O Massacre da Serra Elétrica surgiu num período em que o cinema norte-americano estava no auge de sua criatividade. Além da óbvia panelinha dos *Sem Destino* (*Easy Rider*, 1969) e *Touro Indomável* (*Raging Bull*, 1980) o final dos anos 1960 e início dos 1970 também nos deu George Romero, David Cronenberg, Wes Craven e John Carpenter, cujos primeiros filmes não só operavam fora do convencional como também eram esteticamente diferentes daqueles *exploitation* medianos. Tobe Hooper e *O Massacre* caíam direitinho naquela categoria, e um dos motivos da resistência do filme é que ele não só aterroriza você, mas também possuiu uma estética que se presta a tantas hipóteses pseudointelectuais quanto os mutantes acadêmicos da cultura cult puderem postular. Reflexões pós-hippies, época de Watergate, choque de cultura/Vietnã, revolta das subclasses, tudo isso não significa nada se o filme não funciona como *um filme de terror para se cagar de medo*. É isso que ele é, é isso que ele faz. A gente pode dar uma de A.J. Weberman[1] e vasculhar o conteúdo das latas de lixo de Hooper e Henkel, tentando descobrir exatamente que diabos causou esse fenômeno, mas Weberman não conseguiu com Bob Dylan, e nós provavelmente também não conseguiremos com *O Massacre*. Talvez realmente seja um filme sobre carne. Talvez realmente seja sobre a era do Vietnã. Mas nós não pensamos nisso enquanto o assistimos, nós tentamos parar de nos encolher em nossos assentos.

1 Weberman cunhou o texto "lixologia" ou "dylanologia", que consiste em vasculhar o lixo de seu objeto de estudo.

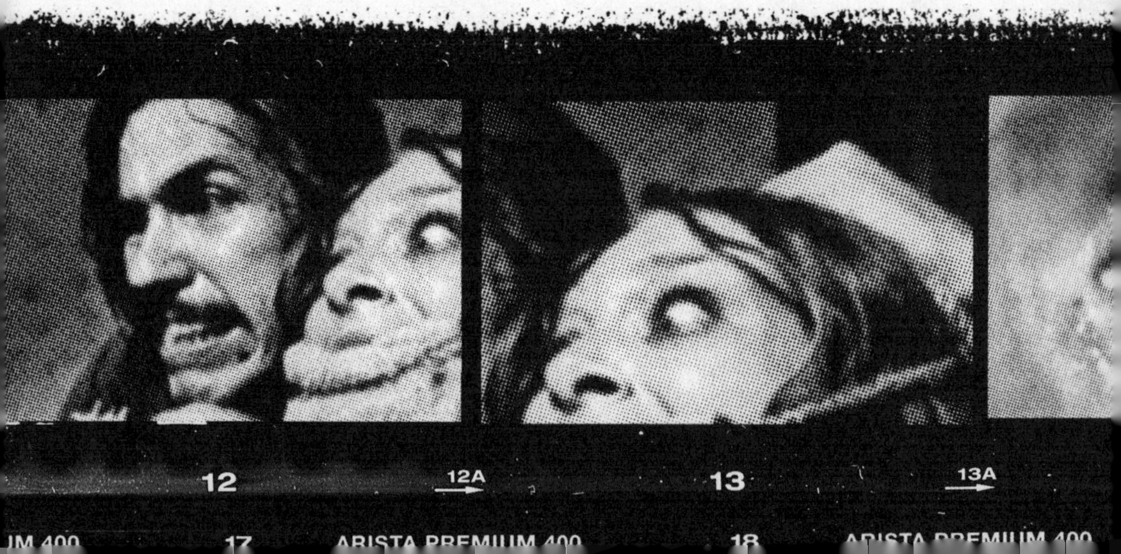

O mesmo pode ser dito de *Calafrios* (*Shivers*, 1975) ou *Enraivecida na Fúria do Sexo* (*Rabid,* 1977), *Aniversário Macabro* (*The Last House on the Left*, 1972), *Halloween* (1978), os filmes dos *Mortos-Vivos* de Romero. Vocês podem se masturbar continuamente, discutindo até a morte as ramificações socioeconômicas, mas não enquanto estão assistindo. Todos os grandes filmes de terror têm subtextos, mas eles têm um objetivo primário em comum: usando uma frase de Anne Bilson, *eles nos lembram de que vamos morrer*. Eles querem nos assustar horrores por nos lembrar incessantemente da inevitabilidade da nossa morte, e nós saímos nos sentindo traumatizados, levemente desesperados, tendo passado pelas experiências das vítimas na tela enquanto confrontamos a percepção de que nós próprios vamos morrer. Para produzir esse sentimento com êxito, um filme tem de ser mais que a soma de suas partes: os realizadores precisam nos convencer de que *nós* somos as vítimas, nós estamos *no* filme. (Qualquer pensamento de "É apenas um filme" já foi há muito esquecido.) E é isso que *O Massacre da Serra Elétrica* faz, é por isso que ele funciona, que se destaca na série, e esta é a verdadeira natureza do filme de terror: nós sobrevivemos com Sally, mas morremos com Kirk, Pam, Jerry e Franklin.

Bem, é outra teoria para descartar, se nada mais. Talvez sirva para justificar por que *O Massacre da Serra Elétrica* possui qualidades que faltam ao resto da série – não que eles sejam filmes ruins, mas eles simplesmente não nos envolvem da mesma maneira. Voltando à observação de abertura de Kim Henkel, eles não resistiram ao processo de manufatura, falharam em sobreviver inteiros aos danos infligidos pelos produtores, estúdios e conselhos de classificação. *O Massacre da Serra Elétrica* é atemporal, inigualável, talvez até uma obra de arte; ele criou vida própria além de qualquer coisa que seus realizadores pudessem ter imaginado. Quarenta anos depois, querem reimaginá-lo: em Hollywood tudo é possível. Exceto talvez tentar entender por completo o fenômeno que é *O Massacre da Serra Elétrica*...

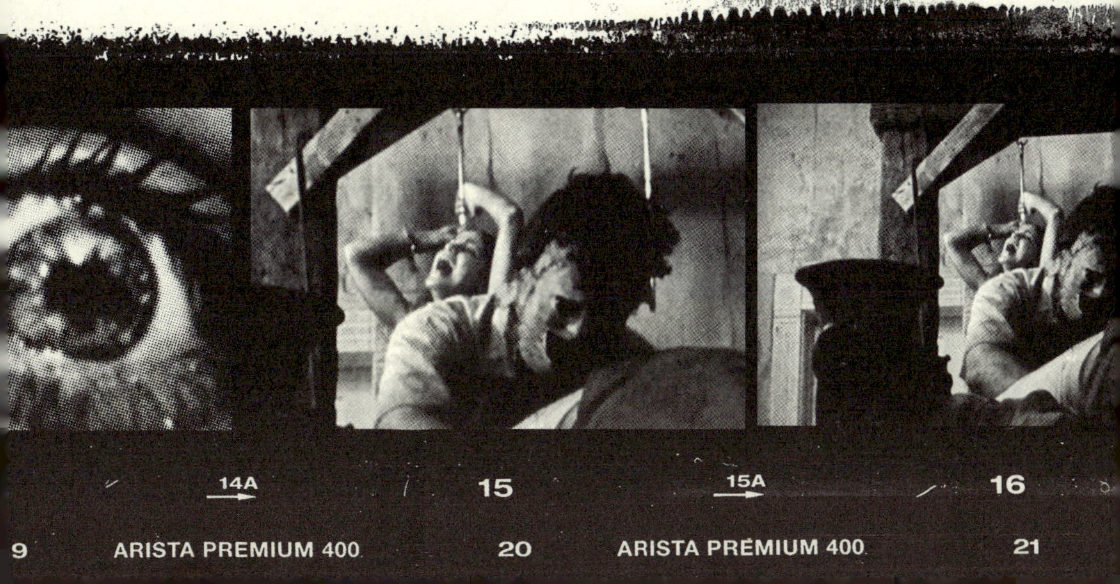

O ELENCO

ALLEN DANZIGER (ator: *Eggshells* e *O Massacre da Serra Elétrica*) tem uma empresa de artigos para festas em Austin, chamada de Three Rings Service.

"Começamos fazendo telegramas cantados e passamos para palhaços, malabaristas, noites de Las Vegas, piqueniques corporativos – qualquer coisa que mexa com entretenimento. O rodeio de bagres teve vida curta: nós começamos com a ideia de pegá-los com anzol, mas mudamos para laço, porque dava para pegá-los e jogá-los de volta, mas as pessoas ficavam chateadas conosco por machucar os peixes, daí eu disse 'Chega!', nós conseguimos, nós provamos que podíamos fazer, mas recebemos muitas reclamações, então paramos, uns dois anos e chega de bagres. Algumas semanas atrás nós fizemos o Spam-O-Rama – tudo que você pode fazer com presunto – foi um grande negócio! Isso começou aqui em Austin."

ANDREW BRYNIARSKY (ator: *O Massacre da Serra Elétrica* 2003) participou de diversos outros filmes de terror e do filme seguinte da série *O Massacre,* de 2006.

BILL JOHNSON (ator: *O Massacre da Serra Elétrica 2*) mora em Austin. Além de atuar em filmes e no teatro, ele também é um respeitado professor de voz, faz locuções para uma série de jogos de computador e, quando tem tempo, tem um serviço de babá de gatos. Aparições em filmes incluem o inescapável *Violência do Futuro, The Texas Comedy Massacre* (1987) e *Verdades que Matam* (1988), de Oliver Stone. Ele também apareceu como Vice Cop no filme de Doug Holloway *Fast Money* (1980).

BILL MOSELEY (ator: *O Massacre da Serra Elétrica 2*) mora em Los Angeles, estrelou *A Casa dos 1000 Corpos* (2003), de Rob Zombie. Outras aparições incluem *Cadillac Cor--de-Rosa* (1989), *Uma Noite Alucinante 3* (1993), *A Noite dos Mortos-Vivos* (1990), de Tom Savini, e *Querida, Estiquei o Bebê* (1992).

Moseley também ganhou um personagem todo seu na versão 3D de *O Massacre* e participa de um disco solo de Buckethead, além de já ter lançado disco próprio.

BILL PARSLEY principal financiador de *O Massacre da Serra Elétrica*, permaneceu em Austin trabalhando no legislativo estadual e especulando por fora em qualquer coisa que o atraísse, de petróleo e bancos a filmes. Com Warren Skaaren, tentou produzir uma continuação do *Massacre* nos anos 1970. Felizmente, ele não conseguiu.

BILL WITLIFF (também Whitliff, Wittliff) roteirizou e produziu *Os Pistoleiros do Oeste 2* (1993), e escreveu roteiros para *Mar em Fúria* (2000) *Barbarossa, O Maltrapilho* (1981), entre muitos. Também é editor da Encino Press, cujas publicações incluem *In a Narrow Grave*, o livro de ensaios de Larry McMurtry, fotógrafo, colecionador de fotografias (ele montou a Galeria Wittliff de Fotografias do Sudoeste e do México) e mais mil outras coisas. Ele também investiu 5 mil dólares em *O Massacre da Serra Elétrica*...

BRAD SHELLADY (diretor: *The Texas Chain Massacre: A Family Portrait*) foi o investigador-chefe do caso de Henry Lee Lucas de 1988 a 2001, sobre o qual escreveu no livro de Russ Kick *Everything You Know Is Wrong* (*Tudo o que Você Sabe é Errado*, em tradução literal). "Não estou mais no campo do cinema (se é que eu posso dizer que já estive) e prefiro ver os filmes da plateia em vez de por trás das câmeras. Agora eu gasto meu tempo em investigação forense e às vezes como autor. Mas *A Family Portrait* será sempre um trabalho do qual me orgulho e o faria de novo sem pestanejar. Talvez eu consiga Michael Bay para bancar um *remake*, o que você acha?"

BRIAN HUBERMAN (diretor: *Return of the Texas Chainsaw Massacre: The Documentary*): "Eu me formei na Escola Nacional de Cinema em Beaconsfield (Inglaterra), parte do primeiro grupo que saiu para o mundo em 1974. Me ofereceram o trabalho na Universidade de Rice bem rapidamente e é onde eu ainda estou, como professor e cineasta". Além do documentário sobre *O Massacre*, seus trabalhos incluem *John Wayne's The Alamo*, um documentário incluído no DVD do filme, jornalista de vídeo para séries documentais do canal The Learning Channel, documentários para a PBS sobre blueseiros, transexuais e moradia em Houston (não no mesmo filme, infelizmente), várias questões antropológicas e muito sobre Davy Crockett, incluindo um filme sobre o controverso *Diário de la Peña*.[1] Seu website é bem documentado e muito bem atualizado.

CAROLINE WILLIAMS (atriz: *O Massacre da Serra Elétrica 2* e [participação não creditada] *O Massacre da Serra Elétrica 3*) apareceu em várias séries de TV e filmes, incluindo *A Volta do Padrasto* (1989), *Dias de Trovão* (1990) e *O Grinch* (2000).

DANIEL PEARL (diretor de fotografia: *O Massacre da Serra Elétrica*; diretor de fotografia: *O Massacre da Serra Elétrica* 2003) filmou em torno de 250 comerciais e mais de 500 clipes e vídeos ao vivo (incluindo "Dancing with Myself", de Billy Idol, dirigido por Tobe Hooper), ganhando duas vezes o prêmio da MTV de Melhor Fotografia. Trabalhando nessa área, ele conheceu e depois trabalhou em diversas ocasiões com Marcus Nispel, diretor de umas das "releituras" do *Massacre*, e com Michael Bay. Em longas-metragens, trabalhou extensivamente com o diretor Larry Cohen.

ROBERT A. BURNS "Eu estava conversando com um amigo em L.A., deve ter sido há uns dez anos, e eu disse algo sobre Daniel ser o rei dos videoclipes, e ele disse: 'Rei, nada – ele é o *Imperador*!'"

DAVID J. SCHOW (roteiro: *O Massacre da Serra Elétrica 3*) é o principal autor de contos do movimento *splatterpunk* dos anos 1980, autor de *The Kill Riff* (o romance definitivo de rock/terror), *The Shaft*, muitas coletâneas de contos, vários roteiros

1 José Henrique de la Peña (1807-1840), militar mexicano que lutou na Independência do Texas. Seu diário, relatando a guerra, só foi descoberto cerca de um século depois.

– incluindo alguns de *Criaturas* (1986) e *O Corvo* (1994) – e trabalhos não ficcionais (*The Outer Limits Companion*, sobre a série *A Quinta Dimensão,* da mesma coleção original do presente livro).

DAVID L. FORD foi o produtor de *Eggshells* e *The Windsplitter*, e depois de *Ligação Direta* (1980) (no qual Jim Siedow aparecia) e *Vigaristas do Barulho* (*1986*), ambos dirigidos pela "lenda" do Texas, Frank Q. Dobbs. Faleceu em 2003.

DOROTHY (DOTTIE) PEARL (maquiagem: *O Massacre da Serra Elétrica*) injetou formol em sua perna acidentalmente, durante as preparações do filme. Ela sobreviveu e hoje é maquiadora em Hollywood, tendo trabalhado com Jessica Lange por muitos anos. Seus filmes incluem *1941 – Uma Guerra Muito Louca* (1979), *Tootsie* (1982), *O Destino Bate à sua Porta* (1981), *Feitiço do Tempo* (1993), *Corrida com o Diabo* (1975), *Poltergeist* e *She Came to the Valley* (1979, um *western* de Albert Band no qual Robert Burns e Daniel Pearl também trabalharam).

DOUG HOLLOWAY não tem nada a ver com este livro. Foi parte da equipe do Eagle Pennell em *Whole Shootin' Match*, e depois dirigiu *Fast Money*, no qual Lou Perryman apareceu.

LEVIE ISAACKS Basicamente o que o Doug fez: ele estava tão impressionado com *Whole Shootin' Match* que ele pegou o elenco e Eagle, ele tinha um roteiro e um pouquinho de dinheiro – não muito, acho que a maioria de nós trabalhou de graça... Foi filmado em 16mm, e naquela época 16mm ainda era categoria amadora, e *Fast Money* não tinha ninguém conhecido. Eagle começou como diretor de fotografia, mas foi a mesma história: ele bebia demais, ele bebia no trabalho, então Doug o demitiu. Eu, a princípio, estava fazendo a luz, mas acabei terminando o filme para ele.

DUANE GRAVES (diretor: *Headcheese*): "Nosso distribuidor, El Independent Cinema em Nova Jersey está procurando um projeto de terror para nós (Justin Meeks e eu) dirigirmos. Enquanto isso, terminamos um novo roteiro para um longa de terror e também um outro curta de terror em preto e branco chamado *Voltagen*, filmado em 16mm, que deve sair em DVD num futuro próximo".

Desde a realização do livro, continua a viajar para locações de filmes pelo mundo inteiro, registrando tudo. Meeks e ele continuam a trabalhar juntos, inclusive em colaboração com Kim Henkel.

EAGLE PENNELL morreu em 2002 de alcoolismo aos 49 anos. Diretor de *Hell of a Note* (curta), *The Whole Shootin' March* (supostamente a inspiração de Robert Redford para começar o festival de Sundance), *Last Night at the Alamo*, *Ice House* (1989), uma sequência de *City Life* (1990), filmado por Levie Isaacks, e *Doc's Full Service* (1994), no qual partes da direção foram feitas por telefone, enquanto bebia. Sua presença pairou sobre este livro – quase todo mundo envolvido em algum aspecto na cena cinematográfica

de Austin dos anos 1970 e 1980 tinha uma história de Eagle para contar, e muitas dessas pessoas colaboraram com ele em algum momento. O *The Austin Chronicle* fez um excelente obituário, com textos de Wayne Bell, Brian Huberman e Lou Perryman.

ED GUINN (ator: *O Massacre da Serra Elétrica*) foi membro da lendária banda psicodélica do Texas nos anos 1960 The Conqueroo, fortemente associada à ainda mais lendária Thirteenth Floor Elevators. Ele tem um estúdio de gravação em Austin.

EDWIN NEAL (ator: *O Massacre da Serra Elétrica*) mora em Austin. Atuou e coproduziu o notório filme de Ronald Moore *A Violência do Futuro*, atuou em *Namorado Gelado, Coração Quente* (com Renée Zellweger e Matthew McConaughey) e fez dublagem em *Sonic the Hedgehog: O Filme* (1996). Também participa do filme *Boneboys* de 2011.

ERIC BALFOUR (ator: *O Massacre da Serra Elétrica* 2003) participou, principalmente de diversas séries de TV, como *The O.C., Monk, 24 Horas.*

ERIC LASHER foi fotógrafo de *stills* nos filme do Tobe Hooper *Invasores de Marte, O Massacre da Serra Elétrica 2, Conspiração Atômica, A Morte Veste Vermelho, Mangler – O Grito de Terror, Crocodilo*, e as séries *Um Homem Sem Passado* ("Eu tirei a foto 'Plano Secreto' que era a base do programa"), *Contos da Cripta* e *O Terror de Freddy Krueger*. Atualmente "estou pré-editando um documentário/registro de viagem que dirigi e filmei na Europa Oriental no fim de 2002, chamado *Vagabundos: A Volta ao Bloco em 80 Dias*. Nós fizemos 16 países, 23 cidades em 80 dias, quase tudo na antiga União Soviética".

FRED MILLER (produtor: *Peter, Paul and Mary*)

GARY PICKLE foi parceiro na MPP com Richard Kidd, Tobe Hooper, Ron Perryman e Mike Bosler. Hoje produtor, ele também gerencia os estúdios MPA em Austin.

GUNNAR HANSEN (ator: *O Massacre da Serra Elétrica*) hoje vive no Maine. Ele publicou quatro livros, incluindo *Urso Dançando na Colina* (um volume de poesias) e *Ilhas à Beira do Tempo*, sobre as ilhas de fronteira na costa norte-americana do Texas até a Carolina do Norte. Ele também escreve roteiros e faz documentários.

Suas aparições no cinema incluem *The Demon Lover* (1977), *Hollywood Chainsaw Hookers* (que no Brasil foi lançado com o nome *O Massacre da Serra Elétrica 3 – O Massacre Final*), *Contos da Meia-Noite* (1991), *Mosquito* (com seu amigo, o lendário guitarrista dos Stooges Ron Asheton, em 1995), *Hellblock* (1999), *Freakshow* (1995), *Rachel's Attic* (2002) e *Hatred of a Minute* (2002).

Também atua no último filme da série, *O Massacre da Serra Elétrica 3D*, em uma participação especial. Outro filme bem interessante do qual participou foi o *Chainsaw Sally*, de 2004, em que a homônima da protagonista do primeiro filme toma as rédeas de sua própria motosserra.

JAMES L. CARTER (diretor de fotografia: *O Massacre da Serra Elétrica 3*) trabalhou em mais de quarenta filmes, desde *Não Atenda o Telefone* (1980) e *Olhar Mortal* (1982) até *Meu Cachorro Skip* (2000) e *Vivendo na Eternidade* (2002)... Também dirigiu a fotografia de diversas séries, como *Hawaii 5.0* (2010-2013) e *CSI*.

JEFF BURR (diretor: *O Massacre da Serra Elétrica 3*) já dirigiu vários filmes de fantasia e de terror incluindo episódios da série *Bonecos em Guerra* (1993), *Pumpkinhead – O Retorno* (1994) e *Johnny Mysto: Boy Wizard* (1996).

JEFF GILLEN (codiretor: *Deranged*) morreu em junho de 1995 de um ataque cardíaco. Ele também colaborou com Alan Ormsby em 1972 no terror de baixo orçamento *Deathdream*, no qual Tom Savini fez os efeitos especiais.

JERRY HALL (secretário de imprensa do governador Preston Smith, essencial à formação da Comissão de Cinema do Texas) faleceu em 2005.

JESSICA BIEL (atriz: *O Massacre da Serra Elétrica* 2003), que hoje carrega o sobrenome de seu marido, Justin Timberlake, também atuou em *O Vingador do Futuro* (2012) e *O Ilusionista* (2006).

JIM MORAN (diretor: *Leatherface Speaks*)

JIM SIEDOW (ator: *O Massacre da Serra Elétrica* e *O Massacre da Serra Elétrica 2*): "*O Massacre da Serra Elétrica* foi o primeiro filme de terror que fiz – na verdade sou romântico!" Jim faleceu em 2003. Nascido em 1920 e veterano de mais de oitenta peças de teatro, ele havia finalmente decidido se aposentar, mas ficava feliz em ir a convenções ou reuniões de elenco quando sua saúde permitia. Também apareceu em *Ligação Direta*, produzido por David L. Ford, e no episódio de *Amazing Stories* do Tobe Hooper.

JOE BOB BRIGGS é também conhecido por John Bloom (ator: *O Massacre da Serra Elétrica 2*). Fez o papel de Gonzo Movie-Goer, criador do artigo *We Are the Weird*, uma brincadeira séria sobre o vídeo "We Are the World". Seu último livro, *Profoundly Disturbing: Schoking Movies that Changed History*, contém um longo capítulo sobre *O Massacre da Serra Elétrica*, além de *Garganta Profunda*, *O Triunfo da Vontade* (1935) e vários outros.

JOHN DUGAN (ator: *O Massacre da Serra Elétrica*, *O Massacre da Serra Elétrica – O Retorno*) interpretou outros homens velhos no cinema, mas o mais curioso é ele ter nascido em Brazil, cidade do estado norte-americano de Indiana.

JOHN HENRY FAULK o contador de história na cena do cemitério do *Massacre*, foi um famoso texano que entrou na lista negra nos anos 1950. Nascido em Austin em 1913, Faulk era humorista, narrador, ativista dos direitos civis e veterano da Segunda Guerra Mundial, que começou uma série de programas de rádio em 1946. Em 1956, no final da caça às bruxas comunistas do senador Joe McCarthy, as atividades sindicalistas de Faulk o levaram a um conflito com o AWARE, uma organização baseada em Nova York que, por uma quantia, investigava indivíduos para descobrir afiliações "subversivas". Taxado de comunista pelo AWARE e, portanto, proibido de ir ao ar, Faulk os processou, indo de encontro a Roy Cohn, o psicopata braço direito de McCarthy. Após seis anos de batalha judicial, Faulk recebeu indenização de 3,5 milhões de dólares, reduzida para 500 mil dólares depois de recorrida. Vitorioso, porém falido (sua indenização foi engolida pelos honorários legais, e a CBS não queria recontratá-lo), Faulk voltou a Austin. Em 1963, ele escreveu *Fear on Trial* (*O Medo em Julgamento*), um relato de sua batalha judicial, e até sua morte estava envolvido na política de Austin, escrevia peças, sempre aparecia nas séries típicas das TVs locais, e viajava o país dando palestras sobre direitos civis.

Em 1975, Faulk foi interpretado por William Devane em *Fear on Trial*, um filme de televisão baseado em seu livro. Faulk havia aparecido em *Lovin' Molly* com Paul Partain e Marilyn Burns; Partain depois atuou em *Trovão Azul* (1983) com William Devane... E Faulk (junto com Lou Perryman) também apareceu em *Trespasses – No Limite da Violência* (1987), estrelando Robert Kuhn, com som/música de Wayne Bell.

Ele morreu em abril de 1990 – uma biblioteca e um teatro em Austin foram nomeados em homenagem a ele, e vários prêmios são distribuídos em seu nome.

ALLEN DANZIGER Para mim, uma das coisas mais legais foi conhecer John Henry Faulk: ele era um contador de histórias, eu me lembro de escutá-lo na rádio quando criança em Nova York, falando de direitos civis. Ele era um cara fenomenal e foi um verdadeiro prazer conhecê-lo, ouvi-lo falar enquanto caminhávamos para o set.

LEVIE ISAACKS Eu conheci John Henry Faulk muito bem, eu o havia colocado em alguns comerciais políticos. Nós tentamos fazer um programa de rádio, mas o problema é que não tinha disciplina – ele contava uma história uma vez e levava dez minutos, depois levava oito... Não dava para controlá-lo, tinha que ser do jeito dele – mas eram histórias maravilhosas.

KIM HENKEL Eu conheci John Henry – não me lembro como o conheci, provavelmente da política em Austin, ele estava sempre por ali – e eu havia lido seu livro. Eu não o chamaria de um "personagem", ele era mais um ativista político – não como candidato, mas ele estava ativamente envolvido com a política local.

KIM HENKEL (ator/ideias de *script*: *Eggshells*; coautor/produtor associado: *O Massacre da Serra Elétrica*; diretor/autor/coprodutor: *O Massacre da Serra Elétrica – O Retorno*) dava aulas de inglês e roteiro "na fronteira – dá para cuspir no México". Após suas aventuras em Hollywood e na indústria do cinema, ele havia retornado a Austin e trabalhou com Eagle Pennell em *Last Night at the Alamo*. Wayne Bell, Lou Perryman e Brian Huberman também trabalharam nesse clássico filme independente do Texas. "Eu escrevi o roteiro, e estava faltando gente, então acabei sendo escalado para atuar. Eu odeio ficar na frente das câmeras, então eu reescrevi totalmente o papel de modo que era preciso arrancar as palavras da boca do personagem. Era um testemunho do quanto eu odeio aparecer na frente das câmeras." Esperamos que seu roteiro *Exurbia* ("É meio um terror, mas não da forma tradicional – é como o submundo do Sonho Americano... A New Line se interessou, mas acabamos nos desentendendo. É um roteiro bem interessante...") seja produzido um dia.

Hoje, dá aula na Universidade de Rice e voltou a escrever junto a seus alunos Duane Graves e Justin Meeks, com quem coproduziu o filme *Boneboys*, de 2011 (algo como *Garotos do Osso*). O filme conta com a participação especialíssima da... faca do Carona, do primeiro filme.

L.M. KIT CARSON (roteiro: *O Massacre da Serra Elétrica 2*) é nativo de Dallas, Texas, e escritor, produtor e ator (às vezes os três juntos). Ganhou destaque como ator no sucesso cult de 1967 *David Holzman's Diary*, dirigido por Jim McBride, que depois dirigiu o *remake A Força de Um Amor*, com roteiro de Carson. Codirigiu em 1971 *The American Dreamer*, um retrato de Dennis Hopper trabalhando em *O Último Filme* (1971), foi coprodutor-executivo e atuou no premiado *Hurricane – Ruas de Manhattan* (1997) e co-escreveu, coproduziu e atuou em *Bullfighter – Apocalipse no Texas* (2000).

Kit Carson escreveu também alguns episódios para o seriado *The Hitchhiker*, dos anos 1980, mas nada a ver com nosso Carona do *Massacre*.

LARRY CARROLL (coeditor: *O Massacre da Serra Elétrica*) se tornou um bem-sucedido editor, produtor e diretor em Hollywood.

LEVIE ISAACKS (diretor de fotografia: *O Massacre da Serra Elétrica – O Retorno*): "Quando eu estava na Universidade do Texas, trabalhei numa estação local de televisão como repórter, e nesse tipo de mercado você faz tudo: eu filmava as reportagens, editava, escrevia, gravava. Foi assim que conheci Kim – um amigo estava trabalhando no laboratório de revelação South-West, e era o trabalho diurno de Kim enquanto ele escrevia *O Massacre*. Então eu conheci Tobe através do Kim.

Logo que eu cheguei a Los Angeles, uma das primeiras pessoas para quem liguei foi Tobe. Eu havia feito um filme com Roger Corman, mostrei a ele o trabalho que havia feito e acabei fazendo um monte de projetos como cinegrafista para Tobe: *Conspiração Atômica*, *A Morte Veste Vermelho*, *Real Ghosts* para a CBS, e depois um *Contos da Cripta*. O produtor de *Real Ghosts* se tornou o produtor de *Contos da Cripta*, e ele me levou junto, então tenho que dar a Tobe o crédito por me ajudar no começo aqui em Los Angeles".

Depois de fotografar mais de uma dúzia de episódios de *Contos da Cripta*, Isaacks filmou vários filmes para cinema e televisão antes de se tornar o diretor de fotografia das séries *Dawson's Creek* e *Malcolm In The Middle* (das quais ele dirigiu vários episódios).

LISA NEWMEYER (atriz: *O Massacre da Serra Elétrica – O Retorno*)

LOU PERRYMAN (diretor-assistente: *Eggshells*; assistente de câmera: *O Massacre da Serra Elétrica*; ator: *O Massacre da Serra Elétrica 2*) era uma lenda viva: contador de histórias, homem da renascença, amigo de longa data, colaborador e parceiro de briga de Eagle Pennell, aparecendo em *Hell of a Note* (curta de 1977), *The Whole Shootin' March* e *Last Night at the Alamo*. Kim Henkel estava preparando um documentário sobre ele, ainda não finalizado: "Você liga a TV – outro dia estava passando *Os Irmãos Cara-de-Pau* (1980), de repente aparece Lou, ou então *Meninos Não Choram* (1999), de repente lá está Lou, ou *Poltergeist* ou sabe lá Deus, e lá está ele. Mas agora ele dirige um táxi em Austin. Ele já teve várias profissões diferentes... É uma figura".

Lou Perryman aparece em cinco documentários produzidos pós 2003 (três deles lançados em 2006, acompanhando o lançamento de mais um filme...).

Em 2009, foi morto por um rapaz que nem o conhecia: Seth Tatum saiu de casa após misturar seus remédios com bebida, caminhou 4km até chegar na casa do então senhor de 67 anos e o matou com o machado que carregava.

MARCUS NISPEL (diretor: *O Massacre da Serra Elétrica* 2003) também realizou um filme da série *Sexta-Feira 13*, em 2009.

MARILYN BURNS (atriz: *O Massacre da Serra Elétrica* e *O Massacre da Serra Elétrica – O Retorno*) mora em Houston. Depois do *Massacre* ela foi amarrada a uma cama e abusada em *Eaten Alive*, interpretou Linda Kasabian em *Helter Skelter*, e coestrelou o azarado *A Violência do Futuro* com Edwin Neal. Aqui, Marilyn lembra com carinho da experiência de fazer *A Violência do Futuro*:

"Isso é tortura... [*silêncio angustiado por um longo período...*] Acho que eles colocaram toda sua visão no trabalho de arte do Giger [para o pôster]. Nós precisávamos de mais foco no... filme. Ed... eles... tinham... uma visão... Eu nunca... Eu não quero dizer nada que magoe ninguém... Sabe, se você tivesse me mandado um *e-mail* dizendo que queria falar sobre *Eaten Alive* e *A Violência do Futuro*, acho que eu teria simplesmente deletado." Ela volta como Sally em *O Massacre da Serra Elétrica 3D*, de 2013.

MARK ORDESKY (Presidente, Fine Line Features)

MARY CHURCH (continuísta/dublê: *O Massacre da Serra Elétrica*) se tornou gerente de produção e produtora em Hollywood, trabalhando amplamente na TV.

Who will survive a
will be left of them

“THE TEXAS
CHAINSAW
MASSACRE”

COLOR R

A BRYANSTON PICTURES
RELEASE

Who will survive a
will be left of them

what

what

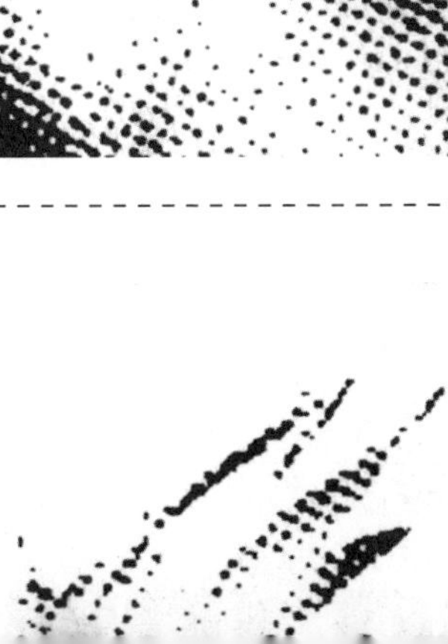

MICK STRAWN (desenho de produção: *O Massacre da Serra Elétrica 3*) trabalhou extensamente na TV, incluindo a série *O Terror de Freddy Krueger*, *Hércules* (*Hercules*, 1994) e *O Nosso Amigo Frankenstein*.

MIKE DELUCA (produtor associado: *O Massacre da Serra Elétrica 3*) foi presidente de produção da DreamWorks Pictures e hoje tem sua produtora, Michael De Luca Productions, que cuidou de *Motoqueiro Fantasma* e do *remake* de 2011 de *A Hora do Espanto*.

MIKE SULLIVAN (aderecista: *O Massacre da Serra Elétrica 2*, creditado como Michael O'Sullivan) atualmente dá aulas virtuais na Universidade de Phoenix, e recentemente trabalhou nos filmes *Pequenos Espiões* de Robert Rodriguez. Como ator, diretor de arte, desenhista e fundador da agência Actor's Clearing House em Austin, ele também trabalhou nos filmes *Hot Spot – Um Lugar Muito Quente* (1990), de Dennis Hopper, *Anjos Assassinos* (1993), *Os Pistoleiros do Oeste 2*...

"Michael O'Sullivan é o meu nome no sindicato porque já existia um Mike Sullivan. Estou lá no IMDB de várias maneiras – eu tentei juntar tudo, mas acabei desistindo...

Minha abordagem é ser o mais detalhista possível, colocar o máximo esforço e qualidade em cada cenário e cada adereço. Parte disso é porque sou compulsivo, mas eu também vejo as coisas do ponto de vista do ator. Eu tento dar aos atores os detalhes de suas vidas fictícias. Eu sempre me orgulhei de que a câmera pudesse ir a qualquer lugar do cenário e os detalhes serão adequados tanto a ela quanto aos personagens.

Em alguns momentos já levei isso ao extremo. Durante *Hot Spot*, mandei fazer camisetas e bonés para um time de juniores de beisebol patrocinado pela Harshaw Motors e tirei fotos dos times, para que as fotos nas paredes atrás dos personagens fossem 'reais'. Claro que os produtores tiveram um ataque porque eu havia gastado dinheiro extra. Eles provavelmente estavam certos – as fotos não foram identificadas, mas eles poderiam ter feito um close nelas. Ou na marca da Harshaw Motors nos bonés e nas canetas sobre a mesa ou nos recibos dentro dos arquivos que eles nunca abriram. Pensando bem, eu acho que sou mesmo compulsivo."

PAUL A. PARTAIN (ator: *O Massacre da Serra Elétrica*, *O Massacre da Serra Elétrica – O Retorno*) trabalhava principalmente na indústria de eletrônicos, embora tenha aparecido em *Corrida com o Diabo* (1975), *Um Foragido na Multidão* (1977) e *Trovão Azul*. "Vou te contar que, nos últimos anos, meu sonho de ser ator voltou. Eu fiz testes para três filmes: *Desafio do Destino* (2002), *A Vida de David Gale* (2003) e *O Álamo* (2004). Consegui um papel pequeno em *David Gale* e parte dele apareceu no filme (na cena do AA, o terceiro bêbado da direita). Fiz teste para o diretor em *Desafio do Destino*, mas simplesmente não mudei o ritmo a tempo, depois que percebi que a minha caracterização do técnico estava o oposto do que John Lee Hancock tinha em mente... Perdi essa chance. Em *O Álamo*, até agora eles não precisam de caras grisalhos gordos. Mas se você for um jovem mexicano malnutrido, eles podem te querer hoje mesmo."
Paul Partain faleceu dois anos após a realização da edição original desse livro.

R. A. MIHAILOFF (ator: *O Massacre da Serra Elétrica 3*), mesmo tendo se especializado em filmes de terror, o brutamontes Mihailoff ainda é hoje mais conhecido por sua atuação como Leatherface.

R. LEE ERMEY (ator: *O Massacre da Serra Elétrica* 2003) ator de tipos armados neofascistas militares em dezenas de filmes – estava excepcional em *Nascido Para Matar* (1987), de Stanley Kubrick. Hoje, tem feito aparições em séries de TV e desenhos animados.

RICHARD KIDD (proprietário da Motion Picture Productions): "Passei minha carreira inteira fazendo o que chamam de 'negócios corporativos', são as coisas que você faz que nunca são vistas no cinema, mas que com certeza pagam muitas contas! Depois do *Massacre*, todos nós seguimos caminhos separados, o grupo dos cinco originais se separou totalmente, daí eu abri uma empresa onde sempre pudesse me lembrar para quem eu trabalhava – 'Richard Kidd Produções' [*risos*]. Eu fiz isso por uns dois anos em Austin e depois me mudei para Dallas, e fiquei com ela até vender a coisa toda para uns figurões de Nova York em 1995. Eu esperei o cheque cair e me aposentei! Nunca me arrependi nem por um minuto! Minha esposa e eu compramos um barco e passamos os últimos anos navegando pelo mundo".

Bem, ele pode ter viajado bastante, mas desde 2008 é diretor do setor de documentários da Hays County Historical Commission, associação de fundo educativo para a qual Kidd produz filmes coletando a história oral do Texas.

RICHARD KOORIS (diretor de fotografia: *O Massacre da Serra Elétrica 2*): "Eu me mudei para Austin em 1966 e fiz mestrado em produção de cinema – o primeiro curso de mestrado da Universidade do Texas. Eu comecei a dar aulas lá durante o meu curso. Eu filmava qualquer coisa que pudesse conseguir só para ter mais experiência como diretor de fotografia: comerciais, o filme para a Feira Mundial de 1968, um monte de documentários. Nós fizemos um filme dramático chamado *Stasis* em 1966, e ele ganhou a competição de cinema da *Esquire*, que era um prêmio importante na época. Era um filminho de 55 minutos em preto e branco, baseado em um conto do Jean-Paul Sartre, "O Muro" ("Le Mur"). Eu fui diretor de fotografia/operador de câmera. O cara que dirigiu foi Rod Whitaker, mais conhecido pelo nome Trevanian, que escreveu *Escalado Para Morrer* – ele era meu professor e uma espécie de mentor da época em que cheguei ao Texas até o início dos anos 1970. Eu estudava muito atentamente com ele e ele exercia grande influência sobre mim".

Hoje ele é presidente da Pegalo Properties Inc. Ele também filmou *Mongrel*, do diretor Bob Burns...

ROBERT A. BURNS (diretor de arte: *O Massacre da Serra Elétrica*) trabalhou em muitos filmes, incluindo *Quadrilha de Sádicos* (1977), *Grito de Horror* (1981), *Re-Animator* (1985) e *Massacre do Microondas* (1983). Ele dirigiu o notório *Mongrel* ("um diabo de filme") e estrelou em *Confissões de um Matador* (1985), mais proximamente baseado no caso de Henry Lee Lucas do que o mais conhecido *Retrato de um Assassino* (1986). Ele também é um especialista sobre o ator acromegálico Rondo Hatton.

"Eu tenho quatro roteiros diferentes que estão tentando vender em Los Angeles para captar verbas, alguns para eu dirigir. O mais promissor é *Unbroken*, uma história real de suspense que Stuart Gordon pegou. Ele está tentando conseguir o financiamento para eu dirigir em Los Angeles no final do ano. Ele acha que está quase fechando negócio. (Sim, 'o cheque está no correio' e 'eu não vou gozar na sua boca.')"

Bob Burns chegou a dirigir um documentário sobre a série em 2004, *Still Chainsaw After All These Years* (*Ainda O Massacre Depois de Todos Esses Anos*, em tradução livre). Ele faleceu nesse mesmo ano.

ROBERT ENGELMAN (produtor: *O Massacre da Serra Elétrica 3*) produziu vários filmes – incluindo *O Nosso Amigo Frankenstein* (1991), *Mr. Nanny – Uma Babá de Peso* (1993) e *Blade, O Caçador de Vampiros* (1998) – e trabalhou como diretor-assistente durante os anos 1980 – *Fronteira da Violência* (1982), *Footloose* (1984), *As Grandes Aventuras de Pee-Wee* (1985) e muito mais.

ROBERT JACKS (ator: *O Massacre da Serra Elétrica – O Retorno*), também compôs uma das músicas da trilha do *Retorno.*

ROBERT KUHN (financiador/coisas jurídicas: *O Massacre da Serra Elétrica*; produtor executivo/coprodutor: *O Massacre da Serra Elétrica – O Retorno*) é parceiro de um escritório de advocacia em Austin, Kuhn, Doyle & Kuhn. Ele atuou e foi produtor executivo em *Trespasses – No Limite da Violência*, e acha que vai provavelmente passar o resto da vida em litígio por conta de *O Massacre da Serra Elétrica – O Retorno.*

RON BOZMAN (gerente de produção: *O Massacre da Serra Elétrica*) é produtor e diretor-assistente em Hollywood, trabalhando frequentemente com Jonathan Demme. Ele compartilhou um Oscar de Melhor Filme, um prêmio BAFTA de Melhor Filme, um prêmio do Director's Guild of America por Excelente Realização como Diretor de Filmes e o prêmio de Produtor do Ano do Producer's Guild of America por *O Silêncio dos Inocentes.*

RON PERRYMAN o irmão mais velho de Lou e "gênio louco". Trabalhou com Tobe Hooper ao longo dos anos 1960, codiretor de *Peter, Paul and Mary*, colaborador em *Eggshells*, inventor e fotógrafo por excelência... Saiu de órbita nos estágios iniciais das filmagens do *Massacre*, embora tenha reaparecido rapidamente durante a pós-produção para fotografar a escultura do cadáver de Warren Skaaren.

SALLYE RICHARDSON Ron não queria fazer um filme de terror, ele não achava apropriado. Então Ron e Tobe foram em direções separadas – Ron era mais de falar e menos de fazer, cada vez mais um velho hippie: vamos sair e ver a grama crescer. Ele gostava desse tipo de coisa e Tobe não tinha tempo para isso. Ron tinha um filme sobre mendigos que queria fazer – ele sempre quis fazer esse filme, mas até onde sei ele nunca conseguiu.

WAYNE BELL Minha lembrança é que quando a coisa [*Massacre*] ia acontecer e ficou aparente que ia dar certo, Ron se distanciou um pouco. Ele tem uma ponta em *O Massacre 2* que Tobe queria que ele fizesse, foi uma das primeiras coisas que gravamos – tem uma competição de comida e Ron faz um dos juízes, um cara altão...

LOU PERRYMAN A competição de comida foi parte daquele tema "carne misteriosa" – podia haver *qualquer coisa* ali dentro... Mas Ron acabou se sentindo humilhado e arrependido de ter feito – ele achava que tinha segundas intenções da parte de Tobe.

SALLYE RICHARDSON (diretora-assistente: *Eggshells*; coeditora/diretora-assistente: *O Massacre da Serra Elétrica*) se formou em cinema na UT e morou em Austin, Colorado e Los Angeles antes de se mudar para Dallas no início dos anos 1980. Ela continuou a trabalhar em cinema – edição de comerciais/institucionais e documentários – e acabou trabalhando para Richard Kidd novamente como diretora, produtora e VP de sua empresa. Ela colaborou em um roteiro sobre o inventor/engenheiro elétrico/cientista Nicola Tesla, e está tentando conseguir os direitos de um livro de Terry Goodkind para outro projeto.

SCOTT HOLTON (publicidade: *O Massacre da Serra Elétrica 2*), já falecido, também trabalhou no *remake* de Tobe Hooper para *Invasores de Marte* (ele era um grande fã do original) e em *Viagem Insólita* (1987).

SPENCER PERSKIN (música: *Eggshells*) foi membro-fundador da lendária banda psicodélica dos anos 1960 Shiva's Head Band, e ainda faz música hoje.

TED NICOLAOU (som direto: *O Massacre da Serra Elétrica*) já dirigiu mais de vinte filmes, muitos para o produtor Charles Band, incluindo cinco filmes da série *Subspecies*, três filmes do *Dragão de Estimação* (1996) e dois *Eu Acredito em Gnomos...*

TERI McMINN (atriz: *O Massacre da Serra Elétrica*) foi pendurada num gancho de açougue e se aposentou do cinema depois do *Massacre*. Ela supostamente cobra 40 dólares por um autógrafo. Comece a economizar. Voltou a atuar nos anos 2000, após bastante tempo desaparecida dos ganchos, digo, da tela. Sua última participação foi no *Boneboys* de Kit Carson.

TOBE HOOPER (diretor/fotografia/coeditor/alguma trilha: *Eggshells*; diretor/coautor/cotrilha/fotografia adicional: *O Massacre da Serra Elétrica*, diretor/coprodutor/cotrilha: *O Massacre da Serra Elétrica 2* – veja o capítulo dedicado ao diretor para outros créditos.

TOBY EMMERICH (presidente de produção, New Line Cinema), produziu e coproduziu mais de 50 filmes.

TOM KARR (produtor: *Deranged*) atuou e foi produtor associado (com Michael D. Moore, que dirigiu o documentário de *Deranged*) no filme *gore*-psicológico de 1995 *Creep*.

TOM SAVINI (efeitos especiais de maquiagem: *O Massacre da Serra Elétrica 2*) é provavelmente o maquiador de efeitos especiais de terror mais famoso do mundo, trabalhando extensivamente com George Romero (inclusive como ator). Dirigiu o excelente *remake* de *A Noite dos Mortos-Vivos* em 1990. Um de seus primeiros trabalhos foi em *Deranged*.

TONIE PERENSKI (atriz: *O Massacre da Serra Elétrica – O Retorno*) participou de alguns curtas e seriados de TV, não tendo atuado desde 2004.

WARREN SKAAREN morreu em dezembro de 1990. Por volta da época em que deixou a Comissão de Cinema do Texas e garantiu o acordo desastroso do *Massacre* com Bryanston, ele se tornou presidente da FPS Inc em Dallas, uma produtora de cinema e televisão que forneceu equipamento para a série de TV *Dallas*, entre muitas. Graças ao ótimo trabalho da William Morris Agency, em meados dos anos 1980 ele havia se tornado um dos mais bem pagos e bem-sucedidos reparadores de roteiros de Hollywood, trabalhando em *Top Gun – Ases Indomáveis* (1986), *Um Tira da Pesada II* (1987), *Batman* (1989) e *Os Fantasmas se Divertem* (1988), escrevendo também vários roteiros nunca produzidos. Ele também participava de várias instituições e fundações de caridade.

WAYNE BELL (operador de *boom*/pós-produção de som/cotrilha: *O Massacre da Serra Elétrica*; som: *O Massacre da Serra Elétrica 2*; música: *O Massacre da Serra Elétrica – O Retorno*) mora em Austin. Continua trabalhando em gravação/design de som

e também faz documentários. Trabalhou com Eagle Pennell em *The Whole Shootin' Match* (1978) e *Last Night at the Alamo*, coescreveu a música de *Eaten Alive* e gravou som em *Mongrel* e *A Violência do Futuro*. (Ele também gostaria de salientar que filmes de terror são só uma pequena parte de seu trabalho nos últimos quarenta anos.)

"Meu ideal seria pegar um filme desde o início até o produto final, direcionar cada aspecto da trilha sonora - porque o som é a metade da experiência de um filme, o som é por onde sua história é contada, o som supera a imagem: você pode mostrar um filme e ter duas trilhas diferentes, e o significado das imagens fica completamente diferente para cada trilha... O poder da trilha sonora - não só a música, mas todas as partes juntas - é incrível, muitos cineastas não entendem. É o que me atraiu de início, e ainda é o que eu faço."

WILLIAM "TONY" HOOPER filho de Tobe. Ajudante do diretor em *Força Sinistra*, fabricou os móveis em *O Massacre 2* (trabalhou na mesa de jantar e nos móveis de ossos), produziu vários efeitos especiais em *Conspiração Atômica* e desenhou a Máquina Mangler (um trabalho que levou três meses) em *Mangler - O Grito de Terror*. Dirigiu o ainda inédito *All American Massacre*.

WILLIAM VAIL (ator: *O Massacre da Serra Elétrica*) também apareceu no ridículo filme da Bobbie Breese *Mausoléu* (1983) (como o monstro) e *Poltergeist* antes de se tornar cenógrafo, trabalhando principalmente na TV.

E TEXAS
AINSAW
SSACRE
ed is true.
E HILLS
VE EYES
American family.
n't want to kill.
didn't want to die.
ADMITTANCE
RESTRICTED
ainsaw at 8:00

GREATEST
ERROR HITS
OF ALL TIME
TOGETHER
AST 2 DAYS!
THE TEXA
CHAINSA
MASSACR
What happened is true
EXAS
Drive-In
FREE

CRÉDITOS

EGGSHELLS

EUA 1971

Diretor Tobe Hooper; **Produtores** David L. Ford e Raymond O'Leary; **Produtor Executivo** David L. Ford; **Música** Spencer Perskin/Shiva's Head Band, Jim Schulman/Timberline Rose, Hooper/Perryman; **Fotografia** Tobe Hooper; **Editores** Tobe Hooper e Robert Elkins; **Assistentes de Direção** Louis Perryman e Sallye Richardson; **Colaborador** Ron Perryman; **Contos de Ben Skabarsak** por Kim Henkel.

Elenco Mahlon Forman: Mahlon; Boris Schnurr (Kim Henkel): Toz; Ron Barnhart: Ben Skabarsak; Amy Lester: Amy; David Noll: David; Pamela Craig: Garota no parque; Allen Danziger e Sharon Danziger: casal com bebê.

O MASSACRE DA SERRA ELÉTRICA

Vortex/Henkel/Hooper, EUA 1974

Produtor/Diretor Tobe Hooper; **História e Roteiro** Tobe Hooper e Kim Henkel; **Produtor Executivo** Jay Parsley; **Gerente de Produção** Ronald Bozman; **Diretor de Fotografia** Daniel Pearl; **Editores** Sallye Richardson e Larry Carroll; **Trilha Sonora** Tobe Hooper e Wayne Bell; **Assistente de Direção** Sallye Richardson; **Iluminação** Lynn Lochwood; **Cinegrafista-Assistente** Lou Perryman; **Som Direto** Ted Nicolaou; **Pós-produção Sonora/Boom** Wayne Bell; **Diretor de Arte** Robert A. Burns; **Maquiagem do Avô** W. E. Barnes; **Maquiagem** Dorothy Pearl; **Assistente de Câmera** J. Michael McClary; **Continuista** Mary Church; **Fotografia Adicional** Tobe Hooper; **Motorista de Ação** Perry Lorenz; **Dublê** Mary Church; **Produtores Associados** Kim Henkel e Richard Saenz; **Músicas** Roger Batlett & Friends, Timberline Rose, Arkey Blues, Los Cyclones.

Elenco Marilyn Burns: Sally; Allen Danziger: Jerry; Paul A. Partain: Franklin; William Vail: Kirk; Teri McMinn: Pam; Edwin Neal: Carona (*Hitchhiker*); Jim Siedow: Velho; Gunnar Hansen: Leatherface; John Dugan: Vovô; Robert Courtin: Limpador de Janelas; William Creamer: Homem Barbado; John Henry Faulk: Contador de Histórias; Jerry Green: Caubói; Ed Guinn: Motorista do Caminhão de Gado; Joe Bill Hogan: Bêbado; Perry Lorenz: Motorista da Picape; John Larroquette: Narrador.

O MASSACRE DA SERRA ELÉTRICA 2

Cannon, EUA 1986

Diretor Tobe Hooper; **Produtores** Menahem Golan e Yoram Globus; **Roteiro** L. M. Kit Carson; **Produtores Executivos** Henry Holmes e James Jorgensen; **Coprodutor** Tobe Hooper; **Produtor Associado** L. M. Kit Carson; **Editor** Alain Jakubowicz; **Diretor de Fotografia** Richard Kooris; **Diretor de Arte** Cary White; **Primeiro Assistente de Direção** Richard Espinoza; **Segundo Assistente de Direção** Mark Lyon; **Gerente de Produção de Núcleo** Henry Kline; **Música** Tobe Hooper e Jerry Lambert; **Figurinos** Carin Hooper; **Efeitos Especiais de Maquiagem** Tom Savini; **Coordenador de Dublês** John Moio; **Técnico de Som** Wayne Bell; **Maquetes** Tony Hooper; **Supervisão de Roteiro** Laura Debolt Kooris; **Coordenador de Efeitos Especiais** Eddie Surkin; **Diretores de Segunda Unidade** Newt Arnold e John Moio; **Supervisão Musical** Paula Erickson; **Edição Musical** Michael Linn; **Músicas** Timbuk 3, Torch Song, The Cramps, Oingo Boingo, Concrete Blonde, Roky Erickson, Lords of the New Church, Stewart Copeland.

Elenco Dennis Hopper: Tenente "*Lefty*" Enright; Caroline Williams: Vanita "*Stretch*" Block; Jim Siedow: Cozinheiro; Bill Moseley: *Chop Top*; Bill Johnson: Leatherface; Ken Evert: Vovô; Harlan Jordan: Patrulheiro; Kirk Sisco: Detetive; James N. Harrell: Gerente da Cut-Rite; Lou Perry: L.G. McPeters; Barry Kinyon: Motorista da Mercedes; Chris Douridas: Gunner; Judy Kelly: *Yuppette* Gourmet; John Martin Ivey: *Yuppie*; Kinky Friedman: Apresentador de Esportes; Wirt Cain: Âncora; Dan Jenkins: Comentarista de televisão; Joe Bob Briggs: Espectador de Cinema.

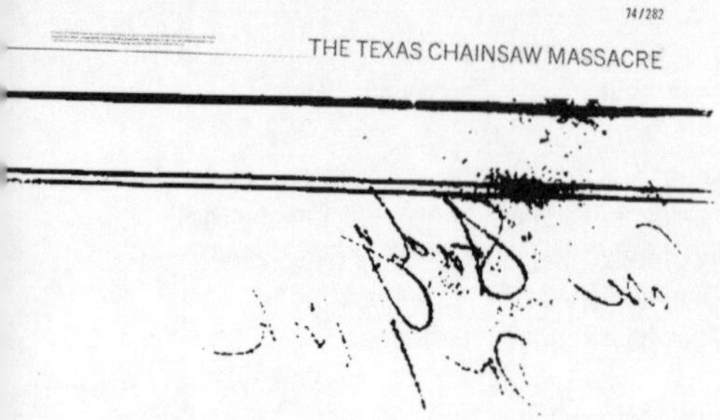

O MASSACRE DA SERRA ELÉTRICA III

New Line, EUA 1989

Diretor Jeff Burr; **Produtor** Robert Engelman; **Roteiro** David J. Schow (Baseado em Personagens Criados por Kim Henkel e Tobe Hooper); **Produtor Associado** Michael DeLuca; **Produção Executiva** Deborah Moore; **Diretor de Fotografia** James L. Carter; **Direção de Arte** Mick Strawn; **Editor** Brent Schoenfeld; **Figurinos** Joan Hunter; **Efeitos Especiais de Maquiagem** Kurtzman, Nicotero e Berger EFX Group; **Efeitos Mecânicos** Bellissimo/Belardinelli Effects; **Música** Jim Manzie com Patrick Regan; **Coordenador de dublês** Kane Hodder; **1ª Assistente de Direção** Benita Allen; **2º Assistente de Direção** Skot Bright; **Supervisão de Roteiro** Jesse Long; **Engenheiro de Som** Robert Janiger; **Coordenador de Efeitos Especiais** Thomas L. Bellissimo; **Efeitos Mecânicos** Dean Miller; **Maquiagem Leatherface aplicada por** Suzanne Sanders; **Direção de Arte** Ella Blakey; **Supervisão Musical** Kevin Benson; **Músicas** Laaz Rockit, Hurricane, SGM, Blackmale, Death Angel, Wrath.

Elenco Jennifer Banko: Menininha; Ron Brooks: Jornalista de Televisão; William Butler: Ryan; Miriam Byrd-Nethery: Mama; David Cloud: Scott; Beth DePatie: Gina; Tom Everett: Alfredo; Ken Foree: Benny; Kate Hodge: Michelle; Toni Hudson: Sara; R. A. Mihailoff: Leatherface; Viggo Mortensen: Tex; Joe Unger: Tinker; Dwayne Whitaker: Kim; Michael Seamus Wiles: Oficial de Inspeção; Caroline Williams: [não creditada].

O MASSACRE DA SERRA ELÉTRICA – O RETORNO

Ultra Muchos Inc e River City Films Inc, EUA 1994

Direção e Roteiro Kim Henkel; **Produtores** Robert J Kuhn e Kim Henkel; **Produtor Executivo** Robert J Kuhn; **Editora** Sandra Adair; **Diretor de Fotografia** Levie Isaacks; **Trilha** Wayne Bell; **Figurinos** Kari Perkins; **Direção de Produção** Deborah Pastor; **Elenco** Isabelle Emmanuelle Coulet; **Supervisor de Edição de Som** Tom Hammond; **Produtor Associado** Charles Kuhn; **Engenheiro de Som** Scott Szabo; **Efeitos Especiais de Maquiagem** J. M. Logan; **Direção de Arte** Ann Yzuel; **Coordenador de Dublês** David "Stutter" Sanders; **Supervisão de Roteiro** Samara Paysee; **Músicas** Pariah, Tail Gators, Erik & Erik, Skatenigs, Blind Willie's Johnson, Loose Diamonds, Daniel Johnston, Pushmonkey, Beau Jocques and the Zydeco Hi-Rollers, Santiago Jiminez Jr., Cecilia Saint, Naughty Ones, Kelly Willis/Rich Brotherton/John Ludwick/Don Harvey, Deborah Harry/Robert Jacks/Kaye Klier/Sterling Price-McKinney, Roky Erickson, Russ C. Smith, Coffee Sergeants.

Elenco Renée Zellweger: Jenny; Matthew McConaughey: Vilmer; Robert Jacks: Leatherface; Tonie Perenski: Darla; Joe Stevens: W.E.; Lisa Newmeyer: Heather; John Harrison: Sean; Tyler Cone: Barry; James Gale: Rothman; Chris Kilgore: Chofer de Rothman; Vince Brock: Não Estou Machucado; Susan Loughran: Mãe de Jenny; David Laurence: Pai de Jenny; Grayson Victor Schirmacher: Vovô; Jeanette Wiggins: Mulher Comendo Chocolate; Carmen Nogales: Garota de Vestido Vermelho; Lisa Caraveo: Brenda; Les Martin, Adam White e Bill Wise: Desordeiros; Loren Guerra: Atendente do Bud's Pizza; Derek Keele e Debra McMichael: Policiais no Bud's Pizza; Geri Wolcott e Axel L Schiller: Casal no *Trailer*, Andy Cockrum: Policial Estufado; Roger Roe/Angee Hughes/Rebecca Rosenberg: Família Estufada; John Dugan: Policial no Hospital; Anônima [Marilyn Burns]: Paciente na Maca; Fred Ellis: Voz do Narrador; Wayne Bell e Bob Simmons: Vozes das Notícias do Rádio.

O MASSACRE DA SERRA ELÉTRICA

New Line Cinema/Next Entertainment/Platinum Dunes/ Radar Pictures Inc, EUA 2003

Diretor Marcus Nispel; **Roteiro** Eric Bernt e Scott Kosar (Baseado em personagens de Kim Henkel e Tobe Hooper); **Produtores** Michael Bay, Mike Fleiss, Andrew Form e Bradley Fuller; **Produtores Executivos** Ted Field e Jeff Allard; **Gerente de Produção/Gerente de Núcleo** Joe Dishner; **Trilha Original** Marilyn Manson; **Diretor de Fotografia** Daniel Pearl; **Editor** Glen Scantlebury; **Elenco** Lisa Fields; **Direção de Produção** Greg Blair; **Direção de Arte** Scott Gallagher; **Cenários** Randy Smith Huke; **Figurinos** Bobbie Mannix; **Som** Stacy Brownrigg; **Efeitos Especiais** Rocky Gehr; **Coordenador de dublês** Tony Cecere.

Elenco Jessica Biel: Erin Hardesty; Jonathan Tucker: Morgan; Eric Balfour: Kemper Hardesty; Erica Leerhsen: Pepper; Mike Vogel: Andy; R. Lee Ermey: Xerife Hoyt; David Dorfman: Jedidiah Sawyer; Lauren German: Adolescente; Heather Kafka: Henrietta Sawyer; Terrence Evans: Old Monty; John Larroquette: Narrador.

O MASSACRE DA SERRA ELÉTRICA: O INÍCIO

EUA 2006

Diretor Jonathan Liebesman; **Roteiro** Sheldon Turner e David J. Schow; **Produtores** Michael Bay, Mike Fleiss, Andrew Form, Brad Fuller, Kim Henkel e Tobe Hooper; **Produtores Executivos** Jeffrey Allard, Toby Emmerich, Robert J. Kuhn, Guy Stodel, Mark Ordesky; **Trilha Original** Steve Jablonsky; **Diretor de Fotografia** Lukas Ettlin; **Editor** Jonathan Chibnall e Jim May; **Elenco** Lisa Fields; **Direção de Produção** Alma Kuttruff; **Direção de Arte** John Frick; **Cenários** Randy Huke; **Figurinos** Marian Ceo; **Som** Stacy Brownrigg; **Efeitos Especiais** Michael Ahasay; **Coordenador de dublês** Kurt Bryant.

Elenco Jordana Brewster: Chrissie; Taylor Handley: Dean Colina; Diora Baird: Bailey; Matt Bomer: Eric Hill; R. Lee Ermey: Charlie Hewitt / Hoyt Sheriff; Andrew Bryniarski: Thomas Hewitt / Leatherface; Lee Tergesen: Holden; Terrence Evans: "Old Monty" Hewitt; Kathy Lamkin: Senhora do chá; Marietta Marich: Luda Mae Hewitt; Allison Marich: Jovem Luda Mae; Leslie Sloane: Calkins; Tim deZarn: Supervisor; Marcus Nelson: Lackey; Lew Temple: Xerife Winston Hoyt; Cyia Batten: Alex

O MASSACRE DA SERRA ELÉTRICA 3D – A LENDA CONTINUA

EUA 2013

Diretor John Luessenhop; **Roteiro** Adam Marcus, Debra Sullivan e Kirsten Elms; **Produtor** Carl Mazzocone; **Produtores Executivos** Mark Burg, Christa Campbell, Danny Dimbort, Lati Grobman, Kim Henkel, Tobe Hooper, Robert Kuhn e Avi Lerner; **Trilha Original** John Frizzell; **Diretor de Fotografia** Gary Jay; **Editor** Randy Bricker; **Elenco** Ferne Cassel; **Direção de Produção** William A. Elliott; **Figurinos** Mary E. McLeod; **Som** Steve C. Aaron; **Efeitos Especiais** Matt Fleming; **Coordenador de dublês** Gregg Brazzel.

Elenco Alexandra Daddario: Heather Miller; Trey Songz: Ryan; Tania Raymonde: Nikki; Kyle Phillips: Tyler; Keram Malicki-Sanchez: Kenny; Shaun Sipos: Darryl; Thom Barry: Sheriff Hooper; Paul Rae: Burt Hartman; Scott Eastwood: Carl Hartman; Bill Moseley: Drayton Sawyer[3]; Dan Yeager: Leatherface; Richard Riehle: Farnsworth; John Dugan: Vovô Sawyer; Gunnar Hansen e Marilyn Burns: participação especial

THE TEXAS CHAINSAW MASSACRE

BIBLIOGRAFIA SELECIONADA

LIVROS

Robert H. Gollmar – *Edward Gein, America's Most Bizarre Murderer*, Hallberg & Co, 1982.

Phil Hardy (ed.) – *The Aurum Film Encyclopedia: Horror*, Edição Revisada, Aurum, 1993.

J. Hoberman e Jonathan Rosenbaum – *Midnight Movies*, Harper & Row 1983/Da Capo Press, 1991.

David J. Hogan – *Dark Romance: Sexuality in the Horror Film*, McFarland, 1986.

Stephen Jones – *Creepshows, The Illustrated Stephen King Movie Guide*, Titan Books, 2001.

Stephen King – *Stephen King's Danse Macabre*, Macdonald & co (UK), 1981.

Richard Meyers – *For One Week Only, The World Of Exploitation Films*, New Century Publishers, 1983.

Kim Newman – *Nightmare Movies*, Proteus 1984/Bloomsbury, 1988.

Danny Peary – *Cult Movies*, Vermillon, 1982.

Robert H. Rimmer – *The X-Rated Videotape Guide*, Harmony Books 1984/Prometheus Books, 1993.

Donald C. Willis – *Horror and Science Fiction Films II*, Scarecrow press, 1982.

REVISTAS

Castle of Frankenstein, n. 25, jun. 1975

Cinefantastique, v. 16, n. 4/5, out. 1986

Fangoria – várias edições citadas ao longo do texto, inestimáveis entrevistas com Tobe Hooper e artigos sobre *O Massacre*

Film Comment, ago. 1986

Shock Xpress, v. 2, n. 2, inverno de 1987

Video Watchdog – em geral

LINKS

Há dezenas de sites ligados a todos os aspectos de *O Massacre da Serra Elétrica* e à cultura/culto associados a ele. A maioria é relativamente fácil de achar, outros requerem um pouco mais de pesquisa. (Saiba que muitos sites contêm informações incorretas.) Muitos dos citados abaixo contêm links para outros sites úteis.

SITES DO ELENCO E EQUIPE

www.gunnarhansen.com
Site de Gunnar Hansen – compre uma pedra da fundação original da casa da família do *Massacre*!

www.leatherface2.com
Site de Bill Johnson.

www.choptopsbbq.com
Site de Bill Moseley.

www.threeringservice.com
Empresa de Allen Danziger, reserve seu entretenimento aqui!

www.davidjschow.com
Excelente site de David J. Schow.

http://www.brianhuberman.com/
Site de Brian Huberman para adquirir cópias de *O Retorno do Massacre da Serra Elétrica: O Documentário*.

http://www.jeffburr.com/
Site oficial de Jeff Burr.

www.tobehooper.com
Site oficial de Tobe Hooper.

http://www.larrycarroll.net/
Site oficial de Larry Carroll.

http://www.jameslcarterasc.com/
Portfólio do diretor de fotografia James L. Carter.

https://twitter.com/edguinn
Perfil do *twitter* de Ed Guinn.

www.joebobbriggs.com
Site de Joe Bob Briggs: caça, tiro, pesca, política e gostosas (e um pouco de *gore*).

OUTROS SITES:

www.austinchronicle.com
Inevitavelmente, a primeira parada para pesquisa de qualquer coisa sobre o Texas – filmes, música, cultura – absolutamente essencial. Procure por artigos escritos por Marc Savlov.

www.weeklywire.com
Mais coisas do Texas. Não publicam mais, mas têm um arquivo essencial.

www.texaschainsawmassacre.net
Site enciclopédico sobre *O Massacre* de Tim Harden.

www.houseofhorrors.com/texas.htm
Bom site sobre *O Massacre*.

www.angelfire.com/ca/TCM4
O único site de *O Massacre – O Retorno*.

www.mtivideo.com
Onde comprar *The Texas Chain Massacre: A Family Portrait*.

www.boxofficemojo.com
Melhor site para valores de bilheteria.

www.fangoria.com/
Edições anteriores, artigos, notícias etc.

www.living-dead.com
Excelente site de terror com entrevistas com Paul Partain e Bill Moseley (entre muitas outras coisas).

www.texasmonthly.com
Excelente site para tudo que for do Texas.

http://laws.lp.findlaw.com/5th/9851016cv0.html
Site jurídico com detalhes do processo do Retorno contra a CAA.

http://www.boneboysthemovie.com/
Site de divulgação do último filme escrito por Kim Henkel. Não lembra algo?

http://www.shivasheadband.com/
Banda de Spencer Perskin ainda na ativa

CRÉDITOS DAS IMAGENS

The End
MASSACRE DA SERRA ELÉTRICA
LEATHERFACE
Nós somos uma família
PRIMAVERA SANGRENTA.2014
DARKSIDEBOOKS.COM